Literatur heute

ÜBER DAS BUCH sagt der Autor selbst: »*Die Unberatenen* erzählen von einem Stück heutiger Welt, das Schule heißt und auf dem unversehens Vorentscheidungen fallen, die kaum weniger brisant sind als die Vorentscheidungen auf einem Raketenversuchsgelände. Der Roman entstand in den Jahren 1961 bis 1963. Er spielt um eine vielleicht bezeichnende Geschichte: Jochen Rulls Thesenanschlag. Aber: was kann diese Geschichte bezeichnen, wenn sie nicht vor dem Fond der Verhältnisse erscheint? Es mußte versucht werden, die kleine Totalität einer Schule wiederzugeben. Dabei wurde es unvermeidlich, auf das innere Thema zu stoßen: Maßstäbe des Rechts und der Wahrheit stehen auch in der Schule nicht mehr selbstverständlich zur Verfügung. Sie haben sich verwickelt, entzogen, verteilt. Die Stunde, in der ein Erzieher, ein Lehrer »alles« wußte, ging längst zu Ende. Gewiß, es gibt ihn noch, den Potentaten auf dem Katheder und in den häuslichen vier Wänden, er hat sich erstaunlich frisch über die Katastrophen gerettet und ist dabei oft sogar jünger geworden. Aber ein Typ ist er doch wohl nicht mehr, nur eine Type. Nicht wenige Lehrer aber sind, nach ungeheurem Geschehen, auf die Holzbank zwischen die Unberatenen gelangt, zwischen die Eltern und ihre Söhne, Töchter. Nur wissen sie es manchmal noch gar nicht.
Ein Sprecher, ein Stellvertreter des Autors, der zum guten Schluß doch alles wieder in Ordnung bringt, erscheint im Roman nicht mehr. Wie auch? Die Autoren mit dem olympischen Blick sterben aus. Der Autor sitzt heutzutage mitten unter den Unberatenen, putzt seinen beschlagenen Spiegel – und dreht ihn. Nach mehreren Seiten und mit skeptischer Hoffnung.«
DIE ZEIT schrieb: »Alles erkennt man wieder, auch die Hoffnung, in der sich der Lehrer und der Schriftsteller begegnen: die Hoffnung, daß doch wenigstens einer aus der Klasse begriffen hat, um was es geht. *Die Unberatenen* stellen eine Form des Romans dar, die bei uns ziemlich selten ist. Er ist aktuell und sachlich, präzise und leidenschaftlich, polemisch und aggressiv. Er ist sogar an den richtigen Stellen spannend und amüsant, und bei allem ist er sehr bewußt und geschlossen gebaut.«

DER AUTOR: *Die Unberatenen,* die als Roman, Theaterstück und von Peter Zadek unter dem Titel *Ich bin ein Elefant, Madame* verfilmt, großes Aufsehen erregten, erschienen bereits 1963 und trugen Thomas Valentin den Ruf eines Propheten der Schüler- und Studentenunruhen ein. Der von Hermann Hesse geförderte Autor hatte 1961 mit *Hölle für Kinder* (Ullstein Buch Nr. 3510) begonnen. Ein Jahr später folgten *Fahndung oder Die Reise zu sich selbst* (Ullstein Buch Nr. 26002) und 1967 der Roman *Stilleben mit Schlangen. Natura morta* (Ullstein Buch Nr. 20016). In den nächsten Jahren erschienen zwei Bände mit Erzählungen und drei Kinderbücher und nach Valentins Dramaturgenzeit am Bremer Theater Stücke für Bühne und Fernsehen. Herausragende Erfolge waren: *Anna und Totò, Jugend einer Studienrätin* – ein Fernsehfilm, der auch dem Sammelband mit 35 Erzählungen, Gedichten und dem Filmdrehbuch den Namen gab – und die Trilogie *Eine Jugendliebe, Schulzeit* und *Stark wie der Tod.* Neuerdings hat der Autor sich wieder Prosa und Lyrik zugewandt: *Niemandslicht,* Gedichte, und der Roman *Grabbes letzter Sommer* erschienen beide 1980.

Thomas Valentin

Die Unberatenen

Roman

Literatur heute
Ullstein Buch Nr. 26007
im Verlag Ullstein GmbH,
Frankfurt/M – Berlin – Wien

Ungekürzte Ausgabe

Umschlagentwurf:
Zembsch' Werkstatt, München

Printed in Germany 1979
Gesamtherstellung:
Augsburger Druck- und
Verlagshaus GmbH
ISBN 3 548 26007 1

CIP-Kurztitelaufnahme
der Deutschen Bibliothek

Valentin, Thomas:
Die Unberatenen: Roman / Thomas
Valentin. –
Ungekürzte Ausg. –
Frankfurt/M, Berlin, Wien:
Ullstein, 1979.
([Ullstein-Bücher] Ullstein-Buch;
Nr. 26007: Literatur heute)
ISBN 3-548-26007-1

Für Andrea
und Ronald

Die Hauptpersonen

Schüler		*Lehrer*	
Rull	– Little Luther	Gnutz	– Gummieiche
Satemin	– Lumumba	Wiepenkathen	– Medusa
Schanko	– Dean	Groenewold	– Rabbi
Claussen	– Pius	Dr. Nemitz	– Fazke
Adlum	– Lord	Crispenhoven	– Paps
Mitzkat	– Johnny	Violat	– Brassens
Kurafeiski	– Anti	Nonnenroth	– Bulumo
Huje	– Baby	Hübenthal	– Hokus
Muhl	– Quabbel	Godelund	– Moses
Titz	– Capone	Kuddewörde	– Null
Farwick	– Dali	Harrach	– Rübezahl
Petri	– Pigalle		
Nusbaum	– Cha-Cha		

Beckmann – Fahne, Hausmeister
und Familien, Freunde und Freundinnen

Der Roman spielt Anfang der 60er Jahre
in einer westdeutschen Stadt.
Keine Ähnlichkeit mit lebenden Personen
und gegenwärtigen Verhältnissen wäre rein zufällig.

›Nichts ist jemals für den Menschen und für die menschliche Gesellschaft schwerer zu ertragen gewesen als die Freiheit.‹
(Dostojewskij)

I

Das Parallelogramm, frostgrau zwischen Basaltmauern eingekeilt, erwartet den Alarm.

Vor den Plakatwänden der langen Häuserzeile zum Bahnhof rumpelt ein Bummelzug durch den kalten Feuerdunst der Morgensonne.

Ein halbwüchsiger, pfeffergrauer Hund wälzt sich unverdrossen zwischen den Papierkörben.

Schwerfällig, satt, mächtig erfüllen die Glocken den Himmel: Münster, Herz Jesu, Luther-Kirche, Maria im Sumpf.

Und plötzlich springt Licht durch die gläserne Rasterwand der Schule. Hundertfältig gefächert zerschneidet es den Hof in schwarzgoldene Rauten.

In allen Stockwerken krähen die Klingeln:

Viertel vor acht.

Dr. Nemitz ließ die Schwingtür hinter sich auspendeln, klappte seinen Stundenplan zusammen, schob ihn in die Reverstasche hinter das Brillenetui, blies sich die Finger warm, schlug die Zeitung auf, las.

Um die Ecke neben dem Hauptportal der Städtischen Realschule III lungerte die Vorhut der Fahrschüler, unausgeschlafen, fröstelnd, zigarettenbleich. Die Räder schürften die harsche Asche auf, knirschten, torkelten in den Schuppen.

Dr. Nemitz faltete die Zeitung zusammen, sah auf seine Armbanduhr, stieg vom Podest vor dem Hauptportal hinunter auf den Schulhof. Er sammelte die Grüße ein, mürrische, devote, morgenfrische, gehässige; sammelte, nickte knapp, jedoch leutselig, nach links, nach rechts, schlenderte präzis diagonal auf den stumpfen Mauerwinkel zu, flötete, kaum hörbar: ›Amor tenet omnia‹.

Als er die äußerste Ecke des Hofes erreicht hatte, brach, fünf vor acht, raunend, murmelnd, bölkend, das Gros der Schüler durch die Hohlgasse zwischen Gebäude und Schulhofmauer.

Dr. Nemitz schwang sich, mitten im Wiegeschritt, elastisch herum, stellte den Pelzkragen hoch bis zur Baskenmütze, schlenderte zurück auf das Podest, lässig und jovial, zwei Meter fünfzig über das anschwellende Getrappel, Klingeln, Pfeifen, Tuscheln, die Gesprächsfetzen.

– haste Mathe never on Borussia wird dufte Gammelbiene hastse Polaris Chruschtschow zog show party war Seiten für Franz warste im Tante hat Lollos mächtig mächtig verhungerst du k.o. in der für Relli doch Scheiße der Alte ritzt John Mensch fast wie zum Hades –

Der 190 D fuhr vor, Hübenthal; die Dauphine, Nonnenroth; der VW in Schwarz, Knetsch; der DKW, Gnutz; der VW in Tomatenrot, Matuschat; der Fiat 600, Violat; der VW in Sahara, Matzolf; der Fiat 500, Gammelby; die Vespa, Krün; und das Diasporarad des Vikars. Kuddewörde und Godelund bogen zusammen um die Ecke, zu Fuß. Hutheben, Händeschütteln, Streichholzflackern, Kollegialität.

– Sonntag gut Korrekturen mein Ischias dieser Ulbricht im Konzert 6b eine Tragödie Frau Gemahlin vier richtig Picasso ein an der Zonengrenze Ihr Fräulein wohin an Ostern Beamtenbesoldung Skandal Uwe Brötchen verdienen –

Beckmann schliefte im grauen Kittel aus der Hausmeisterloge, grüßte, verschlagen, ergeben, mit abgewandtem Gesicht. Dr. Nemitz lächelte, einsichtig, reichte ihm die Hand, winkte den Adlaten, die schon an der Treppe lauerten. Sie stürzten auf den Flur, schleppten die Kästen mit Kakao- und Milchflaschen in die Klassenräume.

Die Schelle kreischte heiser und pünktlich: Schlag acht. Beckmann hakte die Flügel der Pendeltür ein. Sie wälzten sich durch das Portal: Schülerschaft, Lehrkörper. Godelund an der Spitze –

– in der großen Pause mußt du den Architekten anrufen. Zwanzig Pfennige gespart. Kümmert sich unverschämt selten um den Bau. Haben die heute nicht mehr nötig. Und dann sieben Prozent! Industrie verdirbt die Preise. Geld satt. Ob du noch wechselst? Wie heißt der junge? Moderne Mätzchen. Vier-, fünftausend teurer. Kannst du dir nicht leisten. Nach Osten noch einen Balkon. Abstand sechs Meter. Stimmt das denn wirklich? Mußt dich erkundigen. Die reden viel. Und dann die Treppe. Viel zu steil. Martha wird älter. Du auch! Fahr mit ihr nach Wildbad. War nicht so teuer. Die Kasse zahlt nichts dazu. Beihilfeantrag. Wenn das nur bleibt. Wie sind hier die Fenster? Nach außen zu kippen. Sicher sehr teuer. Ist aber zu schaffen. Wenn der Junge nur durchhält. Noch zwei, drei Semester. Renate schlägt gut ein. Heiratet nach oben! Vielleicht nimmt ja Nemitz die Wohnung. Was kostet die Hochzeit? 6b, 6b, 6b, 6b: Paulus. Du mußt den Schweitzer wieder lesen! Seit dreißig Jahren. Kommst einfach nicht dazu. Und den Barth. Wo hast du den stehn? Die Tür wieder offen. Natürlich der Mitzkat –

»Guten Morgen!«

»Guten Morgen, Herr Godelund!«

»Wir singen zum Wochenbeginn gemeinsam: ›Befiehl du deine Wege‹, Strophe eins, sechs und zwölf, von – Petri?«

»Paul Gerhardt!«

»Richtig.«

In der Ecke am Fenster hob Kurafeiski den Finger.

»Heißt das eigentlich: von Paul Gerhardt oder des Paul Gerhardt?«

»Oder Paul Gerhardts?« warf Muhl ein.

»Sie sind nicht gefragt!«

Godelund ließ seinen Blick rasch zwischen den beiden Gesichtern hin- und hergehen. Sie waren unverfänglich, glatt, sachlich.

»Das Problem ist unwichtig!« sagte er und setzte sich an das elektrische Harmonium.

»Ich hab mal gelesen, in so 'ner Stilfibel: von Paul Gerhardt, das wäre ganz mieses Deutsch.«

Godelund sah, daß sein Instrument noch nicht angeschlossen war, stand auf und hantierte an der Steckdose.

»In einer Stilfibel?« fragte er von schräg unten her.

»Ja.«

Godelund richtete sich steif auf und betrachtete aufmerksam Kurafeiskis Gesicht. Es blieb unbefangen, glatt, gelassen, sachlich.

»Nun ja, klassisches Deutsch ist es gerade nicht«, sagte er unsicher und nachgiebig, »aber es hat sich so eingebürgert. Gewohnheitsrecht, sozusagen. Umgangssprache.«

Er setzte sich wieder ans Harmonium.

»Und wie müßte der Satz in klassischem Deutsch lauten?« fragte Kurafeiski.

»Gerhardtsens ›Befiehl du deine Wege‹!« streute Muhl nachdenklich ein.

»Sie waren wieder nicht gefragt, Muhl! Und jetzt Schluß mit der albernen und höchst unfruchtbaren Debatte. Wir wollen singen!« Godelund schlug überzeugt auf die Tasten.

Doch schon nach der ersten Strophe hörte das Harmonium larmoyant auf.

»Petri, gib mir sofort den Zettel her!«

Petri zögerte keinen Augenblick.

Godelund schob seine Brille hoch und las.

»Mensch, ein satter Strahl aus Satchmos Rohr ist mir lieber als diese ganze Himmelspisse! Swing low, sweet chariot!«

Godelund faltete den Zettel sorgfältig zusammen und legte ihn in sein Notizbuch.

»Bei Philippi sehen wir uns wieder, Freundchen!« prophezeite er ziemlich düster. »Im übrigen übernehmen Sie heute den Stundenbericht.«

»Soll ich den Vorfall erwähnen?« fragte Petri.

»Stell dich nicht dümmer, als du schon bist! Nein, natürlich nicht. Es könnte sonst sein, daß ich diesen ›Vorfall‹ im Klassenbuch vermerke.«

»Okay!« sagte Petri und setzte sich.

»Und nun die sechste Strophe!«

Godelunds Stimme ging glaubensfest den Weg voran:

»Hoff, o du arme Seele,
hoff und sei unverzagt ...«

– von Paul Gerhardt? Des Paul Gerhardt? Gerhardtsens? Du siehst keinen Unterschied. Was wollen sie? Oft verstehst du wirklich nicht, was sie wollen. Du mußt ihre Sprache, diese barbarische, primitive Geheimsprache von heute beherrschen, wenn du dich mit deinen Schülern verständigen willst! Wenn du ihr Vertrauen behalten willst! Und das willst du doch. Behalten? Hast du's? Früher kam am Nachmittag manchmal einer zu dir; wollte etwas wissen oder ein Buch ausleihen. Damals war's oft lästig; heute kommt keiner mehr. Doch, Rull! Ein merkwürdiger Bursche. Läuft von Pontius zu Pilatus und sucht – ja, was sucht er eigentlich? Du bist nie ein guter Menschenkenner gewesen! Wahrscheinlich hat Nonnenroth recht: ›Ein Schwätzer mit Volldampf!‹ Satchmo – das ist dieser Neger mit der Trompete. The king of jazz. Nicht anzuhören. Bei aller Bemühung, mit der Zeit zu gehen: nicht anzuhören. Die Rache des schwarzen Mannes. Die 5a, nein, es war hier in der 6b, da brachte einer eine Platte von ihm mit. Geistliche Lieder. Spirituals. Entsetzlich. Ein grölender Gorilla! Schon zwölf Minuten vorbei. Aber kann man, darf man ihre Fragen einfach abwimmeln? Auch wenn sie, vielleicht, Nonsens sind? Nein, nicht in Religion –

Godelund klappte das Harmonium zu und setzte sich auf die erste Bank, die leerstand. Einen Augenblick überlegte er, ob er ein Morgengebet sprechen sollte, ließ es aber.

»Mitzkat, gib uns bitte den Bericht über die letzte Religionsstunde ...«

Mitzkat blätterte drei Hefte durch, ehe er den Bericht auf einem zerfransten Stenoblock fand.

»Zu Anfang der Religionsstunde am Samstag erhoben wir uns. Dann sangen wir von Lied 500 –«

»Lied 142, Mitzkat, 142!«

»Entschuldigen Sie, Herr Godelund, ich wußte es nicht mehr so genau.«

»Weiter!«

» – die Strophen eins, drei und neun. Danach wurde gebetet. Psalm 130. Schließlich durften wir uns setzen, und ein Teil der Klasse begann mit den Schularbeiten.«

»Was soll das heißen?«

»Wir begannen zu arbeiten. Nach dem Motto: ›Bete und arbeite!‹«

»Mitzkat, Ihr Ton gefällt mir schon lange nicht mehr! Weiter!«

»Der Fachlehrer erklärte irgend etwas über die Ostkirche.«

»Mitzkat, nicht irgend etwas – sondern?«

»Die Bedeutung der Ikonen in der Ostkirche.«

»Na endlich. Weiter!«

»Der Fachlehrer zeigte uns Kunstpostkarten, die er sich für teures Geld besorgt hatte, um uns klarzumachen, wie Ikonen aussehen. In Recklinghausen ist auch ein Ikonenmuseum. Plötzlich ertönte von hinten eine Babystimme. Alle lachten. ›Was habt ihr schon wieder zu grinsen? Bin ich das, oder ist das die Religion?‹ fragte der Fachlehrer.«

»Mitzkat, ich habe Ihnen schon wiederholt erklärt, daß in einem Stundenbericht Ihre armseligen Witzchen nichts zu suchen haben! Außerdem dürfte ich mich kaum so abstrus ausgedrückt haben, wie Sie es mir in den Mund legen.«

»Stenogramm, Herr Godelund. Wenn ich den Stundenbericht aufgebrummt bekomme, stenografiere ich mit, damit es wird wie live!«

»Wie was?«

»Live.«

»Na, lies weiter!«

»Die Nachforschung nach dem Täter verliefen gleich Null, und nach den üblichen Sprüchen schoß der Fachlehrer noch ein paar stahlharte Blicke ab und –«

»Mitzkat, ich fordere Sie in allem Ernst auf, diese hanebüchenen Dummheiten jetzt zu lassen und zur Sache zu kommen!«

»Wir erfuhren, daß Ikonen Heiligenbilder sind, die von den Mitgliedern der Ostkirche angebetet werden. Weiterhin lernten wir, daß die Ikonen zu Ostern in ein Tuch gewickelt werden, wo unser lieber Herr Jesus draufgestickt ist.«

»Auf das Jesus –«

»Auf das Jesus gestickt ist. Die Ostblockchristen –«

»Ostblockchristen? Diesen Ausdruck habe ich nie und nimmer gebraucht, Mitzkat!«

»Nein, aber ich dachte, die Christen im Ostblock sind –«

»Sag klar und unpolitisch: die Mitglieder der Ostkirche.«

»Die Mitglieder der Ostkirche sehen in den Ikonen Gott. Wenn sie die Ikonen anbeten, glauben sie, mit Gott zu sprechen. Sie versuchen, die Richtigkeit ihres Glaubens durch einige Bibelstellen zu beweisen, die unser Religionslehrer vorlas.«

»Haben Sie sich die Verse aus der Heiligen Schrift gemerkt?«

»Nein.«

»Aha! Hier wäre Ihr Stenogramm angebracht gewesen! Dieses Problem ist von größter Wichtigkeit. Nun, weiter!«

»Unser Fachlehrer las aber dann noch einige andere Bibelstellen vor, die das genaue Gegenteil sagen.«

»Das genaue Gegenteil? Das ist höchst unklar, Mitzkat. Es muß heißen: die beweisen, daß jene Auffassung irrig ist. Weiter!«

»Anschließend hörte der Fachlehrer, wie jedes Jahr, das Lied ›Befiehl du deine Wege‹ ab. Er fing hinten im Alphabet an und ließ jeden eine Strophe vortragen. Ich kam bei Strophe sieben dran, aber es wurde nichts draus.«

»Leider, Mitzkat, leider!«

»Danach lasen wir in der Bibel. Brief des Paulus an die Korinther. Jetzt fing der Religionslehrer vorne im Alphabet an und ließ jeden von uns zwei Verse stottern. Wir benutzten nämlich die Bibelübersetzung Doktor Martin Luthers, die in einer Schrift gesetzt ist –«

»In gotischer Schrift!«

» – in gotischer Schrift gesetzt ist, die wir nicht lesen können.«

»Das ist bedauerlich, Mitzkat – in einer deutschen 6b!«

»Wir hörten uns aber auch noch von unserem Religionslehrer eine moderne Übersetzung an. Ich fand sie nicht modern. Damit kann man keinen Affen aus dem Urwald locken –«

»Mitzkat, ich ermahne Sie zum letzten Mal, zum wirklich allerletzten Mal!«

»So spricht heute kein Mensch. Wie Luther spricht zwar auch kein Mensch mehr, vor fünfhundert Jahren aber hat er dem Volk aufs Maul geschaut. Unser Fachlehrer verriet uns, daß Luthers Übersetzung ehrwürdiger und sprachgewaltiger, die translation –«

»Die Übertragung –«

» – die Übertragung von Herrn Menge aber richtiger ist.«

»Philologisch richtiger habe ich gesagt, Mitzkat, philologisch! Was durchaus nicht gleichbedeutend ist mit: theologisch richtiger! Merkt euch diesen Unterschied.«

»Als es klingelte, erhoben wir uns wieder. Gebet. Der Fachlehrer wünschte uns ein gesegnetes Wochenende, obwohl gar nicht Weihnachten war. Wir ihm auch.«

»Setzen Sie sich, Mitzkat. Schämen Sie sich gar nicht, hier den Klassenclown abzugeben? Na, immerhin: aufgepaßt haben Sie.

Schlagt noch einmal in eurem Neuen Testament die Lehrbücher auf, Seite 171. ›Der Brief des Paulus an Philemon‹. Ich darf vermuten, daß ihr doch einiges nicht ganz verstanden habt. Obwohl, leider muß ich das immer wieder sagen, obwohl keine Fragen kommen! Nun, wir wollen uns heute diesen kurzen, aber sehr gehaltvollen Brief des Apostels Paulus hier erarbeiten. Zunächst einmal: Wer war dieser Philemon, an den der Apostel schrieb?«

– Moses hat wieder nichts spitzgekriegt. Zwiebelsamen auf den Pupillen. Und in den Ohren. Fang's fröhlich an mit Paulemann! Mensch, schon fünfundzwanzig Minuten halte ich den auf Trab! Was haben wir in der zweiten? Physik. Hab ich. Fünfte Zeichnen! Nusbaum kann mir die Gemälde von Kiki pumpen. Damit haben schon mindestens sechs Mann eine Zwei gefischt. Sechste Franz. Schon schlechter. Wenn Violat Vokabeln abhört, bin ich in der Uhr. Scheiße, daß Moses mich in die erste Bank gesetzt hat. Jetzt linst er herüber. Händchen falten, Köpfchen senken – immer an Herrn Lehrer denken. Der Brief stammt nicht mal von Paulus. Onassis, nee, Onesimus. Namen hatten die Knaben! Nächsten Montag mach ich blau. Hab schon besser geschlafen als in der Penne. Relli ist Käse. Moses weiß kein Stück. Und wenn unsereiner ihn was fragt, tut er, als wär er Fernsehreporter im Himmel. Soll ich ihn mal anzapfen, wer Onan war? ›Genuß ohne Reue‹! Diese Goldhamster glotzen wie Nutten im Schaufenster. Neulich hat Titz Schwefelwasserstoff ins Terrarium geschüttet. Ein alter Bock ist krepiert. Und Moses hat geflucht. Dachte gar nicht, daß er das so kann. Ist eigentlich ein ganz passabler Zeitgenosse. Bricht keinem das Genick. Aber stinklangweilig. Die Katholen haben 'nen neuen Vikar. Soll auf Zack sein, der Knabe. Haben über Adolf gesprochen. Soll ich Moses mal anquatschen, was gefährlicher ist: Atombombe oder Sexbombe? Da rappelt der Wecker! Was will Anti denn noch –

»Ich hab noch eine Frage, Herr Godelund!«

»Bitte!«

»Die Auferstehung des Fleisches, von der Sie da sprachen, wie hat man sich das eigentlich vorzustellen? Nehmen wir einmal an, anno domini xundsechzig fällt uns so was wie Atombomben auf den Kopp: fünfhundert Megatote. Kommen die beim Jüngsten Gericht alle gleichzeitig hoch?«

Godelund betrachtete Kurafeiskis Gesicht. Es blieb unbefangen, gelassen, ernsthaft.

»Und vor allem: wie kriegen wir die Knochen wieder zusammen«, fragte Mitzkat, »wenn wir doch alle verschröckelt sind?«

»Es hat geklingelt!« unterbrach Adlum.

»Wir wollen beten!« sagte Godelund.

»›Vater unser, der du bist im Himmel . . .‹«

Nonnenroth saß im Lehrerzimmer, rauchte und las das Fußballmagazin.

Godelund ging, reduzierten Schritts, an ihm vorbei, öffnete weit das Fenster; dann begrüßte er seinen Kollegen.

»Wünsche ein gutes Wochenende gehabt zu haben!«

Er versuchte die Andeutung eines Lächelns.

Nonnenroth fuhr aus seiner Lektüre hoch und lancierte seinen Zigarettenstummel mit der Zunge in den linken Mundwinkel.

»Diese Schalker Pullen haben in Dortmund wieder wie die letzten Jauler gespielt! Morjn, Herr Godelund.«

»So?« sagte Godelund und rieb mit seiner Serviette einen Apfel blank.

Nonnenroth vertiefte sich wieder in seine Sportzeitung.

»Wieviel Zigaretten rauchen Sie am Tag? Wenn ich fragen darf.«

»Vierzig!« sagte Nonnenroth.

»Halten Sie das für gesund?«

»Nee, aber für weniger schädlich als heiraten!«

Godelund lächelte, säuerlich nachsichtig, ging zum Wasserbekken und wusch sich sorgfältig die Hände.

Es klopfte an die Tür.

Nonnenroth sah auf, massierte sich kurz die Nasenwurzel und las weiter. Godelund trocknete sich besonnen die Hände ab. Dann öffnete er.

»Vielen Dank, Herr Kollege«, sagte Kuddewörde, »ich konnte nicht an meinen Schlüssel.«

Er legte einen Stapel Zeichenmappen auf seinen Platz.

»Sagen Sie, kennen Sie zufällig einen Maler namens Rouault, einen modernen?«

Kuddewörde buchstabierte sorgfältig den Namen.

»Einen Franzosen?«

»Ja. Rouault.«

»Nein«, sagte Godelund und betrachtete seinen Vorbereitungszettel für die zweite Stunde.

»Ist das der Eierkoppgotiker?« rief Nonnenroth herüber.

»Muß ein religiöser Maler sein«, sagte Kuddewörde und sah Godelund erwartungsvoll an. »Er hat vor allem Kirchenfenster gemalt.«

Godelund schlug die Heilige Schrift auf und las eine Textstelle nach.

»Seine Heiligen haben alle Eierköppe, wenn es der ist, den ich meine«, ergänzte sich Nonnenroth. »Eine Kreuzung zwischen Erzengel Gabriel und Genosse Perikles!«

»Lebt dieser Maler noch?« fragte Godelund.

»Keine Ahnung. Interessiert mich auch nicht. Fragen Sie doch Kollegen Nemitz. Der ist hier Experte für diesen modernen Kokolores.«

»Ich glaube, Sie verwechseln Rouault mit irgend jemand anderem«, sagte Kuddewörde skeptisch. »Farwick aus der 6b hat mir ein paar Reproduktionen mitgebracht. Fand sie recht ordentlich.«

»Ausgerechnet Farwick. Der überkandidelte Musensohn sollte mal lieber etwas für Biologie tun. Verwechselt Chromosomen und Gonokokken.«

Die Klingel meldete das Ende der Fünfminutenpause. Godelund legte behutsam die Bibel, das Religionsbuch und die Präparationen in seine Schultasche und machte sich auf den Weg zum Unterricht. Die Debatte über Rouault ging unterdessen weiter.

Auf dem Flur stand Hübenthal mit Knetch und Crispenhoven und zeichnete auf eine beschlagene Fensterscheibe das Modell eines Atommeilers.

»Nehmen Sie mich mit, Herr Kollege!« rief er und sah auf seine Uhr, als Godelund, knapp lächelnd, an ihnen vorbeitrippelte. »Ich muß auch in die Katakomben! Physik – 6b.«

Godelund verlangsamte seinen Schritt um eine Spur, bis sie auf gleicher Höhe waren.

»Guten Morgen!« Er gab Hübenthal drucklos die Hand. »Ich muß in die 4b. Wünsche gutes Wochenende gehabt zu haben!«

»Danke! Wie üblich. War mit meiner Mutti mal wieder an der Zonengrenze. Der neue 190 D schafft die Strecke in einer guten Stunde. Sind immerhin rund hundertundzwanzig Kilometer.«

»Hast'n Hugo?«

»Mensch, wart doch bis zur großen Pause!«

»Willste auf'm Hof qualmen?«

»Können doch in'n Lokus gehen!«

»Komm, gib schon her!«

»Na, meinetwegen. Sind noch zwei drin. Laß mir eine übrig!«

»Gehste mit hoch?«

»Bon. Quabbel, Pigalle und Baby sind schon oben.«

Mitzkat und Schanko flitzten über den frisch geölten Flur und winkten Harrach, der jetzt Aufsicht hatte und am Fenster stand, hinter seinem Rücken beruhigend zu. Mitzkat klaubte in seiner Hosentasche nach einem Schlüssel, sperrte die Tür zum Speicher auf, schloß hinter sich wieder ab. Sie stiegen leise die dunkle Bodentreppe hinauf.

»Parole, Kameraden?«

Die Stimmen von oben gicksten und gacksten wie Saxophone.

»Roth-Händle!«

»Willkommen, Kameraden! Willkommen im Tabakskollegium der glorreichen 6b!«

Mitzkat und Schanko hockten sich zu den anderen auf den Zementfußboden an die Heizungsrohre und steckten ihre Zigaretten an.

»Roth-Händle – die Zigarette der Malocher«, sagte Petri und starrte resigniert auf seine Baseballschuhe.

»Und der Snobs.«

»Roth-Händle – der Sargnagel der Bundesrepublik!«

»Roth-Händle – das Lungenbrötchen der Erniedrigten und Beleidigten.«

»Der Gammel.«

»Des kleinen Mannes.«

»Du warst schon besser, Quabbel!«

»Hört schon auf!« brummelte Adlum. »Es ist noch zu früh für Bonmots. Außerdem schellt's gleich.«

»Der Mensch wird doch noch schiffen dürfen!«

Die Züge wurden tiefer und hastiger. Unter der niedrigen Schieferdecke hing der Hecht.

»Moses war heute wieder mal Baldrian«, sagte Nusbaum und gähnte herzhaft.

»Und Anti hat ihn vielleicht verarscht!«

»Anti? Glaub ich nicht.«

»Der meint das so.«

»Mächtig interessiert.«

»Auf jeden Fall ist Moses 'ne fromme Niete«, sagte Schanko.

»Mensch, Religion is aber auch 'n verdammt saurer Job.«

»Moses tut, was er kann. Und das ist wenig.«

Muhl stand auf und drückte mit der Schuhspitze seine Kippe aus.

»Die Kirche ist die größte Schau der Welt«, sagte er souverän.

»Quatsch mit Soße!«

»Mensch, Sonntag mußte ich mit meiner alten Dame doch glatt in den Tempel. Abendmahl und ähnliche Scherze. Weißt du, wer aufgepaßt hat? Rundum Vadder ganz alleine. Die andern dösten christlich vor sich hin oder glotzten die Weiber an. Zum Abgewöhnen! Ich hab mir jedes Wort von dem Pfaffen angehört. Ist ja 'n billiges Vergnügen: Vortrag mit Musike und 'n Schluck Wein obendrauf gratis. Aber Tinnef war's doch. Der Bruder da in der christlichen Bütt glaubt ja selber nicht, was er erzählt. Wer kauft das denen denn heute überhaupt noch ab: Taube mit Spruchband im Schnabel und so. Haben unsre Brüder im Osten auch, nur daß die –«

»Halt die Schnauze, Quabbel, davon verstehst du nichts!«

»Aber ihr Katholen! Ihr habt ja 'ne direkte Strippe zum Boß.«

»Auf dem Niveau unterhalt ich mich nicht mit dir.«

»Demokratie! Hier herrscht Demokratie! Laß'n reden!«

»Mensch, Pius, spiel doch nicht doof! Denk doch mal fünf Minuten über den ganzen Zirkus nach, und du bringst deinen Heiligenschein zum Schrotthändler. Oder willste etwa behaupten, daß einer heute, wenn er nicht angebrannten Grießbrei im Kopp hat, noch an den Heiligen Geist und eure Jungfrau Maria glauben kann? Man kennt doch den G. I., der sie angeschossen hat! Ein römischer Legionär namens Panth–, ich hab den Namen vergessen. Morgen bring ich ihn dir mit.«

»Interessiert mich nicht«, sagte Claussen und versuchte im Halbdunkel auf seiner Armbanduhr die Zeit abzulesen. »Du bist ein Schwein, Quabbel, und deshalb meinst du, die ganze Welt sei eine einzige Schweinerei.«

»Was ich entschieden wichtiger finde als eure spätchristliche Diskussion: wer von euch hat gestern die Ostzone gehört?« fragte Satemin.

»Sudelede? Nie! Lieber sammel ich Latrinenlyrik.«

»Solltest du dir ruhig mal anhören, Towarischtsch! Kannst vielleicht ein paar Jahre Nachhilfeunterricht in deutscher Geschichte dadurch sparen!«

»Was haben unsre Brüder im Osten denn jetzt für 'ne Scheibe auf'm Propagandateller?«

»Die haben eine hübsche Wanderausstellung, meine Herrn von rechts! Feine Dokumentchen in Sachen Globke und Co.«

»Alter Käse!«

»Stinkt am meisten.«

»Ich hab's auch gehört. Junge, Junge, wenn nur 'n Viertel von dem wahr ist, was die behaupten, dann ist aber etwas faul in Westschlaraffia. Oberfaul sogar.«

»Merkst du das jetzt erst?«

»Geh doch wieder rüber, Lumumba!«

»Qui sait, qui sait.«

»Bis zum dreizehnten August hättest du unterwegs ein paar Tausend Flüchtlingen begegnen können.«

»Vielleicht findste an der Mauer oder am Stacheldraht noch ein paar Peter Fechters, die deine Genossen abgeknallt haben!«

»Die Mauer – das lästige Ding.«
»Und wer hat se gebaut?«
»Und wer hat se provoziert?«
»Raus!«
»Kommunist!«
»Volk der Richter und Henker!«
»Frag doch mal Rabbi, was der von der Schose hält«, riet Adlum.
»Werd ich tun«, sagte Satemin.
»Ich glaube, der hat auch 'ne rosa Weste.«
»Wie du, was?«
»Rabbi?«
»Da biste schief gewickelt!«
»Rot ist zukunftssicher. Das merkt so'n Nebbich.«
»Ist ja gar keiner.«
»Rabbi? Laß dir's von mir gesagt sein. 'ne Nase wie Habakuk persönlich.«
»Mensch, ihr Säcke, es ist schon acht nach!« rief Petri und rannte zur Treppe.
»Sachte, sachte! Hokus kommt doch zehn Minuten zu spät.«
»Kameraden, tragt Gesichter wie ein Mann, der soeben seine Blase entleert hat«, riet Mitzkat auf der Treppe.
»Bedarf an Pfefferminz, Leute?«
»Achtung – Hokus!«

– Godelund ist ein armer Hund. Hat nischt vom Leben. Die Familie hängt an ihm wie drei Blutegel. Na ja, besitzt dafür aber auch gesundes Gottvertrauen. Viel wert. Wo ist der Schlüssel zur Toilette? Hier. Wenn du eine Filterscheibe vor dem Bildwerfer rotieren läßt, erscheinen die Bilder bewegt. Die Idee ist gut. Läßt sich mit einem simplen kleinen Elektromotor verwirklichen. Die Idee ist glänzend. Sofort dem Patentamt melden. Ehe ein anderer dir zuvorkommt. Ist dir bestimmt schon zuvorgekommen. Irgend so ein amerikanischer Schweinehund. Die haben uns die Patente geklaut! Und unbegrenzte Mittel. Immerhin: da kann einer vom Volksschullehrer zum Professor in Harvard aufsteigen, wenn er nur die nötige Grütze hat. Und bei uns? Fixiert bis zum Ruhegehalt. Du weißt schon heute genau, in welcher Gehaltsstufe du in zehn, in zwanzig Jahren stehen wirst. Unabänderlich in derselben wie Knetsch, Kuddewörde oder auch Godelund. Und das sind Nullen! Während du jederzeit noch den Doktor machen könntest. Schwamm drüber. Was sagte Nonnenroth, der witzige Hund, neulich? ›Wenn du nicht bekommst, was du liebst, mußt du lieben, was du bekommst.‹ Mußt du Helga erzählen. Nein, lieber doch nicht. Ist mächtig empfindlich in der letzten Zeit. Wechseljahre. Vielleicht ist sie auch nicht gerade knallglücklich mit dir? Unsinn. Du brauchst ein neues Color-Objektiv, f:1,9/50 mm. Und eine vollautomatische Schaltung für das Diaskop. Teurer Spaß. Wenn du Blagen hättest, könntest du dir das alles nicht erlauben. Labor, den neuen 190 D, die Kameras. Bei dem Gehalt. Sei froh, daß du keine hast! In dieser mulmigen Zeit, Kinder in die Welt setzen – nein! Hiroshima wieder bevölkern oder Berlin oder Dresden – für die nächste Atombombe? Dazu braucht man ein stabileres Gewissen als du. Aber Helga? In den Osterferien mal mit ihr in den Harz fahren. Aber ohne das Color-Objektiv ist der Harz witzlos. Wir haben doch in der 3b den Krauke sitzen, aus der Fotohandlung. Sprich mit dem Alten; der Junge steht mau, bei Crispenhoven glatt fünf. Du kannst ihm ein paar Nachhilfestunden in Mathematik geben. Geht in Ordnung. Eine Hand wäscht die andre. 6b, die Lausebande hat wieder einen Plattenspieler mit, aber technisch interessiert –

»Morjen, Jungs!«

»Morjen, Herr Hübenthal.«

»Setzen!«

Muhl blieb stehen.

»Ich hab meinen Stundenbericht vergessen, Herr Hübenthal.«

»Vergessen?«

»Ja!«

»Vergessen anzufertigen oder vergessen mitzubringen?«

»Vergessen anzufertigen.«

»Na, immerhin ehrlich. Du wirst in der nächsten Physikstunde ein Referat halten über, na, sagen wir: über die Induktionsspannung. Verstanden?«

»Ja.«

Satemin meldete sich.

»Gibt's noch so eine Verfügung, Herr Hübenthal, daß zu Montag aufgabenfrei ist?«

Hübenthal grinste amüsiert.

»Der immer wohlinformierte Herr Satemin! Wohlinformiert, soweit es nicht das Pensum betrifft. Doch, Satemin, diese Verfügung gibt's noch. Ich persönlich halte sie, beiläufig bemerkt, für baren Mist – doch die Herren am grünen Tisch haben entschieden. Ich füge mich also. Ich füge mich ihrem philanthropischen Erlaß, und deshalb habt ihr, was euch anscheinend noch gar nicht aufgefallen ist, für mich zu Montag nie und nimmer Hausaufgaben zu machen, dafür verbürge ich mich hiermit noch einmal ausdrücklich. Ich höre mir nur eure, nun sagen wir, eure freiwilligen Beiträge zur Aufbesserung des Notenkontos an. Eures, nicht meines!«

»Ho, ho, ho!«

»Vielen Dank für den Applaus. Ich stelle fest: Antrag einstimmig angenommen. Huje, lies.«

Satemin ließ sich auf seinen Sitz zurückfallen und machte sich ostentativ Notizen.

»Von hier aus?« fragte Huje.

»Komm vor die Klasse! Zeig mal dein Heft! Ist ja tatsächlich deins. Eine Pfote hast du wie eine besoffene Klosettbürste. Lies.«

»Der Transformator besteht aus zwei voneinander abhängigen Spulen, Primär- und Sekundärspule, und einem Eisenkern –«

»Geh an die Tafel und zeichne einen Klingeltransformator an.«

Huje suchte sich umständlich die Kreide zusammen.

Nusbaum schlug unter der Bank das Physikbuch auf und hielt es, von Mitzkat abgeschirmt, Huje hin. Huje begann zu zeichnen.

– dieser Satemin ist gefährlich. Ostzonenflüchtling und dann noch aus Sachsen. Von Mensch zu Mensch gesehen, mag es wirklich tragische Fälle geben, aber im allgemeinen –. Jeder dieser Flüchtlinge infiltriert uns eine Myriade kommunistischer Bazillen. Jeder. Selbst wenn er drüben Gegner des Regimes war. Gewesen sein will! Kontaktträger. Sein Vater soll wieder in Chemnitz sein. Karl-Marx-Stadt! Nachdem er hier Pleite gemacht hatte! Mit siebzigtausend in der Kreide. Unser Geld. Und man darf es nicht einmal laut sagen. Möchte wissen, wie es uns ergangen wäre, wenn wir aus dem Westen nach Schlesien Obber zu den Pieronjes hätten flüchten müssen. Nicht auszudenken. Sicher hat der irgendwo gehört, daß du in der SS warst. Heute wissen ja alle alles, was sie nicht wissen sollen. Demokratie: an die große Glocke hängen, was in die Krypta gehört. Siehe Amerika. Die Russen fangen das viel schlauer an. Cap Canaveral. Blamage über Blamage. Wie im Schulwesen. Demokratie in der Schule: galoppierender Wahnsinn. Import aus USA. Eins muß man sagen: die Disziplin unter Adolf war mustergültig. Heute: Elternpflegschaft, Schülermitverwaltung und was weiß ich noch alles für Sperenzchen. Wegen jeder Ohrfeige kannst du vor dem Kadi erscheinen. Jede Klassenarbeit, jeder Paptus ist juristisch anfechtbar. Und der Staat stellt sich noch nicht einmal vor seine Beamten! Er spielt Demokratie, und der Beamte zieht den kürzeren. Die Autorität geht dabei in die Binsen. Wie bei Godelund, bei Kuddewörde, bei Knetsch. Denen tanzt die Bande auf der Nase herum. Und wenn sie endlich mit eisernem Besen kehren, wirft ihnen die eigene Regierung einen Knüppel zwischen die Beine. Ein Glück, daß du keinerlei pädagogische Schwierigkeiten hast. Das fehlte gerade noch. Auf diesen Satemin mußt du ein Auge haben. Auch auf Schanko, Mitzkat. Und auf Kurafeiski. Wenn ich schon die Namen höre –

»Sieht aus wie eine freundliche Kuh von hinten, aber immerhin. Jetzt sag mir mal, Huje, wo bist du zum erstenmal in deinem Leben einem Transformator begegnet?«

»An der Korridorklingel.«

»Na schön, aber die hast du ja damals wohl kaum in die Hand bekommen. Dagegen könnte ich mir vorstellen, daß deine Eltern dir in ihrer unerforschlichen Güte zu Weihnachten – na?«

»Bei der elektrischen Eisenbahn!«

»Sehr richtig! Noch eine einzige Frage, und dann bist du erlöst. Physik ist nicht gerade dein Hobby, was?«

»Nein.«

»Man merkt's, man merkt es ganz gewaltig, Huje. Also: wie verhält sich in einem Transformator die Spannung zur Windungszahl?«

Nusbaum schob das Physikbuch näher zu Huje hin und tippte

mit dem Lineal auf den fettgedruckten Lehrsatz. Doch Huje blieb kurzsichtig.

»Weiß ich nicht«, brummte er vorwurfsvoll.

»Bedauerlich, Huje! Na ja, hoffentlich weißt du wenigstens, wie man Kohlen schippt. Für alle Fälle. Setzen!«

Hübenthal nahm ein Stück rote Kreide, stellte sich mit dem Rücken zur Tafel und begann, mit verblüffender Geschwindigkeit eine gewaltige Formel anzuschreiben.

»Nachdem wir uns mit fraglichem Erfolg bis jetzt den unterentwickelten Völkern gewidmet haben«, sagte er aufgekratzt, »nun noch ein paar Leckerbissen für die wenigen vollbelichteten Vertreter der Menschheit unter euch. Die Faradaysche Induktionsformel. Na, wer möchte dazu das Wort ergreifen? Du wohl nicht, Huje?«

– Angabe. Stinkige Angabe. Das Schwein weiß genau, daß keiner in der Klasse versteht, was er jetzt auf die Tafel hext. Die Faradaysche Induktionsformel! Möchte gern wissen, ob das überhaupt stimmt. Nicht einmal kontrollieren kann das einer. Vielleicht Anti. Vielleicht. Muß ihn fragen. Einer also. Einer höchstens. Aber wir sind zwanzig. Für was ist Rull Klassensprecher? Er müßte sich jetzt doch melden, aufstehen und sagen: Veto! Aber da hockt er, stiert vor sich hin, kritzelt Sprüche ins Heft und kneift. Schiß! Nein, Schiß hat der keinen. Hinter den komm ich nicht. Hokus zieht seine show ab, und Rull mimt den Stummen. Cha-Cha hat mir wenigstens an der Tafel geholfen. War umsonst. Diese Fünf bricht mir das Genick! Mathe und dann auch noch Physik, damit bin ich im Eimer. Vater schreibt mich ab. Die Viertelstunde gestern, vor der Schlafzimmertür, war fürchterlich. Weiß nicht mehr, was ich noch machen soll. ›Den Wanst laß ich sacken, wenn er noch einmal pappen bleibt. Darauf kannst du diesmal Gift nehmen!‹ Dabei hab ich nur ihn. Wenn er das nur wüßte! Und dann? Ich kann's ihm nicht sagen. Ein Glück, daß die zwei wenigstens wieder zusammen ins Bett gehn! Ist aber auch das einzige, was sie noch zusammen tun. Mutter hat Wut, daß ich überhaupt da bin. Sonst könnte sie abhauen. Hab sie schon zwei Jahre nicht lachen sehn. Ob noch einer aus der Klasse solche Verhältnisse daheim hat? Vielleicht Johnny. Muß aufpassen. Hokus ist falsch. Wenn der mich jetzt plötzlich drannimmt und ich passe, ist der Fall für ihn endgültig erledigt. Dean hat keinen Vater mehr. Auch Cha-Cha nicht. Gefallen. Oder vermißt. Na, dann ist wenigstens auch nicht immer dicke Luft. Trotzdem muß ich mit Vater wieder klarkommen. Wenn ich die nächste Mathearbeit Vier schreibe – Paps stellt mir kein Bein. Der ist in Ordnung. Jetzt hat sich Rull doch noch gemeldet. ›Die Klasse versteht das nicht, Herr Hübenthal.‹ ›Kurafeiski, stimmt das?‹ ›Ich hab nicht aufgepaßt, Herr Hübenthal.‹ Hokus grinst. Es schellt. Er latscht ab. Halleluja –

»Haben Sie sich ›Mein Kampf‹ angesehn?« fragte Violat. Er hantierte am Verschluß einer Byrrh-Flasche. »Heute läuft er noch mal in der Lehrer-Sichtveranstaltung.«

»Nein. Muß man?«

»Es lohnt.«

»Mir hängt die Vergangenheit zum Hals raus!« sagte Nonnenroth.

»Also ich muß auch sagen: Was gewesen ist, ist gewesen. Man muß auch einen Strich ziehen können.«

Harrach zählte seine Aktiv-Kapseln ab und spülte sie mit schwarzem Johannisbeersaft hinunter.

»›Willst du dir ein gut Leben zimmern, mußt ums Vergangne dich nicht kümmern!‹ sagte Goethe«, zitierte Dr. Nemitz.

»Was ich dabei vor allem unverständlich finde, ist, daß ausgerechnet wir Deutschen selbst immer wieder im Schlamm wühlen müssen, statt uns der Zukunft zuzuwenden! Wenn das die Russen tun oder die Engländer, na ja – kann man's ihnen übelnehmen? Obwohl sie selbst genug Dreck am Stecken haben. Aber wir, unser eigenes Nest beschmutzen? Nein. Das ist wenigstens mein Standpunkt.«

Hübenthal zog seine Schublade auf und holte eine Spieldose heraus, klein wie eine Streichholzschachtel.

Sie zirpte das Deutschlandlied.

Das Kollegium lachte.

»Schweizer Präzisionsarbeit«, sagte Hübenthal vergnügt. »Hat mich dreißig Mark gekostet.«

»Ist ja entzückend!« rief Matzolf. »Darf ich mal sehn?«

»Aber bitte!«

»War das nicht ein Jude, der den Film gedreht hat?« fragte Nonnenroth.

»›Mein Kampf‹?«

»Ja!«

»Da bin ich überfragt«, sagte Dr. Nemitz. »Wenden Sie sich doch einmal an Herrn Kollegen Groenewold.«

Nonnenroth grinste.

»Führt Aufsicht!«

Es klopfte. Dr. Nemitz ging zur Tür.

»Für Sie, Herr Nonnenroth«, sagte er und stellte einen großen präparierten Papageien vor dem Biologielehrer auf den Konferenztisch.

»Ich möchte mich nicht in Ihr Gespräch einmischen«, sagte Godelund, »aber auch vom christlichen Standpunkt aus betrachtet, ist dieses – wie soll ich mich ausdrücken –, dieses Nachtragen der Vergangenheit nicht recht.«

»Und doch hat einer aus Ihrer Fakultät die Kollektivschuld erfunden!« flachste Nonnenroth.

»Eine unglückliche Formulierung.«

Harrach unterbrach seine Korrektur.

»Unglückliche Formulierung? Das ist aber mehr als mild ausgedrückt, Herr Kollege! Politischer Masochismus – so würde ich das bezeichnen. Kollektivschuld! Ich kann von mir nur sagen: Ich fühle mich ganz und gar nicht schuldig. Und ich glaube, so ergeht es der Majorität unseres Volkes ebenfalls. Der anständigen Majorität, die nichts als ihre verdammte Pflicht und Schuldigkeit getan hat.«

»Reg dich nicht auf, Heinrich, das schadet deiner Zirbeldrüse«, sagte Nonnenroth.

»Was meinen Sie, Herr Vikar?«

Der Vikar legte die Heiligenbildchen in seinen ›Schott‹ zurück.

»Ich vermute, daß der Begriff ›Kollektivschuld‹ oft mißverstanden wird«, sagte er. »Ich kann mir nicht denken, daß ein Mann wie Ihr verehrter Herr Kirchenpräsident ihn anders als theologisch begriffen wissen wollte.«

»Mal eine ganz andre Frage: ich habe mir den Film gestern abend mit meiner Frau angesehn – leider«, sagte Gammelby.

»Stimmt das denn überhaupt? Heute darf man ja Gott sei Dank wieder nach der historischen Wahrheit fragen.«

»Noch«, sagte Nonnenroth.

Dr. Nemitz zwinkerte ihm zu.

»Gewiß, es sind Sachen passiert, die gehören sich nicht. Vor allem die Affäre mit den Juden war unklug, zugegeben. Das hat uns die ganze Welt auf den Hals gebracht, sonst wäre der Krieg anno vierzig gewonnen gewesen!«

»Dünkirchen!« sagte Harrach.

»Eben. Diesen Bock hat Hitler persönlich geschossen. Aber davon einmal abgesehn: sind das denn wirklich authentische Fotos und Dokumente, die uns da seit achtzehn Jahren unter die Nase gerieben werden? Die stammen doch ausschließlich von den Amerikanern, Franzosen, Engländern und Russen – oder von Juden.«

»Seit meiner Gefangenschaft glaube ich denen kein Wort mehr«, bekannte Matuschak. »Die haben uns beschissen nach Strich und Faden!«

»Im Lügen jedenfalls, da konnten sich Churchill und Goebbels das Wasser reichen!«

»Eins steht doch fest, da wollen wir uns doch gar nichts vormachen lassen, meine Herren: dem einfachen Mann, dem kleinen Pg., war es unmöglich, sich anders zu informieren, als er von oben, von Adolf, Hermann und Jüppken, informiert wurde. Ich jedenfalls habe nichts, aber auch rein gar nichts gewußt von KZ etceterapepe.«

»Das ging nicht nur Ihnen so, Herr Kollege. Von Organisation und Staatsgeheimnis verstanden die schon etwas.«

»Nicht allein davon.«

Es schellte. Die große Pause war zu Ende.

Groenewold kam von der Hofaufsicht zurück. Das Gespräch verstummte für einen Augenblick.

»Wir ventilieren gerade die Frage, ob es im Krieg möglich war, sich über den wahren Charakter des Dritten Reiches zu informieren, Herr Kollege Groenewold«, sagte Dr. Nemitz dann. »Ich persönlich bin, offengestanden, der Ansicht, daß es, von glücklichen Einzelfällen abgesehn, nicht möglich war. Oder?«

»An der Front oder in der Heimat, Herr Doktor?«

»Sagen wir in der Heimat.«

»Es gab ausländische Sender.«

»Englische zum Beispiel?«

»Oder Beromünster.«

»Aber es war lebensgefährlich, die Auslandssender abzuhören.«

»War es nicht noch lebensgefährlicher, sie nicht abzuhören?«

Das Kollegium erhob sich.

»Es gab auch ausländische Zeitungen. Vor dem Krieg gab es –«

»Von draußen sah vieles anders aus«, sagte Dr. Nemitz, als sie hinausgingen.

»Das stimmt.«

Godelund schloß sich Groenewold an.

»Ich hab keine ausländischen Sender gehört und auch keine ausländische Zeitung gelesen, nie«, sagte Godelund. »Ich vertraute dem Staat, in dem ich Beamter war! Können Sie das verstehen?«

»Ich kann Sie verstehn, Herr Godelund.« Groenewold lächelte verlegen. »Ich kann Sie nur allzu gut verstehn.«

»Kommste mit zum Backfischaquarium?« fragte Schanko.

»Scheißspiel.«

Rull setzte sich auf die Schulhofmauer und betrachtete kritisch sein Frühstücksbrot.

»Los, dann gehn wir rauf, 'nen Hugo schmöken!«

»Keine Lust.«

»Mensch, sauer bist du heut wie ein Tränkeimer!«

»Ich hau hier ab!«

Schanko schwang sich neben Rull auf die Mauer.

»Gib mir ein Karo! Krach mit deinen Alten?«

»Auch.«

»Weswegen?«

»Wegen 'ner Stelle.«

»Haste noch keine?«

»Doch.«

»Und?«

»Maschinenbauer. Will mein Vadder.«

»Und du?«

»Lehrer oder so.«

»Pauker?«

»Eben nicht.«

»Und deswegen willste abhauen? Wohin?«

Sie sprangen gleichzeitig von der Mauer, steckten die Hände bis an die Ellbogen in die Hosentaschen und schoben durch das Gewimmel der großen Pause über den Hof.

»Mensch, das ist doch ganz große Scheiße hier.«

»Was? Die Penne?«

»Auch. Dieser Hokus, das dreckige Schwein.«

»Hat sich wieder in die Brust geworfen wie'n Hering in die Pellkartoffeln! Muß es wohl nötig haben.«

»Mensch, wie der Huje zur Minna gemacht hat! Auf die seidenweiche Tour. Ironisch. Wenn ich schon 'nen Pauker seh, der auf ironisch reist, krieg ich's Kotzen.«

»Dem seine Helga macht'n daheim sicher fertig wie'n Pantoffel.«

»Scheiße. Von dem Gequassel ändert sich auch nichts! Wir müssen was unternehmen!«

»Was willste denn ändern?«

»Mensch, die lassen uns doch hier vollkommen verkaffern! Und in der Klasse merkt's die Hälfte noch nicht mal. Ausgerechnet Moses machen sie fertig, den armen Sack. Da muß man sich doch schämen! Mensch, wenn man denkt, daß man vielleicht auch mal so wird. Dem muß man doch helfen, der kann sich ja nicht einmal wehren! Aber Hokus –«

»Hokus hat wenigstens was auf'm Kasten.«

»Ja, Physik und Mathe. Und damit hat sich's.«

»Was willste mehr? Oskar Hübenthal: Mittelschullehrer für Mathe und Physik. Fachlehrer. Was soll er sonst noch machen?«

»Mensch, es ist doch nicht nur Hokus, der mich aufregt. Buffo, Moses, Fazke, Bulumo, Medusa, Rübezahl – wo du hinguckst, es ist doch überall dasselbe. Der einzige Unterschied zu Hokus: die meisten können nicht einmal in ihrem Fach was.«

»Und Rabbi?«

»Rabbi ist anders. Und Paps. Auch Violat. Und?«

»Vielleicht der Neue.«

»Vielleicht.«

Aus der Ecke hinter der Turnhalle winkte ihnen Nusbaum und zeichnete mit den Händen abenteuerliche Kurven in die Luft.

»Lollo!« sagte Schanko. »Die begeilen sich wieder alle an 'nem Pulli voll Wackelpeter. Ich kann die Kuh nicht riechen.«

Rull grub ein verbeultes Buch aus der Brusttasche seines Anoraks.

»Kennste?«

»Saint-Ex. Klar. Romantiker am Steuerknüppel! Kannst mir's trotzdem mal pumpen. Ändern tut sich auf die Tour aber auch nichts. Vielleicht geb ich dir mal was Besseres!«

»Was?«

»Was stellst du dir vor unter ändern?«

»Mensch, die haben uns doch hier nichts zu verkaufen! Rein gar nichts. Dagegen müssen wir doch was unternehmen!«

»Doch: sämtliche ollen Kamellen des Abendlands. Und Ironie. Und Grammatik. Und Atomformeln. Was willste mehr?«

»Etwas, das hilft«, sagte Rull. »Mensch, man muß doch wissen, was einem hilft. Und so.«

»Es bimmelt. Auf zu Fazke, dem Dreiviertelstarken! Vielleicht hilft der dir auf die Sprünge.«

– typische Emigrantenmentalität. Aber Geist hat er. Übrigens auch Nonnenroth. Ein Mann, der Geist hat, kann dir niemals ganz unsympathisch sein. Selbst wenn er irrige, antiquierte Ansichten vertritt. Wie Groenewold. Ein madiger Charakter hat haut gout, aber Dummheit ist unverzeihlich. Interessant übrigens, daß Groenewold Geist hat, aber keinen Humor. Dieser Halbjude, oder was er nun auch ist, trägt dir ein zu tragisches Gesicht. Unangenehm, der permanente Ernst. Hättest ihm gern deinen Artikel gezeigt. Gespannt, was er darüber dächte. Kuddewörde hat kein Urteil, keinen Weitblick. Hast du schon öfter konstatiert: Zeichenlehrer verstehen nichts von Malerei. Ein Aperçu. Resultiert aus der Tatsache, daß nur selten ein wirklicher Künstler Zeichenlehrer wird. Parallele: Musiklehrer. Buffo. Es gibt natürlich Ausnahmen. In litteris? Liegen die Dinge anders. Der ›Ruhrkumpel‹ hat eine Tagesauflage von zweihunderttausend Exemplaren. Wird also schätzungsweise von achthunderttausend Menschen gelesen. Das Feuilleton? Sagen wir die Hälfte, vierhunderttausend Leser. Nicht übel. Demnach hätte jeder einhundertvierzigste in der Bundesrepublik deinen Artikel gelesen. ›Pädagogische Funktionen der modernen Kunst.‹ Warum die den Artikel nicht in der Wochenendausgabe gebracht haben? Na, für Renata kommt er heute, nach diesem Wochenende, wie der Punkt aufs i! Punctum puncti. Sitzt bei ihr denn doch wohl woanders! Aufregendes kleines Weibsbild! Hat etwas von einer Französin in ihrer Amoralität. Wenn Godelund ahnte, wer die Freundin in Kassel war, die sie besucht hat. Der Essay wird ihr spürbar imponieren. Hast du schon mehrmals beobachtet, gerade bei ungebildeten, sehr direkten Frauen, beim Weib mit einem Wort: Intellekt macht sinnlich. Nicht nur Geld. Ein gerechter Ausgleich. Zehn Uhr fünf. Sitzt jetzt schon zweiundeinhalb Stunden hinter der Maschine. Stupider Beruf. Ob sie nebenbei mit ihrem Chef flirtet? Hatte merkwürdige Flecken am Hals. Trotzdem unglaubwürdig. Warum soll sie dich betrügen? Hat doch alles, was sie braucht. Durchaus. Bei dir ist das etwas anderes. Irene ist die ideale Ergänzung auf dem spirituellen Sektor. Ruf sie nach Tisch gleich an. Brennend interessiert, was sie über den Artikel sagt. Sicher nicht unkritisch, aber im ganzen doch Zustimmung zu erwarten. Eine gebildete Frau. Klasse? 6b. Zum Abschluß geistiges Rüstzeug, wie es in diesem gräßlichen Schuldeutsch heißt. ›Die Situation der modernen Literatur.‹ Überblick. In großen Zügen natürlich nur. Kein Material, weiter vorzustoßen. Immerhin: auf dem Petrinum ist Kollege Corvin mit seiner Oberprima noch nicht soweit. Blamabel. Wo kommen wir hin, wenn unsere Jugend ins Leben geht und weiß nichts, kein Wort über die Avantgarde: Joyce, Proust, Broch, Kafka –

»Wünsche allseits einen schönen Morgen, meine Herren!«

»Schönen Morgen, Herr Doktor!«

»Bitte setzen!

Wer ist am Spiel? Freiwillige vor! Nun? Aber meine Herrn, ich habe doch ausdrücklich gesagt: Es bleibt der Klasse überlassen, wer am Beginn der Deutschstunden bis Ostern ein modernes Gedicht, selbstverständlich frei nach Wahl, vorträgt – aber ich wünsche, ebenso selbstverständlich, daß ein Gedicht vorgetragen wird. Also bitte! Ich hoffe, das ist nicht zuviel verlangt, vier Wochen vor Ihrem Abschluß. Nun – Rull! Welchen modernen deutschen Lyriker haben Sie sich erkoren?«

»Gottfried Benn.«

»Benn – ausgezeichnet! Ganz ohne Zweifel das formgewaltigste Talent der expressionistischen Lyrik in Deutschland. Neben Trakl natürlich. Wobei ich erneut betonen möchte, daß der Expressionismus der spezielle deutsche Großbeitrag für die Kultur des zwanzigsten Jahrhunderts ist. Benn wollen wir deshalb schon die nazistischen Seitensprünge ganz am Beginn des Tausendjährigen Reiches verzeihen. Errare humanum est. Also los, Rull, heben Sie an!«

Rull steckte beide Hände in die Hosentaschen, zog die Schultern hoch und schob sich verdrossen vor die Klasse.

»›Schöne Jugend‹ von Gottfried Benn.«

»Ein Moment bitte, Rull. Ich würde vorschlagen: Gottfried Benn: ›Schöne Jugend‹. Klingt knapper, metallischer, moderner. Hören Sie? Gottfried Benn: ›Schöne Jugend‹. Überzeugt?«

Rulls Gesicht wurde noch mürrischer. Er nahm seine Brille ab und putzte sie an seinem schwarzen Rollkragenpullover.

»Gottfried Benn: ›Schöne Jugend‹«, brummelte er.

»›Der Mund eines Mädchens, das lange im Schilf gelegen hatte,
sah so angeknabbert aus.
Als man die Brust aufbrach, war die Speiseröhre so löchrig.
Schließlich in einer Laube unter dem Zwerchfell
fand man ein Nest von jungen Ratten.
Ein kleines Schwesterchen lag tot.
Die andern lebten von Leber und Niere,
tranken das kalte Blut und hatten
hier eine schöne Jugend verlebt.
Und schön und schnell kam auch ihr Tod:
man warf sie allesamt ins Wasser.
Ach, wie die kleinen Schnauzen quietschten!‹«

Rull endete lustlos und kroch schwerfällig in seine Bank zurück.

Die Klasse wieherte. Mitzkat imitierte das Quietschen der ersaufenden Ratten. Nusbaum wrang sein Taschentuch.

Dr. Nemitz verschränkte die Arme, lächelte souverän und wartete ruhig das Ende der kollektiven Heiterkeit ab.

»Es könnte jemand, in Unkenntnis der Struktur moderner Lyrik, unser homerisches Gelächter mißhören«, sagte er befriedigt. »Jedoch habt ihr, unbewußt, einen entscheidenden Grundzug nicht nur der Lyrik des großen, im Moment übrigens wieder einmal hysterisch angebläfften, Gottfried Benn, nein, der zeitgenössischen Literatur überhaupt erkannt: den makabren Humor, den humeur noire!

Versuchen wir die Substanz dieses frühen Benn-Gedichtes zu erfassen, so läßt sich sagen: Tragik einer Jugend, eines Mädchens, jung, schön, zukunftsvoll – aber krank. Krankheit zum Tode: Selbstmord. Und dann dieses großartig-gräßliche Bild, diese geniale Brutalität: der jungfräuliche Leib ein Rattennest! Und in der Schlußzeile, hart aber doch köstlich, der volle Ausbruch des besagten humeur macabre. Das ist schon gekonnt, meine Herren. Mehr als gekonnt.

A propos – woher kennen Sie das Motiv ›Selbstmord eines blutjungen, blühenden Mädchens im Wasser‹ bereits? Na – wir fahren gegen Engelland? Aha – Claussen!«

»Shakespeare, Ophelia«, sagte Claussen.

»Richtig. Aus dem Hamlet. Und in der modernen Literatur – die ja doch nur die alten, ewig gültigen Anliegen der Menschheit in neuem Gewande, in zeitgemäßer Form gestaltet? Na, woher?«

»Brecht.«

»Ganz richtig, Satemin. ›Als sie ertrunken war und hinunterschwamm . . .‹ Ich werde Ihnen in der nächsten Stunde die Platte mitbringen. Lotte Lenya, die Witwe des Komponisten, interpretiert gerade die ›Ballade vom ertrunkenen Mädchen‹ ganz ausgezeichnet. Sehr eindrucksvoll. Na, jetzt aber in medias res zu unserem Franz Kafka. Zunächst das Protokoll – nein, nicht schon wieder Rull. Claussen, ja Sie, bitte!«

Claussen sprang wie immer etwas zu haspelig auf und begann mit Enthusiasmus sein Protokoll vorzulesen.

»Zu Beginn der Stunde trug Farwick das Gedicht ›opus null‹ von Hans Arp vor. Herr Dr. Nemitz informierte uns anschließend über den Dadaismus in Zürich, Berlin und Paris, dem Hans Arp, der auch Bildhauer ist –«

»Vorzüglich würde ich doch sagen, der vorzüglich Bildhauer ist –«

»– ein vorzüglicher Bildhauer ist, zeitweise nahestand.

Danach führte uns Herr Dr. Nemitz in das Werk des berühmten deutschen Dichters Franz Kafka ein, der zu den Wegbereitern des modernen Romans gehört und schon heute als Weltliteratur gilt –«

»Zur Weltliteratur gezählt werden muß!«

»Wir widmeten uns zuerst dem Leben Franz Kafkas.

Franz Kafka wurde am 3. Juli 1883 in Prag geboren. Er war Jude. Sein Vater, Hermann Kafka, ein sehr strenger Mann, wie Hebbels Vater, brachte es zu Ansehen und Wohlstand. Nach dem Abitur studierte Franz Kafka Chemie, Germanistik und Rechtswissenschaft –«

»Un moment – hier haben Sie mich falsch verstanden, Claussen! Er studierte nicht Chemie, Germanistik und Rechtswissenschaft, sondern – und das ist zur Entschlüsselung von Kafkas Biographie wichtig – er studierte diese Disziplinen nacheinander. Jedoch: nur letztere, die Jurisprudenz schloß er ab. Ist das jetzt klar?«

»Ja.«

»Sehr gut. Lesen Sie bitte weiter.«

»Franz Kafka promovierte, wurde aber nur Angestellter bei einer Arbeiter-Unfall-Versicherungs-Anstalt. Darunter litt er sehr.

Franz Kafka lebte in Prag, Berlin und in der Nähe von Wien. Er starb am 3. Juni 1924 an Tuberkulose.

Zu Lebzeiten hatte sein schriftstellerisches Werk nur mäßigen Erfolg. Heute ist es Weltliteratur.«

»Na, Claussen – ein bißchen stark simplifiziert, was? Mehr mit Herz als mit dem Kopf gearbeitet. Immerhin, es soll uns vorerst genügen. Wir werden im Laufe unseres Unterrichts noch zu den notwendigen Ergänzungen kommen.

Jetzt aber ad fontes: Schlagen Sie den Text auf! In unserer Ausgabe ist das Seite sieben. Franz Kafka ›Der Prozeß‹, Seite sieben. Satemin, beginnen Sie bitte zu lesen. Zunächst bis Seite zwölf Mitte: ›... für den unwahrscheinlichen Fall, daß es nötig sein sollte ...‹ Rull, schlafen Sie?«

– billig! Das ist doch billig, was der da verkauft. Gebildet und billig. Wahrscheinlich nicht einmal gebildet. Kann ich nicht beurteilen, ich bin's nicht. Woher auch? Rabbi ist gebildet. Fazke weiß nur viel. Das ist aber auch alles. Wie einer, der alle Teile an einem Sanitätswagen kennt. Aber er kann keinen Kranken abschleppen; weil er gar nicht fahren kann. Von Benn hat Dali eine Platte. Liest gut, ohne Pedal. Hat aber einmal an die Nazis geglaubt. Warum sagt uns Fazke darüber nichts? Ist doch wichtiger als sein Mixbecher voll Fremdwörter. Vergeß ich wieder. Humeur noire. In dem Gedicht hab ich keinen entdeckt. In einer Laube unterm Zwerchfell fand man ein Nest von jungen Ratten. Humor? Protest ist das doch! Amoklauf gegen eine bestimmte Sorte von Leben. Protest, bitter wie Katzenscheiße. Die jungen Ratten sind wir. In einer bestimmten Katzenscheiße bitterer Sorte von Leben. Und verleben darin eine schöne Jugend. Mit diesem Fazke und Hokus und Moses und Buffo und Null. Lehrkörper. Zum Glück nur der halbe. Ich will Lehrer werden. Lehrer, das ist tausendmal wichtiger als Maschinenbauer. Vadder will nicht. Vorher zur Bundeswehr. ›Und schön und schnell kam auch ihr Tod: man warf sie allesamt ins Wasser!‹ Schwimmen konnten sie nicht. Soffen ab. Schwimmlehrer für junge Ratten gesucht. Diesen Kafka mag ich, aber ich versteh ihn nicht. Fazke versteht alles. Ich versteh jedes Wort, aber keinen Satz. Auch jeden Satz, aber kein Kapitel. Was da steht, kapier ich schon; aber damit ist doch noch etwas ganz anderes gemeint. Was? Dieser Kafka war auch so 'ne junge Ratte, die absoff. Muß mehr über ihn herausbekommen als Fazkes siebzehn Brocken. Ob Rabbi was weiß? Jude. Was ist das eigentlich: Jude? Hier hab ich gehört, daß die die Bibel geschrieben und danach die Welt ein paar tausend Jahre übers Ohr gehauen haben; daß sie unter Hitler zu Seife verarbeitet wurden, etwas, was man heut nicht mehr darf. Es war ja auch der Eichmann. Heine war Jude, Marx, Einstein. Und Kafka. Ich muß mit Rabbi darüber reden. Aber der hört mich stundenlang an und sagt nichts. Antwortet nicht. Lieber geh ich zu Paps. Hat immer Zeit für uns, keine Launen. Und weiß was. Den Text noch mal lesen. ›Damit euch das nötige Verständnis aufgeht!‹ Mensch, das ist doch die laue Tour! Fazke liest seine ewige ADZ. Ich hasse die Zeitung! Soll ja gut sein, aber ich hasse sie. Seit drei Jahren bekommen wir in jeder Deutschstunde statt Unterricht die ADZ vor die Nase gesetzt. Und nachher wiedergekäut. Den Brecht will er uns nächstens auch zerklamüsern. Dali hat mir 'ne prima Ausgabe aus der Ostzone besorgt.

Und Platten. Manchmal ist Dali genauso ein Lauschipper wie Fazke. Klugscheißer und sonst nichts. Können was, und damit hat sich's –

– ›Die Künste im technischen Zeitalter‹: interessantes Thema. Alles, was gut und teuer ist, war vertreten. Gegenbegriff zur Technik: Poiesis. ›Das hervorbringende Entbergen‹, nennt das Heidegger. Ausgezeichnet! ›Die Sprache ist das Haus des Seins‹ – großartiges Bild. Mußt dir die Vortragsreihe besorgen. Mit Irene darüber sprechen. ›Dichtung ist Sehertum des Seienden‹. Anstreichen! Auch: ›Ein präkommunikatives Stadium der Sprache ist nicht zu ersinnen.‹ Wer sagte das? Natürlich Buber. Seine berühmte Du-Philosophie, wie du das nennst. Irene fand die Formulierung ungewöhnlich treffend. Deine Stärke. Schon im Seminar. Der Artikel läßt sich durchaus zu einem Essay aufhöhen. ›Poiesis als seelische Aufgabe innerhalb der weiterführenden Schule‹ etwa. Eleganter formulieren! Fällt dir schon noch ein. Das Thema scheint ja zum Schluß förmlich in der Luft gelegen zu haben –

»Ja, Feigenspahn?«

»Wir haben den Text noch einmal gelesen, Herr Doktor!«

»Gut. Fragen?

Na, immerhin gehört die Dechiffrierung gerade dieses Textes zu den schwierigsten Aufgaben der Interpretation. Fragen Sie, meine Herrn, keine falschen Hemmungen. Dafür werde ich ja, wenn auch schlecht genug, bezahlt. Lumda?«

»Ist K. die Abkürzung für Kafka?«

»Ja und nein, Lumda. Der Held, der tragische Held dieses Prozesses ist, biographisch gesehn, natürlich nicht der Dichter Franz Kafka. Aber, so könnte man sagen: der Dichter Franz Kafka steckt in der Haut seines Helden – wir sollten vielleicht noch präziser sagen: seines Un-Helden! Das heißt, er hat auf einer ganz anderen Basis, der binnenmenschlichen nämlich – mit einem Wort: er hat geistig ähnliche Erfahrungen gemacht wie die, vor denen Josef K. am Beginn des Romans steht. Klar?«

»Ja«, sagte Lumda.

»Rull!«

»Herr Doktor Nemitz, ich glaub, ich bin doof.«

Die Klasse meckerte beifällig. Doktor Nemitz hob seine Augenbrauen.

»Ich verstehe kein Stück. Das einzige, was ich verstehe, ist die Zeichnung auf dem Umschlag und das Wort ›unberaten‹.«

»Unberaten?«

»Ja. Das hat Kafka von seiner Jugend gesagt. Er sei immer unberaten gewesen.«

»Richtig. Ich erinnere. Das Verhältnis zu seinem Vater war, in der Tat, äußerst schwierig. Voll intimer Spannungen. Es gibt da einen Brief Kafkas – nun, ich werde ihn euch mitbringen, er ist höchst aufschlußreich: eine Selbstanalyse gleichsam, die uns mit einem Schlag den ganzen Franz Kafka klarmacht.«

»Ich hab den Brief schon gelesen, Herr Doktor. Er ist jämmerlich.«

»Jämmerlich?«

»Ich meine, er ist zum Heulen. Ich –«

»Ja, da muß ich Ihnen durchaus recht geben, Rull, diese kafkaeske Situation ist düster, ist heikel. Aber machen Sie sich darum keinen Kummer, Rull: wir werden uns den Zugang zu diesem großartigen Komplex schon gemeinsam erarbeiten.

Satemin?«

»Es hat geklingelt, Herr Doktor!«

»Gut. Für die nächste Stunde bitte ich mir ein besonders sorgfältiges Protokoll aus. Das sind wir Kafka schuldig, meine Herrn. Guten Morgen!«

Harrach ging im Lehrerzimmer mit einer Liste von einem Kollegen zum anderen und fragte:

»Kommen Sie Mittwoch zum Kegeln?«

»Um wieviel Uhr?«

»Siebzehn Uhr fünfzehn, im ›Alten Fritz‹.«

»Nein«, sagte Dr. Nemitz unumwunden. »Sie wissen, Herr Kollege, meine Vorträge – tut mir aufrichtig leid!«

»Ist denn noch Volkshochschule?«

»Das Wintersemester schließt erst am dreißigsten April.«

»Na dann –.«

»Solltest deinen Revuekörper ruhig mal in Schwung bringen!«

rief Nonnenroth dazwischen. »Fördert die Verdauung, stärkt das Glied und gibt dem Arsch eine gesunde Gesichtsfarbe!«

Dr. Nemitz schwieg betreten und glättete seine Zeitung.

»Herr Nonnenroth, Herr Nonnenroth!« äußerte sich Godelund bekümmert.

Nonnenroth lachte begeistert.

»Ich weiß, ich weiß, Herr Kollege, Sie halten mich für das größte Arschloch des Jahrhunderts«, sagte er ungerührt. »Macht nichts: Ich bin nämlich Ihrer Meinung. Hat mir der Iwan sechs Jahre lang beigebracht. Workuta ahoi! Kameraden lernt boxen, und ihr habt mehr vom Leben!«

Godelund lächelte nachsichtig.

»Gehst du denn Mittwoch zum Kegeln?« fragte Nemitz.

»Ich? Bist du denn noch zu retten? Mein lieber Junge, mich kannst du nicht einmal mehr im Katholischen Arbeiterverein mit gefütterten Pelzmänteln treffen. Neun Jahre Iwan, drei davon Frontschwein, sechs Kriegsverbrecher, und als ich nach Hause kam, mit vierundachtzig Pfund Schlachtgewicht, da mußte ich zu allererst zur Entnazifizierung! Und was glaubst du, wer da auf dem Tribunal sitzt und mich anscheißt, warum ich am Eintopfsonntag die Büchs' geschwenkt hätt'? Mein ehemaliger Kreisschulungsleiter! Schon wieder fett und arriviert. Nee, Junge, seit der Zeit kriegst du mich nicht einmal mehr in den Karnickelbockverein ›Rammeldusia‹.«

»Wenn alle so denken wie Sie, können wir unseren Kegelclub ja gleich wieder auflösen«, sagte Harrach verletzt.

»Nee, das brauchen Sie mir zuliebe nicht. Die demokratische Majorität kommt doch: der Chef –«

»Nein! Direktorenkonferenz.«

»Hübenthal, Crispenhoven, Knetsch –«

»Baut.«

»Godelund, Kuddewörde, Gammelby –«

»Baut.«

»Wiepenkathen –«

»Nein, diesmal nicht. Ich muß mir meine Zähne in Ordnung bringen lassen.«

»In meinem Eßzimmer ist auch der Wurm«, sagte Nonnenroth und fletschte sein schadhaftes Gebiß.

Dr. Nemitz wandte sich pikiert ab und reichte seine Zeitung hinüber zu Groenewold.

»Vielleicht interessiert Sie der Artikel«, fragte er leichthin.

»Sicher«, sagte Groenewold.

Es schellte zur vierten Stunde. Dr. Nemitz und Kuddewörde standen gleichzeitig auf.

»Sie beziehen sich auf van Gogh?« fragte Groenewold und las weiter.

»Ja. Ich halte ihn für den ekstatischen Mystiker der Moderne. Eine Art Dostojewskij der Malerei. Homo religiosus.«

»Wissen Sie, daß einige seiner Bilder damals zur entarteten Kunst gerechnet wurden?«

»Ich bin im Augenblick überfragt«, sagte Dr. Nemitz.

»Van Gogh? Irren Sie da nicht?« Kuddewörde war ehrlich erschrocken.

»Nein, es stimmt schon. Lesen Sie einmal nach, was Rosenberg im ›Mythos‹ über ihn schreibt. Es ist aufschlußreich.«

»Diesen kolossalischen Unsinn habe ich nie gelesen«, sagte Dr. Nemitz resolut.

»Auch nicht ›Mein Kampf‹?«

»›Mein Kampf‹? Nun hören sie mal, Herr Kollege! Haben Sie ›Mein Kampf‹ gelesen, Kuddewörde?«

»Nein.«

»Also!

Verzeihn Sie, Herr Kollege Groenewold, aber Sie machen sich, verständlicherweise, etwas skurrile Vorstellungen davon, was im Dritten Reich unter den Gebildeten gelesen wurde. ›Lotte in Weimar‹ ging damals von Hand zu Hand. Die ›Marmorklippen‹ wurden geradezu mit Leidenschaft entschlüsselt. Für die einfacheren Gemüter gab es Wiechert. Aber ›Mein Kampf‹, so etwas existierte für unsereins gar nicht.«

»Auch nicht vor dreiunddreißig?«

»Vor dreiunddreißig war Herr Hitler in akademischen Kreisen ein unbekannter Biertischpolitiker aus Bayern. Gewiß, ich weiß, daß Kollegen von der Volksschule diesem faszinierenden Proleten schnell erlagen – aber von mir kann ich mit gutem Gewissen behaupten: Ich habe nie in meinem Leben Rosenberg oder Hitler gelesen.«

»Ich schon«, sagte Groenewold.

»So was gibt's doch gar nicht!« behauptete Huje. »Ohne richterliche Vollmacht darf keine Polizei, durfte also auch die Gestapo keine Haussuchung oder Verhaftung vornehmen.«

»Denkste, Baby!«

»Mensch, guck doch in unserem Geschichtsbuch nach. Im Anhang steht lang und breit –«

»Vielleicht gilt das nur für Demokratien«, sagte Adlum.

»Für die Ostzone gilt's bestimmt nicht.«

Satemin gab Claussen das Protokoll der letzten Geschichtsstunde, das er sich im Fahrradschuppen abgeschrieben hatte, zurück und fragte ihn beiläufig:

»Woher weißt du das denn so genau?«

»Spiel doch nicht Froschmann, Lumumba! Kannst du doch jeden Tag hören. Oder willst du etwa behaupten, das da drüben sei ein Rechtsstaat? Das nimmt dir nicht einmal die Benjamin persönlich ab.«

»Ich hab dich nur gefragt, woher du das alles so genau weißt.«

»Ja, Mensch, aus der Zeitung, aus 'm Radio, aus 'm Fernsehn!«

»Aus welchem?«

»Aus unsrem!«

»Unsrem? Die Stimme Amerikas ist nicht unsre Stimme, auch nicht, wenn sie durch den schwarzen Kanal kommt.«

»Ihr seid alle zwei Blödmänner«, sagte Kurafeiski. »Jeden Tag stehn sie voreinander wie zwei Gockel: ein roter Gockel namens Lumumba und ein schwarzer Gockel namens Pius. Nehmt Rücksicht auf meine Nerven! Mir ist das alles scheißegal.«

»Auch die Mauer?«

»Auch die Mauer, Bruder.«

»Auch Berlin?«

»Auch Berlin.«

»Auch die Wiedervereinigung?«

»Auch die Wiedervereinigung, Towarischtsch.«

»Darauf wartest du doch noch als Opa mit'm Fußsack!« sagte Mitzkat.

»Pius wird kein Opa. Pius bringt es nur bis zum Pater«, prophezeite Nusbaum.

»Wer glaubt denn eigentlich noch an die Wiedervereinigung?«

fragte Schanko. »Meint jemand im Ernst, Sankt Konradin, der letzte Romfahrer, glaube an die Wiedervereinigung?«

»Jetzt fängt der schon wieder an!«

Kurafeiski wandte die Augen zum Himmel und rang die Hände. Claussen mußte lachen.

»Ich möchte wissen, für was du eigentlich bist«, sagte er. »Ich meine: aus Überzeugung. Du mußt doch für irgend etwas sein?«

Kurafeiski ließ den Unterkiefer hängen.

»Verschaff mir jeden Abend ein Kästchen gutgekühltes Bier und einen gepflegten Beischlaf«, sagte er, »und ich bin: pro Wiedervereinigung, NATO, Ostblock, Berlin, Moskau, Peking, Washington, Oder, Neiße, Warschau, Sozialismus, Kapitalismus, Kennedy, Nikita, Adenauer und obendrein für Johannes XXIII.«

»Schwein!« sagten Claussen und Satemin in einem Atemzug und sahen sich verdutzt an.

Petri, der hinter der halboffenen Klassentür spekulierte, rief in diesem Augenblick:

»Achtung! Rabbi kommt!«

– hüte dich, über einen von ihnen den Stab zu brechen! Du warst draußen. ›Die Perspektiven der Emigranten bleiben ein bißchen verzerrt‹, hat Nemitz neulich gesagt. ›Was haben sie denn in den zwölf Jahren draußen getan?‹ hat der Minister gefragt. ›Was wir getan haben, wissen wir!‹ Sie wissen es nicht. Das ist das Gespenstische an der Geschichte. Du glaubst nicht mehr, daß sie lügen bei ihren zu harmlosen Antworten. Einige wenige vielleicht; die meisten lügen nicht: sie haben es einfach vergessen. Dieses Volk, das du liebst, ist erneut von einer Geisteskrankheit befallen: es leidet an progressiver Schrumpfung des historischen Bewußtseins. Die Dokumentarfilme, die gutgemeinten Fernsehprogramme, die Nachtstudios, die Bücherflut? Sie scheinen das Gegenteil zu beweisen. In Wirklichkeit fühlt das Volk sich nicht betroffen. Es ist unheimlich, wie selbstverständlich diese zwölf Jahre verkraftet werden. Das alles war – ja, aber es war! Und es war in einem Land, das zwar Deutschland hieß, aber nur zufällig. Die Schauspieler der ›Tragödie‹ sind zur Hölle gefahren, und zurückgeblieben ist ein harmloses Publikum; ein dezimiertes Publikum, das viel gelitten hat und sich seit achtzehn Jahren mit

Fleiß, Anstand, Tüchtigkeit und Gottvertrauen seinem Wiederaufbau widmet. Mit jenen altberühmten deutschen Qualitäten, deren Ergebnis der Welt fälschlicherweise wie ein Wunder vorkommt. ›Und neues Leben blüht aus den Ruinen‹. Über fünfundfünfzig Millionen Toten sprießen fünfundfünfzig Millionen deutsche Kriegsgewinnler. Nein, nein, nein, du bist verbittert, ungerecht. Nicht nur ungerecht, auch dumm. Du verstößt gegen die erste Regel der Kritik, die Vater dir noch beigebracht hat: ›Urteile niemals generell! Denk daran, wie sorgfältig, wie geduldig der Herr über Sodom urteilte.‹ Er selber wurde nicht sorgfältig, nicht geduldig beurteilt: Juda verrecke! Du mußt einmal Crispenhoven einladen, vielleicht auch Violat; damit du wieder vertrauen lernst. Ohne Vertrauen kannst du hier nicht leben. Nicht lehren vor allem. Wenn in jeder Klasse nur zehn – immer diese zehn. Eine astronomisch große Zahl. Du mußt mit ihnen sprechen. Nicht nur im Unterricht. Auch zu Hause, mit jedem einzelnen. Vor allem mit Rull mußt du sprechen. Sieht aus wie ein exkommunizierter Katholik, der vorm Beichtstuhl heult. ›Man möchte vielleicht zehn darin finden!‹ Zehn? Und du? Du zählst nicht zu diesen zehn. Dich hält nur deine Verzweiflung davon ab, in die große, wohlgelaunte Armee der vergeßlichen Erfolgreichen einzutreten. Beantrage das Visum noch einmal! Du mußt wieder weg von hier: du hast hier nichts mehr zu suchen, und sie haben alles gefunden, was sie brauchen: Vergessen und Erfolg.

»Morgen! Setzt euch.«

»Morgen, Herr Groenewold!«

»Wer möchte den Stundenbericht verlesen? Petri!«

»Zu Beginn der Geschichtsstunde am letzten Donnerstag überprüfte der Fachlehrer die mündlichen Hausaufgaben. Thema: ›Hitlers Politik der vollendeten Tatsachen‹. Mit dieser Methode – fait accompli – hatte Hitler bis zum Jahre 1939 Erfolg.

Die Schüler, die drankamen, hatten glücklicherweise alle etwas getan, weil Hitler interessant ist.

In dem anschließenden Unterrichtsgespräch erfuhren wir etwas über den Widerstand innerhalb Deutschlands gegen Hitler. Es gab von Anfang an erklärte Gegner Hitlers: Kirchenmänner, Politiker, ehemalige Gewerkschaftler, Künstler, Militärs, Wissenschaftler, aber auch ganz einfache Menschen, die Hitlers Regierung ablehnten.

Es gelang aber nicht, diese Gruppen und Einzelgegner zu einer aktiven Widerstandsbewegung zusammenzuschließen.

Drei Gründe: 1. Das Ausland unterstützte den deutschen Widerstand gegen Hitler nur unzureichend. 2. Die Gestapo arbeitete perfekt. Selbst in der eigenen Familie konnte keiner mehr dem anderen trauen. 3. Zwischen den Widerstandsgruppen bestanden erhebliche politische und konfessionelle Meinungsverschiedenheiten.«

– seine Reihenfolge der unzureichenden Gründe verrät, wie verzweifelt sie sich daran klammern, daß nicht Deutschland, nein, daß die ganze übrige Welt schuld war an dem, was sie heute mit echter Erschütterung ›Deutschlands größte Tragödie‹ nennen. Und was doch schließlich ein Verbrechen war. Eins der blutigsten Verbrechen der Weltgeschichte, begangen von der deutschen Regierung und gebilligt von der überwältigenden Majorität des deutschen Volkes, das diese Regierung wählte und stützte. Eine erkleckliche Phalanx bis zum bitteren Ende. Unverwechselbare Tatsachen – aber sie verwechseln sie! Für sie ist das alles niemals wahr gewesen. Der da, Martin Petri, ein frischer, sauberer Junge, der das ganze Jahr darauf wartet, in seinen Sommerferien wieder nach Frankreich fahren zu können, um mit seinem Freund an der Marne zu fischen, der Junge verwechselt die Reihenfolge nur unbewußt; aber hinter dieser Fehlleistung steht jemand, stehen viele, die verwechseln nicht unbewußt, die wechseln Grund und Folge im Handumdrehen aus. Höchst bewußt und mit Methode. Nicht die Nazis, nein, die Polen und Russen sind schuld, daß es heute diese schwärende Oder-Neiße-Linie gibt. Wer ist das, der mit ein paar politischen Falschspielertricks die Zukunft verkommen läßt, der von neuem dieses Volk verführt? Nein, du glaubst im Grunde ja gar nicht, daß es mit böser Absicht geschieht – aus Revanchismus, wie die es nennen, die sich selbst revanchiert haben. Es geschieht wegen der schmutzigsten Wäsche, die von der Menschheit seit Anbeginn gewaschen wird: der Pilatuswäsche. Der Wäsche des Opportunismus, der Feigheit –

»Du hast mindestens einen Grund für das Scheitern des Widerstands gegen Hitler anzugeben vergessen, Petri.«

»Die Widerständler hatten keine Macht! Ich meine Bomben und so.«

»Schanko!«

»Es fand sich niemand, der es wagte, Hitler umzulegen.«

»Huje!«

»Das deutsche Volk, die breite Masse machte nicht mit. Siehe 20. Juli. Mein Vater sagt, in seiner Kompanie seien damals schon fast alle gegen Hitler gewesen, aber für einen anständigen Deutschen gab es nur einen Weg: erst den Krieg gewinnen und dann Adolf an die Kette legen! Alles andere war doch Hoch- und Landesverrat.«

»Huje: am 20. Juli 1944 – erst den Krieg gewinnen?«

»Ja! Mein Onkel war in Peenemünde. Ohne diese feigen Hunde, die Saboteure, wären die Engländer noch vierundvierzig in die Knie gegangen. Täglich hätten wir sechshundertundsechzig Tonnen V –«

»Einen Augenblick, Huje – wir werden darüber gleich weitersprechen. Nur eine Frage vorher: Was fällt dir bei dem Wort ›Volksgerichtshof‹ zuerst ein?«

»Volksgerichtshof? Ja, das war in Nürnberg. Ein Gericht gegen alle, die nationalsozialistische Ideen vertraten.

Strenggenommen war das nicht gerecht. Die Deutschen durften ja nichts sagen. Sie wurden einfach abgeurteilt. Die meisten wurden aufgehängt.«

»Andre Meinungen? Nusbaum?«

»Gerecht war das vielleicht schon. Da waren ja schwere Jungens drunter. Aber juristisch war es nicht richtig. Das Gesetz, nach dem die gehängt wurden, gab es vorher nicht.«

»Fällt bei dem Wort ›Volksgerichtshof‹ wirklich keinem etwas anderes ein?

Feigenspahn?«

»Der Volksgerichtshof war gar nicht in Nürnberg. So nannten die alten Germanen ihr Sippengericht.«

»Roehmheld!«

»Volksgerichte gibt es nur in kommunistischen Ländern, bei Schauprozessen.«

»Satemin?«

»Vor dem Volksgerichtshof in Berlin, unter dem Vorsitz Roland Freislers, spielten sich die Hauptverhandlungen gegen die Widerstandskämpfer des 20. Juli ab.«

»Ja: die spielten sich ab. Erstaunlich, was die Sprache alles verrät, nicht wahr?

Nun, unter den Angeklagten war auch der Graf Schwerin von Schwanenfeld. Als Freisler ihn fragte, warum er sich dem Aufstand gegen Hitler angeschlossen habe, entwickelte sich, laut Protokoll, folgender Dialog:

Schwerin: ›Ich dachte an die vielen Morde.‹

Freisler: ›Morde?‹

Schwerin: ›Die im In- und Ausland . . .‹

Freisler: ›Sie sind ja ein schäbiger Lump! Zerbrechen Sie unter der Gemeinheit? Ja oder nein – zerbrechen Sie darunter?‹

Schwerin: ›Herr Präsident . . .‹

Freisler: ›Ja oder nein – auf eine klare Antwort!‹

Schwerin: ›Nein!‹

Oder – Huje, vielleicht erzählst du das einmal deinem Vater und sprichst mit ihm darüber: Der Oberleutnant Werner von Haeften wurde von Freisler gefragt, warum er seinem Führer verbrecherisch die Treue gebrochen habe. Er antwortete: ›Weil ich den Führer für den Vollstrecker des Bösen in der Geschichte halte!‹ Haeften starb, wie Schwerin und seine Freunde, für das, was an Überzeugung, an Würde, an Menschlichkeit und an Intelligenz hinter diesem Satz stand!

Ich will euch, ehe wir wieder auf den 20. Juli zu sprechen kommen, und wir müssen wieder darauf zu sprechen kommen, so eingehend wie möglich sogar – ich will euch zunächst die faktischen Kenntnisse, die Tatsachen über die Jahre zwischen achtunddreißig und vierundvierzig zu vermitteln suchen. Unser nächstes Thema lautet: ›Der Ausbruch des Zweiten Weltkriegs.‹«

– mein Alter sagt: ›Groenewold lehrt euch Geschichte wie ein Ausländer! Es war alles ganz anders. Der war doch gar nicht dabei. Ich wette, das ist ein Jude.‹ Weiß ich nicht. Geht doch in unsere Kirche. Aber es gibt ja auch getaufte Juden. Interessiert mich eigentlich nicht besonders. Roger in Chalons ist auch Jude. Stört mich in keinster Weise; ebensowenig wie ihn stört, daß ich Deutscher bin! Hat mir sogar prima jüdische Witze erzählt. Wie ging der mit dem Omnibus nach Tel Aviv? Vergessen, schade. Nächstens werde ich Rabbi einfach fragen, ob er Jude ist. Fragen kann man den alles. Weicht nie aus, macht keinen sidestep: ordentlich. Glaube auch nicht, daß er meine Note gedrückt hat, weil ich ihm wegen der Widerstandsbewegung bißchen schräg an die Karre fuhr. Dürfte eine Vier gewesen sein. Reicht. Mehr war nicht drin. Geschichte interessiert mich nicht. Jeder sagt was anderes. Lumumba ist in Zeitgeschichte mächtig auf Draht. Hört jeden Abend Radio DDR. Die erzählen den ganzen Mist wieder andersrum. Linksrum. Da soll sich noch einer auskennen. Was schwafelt Rabbi da vom Sender Gleiwitz? Der reinste western! Wenn ich das heute mittag daheim erzähle, regt sich mein Alter wieder auf, daß die Suppe kalt wird. Es waren die Polacken, sagt er. Es waren die Nazis, sagt Rabbi. Die fallen mir alle beide auf den Wecker mit ihrer Scheißpolitik. Vereinigte Staaten von Europa, das ist das einzig Wahre. Vom Ural bis Lissabon. Noch drei Minuten. Heut abend geh ich mit Gitta ins Kino. Hoffentlich bringt sie nicht Karin mit! Die zockelt am Ende als Anstandswauwau bis zur Haustür nebenher. Wenn mir Lord die Mark für Zigaretten zurückgibt, reicht's noch für zwei Esky im ›Milano‹. Noch dreißig Sekunden. Jetzt verteilt der Rabbi auch noch Referate! Ohne mich. Die Vier tut's mir dicke. Natürlich Rull –

»Sie war dumm, und er war auch Jurist!« sagte Nonnenroth. »Eine Regierung, die zu Dreiviertel aus Juristen besteht – wo soll da der Heilige Geist herkommen?«

»Ich glaube nicht, daß es daran liegt«, gab Harrach zu bedenken. »Die Volksschullehrer haben doch günstig abgeschnitten und die Studienräte auch. Ich frage Sie warum, meine Herrn, warum?«

Nonnenroth winkte ab.

»Das kann ich Ihnen genau sagen: die Gevatter Wald- und Heideschulmeister werden von der Gewerkschaft hochgehievt, und die Herrn Akademiker haben ihre Korpsbrüder im Landtag sitzen!«

»CV!« sagte Matzolf.

»Genau!«

»Die Gewerbelehrer, die Hilfsschullehrer – allesamt angehoben. Nur wir nicht.«

»Dahinter steckt doch eine Tendenz!«

»Man spürt die Absicht, und man ist verstimmt!«

»Merken Sie das jetzt erst? Das habe ich schon vor zwei Jahren an den Verband geschrieben.«

»An den Verband! Hören Sie mir auf mit dem Verband!«

»Wer verhandelt denn mit dem Finanzausschuß – etwa der Verband? Nein, der Vorstand! Das ist ein Unterschied, meine Herrn.«

»Richtig! Haben Sie aus Spaß einmal nachgesehen, wer im Vorstand sitzt? Drei Direktoren und zwei Direktorstellvertreter!« sagte Matzolf.

»Hört! Hört!«

»Wer das Kreuz hat, segnet sich.«

»Ich verstehe gar nicht, warum ihr euch so aufregt«, sagte Nonnenroth. »Warum seid ihr denn diesem Klümpchenverein beigetreten? Kann mir nicht mehr passieren.«

»Na, Ihre Einstellung ist auch nicht richtig, Herr Kollege!« Hübenthal ereiferte sich. »Wir brauchen eine Interessenvertretung, sonst werden wir eines Tages noch ganz von der Bildfläche verschwinden!«

»Merken Sie jetzt, woher der Wind weht? Die SPD läßt unsre Realschule von unten, vom Volksschulsektor, die CDU von oben, von der höheren Schule, schlucken!«

»Kinder, nehmt's mir übel oder nicht: mir ist das so egal wie Meyers Marie«, sagte Nonnenroth. »Die paar Jahre, die ich hier noch abzuwulacken habe, gehen auch rum. Und dann: Adieu mein Volk, Vater sammelt Briefmarken!«

»Ja, wenn Sie überhaupt keinen Idealismus mehr haben, Herr Kollege –«

»Jetzt hört mir nur auf von wegen Idealismus! Wenn ich das Wort nur höre, bekomm ich den Veitstanz«, sagte Nonnenroth und tippte mit dem Mittelfinger hart auf den Konferenztisch. »Das hat Wilhelm schon anno vierzehn meinem alten Herrn ins Ohr geflüstert! Und dafür hat der prompt Grünkreuz inhaliert! Dann kam der Schusterjunge aus Heidelberg und hat auch auf die idealistische Pauke gehauen. Dafür bin ich zwei Jahre stempeln gegangen. Und dann kam der gebremste Künstler aus dem Männerasyl: neun Jahre Idealismus in Rußland! Nee, Kinder, auf dem Ohr ist Willi taub von nun an bis in alle Ewigkeit, Amen.«

Godelund legte den Zeigefinger auf die Lippen.

»Die Sekretärin«, sagte er leise.

Nonnenroth drehte sich um.

»Was gibt's Neues aus dem Führerhauptquartier?«

»Aufruf zur Kongospende!« sagte Fräulein Chrobock.

Nonnenroth sprang auf und bog sich vor Lachen.

»Jetzt spendieren wir den Bamwallas die Mittel, mit denen die den schwarzen Orlog finanzieren«, brüllte er. »Junge, Junge, als wir in Rußland Kohldampf geschoben haben –«

»Ein Glück, daß es diesmal nicht wieder die bösen Deutschen gewesen sein können!«

»Wer hat uns denn Entwicklungshilfe gegeben?« fragte Gammelby. »Schließlich sind wir doch nicht blöd.«

»Damit sie sich mehr Weiber kaufen können.«

»Und ein goldnes Bett.«

»N'Krumah soll dreihundert Anzüge haben.«

»Wenn's noch dabei bleibt. Aber die Flugzeuge, die in Moskau gekauft werden, von unserm Geld, gegen wen fliegen die dann zuletzt?«

»Ja, aber die Sache hat doch eine politische Seite«, versicherte Godelund.

»Afrika wird doch kommunistisch! Mit Ausnahme der Union vielleicht. Das steht für mich fest«, sagte Matzolf.

»Ja, aber das arme Volk!«

»Wir haben selber Arme!«

»Zum Beispiel die Rentner!«

»Die schlechteste Sozialgesetzgebung von ganz Europa!«

»Ja, aber um noch einmal auf die Entwicklungshilfe zurückzukommen –«

Godelund kam mit seiner politischen Ansicht nicht durch.

»Ach was, diese schwarzbackenen Brüder wollen bloß nicht arbeiten!«

»Die können doch überhaupt nicht mit Geld umgehen!«

»Sind wie die kleinen Kinder!«

»Ja, aber, das tun wir doch alles nicht aus purer Humanität«, fing Godelund noch einmal an. »Dahinter steckt doch die nackte Angst vor den Russen! Ich habe neulich mit einem Herrn aus Bonn gesprochen, der wirklich kompetent war –«

»Hätten doch fünfundvierzig auf uns hören sollen, dann brauchte der Westen jetzt keine Angst vor dem Iwan zu haben!« sagte Hübenthal.

»Auf jeden Fall sind wir Deutschen in Afrika beliebt.«

»Weil wir sie wie Menschen behandelt haben!«

»Und nicht wie die Franzosen: zappzerapp, damit sich die Grande Nation an der Riviera aalen und in Brüssel den starken Mann markieren kann.«

»Charles d'Arc!«

»Gefährde nicht die grüne Liebe unserer antiken Häuptlinge, Heinrich«, sagte Nonnenroth.

Es läutete zum Unterricht.

»Da hinten schnüffelt Micky rum. Haste noch 'nen Karo mit Wurst?«

Rull kramte in seinem weiträumigen Anorak.

»Preßkopp!«

»Bon!«

Schanko brach das Brot auseinander. Sie trabten auf die Wohnung des Hausmeisters zu und setzten sich auf die Treppe.

Schanko pfiff auf zwei Fingern und hielt die Preßkopfscheibe hoch.

»Komm her, du Promenadenmischung!« sagte er. »Kusch!«

Der Welpe streckte sich gehorsam in der dünnen Märzsonne auf dem schwarzen Schulhofgrus aus, legte den Kopf an die Vorderpfoten und wartete.

Schanko riß die Wurstscheibe auseinander und schob das größere Stück mit einem Stecken vor die Hundeschnauze. Den Rest warf er ein paar Meter weit weg.

Der Welpe fing an zu zittern, verdrehte die Augen und leckte sich die Lefzen.

»Na, friß schön!« lockte Schanko, aber in dem Augenblick, als der Hund aufsprang, schrie er:

»Ist von Hitler! Gehste pfui!«

Der Welpe krümmte sich im Sprung, stemmte sich mit den Vorderpfoten gegen die Erde und blieb regungslos stehn. Nur seine Augen irrten zwischen den Wurstfetzen und Schanko hin und her.

»Da! Friß schön! Da, Micky!«

Der Hund trottete auf den Rest der Preßkopfscheibe zu, zögerte einen Augenblick, lief weiter, stand jetzt davor, doch als er zuschnappen wollte, rief Schanko scharf:

»Ist von Hitler! Gehste pfui!«

Der Hund wandte sich jaulend ab und legte sich mitten zwischen die Wurstbrocken nieder.

»Find ich unfair«, sagte Rull.

»Was?«

»Die Quälerei.«

»Fahne jagt ihn auch erst ein paarmal auf und ab, eh er ihn fressen läßt.«

»Fahne!«

»Mensch, mit der Nummer könnt er glatt im Zirkus auftreten! Oder im Idiotenkasten!«

»Komm, Micky!« sagte Rull und hielt dem Welpen das größere Stück Wurst vor die Nase. »Darfst ja fressen! Ist nicht von Hitler. Ist von Adenauer!«

Der Hund rührte sich nicht.

»Der hat auch seinen Stolz«, sagte Schanko. »Glaubste, der ließe sich so schnell an der Nase herumführen!«

»Hör nicht auf ihn, Micky! Das da drüben ist von Adenauer. Friß, los!«

Der Hund lief hinüber und schlang gierig den kleinen Happen hinunter.

»Verfluchde Rotzleffel! Laßd den Köder in Ruh!«

Beckmann stand in der Toilettentür und nuckelte an einer kalten Kippe.

»Sie haben doch selbst Ihren Spaß dran«, sagte Schanko. »Sonst würdensen ja nicht dressieren!«

»Was e erwachsener Mensch derf, das derft ihr Zischeuner noch lang nedd! Merkt euch dess, oder ich schlaach euch enn Gnippel zwische die Herner!«

Schanko griff in seine Rocktasche.

»Wie wär's mit 'ner Fluppe, Herr Beckmann? Schmeckt nie so gut wie nach 'nem Bierchen!«

Beckmann kam die Treppe herunter und brummelte vor sich hin. Er nahm die Zigarette und steckte sie hinters Ohr.

»Awwer dess mir kaaner von euch raacht, ihr Läusbuwe!«

»Gott bewahre! Die haben wir nur für Hausmeister in der Tasche!«

Der Hund verkroch sich unter die Treppe auf die Briketts und würgte die Wurst hinunter.

– wenn es nur kein Krebs ist. Du traust dem Arzt nicht. Geschwulst – was heißt das? Metastasen. Du mußt drauf dringen, daß sie in die Universitätsklinik überwiesen wird. Noch diese Woche. Die sind dort weiter. Elektronenschleuder. Was wird das kosten? Kannst im Notfall bei der Regierung ein Darlehen aufnehmen. Wenn es nur kein Krebs ist. Vierundvierzig ist heut kein Alter für eine Frau. Jetzt, wo die Blagen endlich am Verdienen sind, ordentlich, jetzt muß das kommen. Und vorher keinen Tag krank. Du darfst dir um Himmels willen nicht anmerken lassen, was du befürchtest, manchmal. Fünfte Stunde – läßt sich diese verdammte fünfte Stunde nicht verschieben? Dann kannst du wenigstens einmal morgens in die Klinik fahren. 6b – was hast du letzte Woche in der 6b durchgenommen? Keine Ahnung. Die fragen entsetzlich viel. Wenn es nur kein –

»Morgen!«

»Morgen, Herr Kuddewörde!«

»Setzt euch! Farwick, was haben wir in der letzten Zeichenstunde gemacht?«

»Titz hat den Stundenbericht, Herr Kuddewörde.«

»Gut. Titz, dann lies!«

»Titz kann nicht lesen, Herr Kuddewörde!«

»Warum nicht? Na los, ich frage: Warum kann Titz nicht lesen?«

»Weil er fehlt, Herr Kuddewörde!«

»Aha! Er fehlt. Titz fehlt also. Reichlich oft, fällt mir auf. Entschuldigung? Klassenbuchführer.«

»Ist noch nicht da«, sagte Claussen. »Titz fehlt erst seit heute.«

»Na, dann lies: Mitzkat!«

»Ich bin nicht dran, Herr Kuddewörde.«

»Nicht dran? Was heißt hier: nicht dran. Bei mir seid ihr immer dran.«

»Aber nicht schriftlich.«

»Na, dann mündlich. Erzähle, los.«

»Ja, zuerst, nach der Pause, gingen wir also in den Zeichensaal und setzten uns. Vorne wenig, hinten viel. Dann kam Herr Kuddewörde, unser Kunsterzieher, und erzählte etwas von Federzeichnungen. Aber er hörte bald wieder auf und bat uns, mit der Arbeit anzufangen. Thema war: ›Ein westfälisches Fachwerkhaus.‹ Wer seine Feder vergessen hatte, mußte ein Plakat entwerfen. Thema: Reklame. Ich schuf einen Entwurf: ›Trage Lollo-Pullis, und du bekommst keine Pickel.‹ Der Fachlehrer sah von dem duften Entwurf aber so wenig, wie er jetzt von meinem druckreifen Vortrag hört, denn er tut eh und jeh dasselbe: er wälzt seinen Fahrplan.«

»Lauter sprechen, Mitzkat. Das Genuschel versteht kein Mensch!«

»Ja, Herr Kuddewörde! Wir arbeiteten also fleißig weiter, wie in allen Stunden für alle Stunden. Einige ganz schnelle Jungens gaben am Schluß der ersten Stunde sogar ihre Zeichnung ab, zur Zensurierung. Der Herr Fachlehrer sagte: ›Wenn ihr so weitermacht, könnt ihr im Abschlußzeugnis auf eine Zwei kommen!‹ In der zweiten Stunde zeigte uns der Herr Fachlehrer zunächst Federzeichnungen von ehemaligen Schülern dieser Anstalt, welche alle eine wuchtige Begabung mit ins Leben brachten. Die geborenen Federzeichner. Früher waren die Menschen zwar dümmer als in unserer verruchten Epoche, aber sie waren dafür auch gescheiter. Deshalb müssen wir durch Fleiß ersetzen, was unsere Lehrer uns an Intelligenz nicht voraushaben –«

»Michallek, Roehmheld, Muhl, was gibt's da zu lachen! Alberne Flegel. Mitzkat, ich hab dir schon einmal gesagt, du sollst nicht so nuscheln.«

»– und so arbeiteten denn auch alle in der zweiten Zeichenstunde, die ja auch Werken heißt, unheimlich angestrengt, denn die Kapitel über Eiweiß sind gar nicht so klein.«

»Lauter! Mach die Zähne auseinander, Junge!«

»Wir legten rasch noch letzte Hand ans Werk, gefährdet durch die unschätzbaren Ratschläge unseres Herrn Fachlehrers.«

»Na, laß den Unsinn, Mitzkat!«

»Bald darauf verließ uns die Lehrperson, da sie eine wichtige Sitzung hatte, für einen langen Augenblick. Eine stark gewürzte Unterhaltung über unseren bevorstehenden Klassenball hob an. Ei der Daus, es war doch da in der Tat von steilen Zähnen, freiwilligen Puppen und Wuchtbrummen die Rede. Als der Herr Fachlehrer schließlich doch noch zurückkam, meinte er wahrhaftig, wir wären laut gewesen.«

»Erzähl schön weiter, ich bin nebenan. Tür bleibt offen!«

»Allerdings beruhigte er sich bald wieder; denn er ist von Natur aus sehr gutmütig. Die Klingel erscholl und verhinderte schnöd eine weitere Steigerung unserer zukunftsträchtigen Leistungen. Ehe wir aus dem Zeichensaal wieder hinaus ins wilde Leben stürmten, gab uns der Herr Zeichenlehrer noch die geflügelten Worte mit auf den Weg: ›Stellt die Stühle hoch, Jungs!‹ Unser Gehorsam ermangelte nicht des Geräusches, was der Fachlehrer, errare humanum est, als Lärm zu deuten sich anschickte. Jedoch wir entrannen seinem Zorn.

Wir arbeiteten also weiter –«

– wenn du fünf Minuten früher schließt, kannst du den Bus um zwölf Uhr siebzehn nehmen. Nein, du mußt vorher noch in das Blumengeschäft. Rosen. Wann hast du ihr das letzte Mal Rosen gekauft? In Finale Ligure. Sie hatte Geburtstag, als ihr in Finale Ligure wart. Achtundfünfzig. Nein, siebenundfünfzig. Achtundfünfzig habt ihr gebaut. Sie wurde achtunddreißig. Rosen. Rote oder gelbe? Nimm den Bus um zwölf Uhr siebenunddreißig. Den erreichst du noch. Isotope. Ob Hübenthal mir das erklären kann? Die Physiker müßten doch etwas davon verstehen. Untergrund-Subtraktion. Ich habe kein Wort von dem begriffen, was der Professor gesagt hat. Wenn es nur kein Krebs ist. Gammastrahlen? Was schwafelt der Mitzkat da für einen Unsinn? Er glaubt, du hörst nicht zu. Er hat recht: du hörst nicht zu –

»Sprich lauter, Mitzkat! Dein Genuschel versteht doch kein Mensch!«

»Ja, Herr Kuddewörde. Wir arbeiteten also fleißig weiter, in allen Stunden und für alle Stunden –«

– Unverfrorenheit. Du mußt durchgreifen! Dieser Mitzkat ist einer der Schlimmsten. Hat uns die Oberschule geschickt. Die taugen alle nichts. Zukurzgekommene sind gefährlich. Wo ist das Klassenbuch? Hast du noch im Lehrmittelzimmer. Geh hin und trag ihn ein. Tadel wegen unverschämten Benehmens: Kuddewörde. Drei Tadel eine Mitteilung an die Eltern. Sieben Tadel consilium abeundi. Das wirkt. Trag ihn ein! Wenn du den Bus um zwölf Uhr siebenunddreißig bekommst, bist du um ein Uhr im Krankenhaus auf der Station. Die Schwestern sehen nicht gern, wenn du um diese Zeit kommst. Mittagsruhe. Was die Bengels einen Krach machen, kaum daß man den Rücken gewandt hat. Du hast sie Erster Klasse gelegt. Da sagen sie so schnell nichts. Pflegesatz fünfunddreißig Mark. Was der Arzt wohl fordert? Und die, wie hieß das noch: Mikrowellen-Spektroskopie oder so ähnlich. Sicher teuer. ›Lauter, Mitzkat!‹ Trag ihn ein. Du darfst dir deine Autorität nicht auch hier wieder untergraben lassen. Isotope. Frag Hübenthal! Nein, der tut sich nur wichtig, bläst sich auf. Gernegroß. Und quasselt. Im Großen Brockhaus steht sicher ein Artikel. Haben wir doch hier in der Schule. Steht aber beim Chef im Zimmer. Unsinn, du bringst dich nur noch mehr durcheinander. Um zwölf Uhr siebenunddreißig –

»Herr Kuddewörde, ich bin fertig!«

»Gut. Setzen! Nehmt Tusche und Feder heraus. Wir zeichnen heute einen Hochofen. Ja, Schanko?«

»Dürfen wir auch einen abstrakten Hochofen zeichnen, Herr Kuddewörde?«

»Na, meinetwegen. Aber sauber. Fangt jetzt an. Kurafeiski, was willst du denn noch?«

»Was heißt abstrakt, Herr Kuddewörde?«

»Hab ich euch schon hundertfünfzigmal erklärt!«

»Ich hab's aber nicht verstanden, Herr Kuddewörde.«

»Gegenstandslos. Abstrakt heißt soviel wie gegenstandslos.«

»Gibt es denn einen gegenstandslosen Hochofen?«

»Nein, gibt es nicht. Natürlich nicht. Quatschkopp! Kurafeiski, du bist ein alter Quatschkopp! Setz dich endlich an deinen Tisch und fang an! Huje?«

»Malt Picasso eigentlich abstrakt, Herr Kuddewörde?«

»Picasso? Man kann sagen: er malt abstrakt. Nicht immer, nur manchmal. Aber wir wollen uns jetzt nicht über Picasso unterhalten. Muhl?«

»Was halten Sie eigentlich so von Picasso, Herr Kuddewörde?«

»Das werde ich euch sagen, wenn Picasso dran ist. Heute ist Picasso nicht dran! Heute zeichnen wir einen Hochofen. Aber fix!«

»Mein Vater sagt, Picasso malt unnatürlich!«

»Wie ein Verrückter!«

»Schizophren!«

»Matschauge!«

»Entartete Kunst!«

»Verbrennen!«

»Kastrieren!«

»Ruhe! Ruhe! Wenn hier nicht sofort Ruhe herrscht, dann setzt's was! Also gut, ich will euch rasch noch etwas über Picasso sagen, wenn's euch so interessiert. Aber dann zeichnen wir den Hochofen! In der nächsten Stunde abgeben. Alle. Farwick, du sammelst die Zeichnungen ein.

Was hat dein Vater gesagt, Muhl?«

»Er findet, der Picasso kann gar nicht malen, der malt unnatürlich!«

»Unnatürlich? Ja, kann man sagen. Denaturiert nennt das die Kunstwissenschaft. Verlust der Mitte – wir werden zum Abschluß noch darüber sprechen. Oder will jemand ein Referat über Picasso halten? Farwick, gut! Ich habe mir schon überlegt, ob ich dir eine Zwei oder gar eine Eins geben kann.«

»Wann soll ich das Referat halten, Herr Kuddewörde?«

»Na, sagen wir in acht Tagen. Einfach ist das nicht. Na, du wirst schon durchkommen! Hast du das ›Lexikon der modernen Malerei‹? Gut. Ich hätte dir sonst meins geliehen. So, jetzt fangt aber mit dem Hochofen an! Denkt an Dortmund, Bochum, Wattenscheid! Wer war schon mal da? Neun. Gut. Wer ist hier Klassensprecher?«

»Rull!«

»Gut. Rull, setz dich hier vorn aufs Pult. Übernimmst gleich die Aufsicht. Ich muß ein paar Minuten früher weg. Wehe, ich höre ein Wort! Dann setzt's etwas. So, fangt an!«

– diese Null. Dieser kahle Knacker. Das ›Lexikon der modernen Malerei‹! Wenn er mir wenigstens den Haftmann angeboten hätte. Hat er gar nicht. Kennt er nicht mal. Über Gauguin und van Gogh nie hinausgekommen. Höchstens bis Marc. Ach was: bis Macke! Wie meine Alten. Vielleicht doch bis Marc. Bei dem im Wohnzimmer hängt bestimmt der ›Turm der blauen Pferde‹. Damit man gleich sieht, daß er auf dem laufenden ist. Aber im Schlafzimmer hängen drei Quadratmeter Sakralkitsch. ›Der Herr ist mein Hirte‹. Bis in die Knie im Schmalz. Oberammergau. Seelenolympiade. Dem werd ich ein Referat hinlegen, daß er keinen Pieps versteht! Johnny hat wieder eine dolle show abgerissen! Muß ihn an die home session erinnern. ›Jazz, poetry and peinture.‹ Die Scheibe is 'ne Wolke. Dave Brubeck. Jay Jay Johnsson. Benn. Wo krieg ich nur den passenden Picasso-Streifen her? Damit können wir ein Faß aufmachen! Johnny, Lord, Quabbel, Gammel, Pigalle et moi. Rull? Nein, der wälzt Propplämme. Aber 'n paar Ischen. Renata kommt nicht. Fazke, der Scheich, hat sie umgedreht. Gaby, Lollo, Fliege, Picki, Laila. Vielleicht noch Karin. No, is 'en Sonnenfurz. Die Scheibe swingt aber länger, als der Streifen läuft. Macht nichts. Da capo! Ist sogar genau das Richtige. Gibt kein Ende, keinen Anfang. Wir ziehn die party bei Johnny im Gartenhäuschen ab. Villa Hügel! Wenn ich nicht an den passenden Film rankomme, improvisiere ich in Kohle! Black and White. Müßte gehn. Abstrakte Akte. Mit Lollo als Modell! Ob Quabbel wirklich gestern über die gehuscht ist? Angabe! Mir hat sie eine gescheuert, als ich ihr an die schweren Sachen wollte. Null haut tatsächlich wieder ab. Stramme Leistung –

»Haltet doch's Maul«, brüllte Rull. »Wenn der Chef reinkommt, pinnen wir alle fünf Seiten Englisch heute nachmittag.«

»Kennen Sie diesen Herrn?«
Godelund reichte Dr. Nemitz das Foto über den Tisch.
»Nein. Ein Filmschauspieler?«
»Ich weiß es nicht. Der Name ist mir nicht geläufig.«
»Wo haben Sie das denn konfisziert?«
»In der 6b. Vorige Woche.«
»Das ist doch dieser amerikanische Steckbrieftenor«, sagte

Nonnenroth und gab das Foto weiter. »Jimmy, der Caruso der Kaugummiindianer.«

»Sieht ja verheerend aus!« sagte Harrach und schob die Brille höher. »Und so etwas ist heutzutage das Idol der Jugend.«

»Glauben Sie das wirklich?« fragte Godelund.

»Herr Kollege, ich war zufällig einmal in Frankfurt, als dieser Rabauke ein – nun wie soll ich es bezeichnen, Konzert kann man das ja nun wirklich nicht nennen –«

»Eine show!« sagte Knetsch.

»Ja, so nennt man das wohl heute, also eine Schau gab. Vor sage und schreibe fünftausend Jugendlichen!«

»Halbstarken!«

»Ich nehme diesen Ausdruck aus pädagogischen Gründen nicht in den Mund, Kollege Nonnenroth! Aber Sie haben natürlich recht.«

»Und nachher war im Saal kein Stuhl mehr ganz!«

»Das wollte ich eben erzählen! Haben Sie auch davon gehört?«

»Das war nicht Jimmy Robinson«, sagte Violat. »Der war nur als G. I. in der Bundesrepublik. Muß ein andrer gewesen sein.«

»Sie sind ja erstaunlich gut über diesen bedeutenden Künstler informiert, Herr Kollege!«

»Diese Veitstänzer haben alle Gold in der Kniekehle«, räsonierte Nonnenroth.

»Ich entsann mich, als Sie den Namen nannten, wieder eines anderen Vorfalls, liegt allerdings einige Jahre zurück«, sagte Hübenthal. »Da hat doch einer dieser, nun – vielleicht ist ›Halbschwachen‹ psychologisch richtiger formuliert, also der hat mit Kreide an den Bamberger Dom geschrieben –«

»›Mein Gott heißt Jimmy!‹ Hab ich auch gelesen«, wußte Harrach. »Es war sogar ein Mädchen!«

»Ist das nicht furchtbar?«

»Erschreckend. Aber symptomatisch.«

»Im Volk der Dichter und Denker!«

»Kein Wunder, meine Herrn«, sagte Matuschat, »daß Disziplin, Leistung, ja, daß der gesamte Habitus von Jahr zu Jahr mehr zu wünschen übrigläßt.«

»Bei diesen Vorbildern!«

»Ja, hat denn unsere Jugend wirklich keine anderen Ideale als diesen amerikanischen Steckbrieftenor und seinesgleichen?« fragte Hübenthal und sah entrüstet in die Runde.

»Albert Schweitzer!« gab Godelund zu bedenken.

»Na, vielleicht für die Stillen im Lande. Aber wer ist das heute noch?«

»Ob das Interesse da nicht überhaupt auf die Mädchen beschränkt bleibt?«

»Aber natürlich. Glauben Sie, in unserer 6b nimmt sich einer Albert Schweitzer zum Vorbild? Uwe Seeler vielleicht, oder wenn's hochkommt, Wernher von Braun –«

»Oder Brigitte Bardot!«

»Herr Nonnenroth, Herr Nonnenroth«, sagte Godelund.

»Stimmt es eigentlich, daß Albert Schweitzer gar kein Deutscher mehr ist?« fragte Matuschat.

»Schweitzer kein Deutscher? Wieso?«

»Er soll die französische Staatsbürgerschaft angenommen haben.«

»Wann?«

»Schon nach dem Ersten Weltkrieg.«

»Davon habe ich nie etwas gehört«, sagte Godelund. »Meine Frau hätte mir bestimmt etwas darüber erzählt. Sie beschäftigt sich schon seit ihrer Jugend mit Albert Schweitzer.«

»Haben Sie das von einem Franzosen?« Hübenthal konnte die Neuigkeit noch nicht fassen.

»Nein. Ich glaube, es stand im ›Spiegel‹.«

»Eine widerliche Gazette. Lese ich aus Prinzip nicht.«

»Da schreiben ganz böse Jungen, glauben Sie mir das, meine Herrn! Und die breite Masse der Intellektuellen fällt drauf rein.«

»Destruktiv!«

»Ich weiß ja nicht, wie Sie darüber denken, aber wenn jedes Radaublatt die Regierung mit Unflat bewerfen darf –«

»Demokratie, Herr Kollege!«

»Ja, wo kommen wir denn hin?« fragte Wiepenkathen.

»Das sehen wir ja! Wir hier an der Schulfront deutlicher als jeder andere.«

»Und in der 6b zuerst!«

»Was haben die denn schon wieder verbrochen?« fragte Crispenhoven und schloß die Tür des Lehrerzimmers hinter sich.

Godelund reichte ihm wortlos das Foto, das um den Tisch gekreist war.

»Wer hat das denn mitgebracht?«

Godelund zuckte lächelnd die Achseln.

»Na, ich meine doch, wenigstens der Klassenlehrer müßte ins Vertrauen gezogen werden«, sagte Wiepenkathen kurz.

»Nusbaum!«

»Da wundert mich überhaupt nichts mehr!« Nonnenroth geriet in Rage. »Der glotzt einen zwar immer an, als habe er gerade den Heiligen Geist verschluckt, aber ich bin sicher, dieser Delegierte des Häuslerstandes will uns hier alle nur vergackeiern!«

»Der Junge ist eine ganz lockere Birne! Sobald der von der Schule ist, guckt der uns nicht mehr mit dem Hintern an!«

»Dem Jungen fehlt der Vater«, sagte Crispenhoven.

»Hat Nusbaum denn keinen Vater mehr?« fragte Godelund.

»Nein. Gefallen.«

»Na, ein lebenslänglicher Freibrief für Rüpeleien ist das aber auch nicht«, wandte Hübenthal ein.

»So dramatisch finde ich es nun wieder nicht, daß der Jaust das Foto mit in die Schule gebracht hat.«

Wiepenkathen sah Violat einen Moment starr an.

»Schlimm? Schlimm, Herr Kollege, ist das vielleicht noch nicht. Aber es kommt eins zum andern! Ich könnte Ihnen über den Charakter gerade dieses Schülers ein Licht aufstecken! Wenn man dreiunddreißig Jahre Pädagoge war, sieht man tiefer, als wenn man gerade erst in die Schule gerochen hat. Das sollte keine Spitze gegen die jüngeren Kollegen oder gar gegen Sie persönlich sein, Herr Kollege Violat! Im übrigen sind Nusbaums Leistungen bei mir in Stenografie seit dem Herbstzeugnis beängstigend zurückgegangen.«

»Kann ich ihnen von meinem Sektor auch bestätigen.«

»Darf ich die Karte behalten?« fragte Crispenhoven. »Ich möchte mit dem Jungen reden.«

»Bitte – wenn Sie das für richtig halten, Sie sind der Klassenlehrer.«

»Mit dem Jungen reden!« knurrte Wiepenkathen. »Sie werden sehen, wohin diese allgemeine Knochenerweichung führt.«

Jemand sperrte nachdrücklich die Tür auf.

»Der Chef!« sagte Crispenhoven. »Er will etwas ankündigen.«

Direktor Gnutz ging rund um den Tisch und drückte jedem seiner Kollegen männlich und schmerzhaft die Hand. Dann setzte er sich, lang, hager und magenkrank, in den Sessel, der für ihn am Kopf des Tisches reserviert war.

»Meine Herrn: Morgen trifft der neue Kollege für Englisch und Geschichte bei uns ein! Herr Jottgrimm. Ich glaube sagen zu dürfen, wir haben einen guten Griff getan! Kapitänleutnant, Akademiker – womit ich natürlich keineswegs den Herrn, die über den Volksschulsektor zu uns gestoßen sind, sozusagen von der Pike auf gedient haben, in irgendeiner Weise nahetreten will! Uns ist jeder Kollege willkommen, der mit Begeisterung, Treue und Aufrichtigkeit seinen Dienst tut. Ich wollte nur sagen: der neue Kollege ist bestens renommiert! Und was seine schulischen Qualitäten angeht, so darf ich mir da schon ein Urteil erlauben, wir haben ja dieselben Fächer: er machte beim Anhospitieren einen ganz ausgezeichneten Eindruck! Wirklich.

Ich denke in Ihrem Einverständnis zu handeln, wenn ich anrege, daß wir uns morgen nach der fünften Stunde hier zusammensetzen, zum Einstand gleichsam. Es sind noch einige Punkte zur Schulordnung zu besprechen – das läßt sich verantworten. Herr Kollege Matzolf?«

»Ist der verehrte Kollege katholisch oder evangelisch, wenn ich fragen darf?«

»Evangelisch. Aber wieso ist das von Interesse? Sie haben doch wohl nicht den Eindruck, Herr Kollege, daß hier an meinem System der Proporz –«

»Ich erlaubte mir nur zu fragen, Herr Direktor. Danke!«

»Merkwürdig. Na denn, frisch ans Werk! Guten Morgen, meine Herrn!« Direktor Gnutz schritt straff und wütend aus dem Lehrerzimmer. Die Tür ließ er hinter sich offen.

»Ich hab 'nen neuen Eichmann-Witz für dich!« sagte Michallek.

»Das wäre Nummer 78. Wenn ich hundert beisammen habe, kauft mir mein Alter den kleinsten japanischen Transistor, vier Wellenbereiche.«

Muhl kramte ein Notizbuch aus seinen jeans.

»Schieß los!«

»Eichmann kommt zu Petrus –«

»Sooo'n Bart«, maulte Muhl.

»Ich weiß noch einen: Eichmann ist Jude geworden, bevor sie'n aufgehängt haben.«

»Warum?«

»Damit's ein Judd war, der hing!«

»Klotzig.«

Muhl schrieb.

»Noch einen?«

»Noch zwei. Was sitzt drin?«

»Drei Fluppen.«

»Viere!«

»Okay.«

»Eichmann soll im nächsten Leben Generalsekretär bei der UNO werden.«

»Warum? Mach schon!«

»Es kann sonst keiner das Flüchtlingsproblem lösen!«

»Hart.«

»Was haben Eichmann und Jesus gemeinsam?«

»Ich glaube, den haben wir schon«, sagte Muhl. »Mal nachsehn!« Er gab Michallek vorsorglich nur zwei Zigaretten.

– deren Sorgen möchtest du haben. Pädagogische Heuchelei. Nein, fast noch schlimmer: ehrliche Überzeugung. Viel schlimmer! Eins muß man ihnen lassen: sie haben einen Standpunkt. Und du hast keinen. Ist dir mit zwanzig abhanden gekommen, Oberjungbannführer Violat. In Rußland. Spätestens am Kubanbrückenkopf. Anno diaboli neunzehnhundertdreiundvierzig. Sie lagen gerade so hoch wie die Eskaladierwand auf dem Kasernenhof. Nach der sechsten, siebten Welle. Aber sie griffen immer einmal mehr an, als du gedacht hattest. Und schließlich waren die Gurte leer. Oder das MG hatte Ladehemmung. Heiß gekocht. Doch die Stellung wurde gehalten! Bis zum letzten Mann. Auf deinen Befehl, Oberleutnant Violat! Der letzte Mann blieb übrig, und der warst du. Der Neue ist Kapitänleutnant gewesen. Wahrscheinlich wird er dem Waffenring beitreten. Auch die haben einen Standpunkt. Du hast heute nacht wieder das ganze Haus zusammengebrüllt. Wie hat der Minister gesagt: ›Ein alter Trottel, der die Tränen nicht halten und des Nachts nicht schlafen kann, wenn er an Hiroshima denkt!‹ Über wen hat er so geurteilt, der Minister? Über Albert Schweitzer oder über Otto Hahn? Dir genügt der Kuban. Bis zum letzten Mann, Oberleutnant Violat! Du bist nie darüber weggekommen. Zu weich, Herr Oberleutnant! Nach achtzehn Jahren ist es deine verdammte Pflicht und Schuldigkeit, den Krieg endgültig zu den Akten zu legen. Und weiter zu marschieren. Nein, das nicht! Aber rasch noch am Wiederaufbau teilzunehmen. Wir kapitulieren nie. Über Gräber vorwärts. Und haben einen Standpunkt, eine Weltanschauung. Wie Hübenthal, wie Wiepenkathen, wie Godelund, wie Matuschat, wie Gnutz, die deutsche Gummieiche. Nonnenroth hat keinen Standpunkt. Doch: Wurschtigkeit. Auch ein Standpunkt. Der Standpunkt, keinen Standpunkt zu haben. Und Crispenhoven? Gehört zu den weißen Jahrgängen. Man sieht's ihm an. Gefallen und wiederauferstanden. In Rußland unter der Erde und hier nur auf Urlaub. In den Osterferien fährst du wieder nach Paris. Allein. Eine schöne Ehe! Rue Abukir: Chez Akli. ›Fais la terrasse! Comment ça va, mon cher?‹ ›Ah – il marche encore, mon copain!‹ ›Qu'est-ce-que tu bois? Du Rouge?‹ ›Mai oui, toujours, toujours!‹ ›Allez, le grand Rouge. Lentement, lentement! Tu bois comme un trou! J'ai un nouveau disque, ah, voilà, mon ami pour la vie – Georges Brassens. L'artiste! Ecoute! C'est magnifique‹:

›. . . mais bêtement
même en orage
les routes vont
vers des pays . . .‹

»Bonjour, messieurs!«

»Bonjour, monsieur Violat!«
»Asseyez-vous! Commencez à lire: Adlum!«
»Stoff der letzten Stunde: Une esquisse biographique.

In der Pause hatte camarade Claussen an Hand unseres Lehrbuchs einen vollständigen Lebenslauf an die Tafel geschrieben. Monsieur Violat ließ Namen, Geburtstag, Anschrift, Personalien der Eltern, Berufswunsch etcetera auswischen und von drei Schülern die entsprechenden Daten eintragen. Für die nächste, die heutige Französischstunde bekamen wir die Aufgabe gestellt, une esquisse biographique in eigener Sache zu schreiben und auf einem DIN A 4-Bogen abzuliefern. Claussen hat den Auftrag, sie einzusammeln.«

»C'est tout, mon cher?«

»C'est tout, monsieur Violat!«

»Très court, n'est-ce pas, mon ami?«

»Je regrette, monsieur Violat!«

»Quant à moi: je l'espère, je l'espère! Kurafeiski!«

»Im deutschen Lebenslauf wird die Angabe der Konfession verlangt. Warum?«

»Nicht obligatorisch. Aber meistens. Warum wohl? Claussen!«

»Ich finde, man kann es keinem katholischen Betrieb zumuten, einen evangelischen Stift einzustellen, wenn er einen ebenso guten Katholiken bekommen kann! Das gilt umgekehrt natürlich auch.«

»Oho!«

»Du scheinst andrer Meinung zu sein, Kurafeiski?«

»Das kann sich heute doch kein Betrieb mehr leisten«, protestierte Muhl dazwischen. »Qualität ist Trumpf!«

»Und Stifte sind so rar wie Jungfrauen!« ergänzte Mitzkat.

Violat klopfte mit seinem Kugelschreiber dreimal auf das Pult.

Satemin meldete sich zu Wort.

»Verstößt Claussens Ansicht nicht überhaupt gegen das Grundgesetz? Niemand darf wegen seiner Konfession oder seiner Rasse benachteiligt werden – so ähnlich heißt es doch da!«

»Ich teile deine Ansicht, Satemin, aber ich bin kein Geschichtslehrer!«

»Was für eine Rasse oder Konfession hat Herr Groenewold eigentlich?« fragte Huje.

»Herr Groenewold ist evangelisch. Das weißt du doch Huje!«

»Ja, aber ich hab gehört –«

»Was?«

»Ich möchte das nicht öffentlich sagen.«

»Sein Alter hat ihm erzählt, daß Herr Groenewold Jude ist«, kommentierte Muhl.

»Ja und? Wenn dir das wirklich ein Problem ist, Huje, dann

sprichst du am besten mit Herrn Groenewold selbst darüber! Ich bin sicher, er wird dir dazu etwas zu sagen haben! Schanko!«

»Mich interessiert viel mehr, warum im deutschen Lebenslauf auch der Beruf des Vaters angegeben werden soll!«

»Konservativer Kapitalismus!« sagte Satemin.

Violat klopfte mit seinem Kugelschreiber dreimal auf das Pult.

»Na, etwas sagt es doch schon, wenn man weiß, aus welchem Haus einer stammt.«

»Glauben Sie wirklich, Herr Violat, daß aus einem sogenannten gutbürgerlichen Haus immer anständigere Menschen kommen als aus Proletenkasernen?«

»Nein, das glaube ich natürlich nicht, Satemin.

Aber wir sind auf dem besten Weg, hier in eine politische Diskussion zu geraten: Warum habt ihr das alles nicht Herrn Doktor Nemitz gefragt?«

»Hat keine Zeit, muß die ADZ lesen!« sagte Rull.

»Silence, mes amis, silence!«

»Hier kann man doch überhaupt nur mit drei Lehrern reden«, sagte Rull. »Für die andern sind wir nur Material!«

»Merde!« sagte Kurafeiski deutlich und schnitzte weiter seine Initialen in den Tisch.

Violat glitt vom Pult.

»Fini! Ende der Debatte!« sagte er kurz. »Und du, Rull – auch Kurafeiski, Schanko, Satemin, Mitzkat und Genossen –, ihr überlegt euch doch noch einmal, ob das mit dem Material etc. wirklich stimmt! Nicht nur Lehrer können ungerecht sein, mes amis!

So, heute habe ich euch ein paar disques mitgebracht –«

Es klopfte zart.

Fräulein Chrobock stöckelte herein, bekam ihren roten Kopf und sagte:

»Entschuldigen Sie bitte –«

Die Klasse erhob sich wie ein Mann.

»– aber es ist ein Eiltermin der Regierung gekommen: Statistik über die Berufswahl!«

»Setzt euch!« sagte Violat und studierte einen Augenblick den Fragebogen.

»Mitzkat, verdreh nicht die Augen wie eine Schleiereule!

Nehmen Sie doch bitte einen Augenblick Platz, Fräulein Chrobock. Ja, hier an dem Pult! So, jetzt gibt mir jeder kurz und bündig an, was er nach Ostern anfängt. Ich schreibe mit, alphabetisch:«

»Adlum?«

»Sozialarbeiter.«

»Claussen?«

»Missionar.«

»Iß noch ein Löffelchen von dem lieben Missionar, Lumumba!« quiekte Mitzkat.

»Laß den Blödsinn, oder ich schlag dir eine hinter die Ohren, Mitzkat!

Fahrian?«

»Polizei.«

»Farwick?«

»Werkkunstschule.«

»Feigenspahn?«

»Bundeswehr.«

»Helfant?«

»Buchhändler.«

»Huje?«

»Automechaniker.«

»Kurafeiski?«

»Clochard.«

»Kinder, jetzt macht doch nicht solchen Zinnober! Ihr zwingt mich ja dazu, hier den Pauker zu mimen.«

»Ehrlich, Herr Violat, ich würde am liebsten Clochard werden.«

»Und was wirst du: en realité?«

»Bankkaufmann«, sagte Kurafeiski resigniert.

Fräulein Chrobock sah auf ihre Armbanduhr und strich die Ponyfransen zur Seite.

»Labus?«

»Stadtverwaltung.«

»Lepahn?«

»Ortskrankenkasse.«

»Michallek?«

»Elektroingenieur.«

»Mitzkat?«

»Handelsschule.«

»Muhl?«
»Oberschule.«
»Nusbaum?«
»Orthopädischer Schuster.«
Fräulein Chrobock lachte plötzlich erstaunlich tief und hielt sich rasch die Hand vor den Mund.
»Petri?«
»Bundeswehr.«
»Roehmfeld?«
»Kaufmann. Elterliches Geschäft.«
»Rull?«
»Weiß ich noch nicht.«
»Vier Wochen vorm ersten April? Hast du noch keine Stelle, Rull?«
»Doch.«
»Und?«
»Ich weiß noch nicht, ob ich das mache.«
»Was denn?«
»Maschinenbau.«
»Zukunftssicher! Hat dein Vater ausgesucht, was?«
»Ja.«
»Und was willst du?«
»Lehrer«, sagte Rull.
Violat schüttelte den Kopf.
»Überleg dir das noch mal«, sagte er. »Ich würde es nicht mehr.«
»Steißbeintrommler!«
»Wurde geboren, bekam Ferien und starb!«
Fräulein Chrobock lachte erneut.
»Silence!« rief Violat.
»Wir schreiben zunächst mal Maschinenbauer, Rull! D'accord?«
»Vielleicht mach ich auch etwas ganz andres«, brummte Rull.
»Na gut.
Satemin?«
»Redakteur.«
»Schanko?«
»Bauingenieur.«
»Titz?«

»Fehlt.«

»Weiß einer, was der werden will?«

»Roßäppelsammler auf der Autobahn!«

Violat ging stracks auf Mitzkat zu, mußte lachen und sagte:

»Du übernimmst den Stundenbericht, drei Seiten, verstanden?«

»Pardon! Oui!«

»Titz will zur Kripo«, wußte Adlum.

Violat vervollständigte die Statistik und gab sie Fräulein Chrobock zurück. Die Klasse erhob sich mit ihr.

»Asseyez-vous, filous!«

Fräulein Chrobock wippte hinaus.

Mitzkat wollte etwas sagen, fing Violats Blick auf und begnügte sich mit fachmännischem Grinsen.

Violat sah einen Augenblick aus dem Fenster.

»Ihr erwartet, daß man euch anständig behandelt«, sagte er, halb abgewandt. »Dann benehmt euch auch gefälligst danach.

Mitzkat, stell den Plattenspieler auf!

Wir wollen uns heute mit französischen chansons beschäftigen. Was verstehen wir unter einem chanson? Précis?«

– er hätte Mitzkat eine fegen müssen. Monsieur Brassens greift nie durch, zu weich. Komisch, die ganz alten Knacker sind stur wie ein Panzer, und die jüngeren Semester fangen an zu schwimmen, wenn unsereiner nur spuckt. Irgendwo stimmt bei beiden Typen die Uhr nicht. Die einen verstehn gar nichts und die andern alles. Vielleicht liegt es daran. Muhl nimmt ihn schon wieder aufs Ärmchen und fährt mit ihm Roller. Ob er das wirklich nicht merkt? Kann ich mir nicht denken. Ist doch clever, der Knabe. Trotzdem geht er auf alles ein, auf den dicksten Hund. Rull blufft nicht. Auch Anti nicht. Die meinen das so. Arme Irre! Ich hab mächtig Glück gehabt, als ich mir meinen Alten zum Vater aussuchte. Der alte Herr Adlum versteht auch alles. Aber er schwimmt nicht. Steht und entscheidet sich. Hat in ihrem völlig idiotischen Krieg, der mir scheißegal ist, seine Urteilsfähigkeit weder so noch so verloren. Diese Pauker hier sind alle irgendwo stehngeblieben. Gnutz, Wiepenkathen, Rickling und Godelund: 1918. Hübenthal, Nonnenroth und Matuschat 1945. Samstagabend geh ich mit dem alten Herrn Adlum wieder in die ›Gilde‹. Läßt mir die Leine bannig lang. Konnte auch schiefgehn! Ist aber nicht schiefgegangen. Vertrauen ehrt! Und Selbstvertrauen sticht. Ob Groenewold tatsächlich Jude ist? Interessiert mich einen feuchten Kehricht. Sollte dann aber hier vielleicht nicht ausgerechnet Geschichte geben. Muß mit meinem Alten drüber reden. Den hat ein jüdischer Kapo angezeigt, weil er aus 'nem Fronturlauberzug eine Packung Zigaretten unter die Arbeitskolonne von irgend so einem KZ geschmissen hatte! In Polen, glaub ich. Dean hat gar keinen Vadder. Deshalb fuchst ihn der Lebenslauf. Merken die Pauker aber nicht. Seine Mutter war Karbolmäuschen. Vielleicht ist sie auch den Russen in die Finger geraten. Jedenfalls hat er 'nen starken Linksdrall. Aus lauter Minkos. Lumumba ist Fanatiker. Ich glaub, der bringt's fertig und geht tatsächlich rüber. Soll er! Ich kenne keinen einzigen von daheim, der freiwillig wieder rübermacht. Aber hier, bei denen im Westen, finden sich immer noch so hirnverbrannte Rotschwänzchen. Rull regt sich am laufenden Band über die Pauker auf. Nimmt die viel zu ernst: Funktionäre der Gewerkschaft ›Erziehung und Wissenschaft‹. Und ein paar pädagogische Unteroffiziere. Und zu kurz gekommene Künstler. Und ein paar arme vom Krieg verkrüppelte Hunde. Wie dieser Monsieur Violat. Violat läßt alles über sich ergehen. Was nimmt der eigentlich noch ernst? Sich selbst bestimmt nicht. Alles kapieren und doch einen Standpunkt haben, das kleine Kunststück bringt der nicht fertig –

»Die bei uns bekanntesten französischen Interpreten des chansons sind, neben Edith Piaf, Juliette Greco, Jacqueline Boyer und Dalida, unter den Männern Gilbert Bécaud, Charles Aznavour, Yves Montand, Jaques Brel und –«

»Georges Brassens!«

»En effet, Huje! Und jetzt leg den disque auf, Mitzkat!«

– Du darfst nicht mehr auf jede Unterbrechung reagieren. Ablenkungsmanöver. Die andern wimmeln sie einfach ab. Die anderen. Deshalb fragen sie ja dich. Und Crispenhoven. Und Groenewold. Nicht die andern. Die meisten ihrer Fragen sind ernst gemeint, auch wenn sie schnodderig herausplatzen. Ernster als deine Antworten! Rull, Kurafeiski, Schanko. Auch Satemin.

Ein Agitator en miniature. Hört bestimmt jeden Abend im Bett mit seinem Transistor den halben Ostblock ab. Warum? Und glaubt an das rote Evangelium! Anno neunzehnhundertdreiundsechzig, mitten in der Bundesrepublik, einhundert Kilometer von der Zonengrenze. Warum? Du mußt mit Groenewold darüber sprechen. Jude? Warum interessiert sie das? Bei weitem nicht alle; aber einige doch. Warum? Und im Kollegium? Auch einige. Mehrere sogar! Mythisches Tier, der Jude im Denken der Deutschen heute: Schlange, Sphinx und Lamm. Nicht für dich. Du hast in Frankreich ein bißchen denken gelernt, endlich. Aber die größten Fehler waren schon gemacht! Indifférence et sentimentalité: das sind heute deine Feinde! Mitzkat wollte dich provozieren. Warum? Er hat einfach Spaß an der Opposition. Laß ihn! Le nonconformisme est un optimisme. Wieviel élan vital müssen sie haben, um wenigstens da ein engagement einzugehen. Dem kleinen Claussen guckt der Kaplan schon aus den Augen. ›Ich finde, man kann es keinem katholischen Betrieb zumuten –‹ Pfaffenperspektiven. Sag doch etwas dagegen! Oder dafür. Indifférence – es gibt kein Wort, das du mehr haßt. Weil es auf dich zutrifft, homme nul! Dieser Rull ist der merkwürdigste Junge, der je vor dir gesessen hat. Gar nicht besonders intelligent, aber tout d'une pièce. Geht auf seine Probleme mit der wütenden Melancholie eines Bullen los. Un triste taureau! Der wird es von allen am schwersten haben. Verfügt aber auch über mehr vitalité als die andern zusammen. ›Je ne regrette rien!‹ Die Piaf ist nur noch une ruine. Eine Ruine voll Pernod. Und von Kollaps zu Kollaps wird sie besser. ›C'est vraiment la seule chanteuse blanche, qui me fasse pleurer.‹ Noch drei Minuten. Mach Schluß. Es reicht dir. Denen sicher auch –

»Ça suffit! Au revoir, mes amis!«
»Au revoir, Monsieur Violat!«

»Was macht ihr'n heut?« fragte Schanko, als der Pulk der 6b sich durch das Schulportal keilte.

Claussen: ›Päterkes, Latein.‹ Muhl: ›Miles Davis.‹ Huje: ›Mathearbeit.‹ Kurafeiski: ›Kiki ins Kino!‹ Mitzkat: ›Church army club.‹ Adlum: ›Hallenbad.‹

Satemin: »Grüße aus der Zone, kommste?«
Schanko: »Okay. Du auch, Jochen?«
Rull: »Mal sehn –«

»Einen schönen Tag noch allerseits«, sagte Godelund und hielt die Pendeltür auf. »Ich muß mich mal wieder um meinen Bau kümmern!«

Gnutz: ›Schul- und Kulturausschuß.‹ Harrach: ›Zahnarzt. Prothese.‹ Hübenthal: ›Color-Objektiv f: 1,9/50 mm.‹ Nonnenroth: ›Na starowje, Towarischtsch!‹ Nemitz: ›Volkshochschule.‹ Crispenhoven: ›Nachhilfestunden.‹

Violat: »Sind Sie zu Hause?«
Groenewold: »Ab sieben bestimmt. Ich würde mich freuen . . .«

Am Abend dieses Montags –

II

– sagte Rulls Vater:

»Du fährst nach Österreich!«

Rull hielt die Gabel mit der Pellkartoffel senkrecht hoch und hörte auf zu kauen.

»Wohin?« fragte er.

»Nach Österreich, und damit basta!«

»Aber –«

»Es gibt kein Aber! Dieses ewige Aber! Das ist schon an der Tagesordnung: aber, aber, aber – immer Einwände! Bei mir nicht. Ich habe gesagt, du fährst in den Osterferien nicht nach Polen, du fährst nach Österreich, und damit Schluß. Was haben sie auf der ›Union‹ gewollt?«

»Soll morgen noch mal hinkommen.«

»Mit mir?«

»Dich rufen sie an.«

»Die Stelle ist dir sicher.«

Rull legte die Gabel auf den halbvollen Teller, zog das Genick ein und schob die Hände in die Hosentaschen.

»Ich hab keine Lust!« sagte er dumpf.

Rulls Mutter schrak zusammen und starrte ihn hoffnungslos an, doch Vater blieb ganz ruhig.

»Lust – auch eins von euren Worten! Lust. Glaubst du vielleicht, wir hätten Lust gehabt, in eurem Alter die Knarre auf den Buckel zu nehmen und in die kalte Heimat zu marschieren? Vier Jahre lang! Aber unsere Schuldigkeit haben wir getan –«

»Für wen?« fragte Rull.

Mutter schüttelte den Kopf und sagte:

»Junge, du weißt nicht, was du redest!«

Der Vater schob den Teller zurück, steckte sich eine Zigarette an und begann, rund um den Tisch zu marschieren.

»Sauber!« sagte er. »Mein Herr Sohn macht mir Vorwürfe, daß ich vier Jahre lang die Knochen für ihn hingehalten habe. Damit er als freier Mensch aufwächst. Damit diese roten Kanaken ihr Paradies gefälligst im Osten lassen. Damit seine Mutter –«

»So hab ich das nicht gemeint.«

»Nein? Ihr meint nie, was ihr sagt! Nie. Aber ihr reißt die Klappe auf bis zum Hals und wißt alles besser! Das ist wohl der Dank dafür, daß man euch auf die höhere Schule geschickt hat? Wenn ihr fertig seid, fahrt ihr unsereinem übers Maul – und seid Hampelmänner obendrein.«

»Reg dich nicht auf, Paul!« sagte die Mutter.

Rull stand auf und schob sich zur Tür.

»Es hat keinen Zweck«, murmelte er. »Wir können nicht mehr miteinander reden.«

»Hör dir das an! Hör dir das an!« sagte Rulls Vater und brüllte plötzlich los:

»Nein: mein Herr Sohn hat einen Furz im Kopf! Deswegen können wir nicht mehr miteinander reden! Aber ich werde sie mir schon vorknöpfen, auf dem Elternsprechtag, deine Hirnverdreher. Diese Herrn Crispenhoven, Violat und vor allem das Freundchen von der anderen Rasse, den Herrn Groenewold! Wo war der denn, als wir damals ruckzuck fertiggekriegt haben, was diese Herrn Demokraten seit achtzehn Jahren nicht schaffen: die rote Dampfwalze zum Stehen zu bringen? Wo war er denn da, dein Herr Klugscheißer?«

»Reg dich nicht so auf, Paul!« sagte Mutter noch einmal. »Wer das nicht mitgemacht hat, kann es nicht verstehen.«

Rull setzte sich auf den Stuhl neben der Tür.

»Warum soll ich denn nach Österreich und nicht nach Polen fahren?« fragte er. »Erklärt mir das doch mal!«

Der Vater goß sich eine Tasse Tee nach und nahm seinen Marsch wieder auf.

»Du warst schon in Irland und auf dem Peleponnes, das ist

genug Ausland. Österreich ist auch ganz schön, und außerdem spricht man da deutsch.«

»Ja, aber ich bin doch nun mal mit Marek und Jan befreundet und nicht mit einem Österreicher!«

»Das ist es ja, was ich satt habe! Ich sage nichts, rein gar nichts gegen die Polen. Aber warum suchst du dir nicht endlich einen Freund aus, der deine Sprache spricht?«

»Wir sprechen ja dieselbe Sprache, wenn auch nicht deutsch. Wir reden englisch miteinander. Und außerdem wissen die viel.«

»Worüber?«

»Über Deutschland.«

»Hör dir das an, Mia! Hör dir das nur an: diese Polacken wissen viel über Deutschland!«

»Und sie weichen nicht aus.«

»Ausweichen? Wobei, wenn ich fragen darf?«

»Bei Fragen, die du mir nicht beantwortest, obwohl ich sie dir seit Jahren immer wieder stelle.«

»Welche Fragen zum Beispiel?«

»Für wen ihr in die kalte Heimat marschiert seid. Für wen ihr eure verdammte Pflicht und Schuldigkeit getan habt.«

Der Vater schnippte seine Kippe in den Ofen, holte sich aber sofort eine neue Zigarette.

»Und was gibt dir dein Freund Marek darauf für eine Antwort?«

»For Hitler and the devil.«

Der Vater brach seinen Marsch ab und setzte sich. Das Streichholz vor seiner Zigarette schwankte.

»Gib mir auch eine«, sagte Rull.

Der Vater reichte die Packung wortlos hinüber.

»Und das glaubst du?« fragte er und schluckte.

»Es ist eine Antwort, aber sie genügt nicht. Sie ist einseitig.«

»Was glaubst du denn?«

»Ich weiß nicht, Vater. Ich weiß nicht, was ich glauben soll. Aber ich möchte es wissen.«

»Dieser Marek kommt mir nicht wieder ins Haus«, sagte Vater.

»Warum denn nicht? Er hat nichts gegen dich.«

»Das wäre ja auch noch schöner!«

»Er hat auch nichts gegen die Deutschen. Aber er hat seine Erfahrungen mit ihnen gemacht. Neunzehnhundertneununddreißig bis dreiundvierzig war er in Warschau. Mit seiner Mutter.«

»Schweig still! Warschau. Warschau, Warschau. Und wer redet von Dresden, Köln, Berlin, Hamburg –«

»Wir, wir reden ja davon. Außerdem ist das ein bißchen anders!«

»Wieso? Jetzt wird es interessant. Wieso ist das ein bißchen anders?«

»Die ersten Städte, die bombardiert wurden, waren Warschau, Rotterdam, Coventry, Leningrad. Und die wurden von Deutschen bombardiert.«

»Ach! Hat das auch dieser Marek gewußt?«

»Nein, Rabbi.«

»Wer?«

»Groenewold.«

»Der Herr Groenewold. Sauber. Ein Polack und ein Jude instruieren meinen Sohn über die deutsche Tragödie.«

»Aber es stimmt doch.«

»Es stimmt nicht! Es stimmt eben ganz und gar nicht!«

Der Vater sprang auf und ging zum Bücherschrank.

»Hier! Das lies dir mal durch – dann hast du eine Antwort.«

Rull nahm das Buch.

»Hans Grimm – das war ein Nazi.«

»So. Stammt diese Information auch von Marek oder Groenewold?«

»Nein, von Doktor Nemitz.«

»Von Karlchen Nemitz. Dieses Chamäleon hat doch selber keine weiße Weste. Der hat doch noch am Schluß vom ganzen Kladderadatsch im ›V. B.‹ geschrieben.«

»Weiß ich nicht.«

»Aber ich! Dein Vater ist besser im Bild, als du denkst. Ist doch nicht zu fassen: ausgerechnet Karlchen Nemitz stellt sich hin und zieht Hans Grimm durch den Dreck. Jetzt will ich dir mal was sagen: Für mich war, ist und bleibt Hans Grimm einer der größten deutschen Dichter, einerlei was Herr Doktor Nemitz heute darüber quasselt. Hast du ›Volk ohne Raum‹ denn je gelesen?«

»Nein.«

»Aha! Und dieser Nemitz, dieser Gesinnungsakrobat, vor achtzehn Jahren wäre der doch zu Fuß nach Lippoldsberg getippelt, wenn sie ihn hätten haben wollen. Der soll lieber zusehn, daß seine Weibergeschichten ihn nicht –«

»Paul!«

»Das pfeifen doch schon die Spatzen von den Dächern.«

»Nemitz gibt ja zu, daß der Grimm ein paar gute Geschichten geschrieben hat«, sagte Rull.

»So, er gibt das tatsächlich zu? Ist ja gnädig von dem Herrn Nemitz.«

»›Der Richter in der Karu‹ ist gut, aber –«

»Aber wenn der Hans Grimm dann etwas schreibt, wie die Erzbischofsschrift da und überhaupt seine Abrechnung mit den Tommies, etwas, das dem Herrn Nemitz nicht paßt, heute wohlgemerkt – dann auf einmal ist der Mann, der den ›Richter in der Karu‹ geschrieben hat, ein Nazi, ein Faschist.

Hör mal genau zu, Junge: Das alles kann niemand verstehen, der diese Jahre nicht mitgemacht hat. Laß dir das ein für allemal gesagt sein.«

»Aber du hast sie doch mitgemacht!«

»Allerdings.«

»Ja und?«

Vater winkte ab und rückte seinen Sessel vor den Fernsehapparat.

»Vater ist abgearbeitet«, sagte Mutter dazwischen. »Geh in den Keller und hol ihm sein Bier rauf. Stell vorher den Fernsehapparat an. Heute ist Quiz. Das vorige Mal hatten wir alles richtig.«

»Eine Frage hätte ich doch noch«, rief Rull auf der Kellertreppe.

Vater hing seinen Rock über den Sessel und machte sich's bequem.

»Bitte!«

»Warum läßt du mich nicht Lehrer werden?«

Vater tippte eine Zigarette auf seinen Daumennagel.

»Weil ich von dieser Zunft noch weniger halte als von den Ärzten«, knurrte er. »Und das will was heißen. Vor dreißig, vor noch nicht einmal dreißig Jahren haben die mir die ganze Geschichte akkurat andersrum erzählt, mein Junge. Via Stalingrad.

Und ich hab's geglaubt. Hab die Knochen dafür hingehalten, weil ich Idealist war! Einer, den diese Pauker acht Jahre lang mit Vaterland, Pflicht, Ehre, Tapferkeit, Großdeutschland, Eid, Mut und so weiter vollgestopft hatten bis zum Hals. Nur daß sie uns nicht sagten, wie madig dieses Zeug schon war. Und heute haben diese Herrn die schwarz-rot-goldene Kokarde in genau demselben Knopfloch, unter dem damals das Hakenkreuz steckte. Aber was viel schlimmer ist, denn irren kann jeder: die haben vergessen, was ihnen passiert ist. Und was noch schlimmer ist: den andern, die ihnen geglaubt und das noch nicht ganz vergessen haben, denen werfen sie heute einen Knüppel zwischen die Beine, bei ihren eigenen Kindern. Und was am schlimmsten ist: sie haben beidemal recht gehabt. Das hasse ich an den Schulmeistern am meisten: daß sie jedesmal recht hatten, hinterher. Und ihre Irrtümer, die können die andern bezahlen, die sie mit ihren ›Idealen‹ auf Tour geschickt haben und die dabei übernachten mußten: in Stalingrad oder in Jassy oder auf dem Monte Cassino oder im Reichswald. Nein, mein Junge, daraus wird nichts. Unter diese Rückwärtspropheten wirst du mir nicht eingereiht, du wirst Maschinenbauer, da merkst du im Handumdrehen, wenn du Murks gemacht hast. Treppenwitze lassen sich auf der Fabrik nicht verkaufen. Jetzt setz dich dahin und zeig, was du gelernt hast für Zeit und Geld. Oder geh auf dein Zimmer!«

»Nacht.«

»Nacht, Jochen!« sagten Vater und Mutter zugleich.

Rull stieg hinauf in seine Mansarde, warf sich auf die Couch und grub den Kopf in die Kissen.

»Scheiße!« brüllte er nach ein paar Minuten. »Beschissene Scheiße!«

Er blieb eine viertel Stunde liegen und döste vor sich hin. Aus der Etage seiner Eltern hörte er den Applaus der Zuschauer beim Fernsehquiz.

Plötzlich warf er sich herum, zog die Knie ans Kinn und krümmte sich vor Lachen.

›Der brütende Adolf‹, dachte er. ›Adolf, der Dauerbrüter. Wien neunzehnhundertdreizehn, vor fünfzig Jahren. Wenn der 'nen andern Vadder gehabt hätte und nur zwei, drei andere Lehrer, vielleicht wäre unsere Geschichte dann anders gelaufen. Unberatene, arme Wildsau aus dem Böhmerwald.‹ Was zitiert Fazke am laufenden Band: ›Kinder haben ihre Lehrer, Erwachsene die Dichter.‹ Von irgend so'm alten Griechen. Gar nicht schlecht. Bloß, wo sind sie denn, die Dichter für uns? Diese Alten, die Klassiker, die hatten andre Sorgen! ›Suchst du das Höchste, das Größte? Die Pflanze kann es dich lehren; was sie willenlos ist, sei du es wollend – das ist's!‹ Und die Jungen? Die schreiben Hieroglyphen. Existentielle Kreuzworträtsel. Nur leben kann man nicht damit. Warum schreibt denn keiner, was uns auf den Nägeln brennt? Warum schlagen die sich denn nicht mit der Gegenwart herum, in our time? Und helfen uns dadurch ein bißchen, die Vergangenheit zu bewältigen? Brecht hat das gemacht. Ist tot. Saint-Ex hat's versucht. Tot. Camus, der hat's gekonnt. Am Baum. Wer noch? Wenn ich nur den Kafka kapieren könnt. Der hat uns was zu erzählen, etwas, das man wissen muß, um durchzukommen. Aber man braucht einen Dolmetscher. Fazke dolmetscht nicht, Fazke quasselt. ›Klugscheißer!‹ – da hat Vadder recht.

Rull räkelte sich, striegelte mit den Fingern über seine dichten, kurzen Haare, stand auf und schlurfte zum Fenster.

An der Straßenecke vor dem ›Walhalla‹ stauten sich die Menschen. Die rote Leuchtreklame strahlte seit drei Wochen ein Schlafzimmermädchen an, das sich unerschöpflich in die Brust warf.

Rull fischte eine trockene, krümelige Zigarette aus seinen jeans und steckte sie an.

Er stellte den Plattenspieler an und legte ›When the Saints go marching in‹ auf. Dann warf er seine Schulbücher und Hefte in die Mappe und sah noch einmal auf dem Stundenplan nach.

Als es im Zimmer stichdunkel wurde, machte er die Tischlampe an, kramte einen Stoß Briefkarten aus der Schublade und mischte sie wie ein Spiel. Auf der Karte, die jetzt oben lag, stand:

›Der Mensch ist nicht ganz und gar schuldig, denn er hat die Geschichte nicht begonnen; und nicht ganz und gar unschuldig, denn er setzt sie fort.‹

Rull mischte die Karten noch einmal und hob wieder die oberste ab. Diesmal las er:

›Du bekamst für mich das Rätselhafte, das alle Tyrannen haben, deren Recht auf ihrer Person, nicht auf dem Denken begründet ist.‹

Er mischte ein drittes Mal, und auf der Karte, die er jetzt zog, stand:

›Es gibt keine Freiheit ohne gegenseitiges Verständnis.‹

Rull steckte die drei Karten in seinen Anorak, verschloß die andern wieder in der Schublade, öffnete seine Tür und schlich hinunter auf die abendliche Straße.

Als er den Bahnhofsplatz vorm ›Milano‹ überquerte, schlug es halb neun.

– sagte Schanko:

»Warum habt ihr uns überhaupt auf Kiel gelegt, ehe ihr verheiratet wart?«

Schankos Mutter bügelte weiter und schnuffelte.

»Und warum habt ihr nicht wenigstens geheiratet, als es soweit war?«

»Er bekam kein Urlaub, fünfundvierzig.«

»Fauler Zauber! Bei der Bundeswehr bekommen sie Sonderurlaub, wenn die Oma Schnupfen hat.«

»'s war Krieg!«

Schanko lag auf der Couch in der Küche und hielt den schwarzen Rahmen mit dem Soldatenfoto seines Vaters über sich, wie einen Spiegel.

»Sah gar nicht übel aus, mein Herr Erzeuger!«

Mutter stellte das Bügeleisen auf eine umgedrehte Untertasse, kam herüber und riß ihm das Bild aus der Hand.

»Du bist'n Kujon!« sagte sie schrill.

»Ja, ich weiß. Mir fehlt der Vater!«

Schanko schnellte von der Couch hoch, stellte sich vor den Spiegel und drückte einen Pickel aus.

»Haste deine Schulaufgaben gemacht?«

»Mach ich morgen früh!«

»Ginther, du schaffst's doch diesmal?«

»Aber bombensicher, alte Dame! Dann übernimmt die Bundeswehr meine Verpflegung, und ich bin dir von der Tasche.«

Mutter setzte das Bügeleisen so hart auf, daß die Untertasse zersprang.

»Jetzt ist's genug! Ich laß mir nicht mehr von dir so iebers Maul fahrn, du Vagabund! Morgen friehe geh ich zum Vormund! Hab ich mich dafier achtzehn Jahre geplagt, nur damit de–«

»Schon gut, schon gut, alte Dame! Die Oper kennen wir. Ich zieh schon Leine.«

Schanko schliefte durch den düsteren Flur in das Hinterzimmer, das er mit seiner Zwillingsschwester teilte.

Er warf sich auf sein Bett, langte in das Bücherregal und las ein paar Seiten ›Hinter den Kulissen des Wirtschaftswunders‹.

»Diese Schweine! Diese Schweine!« sagte er dann laut und fing an, sich lustlos mit seinem Penis zu beschäftigen.

Seine Schwester trippelte über den Flur, er hörte auf, blieb aber liegen und sagte:

»Könntest du mir zwei Steine pumpen, sister?«

»Nein! Für was?«

»Kino.«

»Mit wem?«

»Ihr Weiber denkt auch Tag und Nacht nichts andres als: mit wem?«

Schanko stand auf, wühlte in den Hosentaschen, grinste und stopfte sich schließlich eine Pfeife.

»Was war'n mit Mama?« fragte seine Schwester und schaltete das Kofferradio ein.

»Der übliche Zirkus.«

»Sie hat geheult.«

»Soll öfters vorkommen.«

»Du bist widerlich!«

»Du bist süß, Rosemarie.«

»An deiner Stelle würde ich mich untern Erdboden schämen.«

»Ich mich an deiner auch.«

»Warum? Ich wüßte nicht, warum!«

»Du hast 'nen neuen Lutschfleck am Hals.«

»Das ist nicht wahr.«

»Hier – bitte, schön weit unten!«

Schanko zog einen Spiegel aus der Tasche und hielt ihn seiner Schwester vor. Sie wurde rot und suchte nach ihrer Puderdose.

»Na, siehste! Geld macht sinnlich. Was zahlt der –«

»Kümmere dich lieber um eine Stelle!« sagte seine Schwester und setzte sich vor die Frisierkommode.

»Schon erledigt, sister.«

»Angabe. Wer will dich schon haben!«

»Du wirst dich wundern: die Bundeswehr.«

»Wer?«

»Die Bundeswehr!«

Schanko nahm Haltung an und marschierte im Paradeschritt durch das Zimmer.

»Ach, deshalb biste so besonders fies heute! Wenigstens vor denen haste Respekt, was?«

»Keine verfrühten Hoffnungen, sister. Ich geh nicht!«

»Was? Ich denke, du mußt –«

»Ich verweigere mal kurz, sister!«

»Das gibt's doch gar nicht!«

»Aber gewiß, sister! Demokratie – schon mal was davon gehört? Grundgesetz der Bundesrepublik Deutschland, Artikel vier, Absatz drei.«

»Und was willste angeben?«

»Angeben? Ich verweigere aus Gewissensnöten!«

»Du und 'n Gewissen! Ein Feigling biste, sonst nichts!«

»Vorsicht, sister: Beleidigungen dieser Art sind strafbar. Ich bin ein Urchrist – damit du klar siehst.«

»Was?«

»Ein Urchrist – ein an die Bibel gebundener protestantischer Christ. Und Christus hat gesagt: ›Wer das Schwert zieht, wird durch das Schwert umkommen.‹«

»Wer hat dir denn die Fisimatenten in den Kopf gesetzt? Der Lumumba natürlich!«

»Köpfchen, Köpfchen, sister. Dummheit siegt, aber Intelligenz schöpft den Rahm ab.«

»Widerlicher Knilch!«

Schanko verfiel in ein hohes, keckerndes Lachen und klopfte auf dem Fensterbrett seine Pfeife aus.

»Abendbrot!« rief Mutter aus der Küche.

Schankos Schwester legte den Augenbrauenstift weg und ging hinaus. Schanko brach sein Gelächter so plötzlich ab, wie er es angefangen hatte, rammte die Hände in die Taschen und zockelte ihr nach.

»Er muß zur Bundeswehr, wenn er mit der Penne fertig ist. Und will nicht: verweigert!« sagte Rosemarie in der Küche.

»Das hätt sein Papa besser ooch mal können. Dann wär mir vill erspart blieben.«

»Mir auch«, knurrte Schanko.

»Dir? Wo hat's dir denn an was gefehlt? An 'nem Hintern voll Schläge, was?«

»Warum hat denn Vater nicht verweigert?« fragte Rosemarie.

»Bei Hitler ging das nicht. Der stellte jeden an die Wand, der nicht wollte wie er. Oder schickte ihn in Sommerfrische.«

»Wohin?« fragte Rosemarie.

»Nach Dachau oder wo die Lager damals warn. Wir haben immer gesagt: in Sommerfrische.«

Die Schwester sah Schanko hoffnungsvoll an.

»Heute haben wir 'ne Demokratie«, sagte er grienend. »Feine Sache: Erlaubt ist, was gefällt.«

»Für dich wär's gutt, wenn's noch eine Zucht und Ordnung gäb, wie damals. Dir bekommt's nicht, daß –«

»Aber bestens, alte Dame. Ich tu dem Gesetz ja gar nichts. Im Gegenteil, ich bleibe ihm treu. Ich verweigere aus Gewissensnöten.«

»Ich tät mich Sünd' fürchten«, sagte die Mutter.

»Der Gott, der Eisen wachsen ließ, ließ auch das Korn wachsen, die Flinte hineinzuwerfen!« sagte Schanko und kreuzte die Arme.

»Wo hast'n das wieder her?«

»Bildung, sister! Bildung erst macht den Proleten zum Abendländer!«

»Ihr lest zuville heutzutag«, sagte die Mutter.

»Ihr habt zu wenig gelesen, alte Dame. Sonst säßen wir heute nicht in dem Loch hier.«

»Wir mußten uns abschinden.«

»Da halt ich nicht viel von«, meinte Schanko und hielt seinen Teller neben die Bratkartoffelpfanne.

»Aber andere, die arbeiten, anpumpen – das kannste.«

»Petzen ist kein schöner Charakterzug, Schwesterherz.«

»Hat er dich wieder wollen anpumpen? Wofiere?«

»Kino. Weitet den Horizont.«

»Nimmste mich wenigstens mit?« fragte Rosemarie.

»Was gibt's 'n?«

»›Schwarzer Kies‹.«

»Was ist'n das?«

»Geld auf die krumme Tour.«

»Da geht ihr mir nicht hin. Daß ihr's gehört habt!«

»Hab ich längst schon gesehn«, sagte Rosemarie enttäuscht.

»Oder auf die horizontale. Sich legen bringt Segen!«

»Schweig still, oder ich schlag dir die Zähne in'n Hals!«

»Ruhig Blut, alte Dame! Wenn du besser für Kies gesorgt hättest, brauchten wir jetzt nicht Klinken putzen zu gehn.«

»Ich hab mein Lebtag ehrlich gearbeitet! Unn gereicht hat's fier euch woll auch immer noch!«

»Gereicht, gereicht! Das reicht eben nicht, alte Dame. Damit bleibst du ein Prolet in Deutsch-Schlaraffia.«

»Hier hat jeder zu essen, drieben noch lange nicht!«

»Das sind die Stimmen, mit denen die CDU jeden Wahlkampf gewinnt! Demokratie geht durch den Magen«, feixte Schanko und stocherte in den Zähnen.

»Von Politik versteh ich nischte.«

»Aber wählen darfste! Und tuste – weil wir nämlich eine Demokratie haben.«

»Nee, weil mir der Adenauer ohne Bart lieber ist als alle andern, die ich erlebt habb mit Bart: den mit'm gezwirbelten, den mit 'ner Fliege und ooch den mit'm Spitzbart!«

Rosemarie rollte ihre Strümpfe herunter und fragte:

»Wo hast'n 's Waschpulver?«

»Drieben auf'm Fenster!«

Schanko steckte sich seine Pfeife an und legte sich auf die Couch.

»In den Sommerferien, als ich im Straßenbau malocht hab«, sagte er und zog den Rauch tief in die Lunge, »da mußten wir einmal ein Stück Trottoir pflastern vor der Villa von Pradek, dem Ganoven –«

»Der hat mit nischt angefangen hier, aber er ist halt tichtig! Ich hab schon drieben bei 'm gearbeitet!«

»Und jetzt hat er zweitausend Mann Belegschaft, siebzehn Lieferwagen, zwei Fabriken, sieben, acht Millionen auf'm Bankkonto, 'ne Villa für fünfhundert Mille, 'nen Bungalow an der Costa Brava, 'nen 300 SL, den großen Citroen, seine Olsche fährt 'nen Alfa Romeo, Cabriolet mit Schweinsleder – das hat mit Tüchtigkeit nichts mehr zu tun!«

»Er ist immer gutt gewesen zu seine Leut'!«

»Wird ihm wohl nichts andres übrigbleiben heutzutage. Dafür sorgt die Gewerkschaft.«

»Seine Frau kommt sonntagsmorgens mit dem dollen Kreuzer und den Kindern immer ins Café Perkun und holt 'ne Eisbombe für'n Mittag«, sagte Rosemarie. »Ich habse schon zweimal gesehn.«

»Welche?«

»Na, die Frau Pradek.«

»Der wechselt doch die Weiber wie die Hemden!«

»Geht dich nischte an!«

»Vielleicht. Ich wollte auch ganz was andres erzählen, aber die Ische quatscht einem ja immer dazwischen.«

»Doofmann!«

»Laß'n erzählen, Rosemarie!«

»Na, wir pflastern also dem Gangster das Trottoir, siebenundzwanzig Meter lang, zweie breit, da denk ich plötzlich, mich laust der Affe: neben dem sein Gartentor, mit Sprechfunk und allen Schikanen, steht dir doch wahrhaftig 'n Grabstein, so'n schöner, schwarzer, teurer Marmorobelisk mit Goldschrift! Und weißte, was draufsteht: ›Hier ruht unser lieber Setter Alex‹!«

»Na unn?« sagte die Mutter. »Der Pradek wird halt an dem Tier gehange habe.«

»Find ich goldig«, sagte Rosemarie. »'n richtiger Grabstein? Wie auf'm Friedhof?«

»›Na und? Goldig‹?« Schanko sprang auf. »Hat denn Vadder 'n Marmorgrabstein in Rußland!« brüllte er.

»Nee«, sagte Mutter erschrocken und schniefte wieder.

»Und du, glaubste, du kriegst einen? Mit Goldschrift!«

»Nee«, sagte Mutter wieder.

»Und da sagt ihr ›na und?‹! Und ›find ich goldig!‹ – wenn das Schwein für seinen Köter so'n Klotz dahinstellen kann!«

»Du weeßt nicht, was fier'n Kummer hinter dem villen Geld stecken kennt –«

»Mensch, der hat ’nen Mercedes, ’nen Citroen, ’nen Alfa Romeo –«

»Des macht’n ooch nicht glicklicher!«

Schanko klopfte seine Pfeife in den Aschenkasten aus.

»Aus euch ist nichts geworden, und aus euch wird nichts. Kein Wunder!« sagte er im Vorbeigehn. »Muß mir noch ’ne Kladde holen, bei Titz.«

»Mach nicht so’n Krach, wenn de nach Haus kommst!« maulte Rosemarie.

»Unn trinkt nischte! Ich seh dich nich gern bei dem. Der taugt nischte.«

»Titz ist clever. Der zeigt dem Gesangverein noch, was ’ne Harke is. Der schafft’s.«

Schanko holte sein Fahrrad aus dem Keller, fuhr über die Königsallee, stoppte vor der ›Admira-Bar‹, betrachtete im Schaukasten die Fotos der Schönheitstänzerinnen, trampelte weiter und hielt vor dem Appartementhaus in der Sonnenstraße, in dem Titz wohnte. Er pfiff den ›riverside‹.

Titz sah aus dem Mansardenfenster.

»Komm rauf!«

Schanko schob sein Rad in den Hinterhof, schloß ab und klomm die Treppe hinauf.

»Luft sauber?« fragte er ganz aus der Puste.

»Tipptopp. Willste ’ne Fluppe?«

»Immer. Wo is denn deine Alte?«

»Wochenend und Sonnenschein! Bißchen verlängert, mit ihrem Makker. Bin ich aufgesaust, heut morgen?«

»Nein. Wer hat dich entschuldigt?«

»Selbst ist der Mann!«

»Wie denn?«

»Telefonisch!«

»Bei wem?«

»Bei der Chrobock!«

»Merkt’n die das nicht?«

»Ist doch so dumm wie’s Hinterviertel vom Kalb! Und wenn schon – ich weiß was von der.«

Titz schlug zwei Eier in die Pfanne.

»Warum hast’n blaugemacht?«

»Die Gelegenheit war günstig«, sagte Titz. »Was meiner Frau Mama in Frankfurt recht ist, ist mir hier billig!«

»War Edith hier?«

»Was Besseres.«

»Wer?«

»Ina.«

»Die Backsteinblonde aus der Frikadellenbude?«

»Genau.«

»Die wohnt doch in der Stadtwaldsiedlung draußen!«

»Ist halt bei 'ner Busenfreundin geblieben.«

»Und?« fragte Schanko.

»Gepflegtes Eheleben.«

»Auf der Sorte steh ich nicht.«

»Stehst wohl auf überhaupt keiner, was? Hier ist was für dich: gepflegtes Angebot vom ›Versandhaus Marion‹. Kannste behalten.«

Schanko blätterte in dem kleinen, hilfsbereiten Katalog.

»Alle Weiber sind Huren!« sagte er.

»Auch deine sister? Dann bringse mal mit!«

»Schnauze! Kannste mir zwei Mark pumpen?«

»Bin selber blank. Wenn du um eins wiederkommst, vielleicht.«

»Wo willste'n die bis dahin auftreiben?«

»Lepahns Alter geht zum Skat.«

»Und?«

»Charlie hat'n Autoschlüssel.«

»Und?«

»Eine Hand wäscht die andre.«

»Kapier keine Bohne!«

»Mensch, du fragst einen dusselig: Ich fahr Taxi.«

»Taxi? Wo?«

»Bei'n Kanaken. Vor der Kaserne.«

»Wie geht 'n das?«

»Schnauze mal Pi: Stellst dich an die Ecke, und sie kommen! Ab in die ›Orchidee‹.«

»Und wenn du auffällst?«

»Wenn, wenn! Wenn der Hund nicht –«

»Ohne Führerschein und alles?«

»Nee, mit 'ner Sonderkonzession vom Seebohm persönlich.

Hier sind zwei Piepen – hau jetzt ab. Charlie braucht dich nicht zu sehn.«

Schanko steckte das Zweimarkstück ein, murmelte ›thanks!‹ und stand auf.

»Wo gehste hin?« fragte Titz noch und rieb Frisiercreme in sein Haar.

»Ins ›Milano‹. Tschüs!«

»Tschüs. Vielleicht guck ich mal rein. Wie lang biste da?«

»Höchstens 'ne Stunde. Muß noch Mathe machen.«

»Machse für mich mit. Da auf'm Schrank liegt mein Heft.«

Schanko steckte das Heft unter seinen Pullover, stolperte über die dunkle Treppe hinunter in den Hof und nahm sein Rad.

›Muß Capone fragen, wer ihm die scharfe Frisur geschnitten hat‹, dachte er.

Es war zwanzig vor neun, als Schanko zum ›Milano‹ kam.

– sagte Satemins Onkel:

»Die Stelle ist dir sicher! Ich hab mit Schnieder gesprochen.«

»Aber Adlum hat das bessere Zeugnis!«

»Aber auch das falsche Gesangbuch. Außerdem hat sein Vater keine Partei hinter sich, wie dein Onkel!«

Satemin reichte seiner Tante die Aufschnittplatte und sagte:

»Dann ist ja alles in Ordnung.«

»Das hast du nur mir zu verdanken.«

»Danke, Onkel Hermann!«

»Und daß du dich nicht verplapperst: dein Vater ist drüben Angestellter bei der Ortskrankenkasse. Kein Wort von Major und Volkspolizei!«

»Nein.«

»Ewald wird sich freuen, wenn er hört, daß du Horsti bei der Zeitung untergebracht hast«, sagte die Tante.

»Da sei mal nicht so sicher! Dein Schwager ist imstande und verlangt, daß der Junge jetzt nach Chemnitz kommt.«

»Ich geh nicht nach drüben«, sagte Satemin.

»Das hab ich meiner Schwester auf dem Totenbett versprechen müssen, daß aus dir nicht auch ein Roter wird«, sagte die Tante.

»Ich weiß.«

»Ein Roter? Das wär noch nicht das Schlimmste! Seit Godesberg sind die ja brav wie Ersatzreifen. Aber ein Kommunist! In unserer Familie, die in den letzten Generationen acht Pastöre hervorgebracht hat! Und drei Nonnen. Ohne den Schandfleck wäre ich bei der Wahl des Vorsitzenden im Schul- und Kulturausschuß glatt durchgekommen.«

»Wer weiß, was die Russen in der Gefangenschaft mit ihm angestellt haben, Hermann!«

»Papperlapapp – ein deutscher Offizier fällt nicht um und wird Kommunist, wenn er Charakter hat! Zumal, wenn er katholisch ist. Oder war, damals noch!«

Satemin kreuzte Messer und Gabel auf seinem Teller, verschränkte die Arme und betrachtete seinen Onkel aufmerksam. Die Tante begann den Abendbrottisch abzuräumen.

»Ich möchte dich gern was fragen, Onkel«, sagte Satemin höflich.

»Bitte, mein Junge. Halt, eins wollte ich dir noch dringend raten: geh sonntagsmorgens nicht erst um elf zur Messe, geh schon um sieben.«

»Um sieben? Warum?«

»Schnieder geht immer um sieben!«

»Verstanden, Onkel Hermann«, sagte Satemin sofort.

»Ich weiß es nicht sicher, aber ich glaube, der Dechant hat ihm erzählt, daß du kein Meßdiener werden wolltest, damals.«

»Das war eine große Dummheit von mir. Entschuldige!«

»Na ja, in deinem Alter hat man schon mal Anfechtungen.«

Satemin sah weg.

»Es ist noch nichts verdorben, du kannst das wiedergutmachen: tritt in die Kolpingfamilie ein!«

»In die Kolpingfamilie?«

»Ja. Schnieder sitzt da im Vorstand.«

»Gut«, sagte Satemin.

Der Onkel stand auf, ging zum Zeitungsständer und holte sich den ›Dom‹.

»Ich wollte dich noch etwas fragen, Onkel.«

»Ach ja – los, was gibt's?«

»Was hältst du vom Fraktionszwang?«

Der Onkel ließ den ›Dom‹ sinken.

»Wie kommst du denn darauf?«

»Wir haben in Geschichte gerade über das Parteiwesen in der Bundesrepublik gesprochen.«

»Ja und – weiter?«

»Ihr habt in der CDU doch Fraktionszwang?«

»Aber keine Spur, Junge! Wer erzählt dir denn solchen Unsinn?«

»Niemand. Ich dachte nur –«

»Dann hast du falsch gedacht, Junge. Fraktionszwang, so etwas gibt's nur in der SPD, bei uns nicht! Bei uns herrscht absolute Meinungsfreiheit.«

»Und Gewissensfreiheit?«

»Das versteht sich von selbst. Wir sind eine, nein: die christliche Partei in der Bundesrepublik, Junge! Vergiß das nicht.«

»Nein, ich vergesse es nicht. Aber –«

»Aber was?«

»Mir ist aufgefallen, daß nicht nur die SPD, daß auch ihr fast immer geschlossen abstimmt.«

»Fast immer!«

»Fast immer.«

»Ja und? Das ist doch in Ordnung.«

»Und es gibt keinen Fraktionszwang?«

»Nein. Wir sind eben einer Meinung. Der Meinung der CDU.«

»Geschlossen?«

»Geschlossen.«

»Komisch«, sagte Satemin, »das sind die drüben auch.«

»Wer?«

»Die in der sogenannten Deutschen Demokratischen Republik.«

»Aber Junge, das kann man doch gar nicht miteinander vergleichen!«

»Nein, drüben ist es Diktatur.«

»Eben. Stalinismus!«

»Und unter Hitler?«

»War es auch Diktatur, Nazismus.«

»Komisch, daß ein paar Leute immer der Meinung der regierenden Partei sind, damals wie heute.«

»Wie meinst du das, Junge?«

»Na, ihr habt doch ein paar Leute, die waren mit Hitler einer Meinung, und heute sind sie mit Adenauer einer Meinung.«

»Wir? Hier? Wer denn zum Beispiel?«

»Doktor Nemitz.«

»Woher weißt du das?«

»Erzählt man sich in der Schule.«

»Nemitz war ganz zum Schluß Kreispropagandaleiter der NSDAP, als blutjunger Bursche. Zugegeben, aber –«

»Er hat auch Artikel im ›V. B.‹ und im ›Reich‹ geschrieben. Darin steht, daß Thomas Mann ein intellektuell zerfetzter Jude und Bertolt Brecht –«

»Na ja, schön ist das nicht. ›Schnell fertig ist die Jugend mit dem Wort‹ – aber Jude war er nun doch halt einmal.«

»Thomas Mann?«

»Ja.«

»Nein, Onkel.«

»Was? Thomas Mann soll kein Jude gewesen sein?«

»Nein.«

»Das hab ich bis auf den heutigen Tag geglaubt.«

Onkel goß sich einen Wacholder ein.

»Willst du?«

»Nein«, sagte Satemin. »Das hat Doktor Nemitz also –«

»Junge, in deinem Alter urteilt man schnell. Und zu hart. Ein Mensch muß doch seine Meinung ändern dürfen.«

»Entschuldige, Onkel, du hast recht. Aber wenn Doktor Nemitz nicht in der CDU und nicht katholisch wäre, dürfte er dann auch seine Meinung umdrehen wie einen Handschuh?«

»Junge, das verstehst du nicht.«

»Nein.«

»Nemitz ist Lehrer, also Beamter. Ein Beamter ist seiner Regierung, seinem Staat Gehorsam schuldig! Der kann nicht –«

»Denken, wie er will.«

»Horsti, was ist heut abend nur in dich gefahren? Hör doch mal zu: ein Beamter, der muß sich nach der Decke strecken, die ihn warm hält. Sonst kann's ihm passieren, daß er kalte Füße bekommt. Und plötzlich auf der Straße steht. Ein paar von deinen Lehrern haben bittere Jahre durchgemacht!«

»Nach fünfundvierzig?«

»Ja.«

»War das ungerecht?«

»Recht, Recht, Junge! ›Richtet nicht, auf daß ihr nicht gerichtet werdet!‹ steht in der Bibel.«

Die Tante kam vom Spülen zurück und setzte das Geschirr auf die Anrichte.

»Seid ihr schon wieder bei der Politik?« fragte sie kopfschüttelnd.

»Laß man, Mama! Ich mach dem Jungen nur einiges klar! Jetzt wollen wir aber mal die Nachrichten hören.«

»Nur eins noch, Onkel –«

»Ja?«

»Wenn es noch mal zu einer Abstimmung über die Todesstrafe kommt, ist sich die Fraktion dann auch einig?«

»Na, zuerst wird's schon Meinungsverschiedenheiten geben!«

»Euer Beschluß ist aber zuletzt doch einstimmig?«

»Ja, zum Donnerwetter!«

»Wie kommt das?«

»Junge, der Mensch denkt und Gott lenkt. Du kannst nicht alles mit dem bißchen Verstand machen. Gott ist mit im Rat, ist dabei, wenn Entschlüsse von so weittragender Bedeutung gefaßt werden.«

»Hast du das vor dreißig Jahren auch schon geglaubt, Onkel?«

»Aber gewiß, Junge!«

»Danke, das wollte ich wissen.«

»Keine Ursache, Horstchen. Frag nur immer, wenn dir was unklar ist. Ich steh nicht umsonst von Jugend auf in der Kommunalpolitik.«

»Mir ist jetzt auch vieles klarer, Onkel. Nur eins noch –«

»Die Nachrichten«, sagte die Tante.

»Erst fünf Minuten vor acht. Die vorher andrer Meinung waren, Onkel, was wird denn aus denen bei der Abstimmung?«

»Die ändern ihre Ansicht.«

»Warum?«

»Weil sie eingesehen haben, daß sie im Irrtum waren.«

»Wirklich?«

»Na, bis auf eine verschwindende Minorität.«

»Und die?«

»Die muß die Konsequenzen ziehen.«

»Was heißt das?«

»So etwas geht nicht! Daran ist die Weimarer Republik gescheitert. Toleranz hat ihre Grenzen. Die müssen sich eben eine Partei suchen, die ihre Meinung vertritt.«

»Ihr könnt die nicht mehr gebrauchen?«

»Nein. Das lähmt die Schlagkraft der Partei.«

»Gleich acht«, sagte Tante.

Satemin stand auf.

»Wer hat eigentlich Doktor Nemitz an unsere Schule gebracht?« fragte er nebenbei.

»Na, der Schul- und Kulturausschuß.«

»Und wer sitzt darin?«

»Lauter tüchtige Leute.«

»Aus den Parteien?«

»Natürlich.«

»Verstehn die auch was von der Schule?«

»Natürlich!«

»Onkel Hermann, du bist Kohlenhändler, und die andern im Schul- und Kulturausschuß sind –«

»Schreiner, Rechtsanwalt, Steuerberater, Architekt –«

»Verstehn die wirklich was von uns, von der Schule?«

»Die waren doch alle mal in der Schule! Und außerdem verstehen sie was –«

»Von der Kommunalpolitik.«

»Richtig. Dreh mal an der Kuppelung!«

»An der Tonblende?«

»Ja. So ist's gut. Danke.«

Satemin ging zur Tür.

»Willst du nicht hierbleiben?« fragte Tante. »Nachher kommt das Quiz.«

»Nein, danke. Ich habe noch allerlei für die Schule zu tun. Vielleicht geh ich auch noch kurz zu Claussen.«

»Bis zehn«, sagte Onkel.

»Aber bestimmt. Gute Nacht.«

»Gute Nacht, Junge.«

Satemin ging hinauf in sein Zimmer, sperrte die angerostete, eiserne Truhe auf, die er beim Schrotthändler entdeckt hatte, drückte eine Feder und zog aus dem aufspringenden Fach sein

Tagebuch. Er setzte sich auf den Boden, legte das Buch auf die Knie und trug in seiner winzigen, fast unleserlichen Schrift ein:

›Scheinkontroverse mit dem Katholen über Fraktionszwang in der CDU. Der Alte hat sich in seinem Leben so oft belogen, daß er gar nicht mehr weiß, was er für wahr hält! Ich habe ihn sich mit Hilfe der dialektischen Methode (obwohl ich sie noch nicht ganz beherrsche) um die Achse des Opportunismus ringeln lassen. Der Alte ist so unglaublich dumm, daß es Schläue, schlauer Verstellung, oft zum Verwechseln ähnlich sieht. Einfach, weil man nicht für möglich hält, daß jemand so dumm ist.

Dumm. Feig. Und korrupt.

Nur über die Reihenfolge bin ich mir noch nicht klar. Feig – dumm – korrupt? Korrupt – dumm – feig? Dumm – korrupt – feig! Und so schwarz, daß er Ruß niest.

Wann hat dieses Faß wohl das letzte Mal nachgedacht? Zuviel der Ehre: noch nie. Und so etwas ist bundesrepublikanischer Kreistagsabgeordneter! Uns kann's recht sein. Die Generation der Alten ist kein Gegner mehr. Aussterben oder hochgehen lassen – das ist ihr gegenüber die einzige Frage von Interesse. Moskau oder Peking?

Ein Witz, daß ich ausgerechnet durch die Protektion eines stinkkatholischen Kohlenhändlers die Stelle an der Zeitung bekomme. Sorry, Adlum! Aber die Geschichte läuft in unsre Richtung.

Mehr über Nemitz erfahren, als ich hoffte. Molluske. Ist glatt noch einmal umzudrehn. Der quasselt höheren Blödsinn auch russisch!

Widerlich, diese ganze Generation.‹

Satemin steckte das Notizbuch ein und hängte sich den Truhenschlüssel um den Hals, nahm seine Schultasche, löschte das Licht und machte sich auf den Weg.

›Ich werde bei Rabbi ein Referat über die ‚Weltjugendspiele in Helsinki' übernehmen‹, dachte er. ›Kein Mensch weiß hier, daß ich dort war. Den Bericht hat mir die Botschaft der UdSSR zugeschickt, ganz offiziell. Streng innerhalb demokratischer Spielregeln. Rabbi macht das. Den interessiert alles. Wenn man den herüberziehen könnte. Aber einen Jud' umzudrehn, dazu bin ich noch nicht gut genug. Bin gespannt, was er zu dem Makarenko sagt. Fragt sich noch, ob ich ihm das Buch ganz naiv gebe oder heimlich in den Briefkasten werfe. Komisch, auf nichts fallen die Ausgewachsenen schneller rein als auf die treudoofe Masche.‹

Satemin sah auf die Uhr am Hauptbahnhof.

›Viertel vor! Schanko wird schon im ›Milano‹ warten.‹

– sagte Violat:

»Sie würden enttäuscht sein.«

»Bitte, sagen Sie das nicht!«

»Sie würden enttäuscht sein, das wissen Sie selbst.«

Groenewold drehte sein Weinglas zwischen den Händen und setzte es, ohne zu trinken, zurück auf den Tisch der Cafeteria.

»Es ist schwer, ohne Familie zu leben«, sagte er.

»Und Ihre Familie lebt in Israel?«

»Meine Familie existiert nicht mehr. Ich wollte sagen: Es ist schwer, ohne Volk zu leben.«

»Nein. Seitdem ich nicht mehr an Patriotismus leide, fühle ich mich wohler.«

Crispenhoven stocherte in seiner Pfeife und hörte zu.

»Violat«, sagte Groenewold und nahm das Spiel mit seinem Weinglas wieder auf, »es ist wahrscheinlich für einen Deutschen, für einen Deutschen, der nachdenkt und Verantwortung auf sich nimmt, heute sehr schwer, sich zu seinem Volk zu bekennen. Sie, Violat, haben die Verachtung gewählt, um den Konflikt zu lösen. Verachtung ist keine Lösung! Verachtung macht nur scheußlich einsam.

Aber glauben Sie mir eins: wenn jemand, in dieser Hinsicht, heute noch einsamer ist als ein Deutscher, einer der nachdenkt und Verantwortung auf sich nimmt, dann ist es ein Jude – in Deutschland.«

»Und Sie glauben, drüben, in Tel Aviv oder in irgendeinem Kibbuz, da wären Sie nicht mehr allein?«

Groenewold antwortete nicht.

»Wissen Sie, was mir neulich passiert ist, im Kino, Groenewold? Ich bin kurz eingeschlafen, schon während der Wochenschau. Und plötzlich schrecke ich auf: Panzerrollen, die Kranichkeile der Flugzeuge, Kinder mit Blumensträußen in der Hand, und der Marschtritt der Kolonnen: die Bilderbuchparade! Einen Augenblick habe ich nicht gewußt, ist das Kuba, Moskau, Rom fünfunddreißig, Berlin neununddreißig, Peking – es war Tel Aviv.

Eine der grausigsten Erfahrungen, die ich in der Geschichte gemacht habe, ist die, daß die Sieger das Unrecht der Besiegten übernehmen. Das wissen Sie als Historiker doch besser als ich. Warum sperren Sie sich gegen die Wahrheit?

Was kann Ihnen Israel bedeuten?«

Groenewold nahm seine Brille ab und legte sie sorgfältig vor sich auf den Tisch.

»Ich werde kaum nach Israel kommen – ein getaufter Halbjude! Und ich fürchte, ich gehe nur in die USA zurück, um nicht hierzubleiben«, sagte er zögernd.

Crispenhoven betrachtete das zerklüftete, talgige Gesicht, das jetzt zu schlafen schien.

»Das verstehe ich«, sagte Violat und stand auf.

Er ging die freihängende Treppe hinunter zur Theke, wechselte ein paar Worte mit dem Mixer, wählte in der Musicbox ein französisches Chancon und kam mit einem Teller Paprikachips wieder.

Groenewold betrachtete ihn.

»Ich lade euch zum Abendessen ein!« sagte Violat lachend, »und dann erzählen Sie!«

»Was?« fragte Groenewold.

»Den Vorfall!«

»Es ist nichts vorgefallen, Violat. Ich meine: nichts Neues.«

Der italienische Kellner kam und stellte noch einen halben fiasco vor sie hin.

»Groenewold, warum haben Sie mich dann heute nachmittag plötzlich angerufen und diese Verabredung getroffen? In diese Cafeteria – Sie, der nicht trinkt, nicht raucht, kein Barhocker ist wie ich.«

»Sie hatten mir von dem Lokal erzählt, und ich wollte mit Ihnen und Crispenhoven sprechen.«

»Gut. Das versteh ich, obwohl es mich bei Ihnen ein bißchen überrascht!«

»Sie verstehen nicht, worüber ich mit Ihnen sprechen wollte?«

»Noch nicht ganz.«

»Sie haben es doch auf Anhieb herausgefunden, Violat: Ich bin unschlüssig!«

Violat betrachtete Groenewolds Hände, die immer noch mit dem Weinglas spielten, und fragte:

»Wo waren Sie im Dritten Reich, Groenewold? Entschuldigen Sie!«

Groenewold sah auf.

»Seit März neununddreißig in der Schweiz.«

Violat sagte noch einmal:

»Entschuldigen Sie!«

»Und kurz vorher gab es vielleicht das, was Sie eben den Vorfall nannten. Ich sehe die Situation vor mir wie während einer Blitzlichtaufnahme. Sie hat meine Existenz belichtet und fixiert. Bis heute.«

Groenewold setzte die Brille wieder auf und lächelte Crispenhoven zu, der seinen Stuhl zurückgeschoben hatte und die Hände zwischen den Knien herabhängen ließ.

»Mein Vater war Jude, er heiratete, gegen den Willen seiner Familie, ein nichtjüdisches Mädchen. ›Aus Liebe‹, wie meine Mutter zur peinlichen Verblüffung des Gestapobeamten aussagte, als sie nach dem dunklen Grund dieser Ehe befragt wurde.

Anfang neununddreißig brachte ein Freund unserer Familie in Berlin uns zwei Visen nach der Schweiz: für meine Mutter und mich. Preis: eine einzige Unterschrift. Die Unterschrift meiner Mutter unter eine Scheidungseinwilligung. Mein Vater zog seinen Füllfederhalter aus dem Jackett. In diesem Augenblick sah meine Mutter mich an. Und ich nickte. Meine Mutter unterschrieb.

Es ist nie mehr ein Wort darüber gesprochen worden. Aber ich habe mir diese Geste, die uns das Leben rettete, mir und ihr, niemals verziehen. Es gibt winzige Taten, durch die man irreparabel sein Leben entstellt. Am nächsten Morgen fuhren wir nach Basel. Wir verabschiedeten uns in der Wohnung. Mein Vater brachte uns nicht an den Wagen, der vor dem Haus wartete, aber als ich aus dem Heckfenster zurücksah, stand er in der Eingangstür.

Diese Situation, Violat, ist der ›Vorfall‹, wenn Sie so wollen, bei dem das Los gezogen wurde. Mein Vater stand in der Tür unseres Hauses und trug auf seinem Rock das EK I aus dem ersten Weltkrieg. Ein Jude, von seinem Kaiser und Kriegsherrn ausgezeichnet für Tapferkeit vor dem Feind, geschieden von seiner Frau, weil sie eine Deutsche war, und zum Tode verurteilt, weil er ein Jude war. Mein Vater war ein untheatralischer Mann, und wenn er an diesem Morgen so in die Tür trat, dann tat er es nur, um uns, die wir in die Freiheit fuhren, seinen innersten, unzerstörbaren Besitz mitzugeben: seinen Stolz, seine Furchtlosigkeit und seine Ironie.«

»Und?« fragte Violat brüsk.

»In Maidanek.«

»Und Ihre Mutter?«

»Ganz zivil vierundvierzig in Zürich.«

Violat zögerte und fragte dann doch:

»Warum sind Sie nach Deutschland zurückgekehrt, Groenewold?«

»Die Familie meines Vaters war schon im Mittelalter in Deutschland, lange vor der meiner Mutter, die erst mit den Hugenotten aus Frankreich kam«, sagte Groenewold. »Außerdem, vergessen Sie nicht, ich bin in Berlin aufgewachsen. Und: ich wollte begreifen lernen.«

»Haben Sie es gelernt?«

»Vieles. Aber es genügt nicht.«

»Glauben Sie wirklich, daß diese ›Endlösung der Judenfrage‹ überhaupt begriffen werden kann?«

»Denken Sie an den Eichmann-Prozeß«, sagte Crispenhoven. »An das trotz aller Bemühungen schrecklich Unangemessene eines solchen Verfahrens, das doch immer nur eine peinliche Gerechtigkeit, niemals eine Katharsis erreichen kann.«

»Natürlich war der Nazismus kein Amoklauf einzelner krimineller Psychopathen! Auch keine Infektionskrankheit, die Deutschland zufällig bekam. Er war das Syndrom chronischer Leiden.«

»Welcher Leiden?« fragte Crispenhoven.

»Die Frage kann kein Jude für sich allein beantworten. Ebensowenig wie ein Deutscher. Die Antwort darauf kann, wenn überhaupt, nur im Gespräch zwischen Juden und Deutschen gefunden werden. Ich glaube, es war dieses Gespräch, wofür ich zurückgekehrt bin!«

»Haben Sie es gefunden?«

»Selten. Zu selten. Es ist für einen Juden oder einen Halbjuden kaum möglich, mit Deutschen in ein Gespräch über das Dritte Reich zu kommen.«

»Das kann ich mir nicht vorstellen, Groenewold«, sagte Violat, und schenkte nach.

»Natürlich können Sie mit den Leuten darüber reden, Violat, etwa wie man über einen Hochwasserschaden oder über ein Flugzeugunglück redet. Aber das ist kein Gespräch! Keins, das die Wahrheit ans Licht bringt.«

»Und woran liegt das, nach Ihrer Erfahrung?« fragte Crispenhoven.

»Der Jude erinnert sich zu viel und der Deutsche zu wenig. Er hat sich in die Gleichgültigkeit begeben, wie in einen Heilschlaf.«

»Gleichgültigkeit?«

»Nennen Sie mir ein anderes Wort, Crispenhoven, das genau diese entsetzliche Indifferenz vieler Deutscher gegenüber ihrer Vergangenheit bezeichnet! Gedächtnisschwund? Bewußtseinsspaltung? Verdrängung? Es läuft auf dasselbe hinaus.«

»Ist das nicht, entschuldigen Sie, Groenewold, ein bißchen überempfindlich?«

»Ja, aber natürlich, Violat. Ich bin's. Ich verstehe die jüdischen Politiker im Bundestag, die braunsehn, wenn nur ein Wort wie Rabulistik fällt! Oder zersetzender Intellekt. Wir hören da einen falschen Zungenschlag heraus. Nehmen Sie das nicht übel! Es ist eine Sensibilität, bestimmt; aber wie die Wetterfühligkeit am unangenehmsten für den, der sie hat!

Vor allem sehen Sie eins nicht falsch: diese Empfindlichkeit hat nichts mit Haß zu tun. Sie kommt aus einer Liebe, einer verletzten Liebe zu Ihrem, unserem Volk, zu Deutschland! Ich kenne nur sehr wenige Juden, die Deutschland hassen, das ganze Deutschland. Die meisten lieben es noch immer – und fürchten sich davor.«

»Haben Sie Antisemitismus, einen wirklich breitschichtigen Antisemitismus hier erlebt?« fragte Crispenhoven.

»Nein. Ihre Regierung ist nicht antisemitisch, die Majorität des Volkes ist es auch nicht. Und die Pöbeleien einiger hirnverbrannter Narren brauchen wir, hoffe ich, nicht allzu ernst zu nehmen! Was ich fürchte, was ich immer wieder mit wirklichem Schauder erlebt habe, ist etwas anderes, etwas das viele Deutsche daran hindert, ihre Vergangenheit zu bewältigen, ihre Gegenwart zu gewinnen und ihre Zukunft offenzuhalten: diese entsetzliche Gedankenlosigkeit.«

»Ist das nur in Deutschland so?« fragte Crispenhoven.

»Nein, natürlich nicht! Aber, was ich nicht verstehen kann, Crispenhoven, ist, daß viele Deutsche ihrer Schuld so methodisch oberflächlich auszuweichen versuchen!«

»Ist dieses ›Vergessen‹ nicht auch ein Kniff des élan vital?« fragte Violat. »Es darf nicht wahr gewesen sein, sonst könnte man ja nicht weiterleben!«

Groenewold setzte zu einer Antwort an, schwieg und lächelte wieder Crispenhoven zu. Dann erst sagte er:

»Bitte, nehmen Sie unser Kollegium! Das Kollegium einer Mittelschule für Jungen, mitten in Deutschland, in mittlerer Entfernung von der Zonengrenze und dem Dritten Reich. Nehmen Sie es als repräsentativen Querschnitt. Mit der gesegneten Naivität der Ignoranten werden Godelund, Gammelby, Kuddewörde, Knetsch sagen: von nichts gewußt – also nicht betroffen. Matuschat, Matzolf und Wiepenkathen: gewußt, aber nicht gebilligt – also nicht betroffen. Gnutz, Hübenthal und Nemitz: gewußt, aber nicht beteiligt – also nicht betroffen. Harrach: das KZ haben die Engländer erfunden – also nicht betroffen. Und Nonnenroth: die Vergangenheit hängt mir zum Halse heraus – also nicht betroffen. Rickling: der Papst hat auch geschwiegen –«

»Es bleiben drei oder vier übrig«, sagte Violat.

»Von achtzehn, Violat!«

»Genügt das nicht? Es ist ungeheuer viel.«

»Das kommt auf diese drei oder vier an.«

»Allerdings«, sagte Violat. »Groenewold, ich möchte Ihnen gern aus Ihrem Konflikt helfen. Aber ich habe nicht mehr zu bieten als ein bißchen Psychologie – die schwarze Magie der Ungläubigen. Immerhin, es macht mehr Spaß als Briefmarkensammeln.«

»Danke, Violat! Aber es gibt Konflikte, die entscheidet man am besten dadurch, daß man eine Münze in die Luft wirft und auf Zahl oder Adler setzt.«

»Nein«, sagte Crispenhoven verlegen.

»Warum nicht?«

»Ich könnte keinen Tag aus dem Zufall leben.«

»Er glaubt, ihm ist geholfen!« sagte Violat und lächelte.

Crispenhoven erwiderte nichts.

Groenewold betrachtete die roten Netze, die den Raum unterteilten.

»Sie glauben an eine Ordnung?« fragte er. »An welche?«

Crispenhoven rückte auf die Kante seines Stuhls und klopfte seine Pfeife aus.

»Sie werden enttäuscht sein«, sagte er. »An die Ordnung im Sinn der katholischen Kirche.«

»Immer noch?«

»Ja.«

Groenewold lehnte sich vor.

»Verzeihen Sie, aber es fällt mir manchmal schwer zu begreifen, wie jemand noch daran glauben kann – es sei ihm denn eine Gnade widerfahren!« sagte er.

»Ich verstehe Sie; aber wissen Sie, was ich nicht verstehen kann, noch nie verstehen konnte: wie einer auch nur einen Tag leben kann, dieses Leben unserer Generation leben kann, ohne zu glauben.«

»Wie können Sie einen Tag dieses Lebens leben – und glauben!« sagte Violat.

Crispenhoven schlang die Finger ineinander.

»Wissen Sie, ich halte nicht so viel von mir, daß meine Gedanken mich hindern könnten, die Segnungen meiner Kirche anzufechten.«

»Und wenn das Laster des Denkens Sie hindern könnte, Crispenhoven?« fragte Violat.

»Dann würde ich es opfern. Und beten.«

»›Den Kopf verlieren, um den Glauben zu finden‹!« sagte Groenewold. »Das ist genau der Salto, den ich nicht kann, Crispenhoven. Auch nicht lernen will. Ich will meinen Kopf überall mit hinnehmen. Auch in den Glauben; ja, gerade in ihn.«

»Das können Sie doch!«

»Nein, das kann ich nicht. Nicht mehr. Ich bin nicht so töricht, Gott die Rechnung zu machen, Crispenhoven, aber ich kann auch nicht einfach meine Erfahrungen in den Wind schlagen. Ich bin kein Ungläubiger, ich bin nur ein Schwergläubiger. Und niemand glaubt schwerer als der, der einmal ein Leichtgläubiger war – und dafür bezahlt hat.«

Violat hatte nicht aufgehört zu lächeln, melancholisch und amüsiert.

»Und was wollen Sie jetzt tun?« fragte er.

»Die Münze in die Luft werfen: Wenn das Visum vor Ostern kommt, fahre ich hinüber! Wenn nicht, bleibe ich hier.«

»Und wozu bleiben Sie hier?«

»Ich lebe dann am wachsten, wenn andere etwas von mir fordern«, sagte Groenewold, »wenn sie mich zum Leben provozieren. Diese da zum Beispiel.«

Crispenhoven und Violat sahen mit ihm hinunter in die Bar. Satemin und Schanko schüttelten eben dem Mixer die Hand und setzten sich dann an einen Tisch in der äußersten Ecke.

»Die zwei Schwierigsten aus Ihrer Klasse«, sagte Violat.

»Finden Sie?«

»Jedenfalls, wenn man Rull ausnimmt.«

»Der Junge macht mir Sorgen«, sagte Crispenhoven.

Groenewold sah ihn überrascht an.

»Seien Sie froh, daß Sie ihn in der Klasse haben.«

»Vier Tadel – alle wegen Renitenz.«

»Das verstehe ich nicht«, sagte Groenewold. »Der Junge ist nicht renitent. Er ist eigensinnig – das ist eine Tugend, die in der Schule viel zu wenig verbreitet ist. Die Mitläufer sind natürlich bequemer.«

»Wer hat ihn eingetragen?« fragte Violat.

»Der Chef, Harrach und Hübenthal. Ich bin gar nicht sicher, daß er das Abschlußzeugnis bekommt.«

»Im Herbst stand er doch glatt«, sagte Violat. »Woran hapert's denn jetzt?«

»Seit drei, vier Wochen überall. Er macht einfach nicht mehr mit. Er brütet über etwas.«

»Sprechen Sie doch einmal mit ihm«, sagte Violat zu Groenewold.

»Ich kenne ihn kaum. Solange nur zwei Stunden Geschichte auf dem Stundenplan stehn –«

»Ist er noch nicht bei Ihnen zu Hause gewesen?«

»Ja doch, ein- oder zweimal. Im Herbst.«

»Er ist der einzige Junge der Klasse, der nachmittags seine Lehrer aufsucht.«

»Ein Unikum«, sagte Violat. »Was will er?«

»Ja, was will er? Einen Kompaß. Ein Vorbild.«

»Hat er eine Stelle?« fragte Groenewold.

»Ich glaube, er soll Maschinenbauer werden.«

»Und damit ist er nicht einverstanden?«

»Nein.«

Crispenhoven sah wieder hinunter nach dem Tisch, an dem Satemin und Schanko saßen.

»Rull war vorhin hier«, sagte Groenewold. »Er hat uns gesehen und ist gleich wieder fortgegangen.«

»Die machen tatsächlich Schularbeiten!« sagte Crispenhoven. »Ein spaßiges Lokal!«

»Eine Art Wartesaal.«

»Sind Sie öfter hier, Violat?«

»Ein-, zweimal in der Woche. Es hat den Vorteil, daß man sich verhältnismäßig unbefangen mit den Jungen und Mädchen unterhalten kann. Sie fühlen sich hier, glaube ich, eher zuhause als zu Hause.«

»Haben Sie Satemin schon häufig hier gesehn?«

»Ja.«

»Mich wundert, daß er um diese Zeit noch hinaus darf! Er lebt in der Familie seines Onkels. Es sind grundbrave Leute, alteingesessen.«

»Hat er keine Eltern mehr?« fragte Groenewold.

»Die Mutter ist voriges Jahr hier gestorben. Sein Vater lebt in der Ostzone.«

»Und warum ist er nicht bei seinem Vater?« fragte Groenewold.

»Die Familie, die Familie seiner Mutter, ist streng katholisch, und drüben –«

»Eine Art Quarantäne«, sagte Violat.

»Um Satemin mache ich mir eigentlich wenig Gedanken, dafür um Schanko desto mehr!«

»Er ist der Welt böse«, sagte Violat. »Folglich muß sich die Welt ändern.«

»Er ist ein uneheliches Kind«, sagte Crispenhoven. »Sein Vater fiel, bevor die Eltern heiraten konnten. Jetzt plackt sich die Mutter in der Strumpffabrik, damit aus ihm und seiner Zwillingsschwester etwas wird.«

»Ich fürchte, er dankt es ihr nicht«, sagte Violat. »Er könnte unangenehm werden.«

»Er hat seine Geschichte nicht inszeniert«, sagte Groenewold. »Kennen Sie einen Revoluzzer, der aus geordneten Verhältnissen kam? Einige der großen, echten Revolutionäre ja, aber die kleinen Antis –«

Crispenhoven sah auf die Uhr über der Bar-Theke.

»Ich muß gehn«, sagte er. »Meine Frau ist zu einem Vortrag des St.-Hedwigs-Kreises. Sie kommt gegen halb zehn zurück.«

»Ich begleite Sie noch ein Stück«, sagte Groenewold. »Und Sie, Violat?«

»Ich bleibe noch eine Stunde hocken!«

»Merci für das Gespräch«, sagte Groenewold und nahm seinen Mantel.

Violat ging mit bis zur Musikbox und wählte eine Brassens-Platte.

– sagte Schanko:

»Wann willst du endlich die Gruppe aufbauen?«

»Es ist noch zu früh.«

»Zu früh! Ich garantiere, sechs oder sieben aus der Klasse machen mit.«

»Nicht einer – außer dir und mir.«

»Mensch, seit fünf Monaten schmuggeln wir die ›Junge Generation‹ in die Mappen. Jeder kann sich denken, von wem die Ware stammt –«

»Keiner weiß etwas Genaues – oder?«

»Nein, natürlich nicht! Aber auf jeden Fall halten sie dicht.«

»Und?«

»Sie lesen die Artikel auch.«

»Und?«

»Und? Sie tun ihre Wirkung, verlaß dich drauf! Nicht alle vielleicht und nicht bei allen; aber einige bei einigen. Denk an Anti, Johnny, Charlie, Quabbel, Capone –«

»Welche Konsequenz ziehst du daraus?«

»Konsequenz? Die fünf sind reif. Und noch ein paar mehr.«

»Falsch. Dichthalten ist noch lange nicht mitmachen.«

»Aber kurz davor.«

»Falsch. Warum halten sie dicht?«

»Na, weil sie merken, woher der Wind weht, und weil sie vor dem Wind bleiben wollen!«

»Wie du?«

»Natürlich.«

Satemin betrachtete Schanko einen Augenblick gespannt, mit angewidertem Interesse. Dann sah er gleichgültig an ihm vorbei.

»Das könnte nur auf Kurafeiski und Titz zutreffen«, sagte er. »Wenn es auf die zuträfe! In Wirklichkeit liegen die Dinge anders: Anti hält dicht, weil wir etwas machen, das gegen die zur Zeit herrschende Ordnung ist. Anti ist mit uns dagegen; aber er ist nicht mit uns dafür – für unsere Ordnung, die sozialistische.«

»Aber Capone!«

»Titz wittert einen western, einen western aus dem wilden Osten: er hat ein kriminelles Interesse an der Sache, kein politisches. Beide sind unbrauchbar für uns.«

»Na, kann sein, daß du recht hast«, sagte Schanko mürrisch, »bleiben immerhin Quabbel, Johnny, Pigalle und –«

»Muhl hat nur einen trend: Jazz! Jazz ist das schwarze Opium für die Halbstarken, für die halbe ›junge Generation‹ des Westens. Sie fallen dadurch aus, als Gegner, aber auch als Partner. Mitzkat, da liegst du vielleicht nicht ganz falsch –«

»Einmal wenigstens nicht!«

»Aber wenn wir ihn bekommen, wen bekommen wir dann?«

»Johnny ist in Ordnung.«

»Falsch. Mitzkat ist nicht in Ordnung. Mitzkat hat zu Hause die Hölle auf Erden: der Alte säuft, und die Alte spinnt. Und darum trabt er wie ein verhagelter Zossen durch die Weltgeschichte und sucht einen warmen Stall. Mitzkat taugt nichts für uns: der will nicht anfangen zu kämpfen, der will aufhören.«

»Ja, verflucht noch mal, wenn die dir alle nicht gut genug sind, wer ist dir denn gut genug?«

»Die Besten: Adlum, Rull, Claussen –«

»Claussen – der Pius?«

»Claussen, Petri –«

»Von denen fischst du keinen einzigen, Rull vielleicht ausgenommen, dafür leg ich die Hand ins Feuer.«

»Und warum nicht?«

»Die lieben Moos im Nest!«

»Quatsch.«

»Weißt du einen anderen Grund?« fragte Schanko beleidigt.

»Ja! Sie haben noch so was wie eine Familie! Claussen ist Katholik, mit Leib und Seele Katholik. Das ist was, Genosse Schanko.«

»Pfaffenlecker.«

»Laß die primitive Tour«, sagte Satemin scharf. »Damit kommen wir nicht weiter. Wer seinen Gegner unterschätzt, hat die Schlacht schon vor dem ersten Schuß verloren.

Adlum ist kaum weniger schwer herüberzuholen. Er ist die protestantische Parallele. Offener, aber im Grunde ebenso konservativ, ebenso daheim und einverstanden.«

»Na, dann Petri. Der glaubt, daß ein Pfund Rindfleisch 'ne prima Suppe gibt, wenn man wenig Wasser nimmt. Sonst nichts.«

»Möglich. Aber auch Petri sitzt noch mitten in einem System. Und wenn dieses System auch keine Zukunft mehr hat, so ist's doch noch da, nicht fest, aber starr, nicht mobil, aber unzugänglich: die Kommißordnung.«

»Sein Alter ist auch bei der Bundeswehr wieder Oberst. Dieses preußische Schwein.«

»Stopp! Wahrscheinlich sitzen die Petris nicht in diesem System, weil Vater Petri bei der Bundeswehr ist, sondern Vater Petri ist Oberst bei der Bundeswehr, weil die Petris seit Generationen in einem feldgrauen Korsett stecken.«

»Meinetwegen. Das sind so faule dialektische Tricks, die sie dir drüben beigebogen haben.«

»Bitte, widerleg mich«, sagte Satemin und kreuzte die Arme.

»Auf jeden Fall gibst du doch selber zu, daß du an keinen von denen rankommst!«

»Leider. Es ist die Elite.«

»Außer uns«, sagte Schanko grinsend.

»Statt mit der Elite zu arbeiten, ist man gezwungen, auf korrupte Indianer zurückzugreifen.«

»Was soll das denn heißen?«

»Bleibt Rull.«

»Was das heißen soll?«

»Rull hat zwei Qualitäten, die ihn für uns gewinnen könnten: er ist unzufrieden, und er ist begeisterungsfähig.«

»Jochen ist uns sicher! Darüber brauchst du jetzt gar kein Referat zu halten.«

»Ich sagte, Rull hat zwei Qualitäten, die ihn für uns gewinnen könnten; aber er hat auch zwei Qualitäten, die ihn für uns schwierig machen: er denkt konkret, hat keinen Sinn für Wechsel auf die Zukunft und – er hat Mitleid! Im Grunde ist auch er ein Christ. Ein Christ ohne Kirche.«

»Du siehst Gespenster, christliche Gespenster!«

»Diese ›christlichen Gespenster‹ sind die ernsthaftesten Gegner, die wir in Europa noch haben. Genauer: sie könnten es sein – wenn sie ihre Lehre ernst nähmen. Aber die wirklich Gläubigen – das sind wir.«

»Und was willst du gegen die Ketzer unternehmen?«

»Sie bekehren.«

»Mit Hammer und Sichel?«

»Diese Phase ist hier vorbei. Die Methoden in der gegenwärtigen Situation sind psychologischer Natur und heißen: Geduld, Beunruhigung, Bereitsein.«

»Gut auswendig gelernt. Aber probier's mal damit! Bei Rull zum Beispiel – es gibt einen Reinfall. Mit der weichen Welle kommen wir nicht durch.«

»Mit Rull werde ich sprechen, allein. Inzwischen laufen die Aktionen verstärkt weiter.«

»Was hast du heute auf dem Plan?«

»Brüll nicht so.«

»Warum treffen wir uns denn ausgerechnet hier?«

»Weil es unwahrscheinlich ist.«

»Kapier ich nicht.«

»Ach!«

»Mensch, laß endlich die ironische Rotztour, die du dir irgendwo abgeguckt hast. Sonst kannst du deinen Kram allein machen!«

»Glaub ich nicht. Ich hab etwas für dich.«

»Was?«

»Erst noch eine Frage, mit der ich allein nicht klarkomme.«

»Na, schieß los!«

»Wem von den Paukern liefern wir heute abend?«

»Mensch, du willst den Paukern –«

»Nicht allen. Einigen – bei denen es vielleicht lohnt.«

»Bist du übergeschnappt?«

»Ad 1: Rabbi. Vielleicht geb ich ihm das Material persönlich ab.«

»Mir bleibt die Spucke weg!«

»Makarenko: ›Flaggen auf den Türmen.‹ Ein Standardwerk der Pädagogik. Im Ernst. Nur, daß es zufällig im freien Westen totgeschwiegen wird. Glaubst du, daß Rabbi sich dadurch abhalten lassen wird, ein Standardwerk der Pädagogik zu lesen?«

»Nie!«

»Also: ad 1 Rabbi.«

»Mensch, der wird dich doch fragen, woher du den Schmöker –«

»Das Standardwerk der Pädagogik.«

»Meinetwegen. Woher du also das Standardwerk der Pädagogik hast.«

»Aus der sogenannten DDR selbstverständlich. Der Verlag steht ja auf der Titelseite.«

»Und wie?«

»Mitgebracht, als ich meinen Vater besucht habe. Aus Interesse, für Rabbi.«

»Darauf noch ein Ginger Ale«, sagte Schanko.

»Ad 2?« fragte Satemin.

»Nonnenroth, würde ich sagen!«

»Bulumo? Lohnt nicht. Dem ist alles scheißegal. Selbst die Aussicht, verdienter Lehrer des Volkes zu werden.«

»Rickling?«

»Professioneller Stänkerer. Im ersten, zweiten, dritten, vierten und fünften Reich. Ist nur als Agitator, der nicht weiß, was er tut, zu gebrauchen. Weiter.«

»Hübenthal.«

»Vorgemerkt. Wenn wir dem ein Pöstchen anbieten könnten drüben, mit viel Renommé, mehr Rubel und weniger Arbeit, der plauderte schon am ersten Abend im Fernsehen, und zwar so linientreu, daß Schnitzler ihn dämpfen müßte. Nur eins ist schade an dem Mann und macht ihn uninteressant: er ist eine Niete.«

»Kleinvieh gibt auch Mist.«

»Mist! Weiter.«

»Nemitz.«

»Endlich. Rot wird der zwar nicht, nur rosa; war auch damals nur beige. Aber wenn wir den richtig anfassen und später mit der richtigen Spritze impfen lassen, schreibt der linksrum ohne Punkt und Komma. Und findet's noch schick obendrein. Ergo: Nemitz bekommt heute abend sein erstes Carepaket aus dem Osten.«

Schanko strahlte.

»Mach ich. Was steht sonst noch auf der Liste?«

»Die alten Kunden. Steter Tropfen höhlt den Stein.«

»Sonderaktionen?«

»Wann kannst du wieder an den Vervielfältigungsapparat kommen?«

»Samstag.«

»Geht in Ordnung. Hundert Blatt.«

»Nur?«

»Genügt vorläufig. Wir verteilen gezielt. Ein Schuß ins Schwarze ist besser als zehn Schuß vorbei.«

»Hast du den Text schon?«

»Ich hab einen, aber er gefällt mir nicht. Knallrote Propaganda mit Pauken und Trompeten.«

»Ist doch richtig. Was willst du denn anders?«

»Wir bringen in der nächsten Phase keine Propaganda für Pankow.«

»Sondern?«

»Texte gegen Bonn.«

Schanko winkte verächtlich ab.

»Was versprichst du dir davon? Was wir da bringen können, ist doch bekannt.«

»Keine Hetze. Saubere Texte gegen dreckige Westen. Die gibt's da ja zum Glück genug, weiß Gott. Und davon verspreche ich mir mehr als von roten Enten.«

»Ich nicht.«

»Ein Exemplar zaubern wir ans ›Schwarze Brett‹.«

»In die Penne?«

»Ja. In die Rubrik für Fußballreportagen.«

»Wird gemacht, Kommissar.«

»Schnauze. Den Verteilerschlüssel hast du noch?«

»Hab ich inzwischen auch im Kopf.«

»Gut. Dann gib ihn mir zurück.«

»Morgen.«

»Nicht in der Penne.«

»Okay. Dann beim nächsten Tam-Tam.«

»Noch eins: ich gebe eine party.«

»Für wen?«

»Adlum, Rull, Kurafeiski, Mitzkat, Claussen, Petri, Lumda, Lepahn, Farwick.«

»Ohne Damen?«

»Ohne.«

»Soße ohne Braten!«

»Wir machen auf home-session: Art Blakey, Ray Charles. Ein paar Gedichte von Jewtuschenko. Dann zeig ich die Farb-Dias aus Helsinki und bring eine Diskussion über den Friedensvertrag ins Spiel. Natürlich nur über die attraktiven Punkte! Du übernimmst das Tonband.«

»Fühlst du dich nicht ein bißchen zu stark, der ganzen Truppe gegenüber?«

»In Sachen Osten liegst du zu neunzig Prozent richtig, wenn du annimmst, daß sie hier von keiner Sachkenntnis getrübt sind. Es ist fast unheimlich, was die alles nicht wissen. In den ersten Jahren hab ich geglaubt, das sei Taktik, eine Falle. Ja, eine Pimpfenfalle! Wie fünfundvierzig an den letzten Brücken gegen die Sherman-Panzer. Fünf Minuten Aufenthalt: drei Minuten zum Lachen, zwei zum Überfahren.«

»Wie steht die Pinselaktion?« fragte Schanko.

»Spukt die immer noch? Gut, ich bin einverstanden, wenn du einen brisanten Slogan vorlegst.«

»Ich hab dir doch schon gesagt, wir machen den Witz wahr und schreiben an den Gaskessel neben der Penne: Juden rein!«

»Njet.«

»Warum nicht? Hauptsache ist doch, es gibt Stunk. Ich bin überzeugt, die im Zentralrat werden mir recht geben.«

»Ich leider auch. Trotzdem bin ich dagegen.«

»Dann pinsel ich eben auf eigene Kappe.«

»Das wirst du bleiben lassen, Dean. Hier bestimme –«

»Mensch, da oben auf der Kommandobrücke sitzen Rabbi, Paps und Brassens.«

Satemin drehte sich ruhig um und grüßte höflich. Schanko griente nur.

»Weiter«, sagte Satemin. »Die Geschichte mit dem Gaskessel fällt aus. Ist das klar?«

Schanko antwortete nicht.

In diesem Augenblick kam Rull in die Cafeteria und sagte laut:

»Hi, ihr Komsomolzen! Wann wird die Revolution eingeläutet?«

»Vorerst hast du noch deine Pauker zu grüßen.«

Satemin legte den Daumen auf die Tischkante und deutete nach oben. Rull drehte sich um, sah, daß Groenewold und Crispenhoven aufstanden, und grüßte.

»Seit wann sitzt ihr hier?« fragte er Schanko.

»So seit neun. Übrigens hau ich jetzt ab. 'n Abend!«

»Abend!«

Rull bestellte sich eine Cola, trank sie auf einmal aus, legte seine Arme auf den Tisch, den Kopf darauf und sagte:

»Warum macht ihr das eigentlich?«

»Was?«

»Willste mich für doof verkaufen?«

»Was machen wir?« fragte Satemin.

»Na, dann eben nischt.«

Schanko stand noch immer neben ihm. Er sah auf seine Armbanduhr.

»Höchste Zeit«, sagte er, ging aber nicht.

»Wann mußt du zur Musterung?« fragte Rull.

Satemin sah Schanko an.

»Irgendwann im Mai.«

»Warum hast du mir nichts davon gesagt?« fragte Satemin.

»Ich wollte gerade mit dir darüber sprechen. Außerdem: ich geh sowieso nicht. Ich verweigere.«

»Selbstverständlich gehst du.«

Schanko setzte sich wieder.

»Du wirst nicht verweigern, klar?«

Schanko erwiderte nichts.

»So einfach ist das auch gar nicht«, brummte Rull.

»Wieso? Grundgesetz Artikel 4.«

Rull stieß die Fäuste in seine Manchesterhose.

»Kennste Wohlbrink?«

»Den Frommen, vom CVJM?«

»Den haben sie ganz schön fertiggemacht da.«

»Erzähle«, sagte Satemin. »Das interessiert mich.«

»Ist so'ne Art Gericht, vor dem du da erscheinen mußt. Ja, und dann wirste gefragt, warum du nicht ›wehrfreudig‹ bist. So heißt das. Oder sie fragen: ›Sind Sie nur gegen die Bundeswehr oder gegen jedes Soldatentum?‹«

»Was würdest du antworten, Schanko?« fragte Satemin.

»Gegen die Bundeswehr.«

»Idiot. Weiter, Jochen.«

»Ja, es kommt darauf raus, daß du denen erklärst, wie dein Gewissen tickt. Gar nicht so einfach.«

»Was willst du machen?« fragte Satemin.

»Ich bin erst im nächsten Jahr dran.«

»Und dann?«

»Weiß ich noch nicht. Es gibt pro und contra.«

»Was für ein contra?« fragte Satemin.

»Auf Menschen schießen.«

»Bei der Bundeswehr brauchst du nicht auf Menschen zu schießen, nur auf Pappkameraden!«

»Warum sehen die denn wie Menschen aus?«

Satemin lächelte.

Rull zog den Reißverschluß an seinem Anorak auf und zerrte seine Karten heraus.

»Was haltet ihr davon?« fragte er brummig.

Satemin las die Zitate aufmerksam durch.

»Sprüche«, sagte er. »Sehr schöne Sprüche.«

»Mehr nicht?«

»Vielleicht auch mehr – für den Autor. Sie ändern nichts. Bis Brecht haben die Dichter die Welt dargestellt, so oder so. Seit Brecht zählen nur noch Dichter, die dazu beitragen, die Welt zu ändern.«

»Dagegen gäb es eine Masse zu sagen.«

Schanko überflog die Karten und gab sie zurück.

»Wenn du in einer Tasche den ›Faust‹ hast und in der andern 'nen Revolver«, sagte er, »dann liegst du richtig.«

»Sprüche«, sagte Satemin. »Das eine ist ›höheres Streben‹, das andre Revolverromantik.«

Schanko stand wieder auf.

»Ich zisch jetzt ab«, sagte er und nahm Satemins Mappe.

»Vergiß morgen meine Hefte nicht!« rief Satemin hinter ihm her.

Rull drückte seine lange Kippe aus.

»Find ich Scheiße«, sagte er.

»Was?«

»Das zum Beispiel.«

»Was?«

»Mensch, den bescheuerten Dean schickst du los, euer Material rundtragen, und du setzt dich hierher und markierst den Fernseh-Apparatschik!«

Satemin trank langsam sein Ginger Ale aus.

»Du bist auf dem falschen Weg«, sagte er ruhig.

Rull versuchte seine Kippe wieder anzupusten.

»Was hältst du von den Zeugen Jehovas?« fragte er.

»Einiges.«

»Und von der Heilsarmee?«

»Mehr.«

»Warum machst du nicht da mit?«

»Warum sollte ich da mitmachen?«

»Dann biste auch nicht allein. Hast ein team. Darum geht's doch.«

Satemin setzte zu einer raschen Antwort an, überlegte und sagte dann:

»Ich will nicht mithelfen, die Vergangenheit zu verewigen; deswegen vielleicht.«

Rull schnob mürrisch den Zigarettenrauch unter den Tisch.

»Kennste die Aktion ›Sühnezeichen‹?«

»Nein. Was machen die?«

»Hat'n Präses aus der DDR gegründet. Ist so'n Versuch, daß wir 'n bißchen wiedergutmachen, was die alten Deutschen kaputtgeschlagen haben. In Taizé, Burgund, haben die eine Kirche gebaut, für 'nen evangelischen Mönchsorden. Die Aktion gibt's jetzt, glaub ich, auch in andern Ländern. Stätten der Versöhnung und so.«

»Willst du da mitmachen?«

»Mal sehn. Vielleicht gibt's die auch in Polen.«

»Man füllt keinen neuen Wein in alte Schläuche«, zitierte Satemin lächelnd.

»Sprüche.« Rull grinste. »Außerdem füllen die ja alten Wein in neue Schläuche.«

Satemin stutzte und lachte dann.

»Ich will eine party geben«, sagte er rasch. »Kommst du?«

»Party? Scheiße.«

»Nicht die übliche Tour. Ohne Bienen: Jazz, Jewtuschenko, Film, Diskussion.«

»Mal sehn«, sagte Rull.

»Hi!«

Sie sahen auf.

»Hi, Adlum!« sagte Satemin.

Adlum legte seine Badehose auf die Erde und ließ sich ein Bier bringen.

»Sieh an, der alte Herr Violat«, sagte er. »Gammelt der schon wieder unter der Jugend?«

Rull betrachtete Adlums nasses Haar und sagte:

»Was haste gemacht?«

»Bißchen gekrault.«

»Nee, ich mein überhaupt so heute?«

»Der will deinen Stundenbericht hören«, sagte Satemin.

»Spinneter Uhu!«

»Interessiert mich«, sagte Rull, »wirklich.«

»Warum?«

»War gut, als ich neulich bei euch war.«

»Was war gut?« fragte Satemin.

»Vadder schnitzt 'nen Johanneskopp, Mutter schmiert prima Karo, und Lord liest Steinbeck vor!«

Satemin wand sich vor Lachen.

»War aber gut. Wirklich«, wiederholte Rull.

Adlum steckte sich eine Zigarette an und sagte nichts.

»Solltest auch mal hingehn, Lumumba. Öfter.«

Satemin verzog das Gesicht.

»Das gibt's noch: ein normales Zuhause«, sagte Rull. »Wirklich.«

Adlum stand auf und bezahlte.

»Eine neue Gattung«, sagte er und klopfte Rull auf die Schulter. »Überzüchtete Proleten! Ihr seht vor lauter Kahlschlag den Wald nicht.«

Rull lachte und trommelte mit den Fäusten auf seinen Knien herum.

»Geht ihr mit?« fragte Adlum und grüßte Violat.

Sie blieben nur bis zum Bahnhofsvorplatz zusammen.

– sagte Rull:

»Darf ich ein Stück mitgehn?«

Groenewold schrak zusammen und erkannte Rull auf der schlecht beleuchteten Straße nur langsam.

»Gern«, sagte er. »Wohnst du auch hier im Norden?«

»Nein, am Schwimmbad.«

Sie überquerten den Königsplatz, gingen durch den Stadtpark und kamen an der Schule vorbei.

»Die Galeere!« sagte Rull.

»Das Schiff.«

»Aber nicht für die Ruderer.«

»Nein. Aber für die Passagiere, die aussteigen – am Ziel.«

»An welchem Ziel?«

»Start und Ziel«, sagte Groenewold. »Nur eine Kreidelinie dazwischen.«

Rull kramte in der Hosentasche.

»Darf ich Ihnen eine Zigarette anbieten?«

»Rauch nur!«

Rull blieb stehn, lachte und steckte sich seine Zigarette an.

»Neulich haben Sie was Gutes gesagt, Herr Groenewold!«

»Was?«

»Der Mensch ist ein nur zeitweise kultiviertes Raubtier!«

»Das ist nichts Gutes.«

»Nein, aber es stimmt doch.«

»Bis auf die Ausnahmen, gottlob.«

»Ich glaube, es stimmt immer. Von Kain bis zu Adolf und weiter.«

»Es gab zwischendurch Hoffnungen. Vergiß das nicht.«

»Glauben Sie das wirklich?«

»Ja.«

»Auch an so was wie Glück?«

»Ja. Glück – eins der schönsten und notwendigsten Worte, die unsere Sprache hat.«

Rull blieb etwas zurück.

»Ich hab 'ne fürchterliche Sprache«, murmelte er. »Fast alle in der Klasse.«

»Warum?«

»Woher nehmen und nicht stehlen«, sagte Rull. »Die einen verstehn wir nicht. Und die andern verstehn uns nicht.«

Groenewold antwortete nicht.

»Wir haben doch nur fünfzig Vokabeln, vielleicht hundert: Lallwörter, Bellwörter. Und –«

»Und wenn man nicht mehr weiter weiß, sagt man Scheiße!«

Rull holte ihn wieder ein und brach in ein wieherndes, hüpfendes Gelächter aus. Über ihnen an der Straße stieß jemand den Fensterladen auf.

»Die glücklichsten Zeiten der Geschichte sind die, die im Geschichtsbuch nicht vorkommen«, sagte Rull. »Wer hat das gesagt?«

»Hegel, so ähnlich wenigstens.«

»Kommen wir im Geschichtsbuch vor.«

»Ich fürchte ja.«

Sie standen vor Groenewolds Wohnung.

»Ich wollte Ihnen noch etwas zeigen«, sagte Rull.

Groenewold schloß die Haustür auf und sah in seinen Briefkasten.

»Einen Augenblick, bitte.«

Makarenko: ›Flaggen auf den Türmen‹ las Rull und beobachtete, wie Groenewold das Buch durchblätterte und dann stillschweigend in die Tasche steckte.

Er sperrte die Korridortür auf, knipste das Licht an und sagte: »Bitte, leg deinen Anorak ab.«

»Nein, ich will Sie nicht lang stören.«

Groenewold öffnete die Tür zu seinem Arbeitszimmer, schob Rull einen Sessel hin, setzte sich und sagte:

»Hier sind Zigaretten.«

Rull blieb vor der Bücherwand stehn, stemmte die Arme auf die Knie und entzifferte ein paar Titel.

»Haben Sie das alles gelesen?«

»Ja. Ich hatte viel Zeit.«

Rull zog das Dreigroschen-Buch aus seinem Regal, fand die Platte und fragte:

»Können wir die noch spielen?«

Groenewold sah auf die Uhr.

»Ja«, sagte er. »Aber leise.«

Er schaltete den Plattenspieler ein, legte auf und regulierte die Lautstärke.

»... denn für dieses Leben
ist der Mensch nicht schlecht genug –
doch sein höhres Streben
ist ein schöner Zug!«

schnarrte die aggressive Stimme Brechts.

»Find ich gut!« sagte Rull.

Groenewold steckte die Platte wieder in den Schuber.

»Böse sein, um vielleicht gutzumachen – ist das wirklich gut?« fragte er.

Rull gab keine Antwort, kramte seine Karten heraus und legte sie vor Groenewold auf den Tisch.

»Was halten Sie davon?«

Groenewold las die Karten, mehrmals, und sagte dann:

»Ich halte nicht mehr viel von Zitaten. Einerlei von wem sie stammen. Ich habe zu viele gehört. Und die heillose Verwirrung erlebt, die man durch Zitate anrichten kann. Aber ich kenne mich ein bißchen aus mit Autoren, von denen die da kommen. Darum und nicht der Spruchweisheit wegen: einverstanden.«

»Würden Sie das unterschreiben?« fragte Rull und packte die Karten wieder weg.

»Unterschreiben?«

»Ja, wie so'n Manifest.«

»Rull, ich habe noch kein Manifest gesehn, das ich unterschreiben würde. Oder sagen wir: ohne Skepsis unterschreiben würde.«

»Find ich feige.«

Groenewold lachte und stellte das Buch an seinen Platz.

Rull schob die Hände in die Hosen, rutschte im Sessel zusammen und starrte vor sich hin.

»Vom Osten halten Sie natürlich auch nichts!« sagte er unvermittelt.

»Wieso: natürlich?«

»Hab noch keinen Pauker gesehn, der was vom Osten hält – bis die kommen.«

»Das war kein guter und gerechter Satz«, sagte Groenewold.

Rull räkelte sich hoch.

»Mensch, Herr Groenewold«, sagte er, »die reden hier bei uns im Westen vom Osten doch nur wie so'n Katholik von der Hölle redet. So kommen wir überhaupt nicht weiter. Und in der DDR, das sind doch auch Deutsche, alle – auch die in der SED.«

»Bist du aus dem Osten?« fragte Groenewold.

»Ja. Aus Neiße.«

»Und wann seid ihr herübergekommen?«

»Neunundvierzig.«

»Ich bin in Berlin aufgewachsen«, sagte Groenewold.

Rull trampelte vor der Bücherwand auf und ab.

»Im Osten ist alles Scheiße. Nicht nur in der DDR – überhaupt«, sagte er. »Da hungern alle. Da haben sie ein KZ-System. Da gibt's keine Freiheit. Da sind sie gerüstet bis an die Zähne. Da warten sie nur drauf, bis sie uns massakrieren können – weiter kriegen wir hier doch nichts zu hören. In der Penne schon mal gar nicht. Aber die gleichen Pauker, die schwarz-weiß-rote Maschen stricken, schwofen beim Abschlußball auf ›Mackie Messer‹! Und merken noch nicht einmal, wie bekloppt sie sind.«

Groenewold wollte etwas sagen, kam aber nicht zu Wort.

»Das glaubt doch kein Mensch, daß alle Gangster im Osten und im Westen alle Heiligen sitzen«, sagte Rull. »Mensch, was ist denn im Westen los? Wir haben nichts, nichts, wonach man sich richten kann!«

»Warst du einmal drüben, nach neunundvierzig?« fragte Groenewold rasch.

»Voriges Jahr. In Ostberlin.«

»Und?«

»Denen geht's besser, als man uns hier weismachen will.«

»Besser, vielleicht – aber nicht gut.«

»Wem geht's denn hier gut?«

»Rull, wem geht's denn hier nicht gut? – ist die Frage so nicht richtiger gestellt?«

»Uns«, sagte Rull.

»Wem – uns?«

»Uns.«

»In der Klasse?«

»Ja. Und überhaupt.«

Rull nahm sich noch eine Zigarette.

»Sagen Sie noch was Gutes«, murmelte er.

Groenewold stand auf.

»Ich mach dir einen Vorschlag«, sagte er. »Wir sprechen mal in aller Ruhe miteinander. Heute ist es zu spät, und ich bin reichlich müd.«

Rull hörte ihm mürrisch zu.

»Noch in dieser Woche, vielleicht morgen. Ich sage dir in der Schule Bescheid.«

Rull zog an seinem Anorak den Reißverschluß hoch und stülpte die Kapuze über.

»Na, dann hau ich jetzt ab«, sagte er.

»Komm aber wieder! Und wenn du willst, bring noch zwei oder drei aus der Klasse mit.«

»Wen denn?«

»Wen du willst.«

»Mal sehn.«

Groenewold ging mit hinunter. In der Haustür drehte Rull sich um und gab ihm die Hand.

»Sagen Sie mir wenigstens noch eins.«

»Was?«

»Was halten Sie so von mir?«

»Der boy gefällt mir nicht schlecht«, sagte Groenewold lachend und stieß Rull auf den Weg.

III

Beckmann stand im Heizungskeller und beobachtete, wie die Quecksilbersäule im Thermometer langsam hochkletterte. Er überlegte, ob er noch den zweiten Kessel anheizen müsse, schielte durch das schmutzige Kellerfenster hinaus auf den Schulhof, der bereift zwischen den Basaltmauern lag, nahm einen langen Schluck aus der Bierflasche und entschied sich, auf die dünne, zögernde Märzsonne zu hoffen. Micky sah ihm zu, wie er eine Sammlung Kippen aus einer Blechschachtel in den Handteller schüttete, den Tabak herauskrümelte und in die Dose füllte, sich eine fingerdicke Zigarette drehte und sie ansteckte.

Beckmann hörte Schritte auf dem Hof, sah hinaus, bekam aber nur noch ein Paar haarige, nackte Beine mit, die in aufgerollten Socken und ausgetretenen Mokassins wegrannten, betrachtete blinzelnd seine Taschenuhr und schüttelte den Kopf.

Er trank den letzten Schluck Bier, wischte mit dem Handrücken den Schaum vom Mund und seufzte. Der Hund saß vor ihm, klopfte mit dem Schwanz auf die Erde und blickte ihn hungrig an.

Plötzlich stellte Beckmann die Bierflasche auf den Beton vor dem Kessel und ging zum Fenster. Das Fenster war nicht geschlossen, nur angelehnt. Beckmann klinkte es ein, öffnete es wieder und betrachtete die Fußspuren auf dem Kellerboden. Die geriffelten Gummisohlen zeichneten sich scharf im Kohlenstaub ab. Beckmann kratzte sich in den Bartstoppeln, stellte die leere Bierflasche hinter den Heizkessel und stieg ins Erdgeschoß hinauf.

Draußen lag der Schulhof noch immer leer und diesig. Der flakkernde Scheinwerfer eines Fahrrads schüttete Lichtpfützen auf die angefrorene Asche. Die Aufsicht hatte ihren Dienst noch nicht angetreten.

Beckmann sah auf die elektrische Uhr, die mitten über dem Flur der Unterstufe hing. Es war zwanzig vor acht. Er schlurfte eine Treppe höher, zog einen dicken Schlüsselbund aus der Tasche und blieb unschlüssig horchend vor der Tür des Direktorzimmers stehen.

Da entdeckte er den ersten Anschlag.

Er war mit einem Reißbrettstift mitten auf die Tür geheftet: ein kleiner Zettel, steif wie eine Spielkarte, auf dem in Schönschrift ein einziger Satz stand. Beckmann schob seine Nickelbrille auf und las:

›Du bekamst für mich das Rätselhafte, das alle Tyrannen haben, deren Recht auf ihrer Person, nicht auf dem Denken begründet ist.‹

Beckmann steckte nachdenklich seine erloschene Zigarette wieder an, las den Satz noch einmal und fing an, versonnen zu grinsen. Er nahm den Reißbrettstift zwischen zwei zerbrochene Fingernägel, dachte nach, lachte kurz und meckernd und ließ den Anschlag hängen.

Im Erdgeschoß wurde das Eingangsportal aufgeschlossen.

Beckmann beugte sich über das Treppengeländer.

»Lasse Se die Dier uff«, sagte er gutgelaunt. »Es is Vertel vor acht!«

»Die Schranke war zu!«

Fräulein Chrobock kam müde und mürrisch die Treppe herauf. Sie mampfte einen Schokoladenriegel.

»Wer had Uffsicht?« fragte Beckmann und peilte ungehemmt in Fräulein Chrobocks Blusenausschnitt.

»Herr Groenewold. Ist schon auf dem Hof.«

Fräulein Chrobock ging an Beckmann vorbei, warf die Lippen auf und sagte:

»Sie riechen schon wieder nach Bier!«

»Besser e Fähnche als e Kohlestaublung!« sagte Beckmann. »Is de Chef scho unnerwegs?«

»Der kann in drei Minuten hier sein. Rasieren Sie sich wenigstens.«

Beckmann sah ihr nach, begutachtete ihre Beine und registrierte, daß sie vor dem Anschlag stutzte und stehenblieb. Er grinste gemütvoll, kratzte seinen Bart, drückte mit der Schuhsohle die Zigarette aus, steckte die Kippe in die Blechdose und stieg hinunter ins Erdgeschoß.

– drei Eingaben hast du jetzt ans Ordnungsamt geschickt, und der Schulweg hat immer noch keine Laterne! Es ist ein Skandal. Jeden Morgen sammelt Beckmann die Präservative auf, und doch kommt es immer wieder vor, daß die Schüler eine von diesen Schweinereien entdecken und Unfug damit treiben. Es ist ein Skandal. Diese Amis scheinen ihre Pflänzchen mit Vorliebe hier zu begießen – ausgerechnet auf dem Schulweg! Und warum? Weil er düster ist, weil sich im Dunkeln gut munkeln läßt. Eine einzige Bogenlaterne, in der Mitte aufgerichtet, fünfhundert Watt, würde diese Hecke über Nacht beseitigen! Aber nein, ›Das Ordnungsamt kann das Bedürfnis nicht bejahen‹! Ein so hanebüchen hirnloser Satz allein schon verrät, wes Geistes Kind diese Herren sind. Der Amtmann soll nur die Volksschule besucht haben. Ein Bauernlümmel, der sich in diese Position hinaufgekatzbuckelt hat. Nepotismus. Und diese Knilche befinden über deine Eingaben. Natürlich kannst du dich an den Schul- und Kulturausschuß wenden – gehüpft wie gesprungen. Gevatter Schuster und Handschuhmacher. Es ist ein Skandal, daß in einem Schul- und Kulturausschuß von neunzehn Mitgliedern sage und schreibe ein Mann vom Fach sitzt – und der kommt vom Volksschulsektor! Die CDU schickt Juristen, die FDP Koofmichs und die SPD Vorarbeiter. Diese Herrn entscheiden über die Belange der Schule. Von keiner Sachkenntnis getrübt. Ganze zwei Mal in den letzten drei Jahren durftest du vor diesem Ausschuß – nomen est omen – erscheinen. Welche Generosität. Sie haben dich stumpf angehört, nach einer halben Stunde deine Ausführungen unterbrochen und dein Gutachten, die Arbeit aller Nachmittage einer ganzen Woche, mit einer Handbewegung vom Tisch gewischt. ›Was kostet das?‹ ›Zu teuer.‹ Abgelehnt. Der Magistrat ist nicht nur ignorant, er ist schlechtweg schulfeindlich. Mögen der Herr Bürgermeister oder der Herr Oberstadtdirektor auch bei jeder Abschlußfeier das Gegenteil behaupten. Es ist eine Tragödie, daß von der Obrigkeit wie von der breiten Masse ausgerechnet dem Beruf am wenigsten Verständnis entgegengebracht wird, von dem es in erster Linie abhängt, ob unser Vaterland seine geistige Großmachtstellung wiedererlangt oder langsam, aber sicher dem Kretinismus anheimfällt, wie der Osten. Wenn die politischen Gremien derart hoffnungslos versagen, muß der Hebel im Elternhaus angesetzt werden. Es versagen leider nicht nur die politischen Gremien, es versagt, bei allem Respekt, auch die Schulaufsichtsbehörde. Es ist doch ein Skandal, wie und an wen diese Schulratsstelle verschachert wurde. Kuhhandel. Nicht das Können gibt den Ausschlag, auch nicht die charakterlichen Qualitäten, nein, allein die Parteizugehörigkeit, die Protektion. In den Pfarrhäusern und Parteibüros wird entschieden, wer avanciert und wer auf der Stelle marschieren muß. Du hast es am eigenen Leib erlebt. Intelligenz und Anständigkeit zahlen sich nicht mehr aus. Alles, was recht ist: unter Hitler gab es diese Vetternwirtschaft nicht. Da herrschten, auf diesem Gebiet wenigstens, saubere Verhältnisse. Natürlich durfte keiner ein Roter sein oder gar ein Itzig. Aber davon abgesehen herrschte Ordnung! Wo kommt ein Volk sonst hin! Ein Volk, das einmal in der ganzen Welt für sein mustergültiges Beamtentum bekannt war. Der preußische Beamte. Es fehlte nicht viel, und er hätte selbst dem preußischen Offizier den Rang streitig gemacht. Und jetzt? Korruptionen von geradezu chinesischen Ausmaßen. Jedesmal, wenn du das Gebäude siehst, geht dir die Galle über. Ein Schulneubau anno neunundfünfzig für 2,7 Millionen Mark – ohne Aula, ohne Turnhalle, ohne Schwimmbassin! Nicht einmal ein Dusch-Keller. Es ist ein Skandal. Wievielmal bist du beim Bauamt vorstellig geworden, als die Pläne auflagen? Ein dutzendmal langt nicht. Beim Bauamt, beim Oberstadtdirektor, beim Landrat, beim Bürgermeister, bei der Regierung – es hat alles nicht gefruchtet. Die Herrn wußten es am grünen Tisch natürlich besser, der erfahrene Schulmann wurde gelangweilt angehört – und seine Expertise in den Wind geschlagen. Der Erfolg, der Mißerfolg erst hat dir recht gegeben! Ein Schulneubau, der schon veraltet war, ehe die erste Klasse vor vier Jahren einzog! Ein Skandal. Jetzt, nach dem energischen Protest der Elternpflegschaft, jetzt, im Wahljahr, werden plötzlich die Mittel für einen Anbau, einen Pavillon, in Aussicht gestellt! Und nach den Wahlen ist kein Geld mehr da! Wenn du im Schul- und Kulturausschuß säßest, liefen die Hasen anders –

»Guten Morgen, Herr Kollege Groenewold! Ich fürchte, wir müssen noch das ganze Quartal durch heizen.

Na, was gibt's, Beckmann?«

»Ich habb enn Anschlaach entdeckt, Herr Direktor!«

»Einen Anschlag? Was für einen Anschlag?«

»An Ihrer Dier, Herr Direkder. Ich glaub, es is e Fleschelei! Stehd irjendwas von Tiranne druff.«

»An meiner Tür? An der Tür zu meinem Dienstzimmer?«

»Ja, Herr Direkder.«

»Das ist ja – na, das wollen wir gleich mal untersuchen! Entschuldigen Sie bitte, Herr Kollege! Sie sehen ja – seien Sie froh, daß Sie nicht an meiner Stelle sitzen.«

Beckmann riß die breite Glastür auf und ging hinter seinem Direktor her über den unteren Flur und die Treppe hinauf zum ersten Stock.

»Ich sehe nichts!« sagte Gnutz vor seinem Amtszimmer.

»Vor finf Minude hing der Anschlaach noch da!« beteuerte Beckmann. »Vielleicht hat Fräulein Chrobogg –«

Gnutz öffnete die Tür.

Fräulein Chrobock stand vorm Spiegel, hatte ein paar Haarklemmen zwischen den Lippen und frisierte sich.

»Haben Sie einen Anschlag von meiner Tür entfernt?« fragte Gnutz ungehalten.

»Ja, ich dachte –«

»Was dachten Sie?«

Fräulein Chrobock ging gekränkt zu ihrem Schreibtisch und reichte ihm wortlos die kleine, steife Karte hinüber.

Gnutz las, trommelte mit den Fingerspitzen auf den Schreibtisch, las noch einmal und sagte dann resolut:

»Das ist die Höhe!«

Beckmann nickte entrüstet.

»Haben Sie noch mehr von diesen Sudeleien entdeckt?«

»Nei!«

»Überall nachgesehn?«

»Ja! Dess heißt, uff dem unnere Flur, Herr Direkder.«

»Hier nicht?«

»Nei.«

»Oben auch nicht?«

»Nei. Ich wolld grad –«

»Kommen Sie mit!«

Vor der Tür des Konferenzzimmers blieb Gnutz wütend stehen.

»Da haben wir's!«

Beckmann legte die Hände auf den Rücken, beugte sich vor und las, über die Schulter seines Direktors, mit:

›Es gibt keine Freiheit ohne gegenseitiges Verständnis.‹

»Nehmen Sie den Wisch ab! Vorsichtig! Und kommen Sie mit!«

Sie gingen über den zweiten Flur, sahen die Klassentüren an, fanden aber nichts weiter, und stiegen zum dritten Stock hinauf.

»An de 6b«, sagte Beckmann aufgekratzt, »ich seh's scho!«

»An der 6b«, wiederholte Gnutz fassungslos. »Ausgerechnet an der Abschlußklasse!«

Diesmal las er laut:

›Der Mensch ist nicht ganz und gar schuldig, denn er hat die Geschichte nicht begonnen; und auch nicht ganz und gar unschuldig, denn er setzt sie fort.‹

»Unerhört!« sagte Gnutz und öffnete die Klasse.

Auf beiden Tafeln stand mit roter Kreide ebenfalls je ein Satz angeschrieben:

›Ist wo etwas faul und rieselt's im Gemäuer,
Dann ist's nötig, daß man etwas tut!‹,

lasen Gnutz und Beckmann, jetzt nebeneinander, und dann noch:

›Du bist stets verantwortlich für den, dessen Vertrauen du gewonnen hast.‹

Gnutz drehte sich zu Beckmann um, betrachtete ihn einen Augenblick gedankenlos, nahm die Brille ab und sagte:

»Gehen Sie hinunter zu Fräulein Chrobock! Sie soll mit Stenoblock und Bleistift heraufkommen und dieses Geschmier abschreiben! Ich bleibe solange hier.«

Beckmann stürzte hinaus.

»Hören Sie, Beckmann«, rief Gnutz hinter ihm her. »Gehn Sie anschließend ins Lehrerzimmer und schicken Sie mir Herrn Wiepenkathen! Nein, besser Herrn Doktor Nemitz! Ich bin dann in meinem Dienstraum.«

»Jawoll, Herr Direkder! Wird soford erledicht.«

– du mußt so rasch wie möglich herausbekommen, wer diese Schmierfinken waren! Und ein Exempel statuieren! Klasse 6b – es ist ein Skandal, daß du dieses Jahr keinen Unterricht in der 6b hast. Der Schulleiter muß die Oberklassen in der Hand haben, dann kommt ein derartiger Affront nicht vor! Bei dir jedenfalls nicht. Niemals in den fünfunddreißig Jahren, die du Schulmann bist. Renitenz hast du einfach nicht geduldet. Principiis obsta! Diese oppositionellen Elemente von unten, die immer wieder einmal auftauchen, einfach rücksichtslos ausmerzen! Ostern machst du den Stundenplan wieder selbst. Und allein. Das Kollegium benutzt die Gelegenheit nur, um dir eins auszuwischen! Ressentiment gegen die Autorität, Rache der Subalternen. Kollegiale Schulleitung – Unsinn. ›Die Mehrheit ist der Unsinn stets gewesen.‹ Schiller. Die Schule steht und fällt mit dem Direktor. Noch hast du den längeren Arm! Vor allem bei der Regierung. 6b – wer ist da Klassenlehrer? Crispenhoven. Zu weich. Diese jungen Leute haben keinen Mumm mehr. Seelisch Kriegsversehrte. Alle, durch die Bank durch. Angeknackst. Crispenhoven, Violat, Groenewold. Obwohl der als Halbjude noch um den Krieg herumgekommen ist. Uns hat Verdun zum Mann gemacht. In tempestatibus maturesco. Die hat Stalingrad umgeworfen. Das ist der Unterschied. Ein Glück, daß du nicht mehr erleben mußt, wenn die Deutschland führen. Man kann gegen Adenauer sagen, was man will: eine eiserne Energie hat der Alte. 6b, eigentlich müßtest du zuerst mit dem Klassenlehrer Rücksprache nehmen. Du kennst die Burschen ja gar nicht. Einerlei. Du mußt herausbekommen, wer dieser Wühler ist! Und dann ein Exempel statuieren! Rasch und demonstrativ. An deiner Schule herrscht Ordnung. Diese Meuterei ist das Ergebnis pädagogischen Tauwetters. Partnerschaft zwischen Lehrer und Schüler – Mumpitz! Du wirst nicht mit Crispenhoven reden, wenigstens nicht vorher. Fait accompli. Eine bewährte Methode. Für jeden, der in führender Position steht. 6b, wer sitzt in der 6b? Claussen, Adlum, Nusbaum, Muhl, Farwick, Lumda – auf mehr besinnst du dich im Augenblick nicht. Schließlich hat die Schule fast sechshundert Schüler. Doch, dieser Fuchsige, wie heißt der? Ist schon einmal sitzengeblieben, sein Vater vergißt nächstens das Grüßen noch ganz, wie heißt der, ist aus dem Osten, Kur- Kur- Kurafeiski, natürlich: dem wäre diese Schweinerei zuzutrauen. Den knöpf dir zuerst vor. Diese Texte, richtig: in welcher Klasse gehört das Zeug zur Lektüre? Soweit du dich an den Stoffverteilungsplan erinnerst, überhaupt nicht! Nemitz, Nemitz gibt Deutsch in 6b. Es war richtig, Nemitz rufen zu lassen. Nicht Wiepenkathen und auch nicht Crispenhoven. Nemitz ist Fachmann, und außerdem steht er zur Leitung. Seit du ihn kennst. Seit fünfzehn Jahren –

– was will der Alte von dir? Er läßt dich nie rufen, wenn er dich nicht braucht. Keine besonders honorige Rolle dem Kollegium gegenüber, für die er dich da engagiert hat – aber es lohnt! Du kannst ihn nachher um den Finger wickeln, und er merkt es nicht einmal. Timide, größenwahnsinnig – und solide dumm. Die deutsche Gummieiche – nicht schlecht. Die Jungens haben mitunter einen subkutanen Blick. Ein Glück, daß du glänzend mit ihnen auskommst. Sie gehn für dich durchs Feuer. Vielleicht läßt sich diesmal beim Alten erreichen, daß du samstags nicht erst nach der dritten Stunde, daß du überhaupt frei hast. Müßte mit einiger Geschicklichkeit zu arrangieren sein. Renatalein arbeitet nur fünf Tage. Not too bad. Im Grunde fürchtet der Alte deine überlegene Intelligenz. Bauernschläue von ihm, sich ausgerechnet mit dir zu assoziieren. Das Kollegium quittiert deine Vertrauensstellung mit Neid. Typisch. Vor allem Wiepenkathen! Sein Direktorstellvertreter steht nur auf dem Papier. Allerdings auch auf dem Gehaltsstreifen. Unerheblicher Vorteil. Das Spiel, kraft der Intelligenz unauffällig Macht auszuüben, ist delikater als jede nominelle Macht. Gut formuliert. Oder war das ein Zitat? Wo hast du die erste Stunde heute? 6b Deutsch Doppelstunde: Kafka. Du kannst sicher sein, es gibt im ganzen Regierungsbezirk nicht noch eine Mittelschule, in der Kafka gelesen wird! Ein, zwei Parabeln höchstens. Und das nennt sich dann zeitgemäßer Unterricht! Die Generation unserer Väter denkt in den Kategorien unserer Großväter. Das ist das Kardinalproblem unserer Schulen. 6b – ob der Alte dich wegen der 6b rufen läßt? Dann hätte er doch Crispenhoven zitiert. Allerdings traut er ihm nicht. Oft erstaunlich eigenwillig, der Kollege Crispenhoven. Seine Klasse ist in Ordnung. Jedenfalls kommst du glänzend mit ihr aus. Wer das Interesse, die spontane geistige Anteilnahme der Jungen hat, hat auch ihr Herz! Du hast längst eingesehn, etwas, das dir vor fünfzehn Jahren undenkbar war: dein Platz ist an der pädagogischen Front! Das weiß auch der Alte und honoriert es. Nicht mehr als recht und billig. Behalte den Sonnabend im Auge! Do ut des. Römische Psychologie. Wie die Chrobock im Bett ist? Zu hausbacken! War Renatalein allerdings zuerst auch –

»Morgen, Herr Kollege Nemitz! Nehmen Sie doch Platz!«

»Danke.«

Dr. Nemitz setzte sich vor den imposanten Schreibtisch. Gnutz betrachtete ihn wie ein Chirurg seinen Zahnarzt.

»Ich habe im letzten ›Ruhrkumpel‹ ihren Artikel gelesen!« log er zur Einleitung. »Ausgezeichnet! Wollen Sie ihn nicht der Regierung vorlegen?«

»Daran habe ich, offengestanden, noch nicht gedacht.«

»Man soll sein Licht nicht unter den Scheffel stellen, Herr Kollege!«

»Glauben Sie, daß sich der Dezernent wirklich für meine Essays zur Schulreform interessiert?«

»Aber natürlich, Herr Kollege! Als ich ihn das letzte Mal traf, auf der Schulleitertagung, fragte er ausdrücklich nach Ihnen.«

Gnutz witterte, daß er zu dick aufgetragen hatte, schob Nemitz die Zigarettendose hin und sagte:

»Übrigens wird für die Ernst-Moritz-Arndt-Mittelschule die Direktorenstelle ausgeschrieben.«

Nemitz rauchte und erwiderte schlicht:

»Ich fürchte, dergleichen übersteigt meine Fähigkeiten.«

»Na, ich wollte es Ihnen als erstem gesagt haben! Sie können natürlich mit meiner Referenz rechnen. In jeder Form.«

»Danke, Herr Direktor. Ich bin Ihnen sehr verbunden.«

Nemitz erhob sich und ging zur Tür.

»Was ich noch sagen wollte«, Gnutz spielte nachdenklich mit dem Hermanns-Denkmal, das ihm als Briefbeschwerer diente, »sind Ihnen diese Zitate geläufig?«

Dr. Nemitz kehrte zurück, zog an seiner halberloschenen Zigarette, setzte sich, unaufgefordert jetzt, in den Besuchersessel und nahm die Zettel entgegen.

»Die Zitate stammen von Kafka, Camus, Brecht und Saint-Exupéry«, sagte er mühelos.

Gnutz nahm die Zettel wieder an sich, betrachtete sie lange und fragte:

»Haben Sie diese Autoren in der Schule besprochen?«

»Ja.«

»In welcher Klasse?«

»In 6b.«

Gnutz zögerte einen Augenblick, spitzte einen Bleistift und fragte dann:

»Entspricht das dem Stoffverteilungsplan, Herr Kollege?«

»Ich habe ›Die Pest‹ und ›Terre des hommes‹ in der Arbeitsgemeinschaft für Literatur interpretiert«, sagte er. »Für die Arbeitsgemeinschaften liegen bekanntlich keine starren Pläne vor.«

Gnutz schob den Spitzer in sein Etui zurück und legte den Bleistift genau diagonal über ein großes, leeres Blatt.

»Ausgezeichnete Werke! Aber ein bißchen zu hoch für unsere Abschlußklassen – oder?«

»Ich glaube, wir unterschätzen die Rezeptionskraft des Jugendlichen«, sagte Dr. Nemitz nachsichtig. »Die Jungen können natürlich noch nicht ausdrücken, was sie verstanden haben, aber sie haben verstanden! Und wenn nicht prima vista, dann vielleicht in ein, zwei Jahren.«

»Woher wissen Sie das?«

»Die Saat geht auf, früher oder später!« sagte Nemitz, wunderte sich über seine Worte und fügte rasch hinzu:

»Ich erfahre es; aus ihren Briefen.«

Gnutz sah Nemitz einige Sekunden starr an, nahm die Brille ab, legte sie neben den Bleistift auf den weißen Bogen und sagte:

»Herr Kollege, entsinnen Sie sich noch an den Zusammenhang, in dem diese – hm – Sätze stehn?«

»Darf ich noch einmal sehn, Herr Direktor?«

»Aber bitte!«

Dr. Nemitz las die Zitate noch einmal, schloß die Augen mehrere Sekunden, öffnete sie dann weit und starrte auf den Spruch, der zu Häupten seines Direktors hing. Er lautete, schwarz auf weiß: ›Ich will!‹

»Der Inhalt der ›Pest‹ ist Ihnen natürlich geläufig?« fragte er leichthin.

»Ich entsinne mich dunkel. Habe das Buch gleich nach Erscheinen gelesen, im Original. Aber das ist ja nun auch schon wieder sechs, sieben Jahre her.«

»Sechzehn.«

»Sehen Sie. Es entfällt einem vieles – wenn man nicht mehr vierzig ist.«

»Einundvierzig, Herr Direktor. Der Abstand zu Ihnen schrumpft jetzt von Jahr zu Jahr.«

»Na, na. Machen wir uns nichts vor.«

Dr. Nemitz legte die Karten vor sich auf den Schreibtisch.

»Welches Zitat ineressiert Sie besonders?« fragte er.

Gnutz beugte sich vor und versuchte, die Sätze von oben zu lesen.

»Diese Sentenz über den Tyrannen«, sagte er gepreßt.

»Das Satz stammt, wie gesagt, von Kafka, Franz Kafka.«

Nemitz wußte plötzlich nicht mehr weiter und stockte.

»Das weiß ich! Aber in welchem Zusammenhang steht er?« fragte Gnutz, erhob sich und durchschritt den Raum.

»Ich müßte im ›Prozeß‹ nachlesen. Heute nachmittag –«

»Das ist zu spät, Herr Kollege.«

Nemitz sah auf, kreuzte den Blick seines Direktors und sagte:

»Ich habe den Text hier, aber ich muß leider zum Unterricht –«

»Diese Sache geht im Moment vor.«

»Handelt es sich um ein Quiz?« fragte Nemitz und blätterte den ›Prozeß‹ auf.

»Quiz? Ach was. Nehmen Sie noch eine Zigarette?«

Dr. Nemitz blätterte.

»Dieser Wisch hing heute früh an meiner Tür«, sagte Gnutz abrupt. Und setzte sich.

Nemitz klappte den ›Prozeß‹ zu und lächelte.

»An Ihrer Haustür?«

»Ach was! An der Tür des Direktorzimmers.«

Dr. Nemitz lächelte weiter.

»Und der hier hing am Konferenzzimmer!«

›Es gibt keine Freiheit ohne gegenseitiges Verständnis!‹ las Dr. Nemitz und nickte.

»Und die andern drei?«

»An, beziehungsweise in der 6b.«

»In der 6b – sieh an. Die Jungens beschäftigen sich doch offenbar intensiver mit den Dokumenten der modernen Kunst, als wir annehmen.«

»Darum geht es jetzt nicht, Herr Kollege Nemitz«, unterbrach Gnutz. »Hier liegt eine Unbotmäßigkeit vor, wie sie mir in meiner ganzen fünfunddreißigjährigen Laufbahn noch nicht vorgekommen ist.«

»Diese Schrift kenne ich«, sagte Dr. Nemitz und hob zwei der Karten hoch.

Gnutz setzte seine Brille auf, las und lachte ärgerlich.

»Diese beiden Sätze hat Fräulein Chrobock eben von den Tafeln abgeschrieben.«

Gnutz setzte die Sprechanlage in Gang.

»Fräulein Chrobock, haben Sie die Tafeln in der 6b nachher abgewischt? . . . Gut.«

Er legte auf.

»Entschuldigung«, sagte Dr. Nemitz. »Aber über die drei anderen Zettel kann ich Ihnen im Augenblick noch nichts Genaues sagen. Reine Kalligraphie: Ich wünschte, die Bengels schrieben ihre Klassenarbeiten so sauber.«

Gnutz starrte Dr. Nemitz enttäuscht an, nahm die Karten wieder an sich und klopfte mit dem Bleistiftende Morsezeichen auf die Schreibtischplatte.

»Wieviel Schüler haben Sie in Ihrer Arbeitsgemeinschaft, Herr Kollege?« fragte er.

»Zehn.«

»Alle aus der 6b?«

»Alle! Es kann aber natürlich sein, daß auch Schüler aus der Parallelklasse oder aus einer 5 zu Hause die Lektüre lesen, die ich in der Arbeitsgemeinschaft durchspreche.«

»Bleiben wir zunächst bei Ihren zehn Literaten, Herr Kollege! Wem würden Sie diesen groben Verstoß gegen die Schulordnung, um mich gelinde auszudrücken, zutrauen?«

Dr. Nemitz krauste die Stirn.

»Schwer zu sagen. Einfacher wäre schon, anzugeben, wem das, mit Wahrscheinlichkeit natürlich nur, aber mit hoher Wahrscheinlichkeit, nicht zuzutrauen wäre!«

»Bitte!«

Dr. Nemitz schlug sein rotes Notizbuch auf.

»Adlum. Claussen. Farwick. Muhl. Rull. Satemin. Nach dem Gesamtbild – gerade durch die Aufsätze erfährt man ja vieles aus der Intimsphäre, sozusagen, die in anderen Fächern doch nicht so ans Tageslicht kommt –, wenn man also den ganzen Kerl betrachtet, habe ich die Überzeugung, daß diese sechs bei der Recherche ausscheiden.«

»Bleiben, Herr Kollege?«

»Lumda – halte ich für ausgeschlossen.«

»Ist der Vater nicht Bundesbahnrat?«

»Ja. Ich bewundre Ihr Gedächtnis, Herr Direktor!«

»Danke. Bleiben drei.«

»Kurafeiski. Der Junge ist madig. Aus Kattowitz –«

»Verstehe.«

»Schanko – uneheliches Kind.«

»Ein Segen der Schulgeldfreiheit, Herr Kollege. Zu meiner Pennälerzeit besuchte so etwas keine höhere Schule. Aber heute müssen wir ja jedes Kroppzeug nehmen.«

»Nun, da bin ich andrer Ansicht, entschuldigen Sie. Aber ich kann natürlich Ihren Standpunkt verstehn. Ja, es bleibt noch Titz. Fehlte allerdings gestern.«

»Gestern?«

»Ja.«

»Und heute?«

»Ich war noch nicht in der Klasse, Herr Direktor.«

»Ja so.«

Gnutz begann zu schreiben.

»Was gedenken Sie zu unternehmen?« fragte Dr. Nemitz.

»Ich werde mir zunächst einmal diese beiden dubiosen Fälle vorknöpfen! Wie hießen sie noch?«

»Kurafeiski und Schanko.«

»Danke. Stellen Sie bitte inzwischen fest, ob Titz wieder in der Schule ist, Herr Kollege.«

»Sofort, Herr Direktor.«

Dr. Nemitz drückte seine Zigarette aus und erhob sich.

»Und wenn es einer von diesen boys war? Erlauben Sie die Frage –«

»Ein Exempel statuieren! An einer Schule, die ich leite, herrscht Disziplin, Herr Kollege.«

Dr. Nemitz nahm noch eine Zigarette, legte sie aber sogleich wieder zurück und sagte:

»Dazu würde ich nicht raten – entschuldigen Sie.«

Gnutz hörte auf zu schreiben und richtete sich in seinem Sessel auf.

»Und warum nicht, Herr Kollege? Doch, doch – reden Sie ganz offen.«

»Ich glaube nicht, daß eine böse Absicht dahintersteckt«, sagte Dr. Nemitz. »Die Jungens sind in einem kritischen Alter, in der letzten Trotzperiode gleichsam –«

»Ich bin seit fünfunddreißig Jahren Schulmann, Herr Kollege Nemitz.«

Dr. Nemitz nahm sich nun doch noch eine Zigarette, blieb aber, an den Schreibtisch gelehnt, stehen.

»Hinzu kommt, daß die moderne Kunst, mit der sie sich vorzugsweise beschäftigen – was ich persönlich übrigens begrüße –, keineswegs die klassische simplicitas hat, sondern höchst ambivalent, ja verwirrend, zunächst wenigstens, wirken kann. Die Jungens nehmen die Dinge zu wortwörtlich, psychologisch ist das ja verständlich. Sie durchschauen noch nicht die Evokation, die Chiffre, das Symbolum der Texte. Es geht da in manchen Köpfen etwas kunterbunt durcheinander.«

»Das will mir auch scheinen, Herr Kollege«, sagte Gnutz. »Aber das ist doch noch lange kein Grund, deswegen hier angloamerikanische Manieren durchgehen zu lassen. Nicht solange ich in diesem Sessel sitze. Das Tohuwabohu wäre nicht auszudenken.

Ich danke Ihnen für Ihren wohlmeinenden Rat, Herr Kollege Nemitz. Aber was mit diesem Sudelkoch da wird, das bestimmt die Schulleitung.«

»Und die Systemkonferenz«, sagte Dr. Nemitz freundlich.

Gnutz drehte sich wütend nach dem Stundenplan um, der hinter ihm an der Wand hing.

»Und im Kollegium haben Sie manchen Freund, der heimlich dieser Aktion da Applaus zollen wird – ich kann doch offen mit Ihnen reden, Herr Direktor?«

»Auf wen spielen Sie an, Herr –«

Dr. Nemitz hob bedauernd die Hände.

»Trotzdem!« knirschte Gnutz und setzte sich wieder. »Ich kann mir diese Frechheit nicht bieten lassen. Gerade dem Kollegium gegenüber könnte das wie Inkonsequenz, Weichheit, Trottelei, was weiß ich, aussehen.«

»Das Kollegium wird natürlich seinen Senf zu dieser Geschichte geben, so oder so, Herr Direktor – wenn es etwas erfährt. Aber es braucht ja nichts davon zu erfahren.«

»Wie meinen Sie das?«

»Ignorieren Sie den Fall, Herr Direktor. Ich glaube nicht zuviel zu versprechen, wenn ich es für wahrscheinlich halte, daß ich in einigen Tagen weiß, wer die Zettel geschrieben und angeschlagen hat. Und es gibt unauffälligere Arten, ein Exempel zu statuieren. Ich zum Beispiel habe zwei Fächer in der 6b, Herr Kollege Hübenthal gibt Physik –«

»Herr Kollege Hübenthal steht zur Schulleitung«, sagte Gnutz, ohne einen Zweifel zu lassen.

Er stand wieder auf, stellte sich erneut vor den Stundenplan und trommelte mit den Fingerspitzen gegen die Glasscheibe.

»Sagen Sie mal, war dieser Kafka nicht Jude?« fragte er unvermittelt.

»Bei einem Künstler von diesem Rang muß man das wohl übersehen«, sagte Dr. Nemitz.

Gnutz drehte sich um.

»Na ja, ich werde mir die Sache noch einmal durch den Kopf gehen lassen«, sagte er. »Übrigens brauche ich Sie wohl kaum zu bitten, daß in meinen vier Wänden bleibt, was wir besprochen haben, Herr Kollege?«

»Selbstverständlich!«

Nemitz sah nach der Uhr.

»Die zweite Stunde hat schon begonnen«, sagte er. »Guten Morgen.«

Ehe er ging, kam Gnutz auf ihn zu und reichte ihm die Hand.

»Danke«, sagte er und sah Nemitz durchdringend an.

»Selbstverständlich«, wiederholte Dr. Nemitz verlegen. »Sie können sich auf mich verlassen, Herr Direktor.«

»Mensch, haltet doch die Schnauzen, ihr Säcke! Wenn der Chef kommt, können wir Strafarbeiten bis ins Aschgraue machen!«

Rull schloß die Klassentür, stellte sich einen Augenblick an die

Tafel, schmiß dann die Kreide in die Ecke und stampfte auf seinen Platz.

»Hat einer Fazke heute schon gesehn?« fragte Claussen.

»Ich«, sagte Adlum, ballte seine Hände auf den Ohren und las weiter.

»Wo?«

»Mensch, laß mich in Ruhe. Vorm Hades.«

»Spielt mit der Chrobock Knutschen«, meckerte Muhl.

»Wo gibt's 'n bei der was zu knutschen?«

»Miß Magermilch.«

»Mensch, wenn die Himbeerwasser säuft, kann sie Karneval als Thermometer gehn«, plärrte Mitzkat.

»Beine wie 'ne Stricknadel!«

»Tätste gern mal stricken, was?«

»Versteht ihr eigentlich, was ihr lest?« fragte Satemin.

Adlum und Claussen antworteten nicht.

»Laß mal Mathe sehn«, sagte Feigenspahn zu Kurafeiski.

»Schreibt Baby noch ab.«

»Silence! Silence!« krähte Petri von der Tür her.

Das Charivari verstummte urplötzlich. Ein paar Hefte wechselten die Besitzer.

»Achtuhrdreißig«, sagte Fahrian leise.

»Geteiltes Leid, halbes Leid.«

Die Tür öffnete sich langsam. Lumda kam herein und wieherte vor Lachen.

»Morjen, Kameraden!«

Johlende Empörung.

»Raus mit dem Gammel!«

»Pfui! Sofort kastrieren!«

»Mensch, Quabbel, mach die Schnauze zu, es zieht«, sagte Lumda.

»Was war los?« fragte Nusbaum.

»Panne.«

»Panne mit Reißverschluß«, stichelte Huje.

Lumda winkte überlegen ab.

»Capone kommt auch noch. Nach der ersten Stunde.«

Schanko hörte auf zu schreiben, löschte ab, schloß sein Heft und bölkte los.

»Mensch, laßt doch den Mist!« brüllte Rull und schlug mit beiden Fäusten auf die Bank. »Ihr bescheißt euch doch selber! Merkt ihr das denn nicht?«

»Ist mir auch schon aufgefallen«, sagte Adlum. »Scheint menschlich zu sein.«

»Blas dich nicht auf wie'n Ochsenfrosch«, maulte Schanko.

»Rull hat recht«, sagte Satemin.

»Eigentlich könnte mal jemand was über Kafka zum besten geben«, schlug Huje vor, »'ne Zwei würde mir gut stehn bei Fazke.«

»Vielleicht kapiert der Normalverbraucher dann auch was.«

»Los, Dali: Künstler an die Front.«

»Dali, mach's intuitiv!«

»Nee, abstrakt!«

»Wer ist der größte abstrakte Schwätzer in der 6b?«

»Dali!!!«

»Los, schieb die Antenne in'n Wind.«

»Rull! Für Kafka ist Rull zuständig.«

»Nee, nicht Rull. Dann versteh ich überhaupt nichts mehr.«

»Der schwingt nur wilde Reden!«

»Seelenbulle!«

»Rull ist noch bekloppter als Kafka!«

»Pius!«

»Los, Pius: ex cathedra!«

»Papam habemus!«

»Pius!!!«

Claussen spielte schwerhörig.

Mitzkat nahm Claussen am Kragen und transportierte ihn vor die Klasse. Claussen stand vor der mittleren Bank, trappelte ein paarmal von einem Fuß auf den andern und sagte dann aufgeregt:

»Ich kapier natürlich auch nicht alles, aber nach meiner Meinung ist der ›Prozeß‹ eine religiöse Tragödie.«

»Schwarzer Kanal!«

»Haste von deinen Päterkes!«

»Laßt ihn reden!« sagte Satemin scharf.

»Der Kafka war Jude und –«

»Knoblauch!«

»Mensch, Quabbel, verschon uns doch mit deiner billigen Masche. Du stinkst mir!« sagte Adlum.

»Wen interessiert denn der Kokolores überhaupt?«

»Mich!«

»Ausgerechnet dich!«

»Und mich«, sagte Satemin.

»Aber mich nicht, ihr Idioten!«

»Dann geh solange auf den Lokus!«

»Keine Emigranten bitte!« schrie Mitzkat. »Hier herrscht Demokratie!«

»Na, wenn schon! Dann quatscht doch lieber übern Wankel-Motor!« belferte Muhl.

»Polaris!«

»Twist!«

»Das Liebesleben der 6b!«

»Wie sag ich's meinem Opa?«

»Abstimmen!«

»Hammelsprung!«

»Gut, stimmen wir ab«, sagte Satemin.

»Lumumba verrät die SED!«

»Los, Rull: spiel Gerstenmaier!«

»Scheiße!« sagte Rull und vergrub seinen Kopf zwischen den Armen.

– Fazke und die Gummieiche. Die Thesen werden jetzt im Hades kursieren. Das müssen die doch verstehen! Können doch nicht so bescheuert sein und meinen –, was kann denn Fazke meinen, was ich damit gewollt hab? Der ist imstande und glaubt, ich hätt nur so irgendwas an die Wand kritzeln wollen! Wie auf'm Lokus. Mensch, wie kann einer gleichzeitig so beschlagen und so dämlich sein! Merkt der denn wirklich nicht, daß fast alles, was wir hier im letzten Vierteljahr gelesen haben, gegen ihn geschrieben ist? Gegen die Fazkes! Gegen Medusa, Moses, Hokus, Rübezahl, die Gummieiche, Bulumo, Buffo, Null, Kapo. Die kommen doch überall vor, in dem, was wir hier gelesen haben! Sind die denn so bekloppt, daß sie sich selbst nicht wiedererkennen? Die meinen immer, die anderen sind gemeint, wenn's an ihrer Haustür klingelt –

»Wer ist dagegen, daß Pius hier sagen kann, was er will?« fragte Adlum und ging vor die Klasse.

»Ich!«

»Die Frage muß positiv gestellt werden.«

»Fünfzehn gegen drei Stimmen, bei einer Enthaltung«, sagte Adlum. »Los, Claussen.«

Claussen winkte ab und versuchte, auf seinen Platz zurückzugehn. Aber Petri hielt ihn fest.

»Kneifen gilt nicht.«

»Katholiken an die Front!«

»Farbe bekennen, wenn sie auch schwarz ist.«

»Ruhe«, fistelte Mitzkat. »Das Wort hat der Abgeordnete Claussen von der CDU.«

Claussen stellte sich wieder vor die mittlere Bank.

»Ja also, der Kafka denkt als Jude zunächst noch ganz in den Kategorien des A. T. –«

»Was ist denn das?«

»›Ate‹-Kühlschränke werden auch am Nordpol bevorzugt!«

»Der Eskimo, der etwas auf sich hält, nimmt nur ›Ate‹!«

»Wer jetzt noch dazwischenbölkt, kriegt Klassenkeile«, sagte Adlum.

»Abstimmen!«

»Weiter!«

»Es ist ein Antrag auf Abstimmung gestellt worden!« protestierte Muhl.

»Mensch, wir stimmen doch hier nicht über jeden Käse ab wie in der Schweiz!«

»Nicht?« fragte Satemin.

»Weiter, Pius, gleich bimmelt's!«

Claussen zupfte an seiner Krawatte und sah Adlum an. Der nickte ihm zu.

»Also der Kafka lebt zunächst noch ganz in der Tradition des Alten Testaments. Hier gilt allein das Gesetz, das der Gott Abrahams und Isaaks –«

»›Und der Adam hat die Liab erfunden, und der Noah den Wein –‹« jodelte Muhl.

»Zwei Mark in die Klassenkasse!« sagte Adlum.

»Kostet einen Stiefel!«

»Raus!«

»Mann vom Platz!«

»Gibt es hier doch nicht!« sagte Satemin. »Aber du hältst jetzt deine Revolverschnauze, Quabbel!«

»Weiter, Pius!«

»– also der Gott des Alten Bundes –«

»Was für'n Heini ist denn das schon wieder?«

»Der unversöhnte Gott«, sagte Claussen. »Gott ohne Christus, den Erlöser –«

»Radio Vatikan!«

Claussen hob die Hände und wollte noch etwas sagen, aber es schellte, und in den anschwellenden Krach brüllte Rull plötzlich laut und marschierte dabei, den Kartenständer wie eine Fahne über dem Buckel, durch die Klasse:

›John Brown's body
lies a – mouldering
in the grave:
but his soul
goes marching on.
Glory, glory, hallelujah
glory, glory, hallelujah!
but his soul
goes marching on.‹

»Spiel nicht auch noch verrückt«, sagte Adlum und stellte sich ans Fenster.

»Braucht der nicht, der hat wirklich 'ne Schraube los«, meinte Huje.

Es klopfte hart an die Tür.

Titz kam herein und pfiff auf den Fingern.

»Fazke ist beim Alten! Hübsch fein in der Klasse bleiben! Stille Beschäftigung! Anmarsch in Bälde!« verkündete er.

»Woher du weißt?« fragte Mitzkat.

»Spezialauftrag von Edeltraut.«

»Hört, hört!«

»Edeltraut die Gangsterbraut!«

»Geiler Hecht!«

Titz setzte sich in seine Bank.

»Wo warst du denn gestern?« fragte Lepahn.

»Hatte meine kritischen Tage!«

»Wenn du auffliegst, wird's noch kritischer«, sagte Petri.

»Was ist Trumpf?« fragte Titz und packte seine Hefte aus.

»Fränzchen Kafka.«

»Hast du was über den Knaben?«

»Nicht viel.«

»Gib schon her!« sagte Titz und nahm Petris Heft. »Und für Mathe?«

»Was übern Cosinussatz.«

»Haste?«

»Von Anti.«

»Laß mal vergleichen!«

Titz begann seine Schularbeiten.

»Wie fandet ihr, was Pius über Kafka gepredigt hat?« plärrte Farwick aus der letzten Bank.

»Wischi-waschi mit Weihrauch!« sagte Satemin.

»Woher du wissen?« fragte Mitzkat.

»Die Voraussetzungen stimmen nicht!«

»Inwiefern?« fragte Adlum und stieß Claussen, der wieder las, in die Rippen.

»Du gehst davon aus, daß es einen Gott gibt, Pius?«

»Allerdings.«

»Du weißt aber, daß es dafür keinen Beweis gibt?«

»Keinen rationalen Beweis. Aber –«

»Aber?«

»Beweise durch die Ordnung der Schöpfung, durch Wunder, durch Gebetserhörung, durch –«

»Du weißt, daß es für alle diese Dinge Erklärungen gibt, die ohne Gott auskommen?«

»Erklärungen«, sagte Adlum, »aber keine Beweise.«

»Wir sprechen im Moment allein über die Prämissen, von denen Pius ausgeht«, sagte Satemin.

Claussen bückte sich wieder über seine Lektüre.

»Es gibt Wahrheiten, die man nur versteht, wenn man an sie glaubt«, sagte er und versuchte, sich abzuschirmen.

»Es gibt von der Wahrheit längst überholte Lügen, die nur darum noch für Wahrheit gehalten werden, weil eine Clique, gegen den Fortschritt des gesunden Menschenverstandes, noch immer daran glaubt und sie, aus gutem Grund, hartnäckig verteidigt«, sagte Satemin.

Kurafeiski brach in Gejammer aus.

»Nehmt Rücksicht auf meine Schizophrenie!«

»Sind die schon wieder im Seelenfight?« fragte Petri, der vom Türschlitz zurückkam. »Ruhe!«

»Entrez mesdames, entrez messieurs!« trompetete Mitzkat durch die hohle Hand. »Pour dix centimes, deux sous, vous allez voir deux animaux extraordinaires: un catholique et un communiste!«

»Und wer ist Christus für dich, Satemin?« fragte Adlum.

»Jesus war ein betrogener Betrüger«, erklärte Schanko.

Satemin schnitt ihm das Wort ab.

»Ein betrogener Heiliger«, sagte er. »Was viel schlimmer für euch ist.«

»›Gibt es einen Heiligen ohne Gott?‹« fragte Adlum.

»Stirbt wie ein Hund«, murmelte Rull.

»Genau«, sagte Satemin. »Wie Jesus.«

»Kameraden, ihr merdet mich an«, stöhnte Kurafeiski und gähnte.

»Dich werden wir beim letzten Orlog wecken müssen.«

Rull fing an, Hammer, Fisch und Sichel auf seine Bank zu zeichnen.

»Gott ist für dich also die absolute Wahrheit, Pius?« fragte Schanko.

»Natürlich.«

»Und er ist allmächtig?«

»Frag nicht so blöd! Natürlich.«

»Kleines Einmaleins der Theologie«, sagte Petri.

»Angenommen, das kleine Einmaleins stimmt, und Gott sagt: ›Ich bin nicht!‹ Was dann, Pius?«

»Das ist ein dämlicher Sophismus, sonst nichts«, sagte Adlum.

»Wenn das so dämlich ist, dann klärt mich auf.«

Adlum winkte ab.

»Lohnt nicht.«

»Entweder ist Gott dann nicht, oder er lügt und ist nicht Gott«, sagte Schanko.

»Kümmelspalter!« quietschte Mitzkat dazwischen.

»Es gibt Fragen, die mich mehr interessieren«, sagte Satemin.

»Zum Beispiel: Warum ist unter dem Christentum der habgierigste Kapitalismus aller Zeiten entstanden? Oder: Warum sind die meisten Kriege von Christen geführt worden? Übrigens finde ich, daß hier überhaupt eher zu wenig als zu viel gefragt wird.«

»Zu wenig geantwortet«, knurrte Rull.

»Attention! Attention!« schrillte Petri. »Fazke passiert im Affentempo die Flurtür!«

»In die Debatte ziehn«, schlug Muhl vor.

Satemin wischte sorgfältig seine Bank sauber.

»Lohnt nicht!« sagte er und grinste. »Salonbolschewist.«

Rull schob sich aus seiner Bank, jumpte vor die Klasse, die sich aufseufzend zum Unterricht zurechtsetzte, verlor seine Brille, kroch auf allen vieren über den Boden und jaulte gottserbärmlich:

»Bla-Bla-Bla-Bla!«

– eins muß man dem Alten lassen: die Feigheit macht ihn zum Psychologen! Wenn er timide ist, entwickelt er einen sechsten Sinn für Gefahrenmomente. Und da er immer timide ist, ein Feigling mit Wilhelms-Allüren, ist Vorsicht geboten. Er wollte dich erst ins Bockshorn jagen und dann servil kneten. Mißlungen. Jetzt weißt du wieder etwas über ihn, eine dieser kleinen Lächerlichkeiten, die ein Mann wie der Alte mehr fürchtet als die Impotenz. Pluspunkt Nr. 1. Und er weiß, daß du es weißt. Pluspunkt Nr. 2. Du kannst es im Bedarfsfall dem Kollegium infiltrieren: Pluspunkt Nr. 3. Ebenso kannst du die 6b wissen lassen, durch eine beiläufige Andeutung, daß du sie vor Recherchen und Knies bewahrt hast: Pluspunkt 4 und 5 simultan – Dankbarkeit und Bammel. Wer ist bloß auf diese Idee gekommen? Wahrscheinlich doch teamwork. Übrigens, nicht übel ausgewählt die Zitate. Passen wahrhaftig besser auf, als man denkt, diese Gauner. Farwick? Gut, daß der Alte nicht ausdrücklich nach ihm gefragt hat. Wäre schad um den Jungen, tadelloser Kerl. Vater alter Afrika-Kämpfer. Kurafeiski? Slawische Verschlagenheit. Kein Vergleich mit den Sudetendeutschen. Schanko? Windiges Bürschchen. Mit allen Wassern gewaschen. Wahrscheinlich also Kurafeiski und Schanko. Woher haben sie die Kafka-Stelle? Im Quiz erfragen. Guter Einfall. Allerdings: die Intriganten werden sich nicht melden. Immerhin: Selektion der Verdächtigen. Im übrigen ist noch gründlich zu überlegen, ob du dem Alten die Information zum Abmeiern wirklich lieferst. Durchdenken. Kafka zu schwieriger Text für die Abschlußklasse! Lächerlich. Kommt doch ganz darauf an, wer ihn den Jungs nahebringt. Prosa wie Quellwasser: klar, frisch, selbstverständlich. Hebeldeutsch. Erstaunlich für einen Juden aus Prag. Wahrscheinlich als Kunstsprache erlernt wie Esperanto. Wäre ein Essay wert. Irgendwo allerdings doch eine vertrackte Existenz. Sind sie alle. Vom Intellekt zerfetzt. Imponierend dekadent. Paradoxe Formulierungen sind deine Stärke. Das hast du mit ihnen gemeinsam! Wer hat eigentlich bei der ADZ das Feuilleton? Vielleicht ein Jude. Schick ihnen noch mal ein paar Essays ein. Die haben ein Flair für Finessen. Schanko und Kurafeiski unter die Lupe nehmen –

»Wünsche allseits einen schönen Morgen, meine Herrn! Sie scheinen ja die Konferenz recht fidel überlebt zu haben.«

»Schönen Morgen, Herr Doktor Nemitz!«

»Bitte setzen. Was ist das Gedicht des Tages? Adlum!«

»Bertolt Brecht: ›1940‹.«

»›1940‹? – unbekannt! Docendo discimus! Ich bin für jede Belehrung dankbar. Also bitte, rezitieren Sie!«

Adlum knöpfte sein Jackett zu, stand auf, verschlossen und salopp, und stellte sich neben das Pult. Er sah haarscharf über die Köpfe der Klasse weg.

»Bertolt Brecht: ›1940‹.«

»Einen Moment bitte – warum sagen Sie: Bertolt Brecht?«

»Weil er so heißt, Herr Doktor.«

Adlums Stimme war ohne jede Ironie.

»Aber alle Welt nennt ihn Bert. Bert Brecht.«

»Ich finde, das ist eine Anbiederung.«

»Sie haben merkwürdige Ansichten, Adlum. Vergessen Sie doch nicht, B. B. – Titz, lassen Sie gefälligst das frivole Grinsen, also Brecht, Adlum, das war immerhin ein ausgewachsener Kommunist. Ihm hätten Ihre aristokratischen Manieren gewiß nicht sonderlich imponiert. Genosse Adlum, würde er sagen –«

»Aber ich bin nicht sein Genosse.«

»Nun gut, bleiben Sie bei Ihrer Marotte! Ein jeder soll nach seiner façon selig werden. Von wem stammt diese Magna Charta der Toleranz? Satemin?«

»Von Friedrich II.«

»Von Friedrich dem Großen, wenn Sie nichts dagegen haben!«

»Brecht sagt nur: Friedrich II. ›Friedrich II. siegte im Siebenjährigen Krieg. Wer siegte außer ihm?‹«

»So, so – sagt der große Brecht? Die Herrn sind, scheint's, recht engagiert von dem poeta laureatus unserer Brüder östlich des Eisernen Vorhangs. Attention, mes amis!

Fahren Sie fort, Adlum!«

»Bertolt Brecht: ›1940‹
Mein junger Sohn fragt mich: Soll ich Mathematik lernen?
Wozu, möchte ich sagen. Daß zwei Stück Brot mehr ist als eines
Das wirst du auch so merken.
Mein junger Sohn fragt mich: Soll ich Französisch lernen?
Wozu, möchte ich sagen. Dieses Reich geht unter. Und
Reibe du nur mit der Hand den Bauch und stöhne
Und man wird dich schon verstehen.
Mein junger Sohn fragt mich: Soll ich Geschichte lernen?
Wozu, möchte ich sagen. Lerne du deinen Kopf in die Erde stecken
Da wirst du vielleicht übrigbleiben.
Ja, lerne Mathematik, sage ich
Lerne Französich, lerne Geschichte!«

Adlum schlenderte zurück in seine Bank.

»Hm. Manchmal schläft auch Vater Homer, würde ich sagen.« Dr. Nemitz zuckte bedauernd die Achseln. »Warum haben Sie gerade dieses Gedicht ausgesucht, Adlum? Es gibt doch ohne allen Zweifel bedeutendere Verse von Brecht.«

»Es gefiel mir«, sagte Adlum.

»Und warum – wenn ich mit dieser Frage nicht in allzu intime Gefilde vorstoße?«

»Es ist ehrlich, und es geht uns etwas an.«

»Gilt das nicht generell für unsere zeitgenössische Lyrik, die, in Parenthese gesagt, ein kollektives Niveau erreicht, das alles reaktionäre Geschrei über das Ende der Kunst ostentativ Lügen straft –?«

»Ich glaube nicht.«

»Nun gut, es ist natürlich Ihr Recht, das nicht zu glauben, Adlum! Dann interessiert mich allerdings doppelt, warum Sie gerade diese, na, etwas nichtssagenden Verse so außergewöhnlich, wie sagten Sie: ehrlich finden.«

»Ich habe nicht gesagt: außergewöhnlich ehrlich. Nur ehrlich.«

»Kurafeiski, verstehen Sie Ihren Klassenkameraden besser als ich?«

»Das ist ein Gedicht gegen die Schule!«

»Gegen die Schule? Und das gefällt Ihnen, Kurafeiski, was?«

»Ja. Das ist eine Parodie auf das olle ›Nicht für die Schule, für das Leben lernen wir‹.«

»Farwick?«

»Das ist keine Parodie. Das ist eine Resignation.«

»Ein interessanter Widerspruch. Und was meint der Herr Rezitator?«

»Soweit ich es verstehe, sagt das Gedicht, was es sagen will, weder parodistisch noch resigniert, sondern, ja: nüchtern und klug.«

»Farwick?«

»Aber da klingt doch Verbitterung mit. Die kann man doch gar nicht überhören.«

»Adlum?«

»Ich glaube ›verbittert‹ ist nicht das richtige Wort. Die nüchternen Feststellungen Brechts in den ersten zehn Versen sind bitter, aber nicht verbittert. Er sagt zuerst nichts anderes als: so ist die Welt. Miese nämlich, unvollkommen, gefährdet. Aber Brecht resigniert eben nicht nach dieser bittren Inventur –«

»Woraus lesen Sie das ab?«

»Aus den Schlußzeilen.«

»Der Moral, der Lehre – ja, gut. Und sie lautet?«

»Lerne trotz, nein gerade wegen der Miesität der Welt etwas, damit du das Unheil wenden kannst.«

»Richtig. Sehr richtig! Im materialistischen Sinn natürlich nur. Nun frage ich Sie, Adlum: Woher nimmt Brecht diese kühne und, zunächst wenigstens, absurde Hoffnung, das Unheil dieser gefährdeten Welt doch wenden zu können?«

»Ja, ich finde, man vergißt zu oft, daß Brecht ein geborener Katholik war«, sagte Adlum. »Ein Christ hofft immer.«

»Na, na, na! Das ist doch wohl eine zu verwegene Interpretation, die Sie da versuchen. Satemin?«

»Adlums Interpretation ist nicht verwegen, sie ist falsch. Brecht schöpft seinen Zukunftsglauben nicht aus der Metaphysik des Katholizismus, sondern aus der Physik des dialektischen Materialismus.«

»Nun, Adlum: Was haben Sie auf die Replik unseres Experten für Sowjetideologie zu erwidern?«

»Satemin scheint recht zu haben; aber ich glaube, daß es nur so scheint. Den Gegenbeweis muß ich ihm allerdings schuldig bleiben, da Satemin nicht wissen will, was Christentum ist.«

Dr. Nemitz sah amüsiert von einem zum anderen, drehte an seiner Armbanduhr und sagte:

»Gar nicht übel, die Herrn Kontrahenten. Setzen Sie sich, Adlum! Wir werden in einer der nächsten Stunden die Diskussion mit dem Genossen Satemin fortsetzen. Für heute aber genug. Eine unaufschiebbare Besprechung mit dem Herrn Direktor hat unsere Zeit schon stark beschnitten. Übrigens, da fällt mir ein, mit wem sind Sie heute morgen zur Schule gegangen, Schanko?«

Schanko fuhr verdutzt zusammen, stand langsam auf und blinzelte Dr. Nemitz ungehalten an.

»Mit Satemin. Warum?« fragte er vergrätzt.

»Stimmt das, Satemin?«

»Jawohl.«

»Gut. Setzen Sie sich, Satemin.«

»Wann sind Sie auf dem Schulgelände eingetroffen, Schanko?«

»Schlag acht.«

»Schlag acht?«

»Ja.«

»Sind Sie sicher?«

»Absolut.«

»Ist auf dem Schulweg noch jemand zu Ihnen gestoßen?«

»Ja, Johnny.«

»Wer?«

»Ich«, sagte Mitzkat.

»Was ist denn plötzlich los?« fragte Schanko.

»Hier frage ich und nicht Sie, Schanko, verstanden?«

Schanko schwieg und zog den Mund schief.

Dr. Nemitz ging zur rechten Bankreihe hinüber.

»Und Sie, Kurafeiski?« fragte er lächelnd.

»Ich bin allein gekommen. Mit dem Rad, Herr Doktor.«

»Wann?«

»Na, das kann so fünf vor acht gewesen sein.«

»Bestimmt nicht früher?«

»Es kann auch sechs vor acht gewesen sein.«

»Überlegen Sie mal etwas ernsthafter, Kurafeiski!«

»Höchstens sieben vor!«

»Ich hoffe, Sie behalten Ihren Humor, Kurafeiski!« sagte Dr. Nemitz schneidend. »Ich darf Sie aber schon jetzt daran erinnern, daß die Konferenz über Ihre ›mittlere Reife‹ erst in vierzehn Tagen ist.«

»Ich habe nur so genau wie möglich auf Ihre Fragen geantwortet«, sagte Kurafeiski.

»Setzen Sie sich! Sie auch, Schanko. Wir sprechen uns wieder. Jetzt zu Kafka.«

Dr. Nemitz verschränkte die Hände auf dem Rücken und wandelte durch die Gänge.

»Nachdem ich Ihnen die Biographie des großen Dichters der Schrecken in Umrissen vertraut gemacht habe, wollen wir heute noch tiefer in den Text steigen. Wir müssen diese Geheiminformationen aus der Welt des Terrors zu entschlüsseln suchen. Zunächst – Nusbaum, was wollen Sie noch?«

»Ich habe das Protokoll der vorigen Stunde, Herr Doktor!«

»Lies es Donnerstag vor. Es ist heute schon zu spät. Das neue Protokoll übernimmt Titz. Verstanden?«

»Okay.«

»Titz, Sie werden die Freundlichkeit haben, mir vor der nächsten Deutschstunde eine Abschrift Ihres Protokolls zu überreichen. Ohne Aufforderung, bitte!

Nach dieser Störung zurück zu Kafka. Ich gehe bei meiner Interpretation aus von dem Satz: ›Du bekamst für mich das Rätselhafte, das alle Tyrannen haben, deren Recht auf ihrer Person, nicht auf dem Denken begründet ist.‹

Zunächst die Topographie: Wo steht die Textstelle? Claussen!«

»Ja doch im ›Prozeß‹?«

»Rull?«

»Die steht nicht im ›Prozeß‹. Die steht im ›Brief an den Vater‹.«

»Und Sie, Kurafeiski? Keine Meinung?«

»Kenne ich nicht. Nie gehört.«

»Wie man sich täuschen kann. Ja, ich glaube, Sie stehen mit Ihrer Ansicht allein da, Rull. Die Stelle steht natürlich doch im –«

»Ich hab sie hier«, sagte Rull. »›Brief an den Vater‹, Seite zwölf.«

Dr. Nemitz nickte.

»Sie tragen wohl ihre Bibliothek unter dem Pullover mit sich herum, Rull.«

»Nur so zwei, drei Bücher.«

»Seine Bibeln«, kommentierte Nusbaum.

»Nun gut, da schreibt also Kafka an seinen Vater: ›Du bekamst für mich das Rätselhafte, das alle Tyrannen haben, deren Recht auf ihrer Person, nicht auf dem Denken begründet ist.‹ Wie haben wir diesen, doch recht aggressiven, Satz zu verstehn?«

»Bitte! Mitzkat?«

»Muß denn eigentlich so'n Satz immer noch etwas bedeuten, was gar nicht dasteht? Kafka hat ihn doch an seinen Vater geschrieben, als er mit dem Theater hatte – und damit hat sich's!«

Dr. Nemitz schüttelte nachsichtig den Kopf.

»Eine etwas plumpe Auffassung – das spüren Sie doch selbst, Mitzkat, nicht wahr?«

»Nein!«

»Na, ich sehe schon, wir werden über die Symbolträchtigkeit der kafkaschen Texte doch noch einmal gründlicher miteinander sprechen müssen! Titz?«

»Das kann man auch prima auf die Schule anwenden!«

»Auf die Schule? Inwiefern?«

»Ja, hier ist das doch auch so: der Lehrer hat immer recht, auch wenn er nicht recht hat – nur weil er der Pauker ist.«

»Und wenn ausnahmsweise der Schüler recht hat«, ergänzte Mitzkat, »dann wird er eingetragen!«

Dr. Nemitz lachte von Herzen.

»Wird diese Auffassung hier allgemein geteilt?«

Sein Lachen gerann ganz plötzlich zu einem gekränkten Lächeln.

»Das ist mir neu! Ich hoffe, Sie lassen Ausnahmen unter dem Lehrpersonal gelten, die – bitte verstehen Sie das nicht als onkelhafte Geste –, die öfter die Hand über Ihnen halten, als Sie zu ahnen scheinen. Nun aber endlich zum Text. Wie weit waren wir gekommen, Roehmheld?«

»Bis auf Seite achtzehn.«

»Seite achtzehn? Dann werden wir eine Hauslektüre einschieben müssen. Lesen Sie jetzt – Huje!«

– Symbolträchtigkeit, das ist doch wieder Gequassel mit Propeller! Der Satz, den ich da angepinnt habe, kann doch gar nicht klarer sein, als er ist. Ein Tyrann ist ein Tyrann, nicht weil er recht hat, sondern weil er der Tyrann ist. Wenn ich nur immer sagen könnte, was ich sagen will. Fazke kann das. Vielleicht bin ich wirklich bekloppt. Aber die sind doch dafür da, uns so'n bißchen weiter zu helfen. Warum sind sie denn Lehrer geworden, wenn sie das nicht fertigkriegen? Entweder passen sie und weichen aus, oder sie quasseln Stuß, oder sie werden ironisch, oder sie drohen. Nicht alle, aber die meisten. Jedenfalls zu viele. Die ironische Tour ist die schlimmste. Fazke und Hokus. Im Grund sind das ganz arme Schweine. Aber warum sind sie denn Pauker geworden? Jedes Jahr versauern in jeder Klasse deswegen sechs oder sieben. Jetzt nimmt der doch tatsächlich wieder seine Zeitung heraus. Ob ich mich melden soll? Es fragt ja keiner! Trotzdem nicht fair. Sobald Paps kommt und fragt, sag ich, daß ich's war. Hoffentlich kann ich wenigstens loswerden, warum. Bei Paps schon. Der stampft mich nicht gleich zusammen. Und macht nicht diesen beschissenen sidestep in die Ironie. Aber wenn der Chef kommt? Das Ganze hat doch keinen Sinn, wenn nichts anderes dabei herausspringt als ein Tadel! Und eine Mitteilung an die Eltern. Ist mir egal, aber es muß was dabei herauskommen. Uns nutzt das sowieso nichts mehr, aber für die andern, die 5 und so, soll was dabei herauskommen. Die können sie doch nicht auch wieder verkaffern lassen –

»Ja, Lumda? Was ist?«

»Es hat geklingelt, Herr Doktor.«

»Danke, Lumda! Wenn Sie die ganze Stunde über so aufmerksam wären wie beim Pausenzeichen, dann könnten Sie hier ohne weiteres den Primus abgeben. Bis Donnerstag liest die Klasse zu Hause das erste Kapitel zu Ende. Nusbaum und Titz – denken Sie bitte an die Protokolle. Guten Morgen, meine Herren!«

»Guten Morgen, Herr Doktor!«

– man unterschätzt immer noch den immensen Einfluß, den die Lektüre auf diese boys hat. Die scheinen ja auf Kafka geradezu geschworen zu haben! Auf Kafka und Brecht. Und Camus. Signifikante Auswahl. Eine Analyse wert. Dieser Adlum ist ein merkwürdiger Junge. Zugeknöpft, höflich auf eine fast englische Art und durchaus nicht dumm. Kommt aus einer guten Familie. Vater Arzt. Intakter Protestantismus. Ganz erstaunlich diese Allianz von Konfession, Intelligenz und Modernität. Könnte auch Adlum in Frage kommen? Niemals. Scheut die Demonstration wie einen schmutzigen Kragen. Merkwürdig, wie sie ihre Dichter beim Wort nehmen. Noch keine Distanz. Typisch Rulls Fehlinterpretation gestern. Literarischer Pragmatismus. Oder sollte seine stupende Offenheit eine Finte sein? Unwahrscheinlich. Bedauerlich, daß es noch nicht gelungen ist, ihnen den Spiegel- und Spielcharakter aller großen Kunst evident zu machen. Unbedingt als letzten Schliff mit auf den Weg geben. Ist allerdings fraglich, ob sie es alle schaffen. Huje, Nusbaum, Schanko, Labus, Michallek. Und dieser Kurafeiski! Leistungsmäßig ist ihm nichts zu wollen, in Mathematik bei Crispenhoven sogar gut. Aber moralisch! Moralisch ist dieser Typ einfach nicht reif, den Abschluß zu bekommen. Es gibt eine entsprechende Verfügung. Nachsehn. Erledigt der Alte schon. Überzeugt, daß Kurafeiski diese Zettelaktion inspiriert hat. Vielleicht nicht allein, aber als Rädelsführer. Der geborene Rebell. Unangenehm. Unsinn, diese geistigen Kötter hochkommen zu lassen. Je gerissener, desto gefährlicher. Tauchen später als Radikalinskis in der Gewerkschaft wieder auf –

»Ich hab mich nie sonderlich um die Besoldungsordnung gekümmert«, sagte Violat. »Was sagen Sie, A 11 a?«

»Das ist jedenfalls die Forderung des Beamtenbundes. Was dabei herauskommt, nach den Wahlen, müssen wir abwarten.«

Hübenthal erregte sich.

»Wichtiger scheint mir aber, daß endlich die seit Jahren geplante Aufstiegsmöglichkeit geschaffen wird. Vergessen Sie doch nicht die soziale Optik, meine Herrn.«

»Realschul-Oberlehrer, das war wohl der Titel, an den man dachte?« fragte Godelund.

»Darüber ist die Debatte noch nicht abgeschlossen. Der Ausschuß schwankt noch zwischen –«

»Meinetwegen können die Brüder mich Realschul-Oberarschloch nennen, wenn sie mir hundert Mark im Monat mehr geben!« sagte Nonnenroth.

Godelund sah ihn stark erschüttert an.

»Man muß auch das Prestige wahren«, sagte er schließlich.

»Da kann ich Ihnen nur beipflichten!«

Hübenthal rückte etwas von Nonnenroth ab und löffelte seine Joghurtflasche aus.

»Es geht hier aber nicht nur um das Prestige – wiewohl wir das nicht unterschätzen wollen, gerade in unserem Beruf nicht, der immer im Blickfeld der Öffentlichkeit steht«, sagte er dabei. »Im Grunde geht es um etwas ganz anderes, meine Herrn: um die soziale Gerechtigkeit.«

»Glauben Sie denn an den Klapperstorch?«

»Ich teile Ihren Pessimismus, Kollege Nonnenroth, aber ich reagiere anders darauf. In dieser sogenannten Demokratie –«

»Bravo!«

»– wird doch ununterbrochen von sozialer Gerechtigkeit geschrieben –«

»Papier ist geduldig!«

»– also wollen wir sie auch in Anspruch nehmen.«

»Sehr richtig!«

»Wir verlangen ja nichts Unbilliges. Wir verlangen vom Staat nur die Erfüllung seiner Treuepflicht. Und die zeigt sich nicht zuletzt in einer nominellen und finanziellen Ästimierung, wie sie unserem Stand nach seiner Ausbildung, seiner Leistung, seiner Bedeutung entspricht! Etwas, was einem Pfarrer – Sie verstehen mich nicht falsch, Herr Vikar?«

»Aber nein, Herr Hübenthal«, sagte der Vikar schmunzelnd und klopfte seinem Nachbarn wohlwollend auf die Schulter.

»Was auch einem Richter, um etwa auf dem gleichen Niveau

zu bleiben, heute buchstäblich in den Schoß geworfen wird. Mit welchem Recht eigentlich, frage ich Sie?«

»Das kann ich Ihnen verklickern«, sagte Nonnenroth. »Vor der Justiz hat die Menschheit Respekt, solange sie lebt – weil jeder eine Leiche im Keller hat. Und vor Hochwürden, wenn sie stirbt – weil jeder Bammel hat, es könnte doch 'ne Hölle geben.«

Dr. Nemitz brach in ein langes Gekicher aus, das ihm den Atem raubte, verschluckte sich, stand auf, klopfte seinen Rücken, ging zur Tür und öffnete.

Draußen stand ein Schüler der Unterklassen und brachte den ausgestopften Papagei.

»Für Sie, Herr Nonnenroth«, sagte Dr. Nemitz.

»Stellen Sie den Kameraden nur auf den Tisch!«

»Ist schon etwas über die neuen Grundgehaltssätze durchgesickert, Kollege Hübenthal?«

»Nach meinen Informationen – das ist natürlich noch alles inoffiziell – wird vor allem an die jüngeren Kollegen gedacht.«

»Das wurde auch höchste Zeit!« sagte Matuschat.

»Da muß ich Ihnen widersprechen, Herr Kollege! Als ich neunzehnhundertneunundzwanzig anfing, betrug mein Anfangsgehalt lange noch nicht einmal die Hälfte von –«

»Das können Sie doch gar nicht miteinander vergleichen, Herr Godelund! Damals kostete die Butter vielleicht 'ne Mark.«

»Na, jedenfalls ist seit dieser Zeit zehnmal an die jüngere Generation gedacht worden, ehe man einmal an die ältere dachte«, sagte Godelund.

»Da bin ich ganz anderer Meinung. Mir ist nie in den Kopf gegangen, warum die Endgehälter doppelt so hoch liegen wie die Pfennige, mit denen wir anfangen müssen! Zugegeben: bei vielen sind dann Kinder im Studium, oder die Mädchen wollen heiraten – aber so extrem ist die Differenz in keinem anderen Beruf.«

»Vergessen Sie nicht, Herr Kollege, daß damit nicht zuletzt auch eine Leistung von dreißig oder vierzig Jahren belohnt werden soll.«

»Sie werden da wenig Verständnis bei den jungen Leuten finden, Kollege Godelund«, sagte Hübenthal.

»Einer der jüngeren Herrn – ich will den Namen nicht nennen, aber ich habe mir die Sätze notiert – soll dieser Tage im Geschichtsunterricht vor der Klasse folgendes gesagt haben: ›Der Nationalsozialismus war eine reaktionäre Revolution. Die barbarische Utopie der Leute, die vorgestern den Zug verpaßt hatten. Das Dritte Reich ist nicht zuletzt mit dem Ehrgeiz und der Dummheit des deutschen Lehrers aufgebaut worden.‹«

»Das kann doch wohl nicht wahr sein?«

»Namen bitte!«

»Das fragen Sie noch, Herr Kollege?«

»Ich werde den Fall in der nächsten Konferenz zur Sprache bringen!« wetterte Rickling.

In diesem Moment kam Groenewold mit einem Stoß Hefte herein.

»Lupus in fabula!« sagte Nonnenroth.

»Was gibt's?«

»Es würde mich interessieren, welchen Eindruck sie alle von Kurafeiski haben?« fragte Dr. Nemitz rasch und sah um sich.

»6b?«

»Ja.«

»Bei mir im Englischen ausreichend«, sagte Harrach. »Der Bengel könnte mehr leisten.«

»Ich denke weniger an die Fachleistungen, ich habe seinen ganzen Habitus im Auge.«

»Viele Tauben auf dem Dach, aber keine schwirrt in die Schule«, sagte Rickling und machte sich Notizen.

»Arroganter Bursche.«

»Na, vergessen wir nicht, den schüttelt die Pubertät.«

»Die schüttelt den schon seit der Steinzeit«, sagte Nonnenroth.

»Da werden wir noch unser blaues Wunder erleben.«

»Ich glaube, seine Schnoddrigkeit ist nichts weiter als eine Flucht nach vorn«, sagte Groenewold. »Aber ich kenne ihn zu wenig. Er kommt doch aus Oberschlesien, vielleicht hat er da einiges –«

»Schmuddeliger Pole«, sagte Hübenthal.

»Ich habe ihn neulich, es war am Samstagnachmittag voriger Woche gegen siebzehn Uhr, mit einer jungen Dame auf dem Weg vom Bahnhof zu dieser berüchtigten Italienischen Bar gesehen«, sagte Godelund.

Groenewold lachte.

»Eine brennende Zigarette in der Hand, Herr Kollege.«
»Hat er wenigstens gegrüßt?« fragte Wiepenkathen.
»Sehr lässig.«
»Sie können mir erzählen, was Sie wollen«, sagte Hübenthal, »aus diesen Proleten macht keine Schulordnung der Welt anständige Menschen! Wissen Sie, was das einzige ist, das diese Typen auf Vordermann bringt?«
»Der Barras«, sagte Groenewold.
»Richtig!«
»Und wenn's die Bundeswehr ist!« sagte Nonnenroth.
»Na, es braucht ja nicht gerade der Kommiß zu sein, wie wir ihn erlebt haben, geschadet hat er übrigens keinem«, gab Matuschat zu bedenken, »aber so etwas wie der R. A. D. sollte wieder obligatorisch werden!«
»Mensch, der stammt doch von Adolf!« rief Nonnenroth. »Weißt du denn nicht, daß damals alles Terror war und heute alles Caritas –«
»Der Arbeitsdienst, wie er mir vorschwebt, kann ja ruhig einen anderen Namen haben, Kollege Nonnenroth – Hauptsache, die Jungen lernen an den Stiel spucken und sehen mal ein Jahr lang, was Ordnung und Disziplin ist, ehe sie auf die Menschheit losgelassen werden.«
»Und Strammstehn«, sagte Groenewold.
»Auch das, Herr Kollege, auch das. Ohne Autorität und Gehorsam können wir die Anarchie anmelden. Das sehn wir doch hier zur Genüge. Was ist denn bei der Schülermitverwaltung, beim Elternforum etceterapepe herausgekommen? Nichts. Demokratisches Larifari. In Amerika denkt man inzwischen, unter dem Eindruck der wachsenden Jugendkriminalität, darüber auch anders, wie mir Kollege Harrach bestätigen wird. Nur wir, Klein-Super-Amerika, wir machen noch diesen Affentanz mit unseren Schülern!«
Groenewold stand auf, wollte etwas erwidern, drehte sich aber zu Dr. Nemitz um und fragte:
»Wissen Sie, wann in der V. H. die ›Polnische Woche‹ beginnt?«
»Es ist noch gar nicht sicher, ob sie überhaupt stattfindet, Herr Kollege! Leider. Zu guter Letzt sind noch gewisse Schwierigkeiten aufgetaucht.«

»›Polnische Woche‹? Was ist denn das?« fragte Nonnenroth. »Polnische Wirtschaft, ›das kenn ich: kommste rein mit Zloty, gehst raus mit Wanzy.«

»Na, na, na, so schlimm ist das heute wohl auch nicht mehr! Es hat sich da doch schon durch den Krieg einiges getan«, wandte Dr. Nemitz ein. »Die V.H. wollte jedenfalls, in Verbindung mit der wirklich hochinteressanten Monatsschrift ›Polska‹, eine Vortragsreihe über Polen aufziehen. Natürlich ohne jeden politischen Akzent, rein kulturell –«

»Kulturell? Haben die Polacken jetzt auch eine Kultur?« fragte Hübenthal unumwunden.

»Alles, was die haben, ist doch von uns geklaut!« sagte Harrach.

»Na, ganz so ist das nun auch nicht. Reymont hat schließlich den Nobelpreis für Literatur bekommen. Auch Sienkiewicz – allerdings war das wohl ein Mißgriff. Und Chopin war mütterlicherseits –«

»Ich will Ihnen mal was sagen, Herr Kollege Nemitz«, warf Harrach barsch ein. »Solange diese Polacken nicht unser angestammtes deutsches Land hinter der Oder und Neiße, das sie gebrandschatzt und gestohlen haben, zurückgeben, solange werde ich keine ›Polnische Woche‹ besuchen – und mich wundert, daß Sie dazu die Hand reichen!«

»Die Polen haben neunzehnhundertneununddreißig den Krieg nicht angefangen, Herr Harrach«, sagte Groenewold, »aber er kostete sie über sechs Millionen Menschen.«

»Es hat immer Krieg gegeben, Herr Kollege, und schließlich sind nicht nur Polen gefallen!«

»Nein«, sagte Groenewold. »Auch Deutsche, Russen, Engländer, Amerikaner, Franzosen –«

»Ich wiederhole: Es hat immer Kriege gegeben, Herr Kollege, aber eines hat es noch nicht gegeben, nicht einmal in Versailles: ein derart zum Himmel schreiendes Unrecht wie dieses Potsdamer Abkommen! Und das wird sich rächen, wie sich Versailles gerächt hat. Verlassen Sie sich auf mich!«

»Ich fürchte, Sie werden recht behalten«, sagte Groenewold. »Auf eine entsetzliche Weise.«

»Ohne mich!« sagte Nonnenroth. »Das Potsdamer Abkommen hat ohne mich stattgefunden – da saß ich in Workuta und hatte den Dünnpfiff als Weltanschauung. Die ›Polnische Woche‹ wird ohne mich stattfinden – lieber spiel ich meine Tante, deine Tante! Und wenn wieder jemand die Fahnen in den Ostwind heben will – diesmal auch ohne mich.

Das einzige, was mich jetzt interessiert, ist, daß ich in 2b Biologie geben muß. Und da gehe ich einer ungeheuren Offenbarung entgegen!«

»Was hatte Fazke denn heute für'n Spatz gefrühstückt?«

»Keine Ahnung.«

Kurafeiski schwang sich auf die Mauer und sah hinüber zum Schulhof der Mädchen-Mittelschule.

»Der wollte dir an die Karre fahren«, sagte Nusbaum.

»Will er schon lange.«

»Warum?«

»Meine Nase gefällt ihm nicht.«

»Antisemitismus gegen Arier«, kommentierte Mitzkat.

»Kapier ich nicht. Fazke ist doch sonst die Freundlichkeit selber.«

»Seidenweiche Masche – sonst ist das nichts.«

»In Wirklichkeit sind wir dem so egal wie Zinnsoldaten«, meinte Lumda. »Der kümmert sich doch nur um Weiber und die ADZ.«

»Dich wollte er erst auch unterbuttern, Schanko!«

»Dann muß der Knabe früher aufstehn. Hab immer ein säurefestes Alibi in der Westentasche.«

»Sieh zu, daß er dir nicht noch vier Wochen vorm Abschluß fiesen Ärger macht, Anti«, sagte Adlum. »Ich glaube, er kann mächtig ungemütlich werden.«

Kurafeiski sprang von der Mauer und klopfte seinen Hosenboden ab.

»Mensch, ich kann mich doch auf den Kopf stellen, mir ein Bein ausreißen und jodeln – das macht auf den nicht eine Bohne Eindruck! Der kann mich nicht verknusen, und damit basta.«

»Aber warum denn?« fragte Claussen.

»Junge, Pius, bist du naiv! Warum? Das erfährst du bei einem Pauker doch nie. Der macht dich im Dunkeln fertig und nennt's im Hellen Gerechtigkeit.«

»Wir leben doch in einer Demokratie, hab ich irgendwo gehört«, sagte Satemin.

»Das gilt nicht für Schüler!«

»Nicht für Antis!«

»Nicht für die KPD!«

»So einfach ist die Sache nicht«, sagte Adlum.

»Mensch, ist das denn vielleicht demokratisch?« fragte Schanko.

»Was?«

»Die KPD der Einfachheit halber zu verbieten?«

»Überzeugender Beweis von geistiger, moralischer und weltanschaulicher Überlegenheit«, sagte Satemin.

Claussen schüttelte den Kopf.

»Es kann doch keinem Staat zugemutet werden, daß er untätig zusieht, wie er unterminiert wird.«

»Siehe Weimar«, sagte Adlum. »Ich finde ganz richtig, daß vom Platz gestellt wird, wer die Spielregeln verletzt. Ist beim Fußball doch jedem klar.«

»Der Vergleich hinkt auf allen vier Beinen«, sagte Satemin. »Ein Staat, der eine Partei verbietet, die ihn am Schlafen hindert, hat aufgehört, eine Demokratie zu sein.«

»Kanzlerdemokratie!«

»Demokratur!«

»Wieso kann man hier eigentlich noch nicht mal 'ne Zeitung aus der DDR kaufen?« fragte Michallek.

»Der sogenannten DDR«, sagte Roehmheld.

»Mensch, hör doch mit dem alten Hut auf!« brüllte Mitzkat. »Den haben doch längst die Motten gefressen – dem Hallstein vom Koppe weg.«

»Ich meine auch, die hätten doch mit andern Methoden, demokratisch, mit dieser Handvoll Kommunisten fertig werden müssen«, sagte Feigenspahn.

»Ideologisch.«

»Und genau das ist ihnen nicht gelungen«, sagte Satemin.

Adlum wickelte den Rest seines Butterbrotes ein.

»Stimmt vielleicht«, sagte er. »Aber warum nimmst du eigentlich nie die Ostzone unter deine kritische Lupe?«

»Wir sprachen nicht über die DDR, sondern –«

»Na, dann sprechen wir jetzt davon!«

»Ich habe nie bestritten, daß es in der DDR Entwicklungskrisen gibt!«

»Entwicklungskrisen nennst du das?«

»Stalinismus«, brüllte Mitzkat.

»Laß mal«, sagte Adlum. »Also Entwicklungskrisen. Die mußt du dann doch auch der Bundesrepublik zubilligen?«

»Die DDR entwickelt sich vorwärts, dabei gibt es, ganz gesetzmäßig, auch Krisen: fruchtbare Krisen«, dozierte Satemin. »Westdeutschland entwickelt sich rückwärts, dabei entstehen Krisen, die zur Agonie führen.«

»Du warst schon besser«, sagte Adlum.

»Drehwurm mit Linksdrall!«

»Ich fürchte, die Deutschen sind überhaupt nicht begabt für die Demokratie«, sagte Claussen, »aber hier können sie wenigstens in die politische Kinderschule gehen, drüben findet der Nachhilfeunterricht im KZ statt.«

Unter ihnen, im Fenster der Kellertoilette, erschien Rulls Kopf. Er betrachtete Kurafeiski finster.

»Scheiße!« sagte er dann und verschwand wieder.

»Schick doch mal deinen Vadder zum Chef«, schlug Lumda vor.

»Am letzten Elternsprechtag war er doch da! Schneller draußen als drin. Drei Stunden vor der Tür gesessen, nach drei Minuten geschaßt worden.«

»Warum?«

»Warum, warum! Der Alte hat nur gemeckert: Rabauke, impertinenter Bursche und den üblichen song, da hat mein Vadder ganz sachte protestiert und 'ne andre Meinung angedeutet – da konnte er gehn!«

»Gummieiche!« sagte Mitzkat. »Öfters mit Bier begießen; unter Absingen des Deutschlandliedes! Samstags abends im ›Alten Jagdhorn‹. Hilft garantiert.«

»Kameraden schickt eure frühreife Schwester oder die guterhaltene Mutter zum Elternsprechtag, und ihr habt mehr vom Leben!«

Schanko promenierte wie ein Mannequin über die Mauer.

»Fahne bringt Micky wieder Politik bei!« sagte Nusbaum.

»Auf, wer geht mit? Nur noch fünf Minuten.«

Sie preschten zu viert über den Schulhof.

Beckmann hatte Micky an der Treppe zur Hausmeisterwohnung festgebunden und legte ein paar Meter entfernt drei Wurstbrote aus dem Papierkorb auf die Asche.

»Baßd uff: der hadd mehr Gritz im Kobb als Ihr allmiddenanner!« sagte er und band den Hund los.

Micky rannte auf den Happen rechts, der ihm am nächsten lag, zu, aber Beckmann kommandierte:

»Stobb: Is vom Adolf!«

Und der Hund bremste mitten im Lauf, sah zurück, zögerte, trabte auf das Brot in der Mitte zu, verharrte einen Augenblick.

»Is vom Adenauer«, sagte Beckmann.

Micky schlang den Happen gierig hinunter.

Die 6b applaudierte.

»Jetzt baßd emal uff!« sagte Beckmann selbstbewußt. »Ich habb emm was Neues beigebrachd!«

Micky beschielte das Brot zur Linken, schlich langsam darauf zu, verdrehte die Augen und wollte gerade heimlich zu fressen anfangen, als Beckmann auf die Erde stampfte und schrie:

»Gehste pfui! Is vom Schbitsbard!«

Der Welpe legte sich vor das Brot, kniff die Augen zusammen und winselte.

»Na, da stehste sprachlos wisawi, was?« sagte Beckmann und blinzelte die 6b befriedigt an.

»Is 'ne Fluppe wert!« meinte Mitzkat anerkennend.

»Wie wärsch mit em Bierche? So 'e Dressur macht Durscht.«

»Bin ich Kapitalist?«

Lumda ging rum und sammelte sechzig Pfennig ein.

»Man dankd!« sagte Beckmann und ließ das Geld in die Gesäßtasche klimpern. Mitzkat gab ihm eine Zigarette zusätzlich.

Lumda las die Brotbrocken auf, warf sie dem Hund hin.

»Ist ja von Adenauer!« sagte er.

»Wißder, aus was ich mer dass hier gedrehd habb?« fragte Beckmann und zeigte sein Feuerzeug herum.

»Ausm Granadschblidder! Der hädd mich um e Haar zum Engelsche befördert. Hier –«

Er krempelte das Hemd hoch und zeigte seinen verkrüppelten Arm.

»Bei Mlawa! Wißder, wo das liecht, Ihr Milchbärd?«

»Nie gehört!«

»In Pole. War noiunndreißisch, Blitzkriesch! Von hinne de Iwan, von vorne mier. Die Polagge sinn gerannd wie die Radde im Heizkessel, wenn ich morschens die Falle neikippe.«

»Es bimmelt!« sagte Nusbaum.

Auf der Treppe stieß Rull zu ihnen.

»Wer geht mit zur ›Polnischen Woche‹?« fragte er.

»Ich nicht«, sagte Kurafeiski.

»Warum nicht?«

»Hör mal zu, wenn mein Alter erzählt, wie die Polen kamen, dann gehst du auch nicht mehr hin!«

»Erst sind unsere gekommen.«

»Aber nicht so.«

»Über sechs Millionen –«

»Krieg ist Krieg.«

»Aber wir haben angefangen!«

»Ich nicht.«

»Wenn Adolf gewonnen hätte«, sagte Nusbaum, »hätten die angefangen gehabt.«

»Auf jeden Fall ist das eine große Schweinerei, daß die Polen jetzt in Schlesien sitzen und in Pommern, die Russen in Ostpreußen, die Tschechen im –«

»Mensch, du kannst doch von denen nicht verlangen, daß sie uns nach dem Kriege mit beiden Beinen um den Hals fallen: da habt ihr alles zurück, Freunde! Kommt bald mal wieder über die Grenze!« sagte Mitzkat.

Kurafeiski klopfte ihm auf die Schulter.

»Vor lauter Schuldkomplexen tickt ihr linksrum!«

»Kann sein, das ändert aber doch nichts an der Tatsache, daß wir die Suppe auslöffeln müssen, die wir uns eingebrockt haben. War immer so.«

»Die uns die Alten eingebrockt haben!« sagte Nusbaum.

»Also von euch geht keiner mit?« fragte Rull.

»Doch, ich!« sagte Mitzkat. »Hab neulich 'ne Ausstellung gesehn: ›Polnische Grafik‹ – Klasse!«

– Wroclaw rückt auf den dritten Platz unter den polnischen Städten vor. Wroclaw? Hast du gedacht, komisch, daß man das vor dem Krieg nie gehört hat. Wenigstens nicht in Breslau daheim. Warszawa ja, auch Lodz. Öfter als Litzmannstadt sogar. Poznan manchmal noch, natürlich nicht unter Deutschen – aber Wroclaw? Und hat doch bald fünfhunderttausend Einwohner. Muß eine faszinierende Stadt sein, hast du gedacht: aus dem Nichts aufgebaut, dieses Wroclaw. ›Neunzehnhundertfünfundvierzig glich die Stadt einer Einöde. Aber die Polen kamen aus den Dörfern, meistens junge Leute, und bauten mit ihrer Intelligenz, ihrer Vitalität, ihrer Passion dieses Wroclaw wieder auf.‹ Also hat Wroclaw doch schon früher existiert, hast du gedacht. Und du hast es nur nicht gekannt. Wahrscheinlich ein Provinznest nach Rußland zu. Und heute hat es acht Hochschulen, und allein siebzigtausend Menschen arbeiten in der Industrie. Das muß man den Polacken lassen: arbeiten können sie. Und sind nicht tot zu kriegen. Bis vierzehn war das Verhältnis ja auch gar nicht so schlecht: zu Hause, auf dem Land, war jeder dritte Arbeiter ein Polack. Und alles ging soweit gut, bis die mit ihrer slawischen Hetze anfingen. Und bis das Versailler Diktat kam und Drachenzähne säte. Gar keine so schlechte Zeitschrift, diese ›Polska‹, hast du gedacht und weitergelesen. ›Kukuleczka kuka, chlopiec pany szuka –‹ Haben die polnischen Arbeiter in Breslau auch gesungen, samstags abends vor ihren Baracken beim Schnaps. Bis neununddreißig noch. Dann wären sie beinah endgültig totgeteilt worden, wie schon dreimal. Geopolitisch ungünstig gelegen. Auch jetzt noch, das sollen die nicht vergessen. Jetzt besonders ungünstig gelegen sogar! Du solltest aber ruhig einmal zu dieser ›Polnischen Woche‹ gehn, vielleicht kannst du da was über Breslau hören, wie's jetzt da aussieht, hast du gedacht – und die Theaterstraße gesehn! Die Theaterstraße, durch die du über dreißig Jahre jeden Morgen zur Schule gegangen bist, erst als Pennäler und dann als Lehrer. Die Theaterstraße in Wroclaw –

»Dzien dobry!«

»Good morning, Mr. Harrach! Today is tuesday, march the 5th, it is now twenty to eleven.«

»Good morning! Sit down!

Open the windows! Had anybody to do some extrawork? Feigenspahn?«

»No, Mr. Harrach!«

»And have we a speech today, Fahrian?«

»Yes, Sir: I have a speech!«

»Come in front, Fahrian!«

Fahrian machte eine Flanke über die langen Beine von Muhl, ging im Hundetrab vor die Klasse und stellte sich mit dem Rükken an die Tafel.

»Begin, please!«

Fahrian sah auf den Fußboden und begann:

»A film produced in Sweden by Mr. Leiser and now being shown in numerous schools of the German Federal Republic is drawing record attendances of young people most of whom never saw Adolf Hitler. The film called ›Mein Kampf‹, after the notorious book Hitler wrote, was assembled from authentic documentary films and news-reels of the Nazi regime and shows the horror of Hitler's ruthless ›Struggle‹. The photos are taken from one of the most poignant sequences which the Nazis filmed in the Jewish ghetto of Warsaw. It is reported that Goebbels ordered the film made as an anti-Semitic propaganda film but never dared release it, fearing perhaps that the sight of all the cruelties inflicted by the SS on the Jews of Warsaw might have a boomerang effect.«

Fahrian machte wieder seine Flanke über Muhls Beine und setzte sich.

»Well«, sagte Harrach. »I will give you six points for the diligence! Any report today? Nusbaum! A moment please, Titz?«

»Ich hätte noch einiges zu ›Mein Kampf‹ zu fragen.«

»Please, do speak English.«

»Hm, das läßt sich nur deutsch sagen.«

»Sorry!«

»Sind diese sogenannten authentic documentary films and news-reels, zum Beispiel aus dem Warschauer Ghetto, eigentlich wirklich echt?«

»Man sagt's.«

»Ja, Mister Leiser ist doch ein Emigrant?«

»Ich glaube ja.«

»Ein Jude?«

»Wahrscheinlich.«

»Der war also doch bestimmt nicht dabei?«

Harrach schloß den ›New Guide‹ und löste sich von der vordersten Bank.

»Du doch auch nicht, Titz«, sagte er zögernd.

»Aber mein Vater. Ja – der war bei der SS, Hauptscharführer, in Warschau. Er hat meiner Mutter alles erzählt; wir haben zu Hause auch noch einen Karton voll Tagebücher –«

»Lebt dein Vater nicht mehr?«

»Nee, den haben die Amis fünfundvierzig auf ihrem Kreuzzug vom Leben befreit.«

»Weiter.«

»Ja – und in den Tagebüchern steht nur, daß sie polnische und jüdische Partisanen liquidiert haben. Die hatten doch vorher unsere aus dem Hinterhalt feig umgelegt. Einmal hat so'n Pfaffe von der Kanzel herab auf deutsche Soldaten geschossen. Im Gottesdienst. Davon wird in dem Film nichts gezeigt. Nur Greuelmärchen. Das ist doch dann kein authentic documentary film.«

»Hast du den Film schon gesehn? Die Klasse geht doch erst am Donnerstag –«

»Der lief schon vor drei Jahren im ›Gloria‹.«

Harrach klemmte den ›New Guide‹ unter den Arm und pendelte vor der 6b auf und ab.

»Was soll ich dir darauf antworten, Titz?« fragte er. »Ich kann eigentlich nur sagen: ich persönlich habe bis neunzehnhundertfünfundvierzig, nach Kriegsende, nie etwas über diese Ereignisse gehört.«

»Ich hab auch gelesen, da seien gestellte Aufnahmen der Amis und Tommies bei«, sagte Titz. »Katyn wollten sie uns doch erst auch in die Schuhe schieben – dabei waren's die Russen.«

»Wo liest man denn so etwas?«

»Das kann ich nicht sagen. Ist 'ne Zeitschrift, die nicht in Deutschland erscheint.«

»Wo dann?«

»In Südamerika. Unter den Mitarbeitern sind einige der berühmtesten deutschen Offiziere.«

»Ja, Titz, ich kann nur wiederholen: ich weiß es nicht. Ich erkläre mich ausdrücklich für inkompetent in dieser Frage.«

»Alle kneifen.«

»Rull, quatschen Sie nicht dauernd dazwischen.«

»Aber das ist doch furchtbar, Mister Harrach: keiner sagt einem, wie es wirklich war. Jeder erzählt uns die Geschichte andersrum. Wir wissen ja überhaupt nicht mehr, was wir noch glauben sollen. Das ist ja nicht nur bei dem Film so, das ist überall so. Kein Lehrer will noch Lehrer sein. Und wir, wir können keine Schüler mehr sein. Und daheim ist's genau so – da können wir keine Kinder mehr sein. Das ist doch ganz –«

»Tut mir leid, my friends, aber das ist nicht mein Fach. Zum Glück, kann ich nur sagen. Fragt euren Geschichtslehrer!«

»Das ist ja kein Deutscher«, rief Titz.

»Keine abfälligen Bemerkungen über Lehrpersonen, wenn ich bitten darf. And now begin to read your report: Nusbaum!«

»In der letzten Englischstunde wurden wir zunächst gründlich umgesetzt: die Guten nach vorne und die ganz Guten nach hinten; die Größeren hinter die Kleineren und die Fernsehstars an den Rand. Nach dem Protokoll meldete sich Fahrian und behauptete, nach Ansicht seines zweiten Vaters, eines Engländers, habe Mister Harrach im vorigen dictation eine grammatisch falsche Phrase gebraucht. Es dürfte nicht: ›Please excuse my being late!‹, es müsse: ›Excuse me being late!‹ heißen. Unser Fachlehrer fragte, welchen Beruf, Mister Woodhouse, Fahrians Vater, ausübe. ›Er ist Sergeant.‹ Darauf sagte unser Fachlehrer: ›Ich will Ihren Herrn Vater ja nicht korrigieren, da er Engländer ist, und ich, als Deutscher, seine Muttersprache natürlich nur stümperhaft spreche, aber die Grammatik wird Sie dahingehend belehren, daß beide Formen richtig sind! ‚Excuse me being late' ist ein Partizipialsatz. Sie können dafür auch einen Nebensatz bilden. Schlagen Sie Ihre Grammatik auf: Seite 138, Paragraph 7.‹ Wir strichen uns den Paragraphen an. Weiter sagte der Fachlehrer: ›‚Excuse my being late' dagegen ist ein Gerundium, denn man kann dafür im Deutschen ein Hauptwort einsetzen. Schlagen Sie Ihre Grammatik auf, Seite 139, Paragraph 9.‹ Wir strichen uns auch diesen Paragraphen an. Unser Fachlehrer versicherte uns noch, daß diese Probleme in jeder Prüfung zur Sprache kämen. Englisch sei, im Gegensatz zu Französisch, eine lebendige Sprache –«

»A moment please! Kurafeiski?«

»Das habe ich nicht verstanden, Mister Harrach. Warum ist Französisch keine lebendige Sprache?«

»Klasse? Claussen!«

»Die Académie Française, die schon sechszehnhundertfünfunddreißig unter Louis Quatorze, dem Sonnenkönig, gegründet wurde, wacht auch heute noch streng über die Reinheit der französischen Sprache. In regelmäßigen Abständen versammeln sich les quarantes immortels, die vierzig Unsterblichen, und entscheiden darüber, ob ein neues Wort, eine neue Form in das Wörterbuch der Akademie aufgenommen wird oder nicht –«

»Very good. Mr. Petri!«

»Der Vater meines Pariser –«

»Mitzkat, warum hast du gelacht?«

»Ich hab nicht gelacht, Mister Harrach. Mich hat nur die Sonne geblendet.«

»Mitzkat, versuche nicht immer wieder, mich für dumm zu verkaufen. Du übernimmst das Protokoll für die nächste Stunde, verstanden?«

»Yes, Sir.«

»Weiter, Petri.«

»Ja, der Vater von meinem Freund in Paris ist Literaturprofessor, und der sagt, daß heute immer mehr patois und argot in die Schriftsprache der Franzosen eindringt, und daß ganz berühmte Schriftsteller im modernen Jargon schreiben und –«

»Lassen wir die Franzosen einmal aus dem Spiel«, sagte Harrach. »Im Englischen, noch stärker freilich im Amerikanischen, haben wir jedenfalls einen Entwicklungsprozeß, der unerhört schnell abläuft. Was gestern noch als slang galt, taucht heute in der Literatur auf. Es ist alles im Fluß. Das wollte ich sagen. Weiter, Nusbaum.«

»Zum Schluß der Stunde sprachen wir noch kurz über den Film ›Mein Kampf‹, der jetzt überall auf Schulveranstaltungen vorgeführt werden soll. Die meisten Schüler kannten den Streifen schon längst und fanden ihn mächtig –«

»Wie?«

»Mächtig. Very good.«

»Weiter.«

»Nur einer nahm Hitler in Schutz –«

»Zwei«, rief Titz.

»Wer?« fragte Nusbaum.

»Ich und Huje.«

»Stören Sie doch nicht dauernd, Titz«, sagte Harrach streng. »Das ist doch in diesem Zusammenhang ganz belanglos.

Weiter, Nusbaum.«

»Wir wollten unsren Englischlehrer auch nach seiner Meinung fragen, aber er hatte keine. Er sagte, es gäbe für ihn einige Gründe, sich eines Urteils zu enthalten. Schließlich sei er schon zweimal der Gelackmeierte gewesen und verwies uns an unseren Geschichtslehrer.

Mister Harrach gab aber Fahrian ein ›speech‹ über das heiße Thema auf. Bald darauf schellte es.«

»Well! I'll give you five points.«

Harrach glitt halb auf die vorderste Bank und schlug den ›New Guide‹ auf.

»Habt ihr übrigens schon mit Herrn Groenewold über den Film gesprochen?« fragte er noch.

»Wir wollen nach der Vorstellung eine Diskussion aufziehen.«

»Na, schön.

Schlagt jetzt auf: Lesson forty, ›Guy Fawkes Day.‹ Begin to read, Adlum!«

– allerdings gibt es für dich einige Gründe, dich eines Urteils zu enthalten. Sollen die jungen Kollegen sich diesmal die Finger verbrennen. Wir haben genug Nackenschläge bekommen. Jede Regierung verlangt von ihrem Beamten, daß er in fortdauernder Übereinstimmung mit ihren grundsätzlichen Ansichten und Zielen steht. Gut, der Beamte tut das. Und dann wechselt das Regime, in deiner Zeit allein dreimal, und die neue Regierung verlangt selbstverständlich von ihren Beamten wieder, daß er in fortdauernder Übereinstimmung mit den grundsätzlichen politischen Ansichten und Zielen der Regierung steht. Der Beamte will das auch diesmal wieder, so gut er kann, aber er bekommt gar keine Gelegenheit mehr dazu; er wird kurzerhand auf die Straße gesetzt. Wie ein Spitzbube. Plötzlich ist die frühere Treue ein Verbrechen geworden. So erzieht der Staat selbst seine Beamten langsam, aber sicher zu Gesinnungslumpen, Opportunisten oder zu verbitterten Querulanten. Wie Rickling. Nein, soll Groenewold mit ihnen über diesen Film sprechen – du nicht.. Ein Jude kann sich das erlauben. Ein Jude kann sich heute, in der German Federal Rupublic, alles erlauben. Es kann aber auch wieder einmal andersrum kommen. Du wünschst es ihnen nicht, daß dann sie die Nackenschläge bekommen! Du wünschst das aber vor allem dir nicht noch einmal. Im übrigen gehört so ein Film nicht in die Schule. Das können die Jungens doch gar nicht verarbeiten. Seit drei Jahren, seit diesen albernen Synagogenschmierereien wird die Schule plötzlich mit prosemitischem Propagandamaterial überschüttet. Was hat denn die Schule mit Politik zu tun? Die Kenntnisse in Grammatik werden von Jahr zu Jahr dürftiger; aber anstatt hier Abhilfe zu schaffen, sollen diese Halbwüchsigen politischen Unterricht erhalten. Nonsense. Du hast keine einzige Stunde politischen Unterricht gehabt, und hast dir doch eine Meinung gebildet. Für dich – und deine ganze Familie mit. Du hast sie nie zu ändern brauchen, nur der Staat hat sie dreimal geändert. Jetzt hältst du das Maul, auf gut deutsch gesagt. Du hast vorhin, im Konferenzzimmer, schon zuviel gesagt! Monarchie, Krieg, Kapitulation, Revolution, Weimarer Republik, Totalitarismus, Krieg, Kapitulation, Alliierte, Kontrollrat, Demokratie, in zwei Versionen gleich: Kaiserreich, Systemzeit, Drittes Reich, Deutsche Demokratische Republik, Bundesrepublik Deutschland. Das alles in einem einzigen Beamtenleben. Nein, das kannst du denen nicht erzählen, auch nicht von Breslau-Wroclaw, auch nicht in einer Demokratie. Ob du es rechtsherum erzählst oder linksherum: es ist immer falsch. In dem einen Fall ist es Revanchismus, im andern Landesverrat. Und in keinem Fall die Wahrheit. Deine Wahrheit nur – so wie du sie erlebt hast. Eins steht fest: wenn diese Titz und Genossen mal soweit sind, dann bekommt Deutschland sein fünftes Reich, und das entwikkelt sich aus dem dritten, wie sich das dritte aus dem zweiten und das vierte aus der Weimarer Republik entwickelt hat. Wenn nicht vorher der Iwan kommt –

»Titz – was willst du?«
»Soll ich jetzt übersetzen, Mister Harrach?«
»No, begin again to read – Muhl!«

– die Tommies feiern am fünften November ein Freudenfest, weil dem Guy Fawkes das Attentat auf den König mißlang, und wir sollen am 20. Juli einen Volkstrauertag einlegen – das ist typisch! Rudel hat recht. Ich brächte Groenewold ja gern ein paar dolle Schwarten mit. Dean sagt, er nähme mir das nicht krumm – aber ich traue keinem Pauker über den Weg. Gegen ›U-Boote fahren gegen Engelland‹, ›Panzerspitzen in Moskau‹ und ›Nachtjäger über Afrika‹ hätte er doch sicher was. Pazifist, Wehrdienstverweigerer – wie alle Juden. Baby hat Lektüre darüber, wollte mir Nachschub besorgen. Dieser Guy Fawkes scheint ein doller Hecht gewesen zu sein. Verraten und aufgehängt. Wenn bei uns nicht soviel Verrat und Sabotage gewesen wäre, hätten wir den Krieg doch gewonnen. ›Einundvierzig, spätestens zweiundvierzig‹, schreibt Vater. Stalingrad soll ja endlich richtig verfilmt werden. Wann war das mit Guy Fawkes? Sechszehnhundertfünf, das ist ja schon bald nicht mehr wahr. Mensch bin ich down. Gestern war's halb zwei, vorgestern noch später. Und diese Ina ist scharf wie 'ne Rasierklinge, wenn sie ein paar Martinis intus hat. Muß noch ein paar heiße Fotos von ihr machen, ehe Mama zurückkommt. Kann ich Stück um Stück für fünf Eier verscheuern. Glatt. Quabbel nimmt die. Ein Segen, daß es 'ne Klingel in diesem Kulturpuff gibt. Translation? Sollte ich vielleicht sogar machen. Bei Rübezahl is 'ne Zwei drin. Der Mann scheint mir politisch gar nicht uneben zu liegen –

»Good morning, Mr. Harrach!«

»Los, stell BFN ein!« sagte Lumda.

»Zehnuhrdreiundvierzig – ist nichts Gescheites drin.«

»Quatsch nicht, die haben den ganzen Tag 'nen satten Strahl.«

Muhl drehte sein Kofferradio an.

»Kriegste auch Monte Carlo?« fragte Michallek. »Die bringen jetzt Schlager.«

»Krieg ich nur abends.«

»Was ist das denn für'n lahmer Kasten?«

»Abends holt der dreißig Sender.«

»Abends!«

»Laß doch mal stehn, Mensch! Das ist Perez Prado.«

»Dufte, was?«

»Wollen wir 'ne heiße Sohle aufs Parkett legen, Cha-Cha?«

»Bin ich 'n Homo?«

»Hast den Homo in ›Gott schuf sie anders‹ gesehn, Charlie?«

»So'n Schlag bei'n Weibern – und dann Homo?«

»Warste auch drin, Tommy?«

»Geh fast nur ins ›Globe‹.«

»Mit dein father?«

»Doofmann, mit'm Church Army Club.«

»Ist da auch ›Mein Kampf‹ geschnurrt?«

»Voriges Jahr.«

»Und?«

»Wußten die alle schon.«

»Kann ich mir denken«, sagte Titz.

»Wieso?«

»Haltet den Dieb!«

»Nazi!« sagte Schanko.

»Komsomolze!«

»Immer der Zeit voraus«, sagte Satemin.

»Wir kommen wieder, Kameraden!«

»Denkste!«

»Mensch, hört doch mal Elvis: der Junge ist wieder mal Klasse!«

›Blue Hawaii‹ sang die halbe Klasse mit.

»Haltet die Mäuler!« brüllte Rull.

Es hörte niemand auf ihn.

»Gib's auf«, sagte Adlum. »In dem Saftladen hier ist nichts zu machen.«

»Mensch, das liegt doch nicht an denen. Das sind doch ganz arme Hunde. Die sind nur stinkfaul, stinkfaul. Aber die Pauker, die sie wecken sollen, Mensch, die haben selber die Schlafkrankheit. Ich glaub, die merken überhaupt nicht, was für alte Hüte die uns hier verkloppen.«

Rull stützte das Kinn in die Hände und brütete vor sich hin.

»Ich versteh dich nicht, Jochen«, sagte Adlum. »Die Pauker sind doch ganz in Ordnung: sie lassen uns völlig in Ruhe, und wir können inzwischen ungestört erledigen, was uns wichtig ist. Mir gefallen die. Die meisten sind doch ganz sympathische ältere Herrn.«

Rull starrte Adlum an, riß die Knie ans Kinn, wälzte sich in seiner Bank und barst vor Lachen.

»Auch ein Standpunkt«, sagte Satemin ungerührt. »Snobismus. Brett vorm Kopf – aber aus Teakholz!«

Er sprang plötzlich Adlum an den Hals und brüllte:

»Mensch, wir müssen doch was tun!«

Rull hörte auf zu lachen, packte Satemin am Arm, riß ihn zurück und sagte:

»Ich hab's ja versucht! Ich hab heut versucht, anzufangen damit.«

»Womit?«

»Was zu tun.«

»Versteh dich nicht«, sagte Satemin.

Rull hockte sich wieder in seine Bank, kroch in seinen Pullover und murmelte:

»Ich haue ab.«

»Hat der Alte schon verlauten lassen, wann die Abschlußkonferenz ist, Kollege Harrach?« fragte Knetsch.

»Soviel ich weiß, nicht. Wir können das Thema ja nachher anschneiden.«

»Kommen wohl alle durch?« fragte Kuddewörde.

»Dubiose Fälle sind aus meiner Perspektive: Huje, Nusbaum und Kurafeiski«, sagte Dr. Nemitz.

»Kurafeiski? Der stand im Herbst doch glatt.

»Ich weiß, ich weiß – aber seit Weihnachten baut er zusehends ab. Fünf Meter vorm Ziel. Leider.«

»Haben wir den Eltern einen blauen Brief geschickt?«

»Nein«, sagte Crispenhoven.

»Nicht?«

»Nein: er hatte eine schwache Vier in Deutsch, das war alles.«

»Nur mit äußerstem Wohlwollen eine schwache Vier.«

Crispenhoven blätterte die Zensurenliste auf und machte sich eine Notiz.

»In Deutsch bekommt er jetzt, was er verdient: eine Fünf«, sagte Dr. Nemitz.

»Ist da wirklich nichts mehr zu ändern?« fragte Crispenhoven.

»Ich fürchte: nein.«

»Auch nicht, wenn Sie die Noten fürs Schriftliche und Mündliche zusammenziehen?«

»Harmonisieren«, sagte Nonnenroth und löste in einer Illustrierten den Rösselsprung.

»Nein. Im Schriftlichen reichte es zwar gerade wieder zu einer hauchdünnen Vier, wenn ich beide Augen zudrücke; aber im Mündlichen ist außer Sottisen nichts aus ihm herauszuholen – von meinem Sektor aus gesehn!«

»In Mathematik hat er aber seine Zwei«, sagte Crispenhoven. »Das ist ein Ausgleich, damit kommt er durch.«

Dr. Nemitz zog die Augenbrauen hoch.

»Wenn er nicht noch eine Fünf präsentiert.«

Crispenhoven blätterte noch einmal die Zensurenliste auf.

»Vor den blauen Briefen waren keine Bedenken in anderen Fächern.«

»Wie ist das bei dir, Willi?«

Nonnenroth faltete die Illustrierte zusammen und steckte sie in die Rocktasche.

»Wer ist das?«

»Kurafeiski.«

»Soll der abgesägt werden?«

Dr. Nemitz hob abwehrend beide Hände.

»Er steht bei mir Fünf.«

»Ja, wenn er in Deutsch eine Fünf hat, geht er doch so oder so über die Wupper.«

»Kollege Crispenhoven gibt ihm in Mathematik eine Zwei.«

»Nach meiner Meinung können wir keinem Jungen das Abschlußzeugnis geben, der in seiner Muttersprache mangelhaft steht«, schaltete sich Hübenthal ein.

»Warum willst du den Kurafeiski denn versenken?« fragte Nonnenroth hinter der Hand.

»Der Alte«, antwortete Dr. Nemitz, ohne den Mund zu bewegen.

Und dann laut: »Tendiert er denn bei dir mehr nach Vier oder nach Fünf?«

»Der tendiert überhaupt nicht«, sagte Nonnenroth. »Der sitzt die ganze Stunde da und betrachtet mich wie die Jungfrau Maria.«

»Das ist doch keine Haltung«, sagte Hübenthal.

»Na, ich komme ja nachher noch in die 6b«, sagte Nonnenroth. »Da werde ich mir den lahmen Weltraumfahrer mal vorknöpfen. Wie steht es denn mit Huje?«

»Eine Fünf in Deutsch.«

»Und eine in Englisch.«

»Erdkunde dito.«

»Und Physik«, sagte Crispenhoven. »Das ist also aussichtslos. Und Schanko?«

»Unbegabt ist der Halunke nicht.«

»Ja, aber für was?« fragte Hübenthal. »Der ist mit zwanzig Vater.«

»Zum wievielten Mal?« fragte Nonnenroth.

»Und faul ist der Bursche. Wenn Faulheit weh täte, müßte der Tag und Nacht brüllen.«

»Die Fünf in Englisch hat er seit drei Jahren.«

»Noch eine?«

»Wie steht's in Geschichte, Herr Kollege?«

»Ich bin mir noch nicht schlüssig«, sagte Groenewold.

»Jetzt machen Sie aber mal 'nen Punkt«, sagte Nonnenroth. »Drei Wochen vor der Konferenz weiß doch jeder, was los ist.«

»Bei drei Schülern weiß ich es noch nicht.«

»Und wer ist das?«

»Schanko, Satemin und Rull.«

»Alle zwischen Vier und Fünf?«

»Nein, zwischen Zwei und Drei.«

»Dieser Rull ist mir ein Rätsel«, sagte Harrach.

»Mir auch!«

»Wieso?« fragte Crispenhoven.

Nonnenroth griff sich an den Kopf.

»Wißt ihr, was der ist? Der ist kein Rätsel: der ist hinterfotzig. Der verarscht uns doch hier nach Strich und Faden – und die meisten haben das noch nicht mal los.«

»Ich habe keinen zweiten Schüler, der so ernsthafte Fragen stellt«, sagte Groenewold.

»Ja, fragen, das kann der. Der fragt einem ein Ohr ab«, sagte Hübenthal. »Aber seien Sie nur nicht so naiv, anzunehmen, das sei echtes Interesse, Herr Kollege. Der Bursche will den Unterricht sabotieren, sonst nichts.«

»Und sich wichtig machen.«

»Genau. Der Bursche taugt nicht einmal in die Wurst.«

»Ich wundere mich, daß Sie ausgerechnet Rull zum Klassensprecher gemacht haben, Herr Crispenhoven«, sagte Dr. Nemitz.

»Die Klasse hat ihn gewählt.«

»Gewählt? Diesen Humbug gibt's in meiner Klasse überhaupt nicht«, erklärte Hübenthal.

»Made in USA.«

»Weltmacht Nr. 1 – in Jugendkriminalität.«

»Der Rull brütet seit ein paar Wochen über irgend etwas«, sagte Crispenhoven.

»Brüten! Der onaniert sich krumm und dämlich«, verbesserte Nonnenroth. »Auf! Noch eine Stunde, dann ist Vater wieder einen Tag näher am Endgehalt.«

»Beneidenswert«, seufzte Harrach.

»Neid war schon immer Ihre stärkste Schwäche«, sagte Nonnenroth.

Crispenhoven nahm seine Mappe und ging zum Unterricht.

– Huje ist also nicht mehr zu helfen. Vier Fünfen. Dabei ist er fest davon überzeugt, daß er durchkommt. ›Ich muß es schaffen. Sonst läßt mich mein Vater sacken – dann weiß ich nicht mehr, was ich noch machen soll.‹ Wie viele sagen das jedes Jahr vor Ostern? Zwei, drei in jeder Klasse. Huje hat schon eine Stelle. Elektrotechniker. Bißchen Dummerjan. Und verworren. Kein Wunder: auf der Flucht geboren, vier Jahre Lager, Eltern in Scheidung. Hat keinen Zweck, in der Konferenz darauf hinzuweisen: mit vier Fünfen kann er das Abschlußzeugnis auf keinen Fall bekommen. Außerdem: Nemitz redet dich an die Wand. Du mußt mit Hujes Vater sprechen, damit er dem Jungen nicht unrecht tut. Der konnte es einfach nicht schaffen, hat sich alle Mühe gegeben. Du mußt ihm beibringen, daß es kein Unglück ist, wenn er die Klasse wiederholt. Wie alt ist Huje? Achtzehn. Also einer der ältesten. Schanko hat das letzte Vierteljahr gebummelt. Du mußt heute die letzte Runde einläuten. Für den mit Kirchenglocken. Dann holt er das Hauptfeld noch ein. Begabt, aber windig. Was ist plötzlich mit Kurafeiski los? Fällt von heute auf morgen zurück. Hat bestimmt wieder genickelt bei Nemitz. Was war da los? Frag Kurafeiski, von Nemitz erfährst du's doch nicht. Nur seine Konsequenz, und die ist böse. Wen der einmal auf dem Kieker hat, dem geht es schlecht. Nemitz vergißt in der 6 noch nicht, wer ihn in der 1 nicht mit Doktor angeredet hat. Lehrer haben nicht immer recht. Durchaus nicht, nach deiner Erfahrung in den zwölf Jahren. Rull wird vom Kollegium falsch eingeschätzt, mit Ausnahme von Groenewold und Violat. Unbequem ist der Junge, stimmt; aber nicht hinterfotzig, wie Nonnenroth sagt. Er schwätzt viel Stuß, aber nicht, weil er sich gern quasseln hört oder weil er den Unterricht blockieren will, nein – weil er nicht weiß, was Stuß und was die Wahrheit ist. Es ist deine Aufgabe, denen weiterzuhelfen. Gerade den Unbequemen, den Schwierigen. Den ›dubiosen Fällen‹ wie Hübenthal sagt. Aber soviel Geduld und Kraft, wie dafür nötig wäre, haben nur die Heiligen aufgebracht –

»Morjen!«

»Morjen, Herr Crispenhoven!«

»Setzt euch!«

Crispenhoven setzte sich hinter das Pult, schlug das Klassenbuch auf und sah die Notenliste der Arbeiten durch.

»Können Sie uns nicht mal sagen, wie wir stehn?« fragte Mitzkat.

»Darf ich nicht. Aber ihr müßt damit rechnen, daß zwei oder drei – ja, daß die's nicht schaffen.«

»Ist das schon entschieden?« fragte Huje.

»Nein.«

»Wann ist die Abschlußkonferenz, Herr Crispenhoven?« fragte Roehmheld.

»In vierzehn Tagen ungefähr.«

»Bis dahin schaff ich's«, sagte Huje. »In Englisch hab ich seit Weihnachten keine Fünf mehr geschrieben.«

»Verlaß dich nicht zu sehr auf die letzten Arbeiten.«

»Ich schaff es!«

Crispenhoven sagte nichts mehr.

»Wer steht denn noch wackelig?« fragte Nusbaum. »Können Sie uns nicht 'nen Tip geben? So als Klassenlehrer.«

»Du mußt auch bald zum Endspurt ansetzen, Nusbaum«, sagte Crispenhoven. »Vor allem aber dein Herr Nachbar.«

»Ich?« fragte Schanko empört.

»Ja.«

»Ich hab doch nur meine Abonnementsfünf in Englisch.«

»Wirklich?«

»Jetzt schlägt's doch dreizehn«, sagte Schanko und ließ sich in die Bank fallen.

»Wie wär's denn, wenn du deinen Weltrekordversuch in Faulheit so schnell wie möglich abbrächest?« fragte Crispenhoven.

Schanko grinste.

»Allright.«

»Und die Fünf in Englisch, soll die wirklich auf dem Abschlußzeugnis stehn bleiben?«

»Da ist nichts zu machen, Herr Crispenhoven.«

»Warum nicht?«

»Ich rede ›kanakisch‹!«

»Und?«

»Mister Harrach läßt nur das Cambridge-Englisch gelten, das er vor dreißig Jahren gelernt hat.«

»Woher kannst du denn kanakisch?«

»Ich bin im ›Deutsch-Kanadischen Club‹.«

»Wenn du kanadisch kannst, muß es doch um so leichter sein, von der Fünf herunterzukommen.«

»Nee, die Kanadier lachen sich 'nen Bruch, wenn ich rede wie Mister Harrach.«

»Das brauchst du ja auch nicht. Du sollst nur hier im Unterricht englisch sprechen wie – na ja, wie's verlangt wird.«

Schanko rang die Hände.

»Herr Crispenhoven, so spricht kein Mensch heute mehr englisch, wie wir bei Mister Harrach sprechen sollen. Auch nicht in Cambridge, glauben Sie's mir. Ich will doch kein Stupidienrat werden, sondern nur mit den boys reden können.«

Crispenhoven stand auf und sah aus dem Fenster.

»Wie wär's denn, Schanko, wenn du bis Ostern, vier Wochen lang, trotzdem versuchtest, dieses Cambridge-Englisch zu sprechen?«

»Okay! Ich speeche wie Queen Victoria.«

»Das war sicherlich klassisches Canada-Dry-Englisch. Und jetzt noch mal auf Cambridge-Englisch, Schanko?«

»Yes, Sir!«

»Na, siehst du. Sit down.«

Crispenhoven ging die Fensterreihe entlang und stellte sich neben Kurafeiski.

»Und wie steht's bei uns?«

»Klar Schiff, Herr Crispenhoven.«

»Wirklich?«

»Aber sicher.«

»Wie geht's deiner Vier minus in Deutsch?«

»Glattgebügelt.«

»Schriftlich ja. Aber mündlich?«

»Ich bin schon drei Wochen nicht mehr dran gewesen.«

»Und das wertest du als gutes Zeichen?«

»Ja.«

»Machte ich an deiner Stelle nicht.«

»Aber Doktor Nemitz kann mir doch gar keine Fünf geben, Herr Crispenhoven.«

»Warum nicht?«

»Ich hab noch keine gehabt, solange ich hier bin.«

»Dann ist es zwar nicht üblich – aber eine Garantie ist es nicht.«

Kurafeiski steckte die Hände in die Hosentaschen und starrte vor sich hin.

»Sauerei«, knurrte er.

»So können wir nicht miteinander reden.«

»Ach – es ist doch wahr.«

»Was?«

»Fragen Sie doch die Klasse – ich hab keine Fünf verdient.«

»Kann das die Klasse beurteilen?«

»Die ist gerechter als der ganze Doktor Nemitz.«

»Demokratie!«

»Schiebung!«

»Ruhe!« sagte Crispenhoven. »Weder Kurafeiski noch ich brauchen einen Chor zur Unterstützung. Ist heute in der Deutschstunde etwas vorgefallen? Hast du dich daneben benommen?«

»Nein, wirklich nicht. Doktor Nemitz hat mich plötzlich vernommen, wann und wie ich zur Schule gekommen bin. Und ich hab ihm so genau wie möglich geantwortet. Das war alles.«

»Der Ton macht die Musik, Anti.«

»Na, ein bißchen schräg war ich vielleicht schon. Der kann einen aber auch auf die Palme bringen, Herr Crispenhoven.«

»Setz dich«, sagte Crispenhoven und ging zum Pult zurück. »Wir sprechen noch einmal unter vier Augen über die Situation. Auf jeden Fall benimmst du dich ab sofort wie eine Eins bei Herrn Doktor Nemitz, verstanden?«

»Wenn's sein muß.«

»Es muß sein, Kurafeiski! Und vergiß nicht: Freitag – Mathematikarbeit.«

»Wie, steh ich da jetzt plötzlich auch Fünf?«

»Nein, aber vielleicht Zwei.«

Kurafeiski versuchte mitten in seiner Wut zu lächeln. Es gelang.

»Können Sie uns nicht so'n bißchen andeuten, worüber wir schreiben, Herr Crispenhoven?« fragte Mitzkat.

»Warum nicht? Fünfseitige Pyramide, Cosinussatz, Parallelogramm der Kräfte.

Jetzt aber zur Chemie. Berichte mal, was wir in der letzten Stunde gemacht haben – Huje!«

»Ja, wir wiederholen zuerst die Kapitel über die Entgasung der Kohle, über die Destillation und die dabei entstehenden Abfallprodukte.«

»Nenne mal einige!«

»Koks.«

»Stimmt. Weiter!«

»Mehr weiß ich im Moment nicht.«

»Natürlich weißt du mehr, Huje.

Laß das Vorsagen, Muhl – er weiß es selbst. Und wir haben Zeit, bis er draufkommt.«

»Teer!« sagte Huje.

»Na, also.«

»Er wird bei der Destillation der Steinkohle gewonnen!«

»In reiner Form?«

»Nein, vermischt mit anderen Bestandteilen.«

»Mit welchen zum Beispiel, Huje?«

»Anthrazenöle.«

»Richtig. Und?«

Huje starrte angestrengt an die Neonleuchten unter der Decke.

»Denk dran, was wir bei unserem Versuch dann sahen!«

»Benzol.«

»Gut. In der nächsten Stunde könntest du uns ein Referat über Benzol halten.«

»Wie lang soll das sein, Herr Crispenhoven?«

»Na, sagen wir zehn Minuten.«

»Soll ich die Strukturformel an die Tafel zeichnen?«

»Kannst du machen!

Jetzt zu einer anderen Energiequelle, die auf vielen Gebieten die Kohle schon verdrängt oder ersetzt hat.

Hier habe ich euch Dias über Gewinnung und Raffinerie des Erdöls mitgebracht. Schanko, mach den Apparat startbereit. Kurze Erklärungen, die uns zunächst genügen, stehn hinten auf den Dias. Petri, lies sie jedesmal vor, ehe Schanko projiziert.

Der Apparat steht zu hoch, Schanko. Noch etwas tiefer – so. Bitte Licht aus, Kurafeiski!«

– dieses Schwein Fazke! Der will mich glatt abwürgen. Mit welchem Recht? Ich bin ein fauler Sack gewesen, zugegeben. Mehr als 'ne Vier hab ich nicht verdient. Schriftlich 3,9. Jetzt soll's auf einmal am Mündlichen liegen. Da kann ich dem Ganoven natürlich nicht nachweisen, daß er mich abschießen will. Ich weiß ja nicht, was für Zensuren der mir angeschrieben hat. Titz will gesehn haben, daß es zwei Dreier, eine Vier und eine Fünf sind. Also! Warum will dieses Arschloch mir nur auf einmal 'nen Knüppel zwischen die Beine schmeißen? Ich interessier mich nicht allzuviel für moderne Literatur, zugegeben. Außer Rull interessiert sich im Grunde genommen hier keiner dafür. Dali nur aus Snobismus. Quabbel, weil darin mehr gesoffen und gehurt wird als in der Klassik. Aber sonst – Helfant und Adlum vielleicht noch. Aber von der show, die Fazke hier abzieht, da verstehn die ooch nischt! Sogar in die A. G. bin ich gegangen, um mein Konto aufzufrischen – und jetzt will der Knacker mich abmeiern! Was hat der nur gegen mich? Leiden hat der mich noch nie können, aber bisher hat er mir wenigstens die Noten gegeben, die ich verdient habe. Paps und Rabbi müssen mir helfen. Sonst bin ich glatt im Eimer –

– an manchen Tagen kommst du gegen die Resignation nicht an. Geschwätz, Faulheit, Dummheit, Unrecht, Bosheit, Indifferenz, Rechthaberei, Intrigen. Auf beiden Seiten. Und die eigene Unzulänglichkeit. Oft bist du versucht, in jeder Chemiestunde Filme vorführen zu lassen. Um hier im Dunkeln zu sitzen und stundenlang nichts sagen zu müssen. Keine Fragen beantworten, keine Fragen stellen. Einfach hier im Dunkeln sitzen, mit geschlossenen Augen, und zuhören, wie die Zeit langsam absurrt ... Vielleicht kämst du dann nicht jeden Mittag so todmüde nach Haus. Vielleicht wären dann nicht mehr die Kapelle und das Labor dein eigentliches Zuhause. Vielleicht. Aber Kurafeiski mußt du durchziehen Ostern. Schanko schafft es allein. Und Huje ist nicht mehr zu retten. Auch nicht, wenn du ihm in Chemie eine Drei gibst. Gib sie ihm trotzdem, das Zeugnis sieht dann nicht so entmutigend aus. Aber Kurafeiski mußt du durchziehen. Es wäre ungerecht, wenn Kurafeiski auf der Strecke bliebe. Denen, die dir anvertraut sind, soll möglichst wenig Unrecht geschehen –

»Knips das Licht an, Kurafeiski!«

»Habt ihr noch Fragen? Nusbaum?«

»Wieviel Prozent des Eigenbedarfs deckt die Bundesrepublik heute mit diesen Bohrungen hier?«

»Ungefähr dreißig Prozent. Die wichtigsten Vorkommen liegen – Satemin?«

»In der Nähe von Hannover, in Schleswig-Holstein und im Emsland.«

»Noch eine Frage? Dann räumt den Apparat weg, Petri und Muhl. Nächsten Dienstag muß ich ein paar von euch, die zwischen zwei Noten hängen, mal auf den Zahn fühlen. Themen: Kohle – Erdöl – Benzin.

Steht auf! Morjen!«

»Morjen, Herr Crispenhoven!«

»Wir schießen immer in die falsche Richtung«, sagte Rickling. »Auch im letzten Krieg.«

»Achtzehnhundertsiebzig aber nicht!« sagte Hübenthal.

»Labus ist das beste Pferd in unserem Stall«, sagte Nonnenroth. »Er macht den meisten Mist!«

»Aber Klei unter den Füßen«, sagte Matzolf. »Zweihundertfünfzig Morgen stehn hinter mir!«

»Vom Leichten zum Schweren!« sagte Godelund.

»Und vor allem: Mut zur Lücke!« sagte Harrach.

»Wenn der Stundenplan nicht geändert wird, geh ich nächste Woche zum Doktor«, sagte Gammelby.

»Stöhnen gehört zum Beruf«, sagte Knetsch.

»Wenn die Amis nicht die Rüstungsindustrie hätten, stünden zehn Millionen Menschen auf der Straße«, sagte Wiepenkathen.

»Und bei uns sammeln sie ›Brot für die Welt‹!« sagte Kuddewörde.

»Die Politiker sind alle Schweine!« sagte Krün. »Die wollen an den Koben – sonst nichts.«

»Früher hatten sie wenigstens noch eine Überzeugung«, sagte Gnutz.

»Hoffentlich bleibt der Lehrermangel noch ein bißchen«, sagte Matuschat. »Dann kriegen wir mehr Geld.«

»Das ist das Schulproblem!« sagte Dr. Nemitz.

»Natürlich ist manches wahre Körnchen am Kommunismus dran«, sagte der Vikar.

»Wann wird Berlin aufgegeben?« fragte Violat.

» – Wir sind doch kleine Leute ... ganz allein einen Kasernenhof voll Russen erledigt mit dicken Brocken ... Es gibt Kollegen, die immer noch den Arm hochhalten ... Wenn die Amis aus Deutschland fortgehn, nehmen sie als einzige Kultur die Drosselgasse mit ... Wir müssen durchgreifen ... Du kannst einen Esel zur Tränke führen, saufen muß er selbst ... Wir Deutschen werden eher mit der ganzen Welt als mit der Freiheit fertig ... Begriffe, Begriffe und keine Substanz ... Gib dem Preußen einen Bleistift, und er macht 'ne Rakete daraus ... Wir sind ein einig Volk von Führern ... Kameraden, ich will euch was sagen, alles Scheiße ... Autorität her, Demokratie ist Käse ... Die Mehrheit wird nie vernünftig ... Nazi-Prozesse? Alles Schwindel! Ein Aufwaschen – Schluß ... Reich macht nicht immer unglücklich ... Lange Mettwürste, kurze Predigt ... Der Kinsey, das muß ja 'ne dolle Sau gewesen sein ... So was war früher nicht möglich –«

Crispenhoven stand noch immer am Spülbecken, wusch sich gedankenlos die Hände und hörte das Gequassel, das Gequassel aller Pausen, die er hier mitgemacht hatte. Auf dem großen Konferenztisch stand der Papagei, ausgestopft und präpariert, der einzige Stumme außer ihm und Groenewold, der in der wässrigen Märzsonne am Balkongitter lehnte. Er sah den Papageien, hörte das Gequassel und wusch sich immer wieder gedankenlos die Hände, bis sie ihm widerlich waren, diese weichen, weißen Hände. Es klopfte an die Tür, dreimal und hart, Crispenhoven machte mit dem Ellenbogen die Tür auf, und Kurafeiski fragte:

»Kann ich Sie mal sprechen?«

»Was gibt's?« fragte Crispenhoven, aber im Flur, im Dunst der Mantelreihen und der Ölspanschmiere, entsann er sich plötzlich wieder.

»Die Fünf in Deutsch! Die macht mich fertig, das kommt wie ein Blitz aus heiterem Himmel. Ich versteh das überhaupt nicht.«

»Komm mit in den Chemieraum, da ist jetzt sonst niemand.«

Sie setzten sich in dem kleinen, sauberen Amphitheater nebeneinander in die Bank. Crispenhoven kramte nach Streichhölzern und stocherte in seiner Pfeife.

»Hast du Herrn Doktor Nemitz mal geärgert?« fragte er.

»Nein. Bestimmt nicht.«

»Woher stammt denn die Fünf im Mündlichen?«

»Das war so, Herr Crispenhoven: in jeder Deutschstunde muß ein Schüler ein modernes Gedicht aufsagen: das ›Gedicht des Tages‹. Vor ungefähr drei Wochen war ich dran und suchte mir ein Gedicht aus, das hieß: ›Denaturierte Poesie‹. Ich fand das Gedicht furchtbar komisch, die Klasse auch; wir haben gebrüllt vor Lachen! Aber Doktor Nemitz hat gesagt, ich sei ein Prolet, der nichts von moderner Kunst verstehe, und ich wär mal besser gleich drüben geblieben! Der sozialistische Realismus sei gerade das Richtige für Proleten. Und dann schrieb er mir 'ne Fünf an.«

»Bist du vorher schon mal aufgefallen?«

»Im letzten Quartal nie.«

»Seit wann bist du hier?«

»Seit zwei Jahren. Ich wär' mal wirklich besser drüben geblieben!«

»Na komm, jetzt schütt mal nicht gleich das Kind mit dem Bade aus. Kannst du das Gedicht noch?«

»Den Anfang kann ich noch:

›Was kräuselst Du Dein Hä–ärchen,
eins zwei drei, ja Hä–ärchen,
wenn Du einen andern liebst?‹«

»Na ja«, sagte Crispenhoven. »Da hätte ich mitlachen müssen. Aber ich versteh auch nichts von moderner Kunst. Warum hast du dir denn gerade das Gedicht ausgesucht?«

»Ich fand das so blödsinnig witzig! Die meisten suchen sich diese Sorte aus. Aber Nemitz will, daß wir die alle tierisch ernst nehmen. Ich glaube, das ist gar nicht richtig. Aber jetzt macht die Klasse das mit. Die meisten, weil sie sich keine Fünf erlauben können. Ein paar auch, weil sie denken, wenn ihre Alten daheim nicht modern sind, müßten sie's doppelt sein. Verstehn, verstehn tun höchstens zwei, drei Mann was davon.«

»Und du nicht?«

»Nein, zum Verrecken nicht. Entschuldigen Sie bitte.

Die Gedichte, die wir drüben lernen mußten, die gefielen mir zwar auch nicht:

›Wer entdeckte des Kolumbus Ei?
Die Partei, die Partei, die Partei!‹

und so – aber verstehn konnte man die!«

»Habt ihr noch Referate zu halten vor der Konferenz?«

»Einer hat immer den Stundenbericht.«

»Meld dich doch mal freiwillig dazu.«

»Freiwillig?«

»Na, du verstehst schon.«

»Wenn Doktor Nemitz mir eine Fünf verpassen will, dann nimmt er mich einfach nicht mehr dran. Das kennt man schon.«

»Melde dich trotzdem. Jede Stunde. Und bereite dich für Deutsch mindestens dreimal so gut vor wie für die Mathematikarbeit, verstanden?«

»Ja, aber –«

»Aber vor allem: du benimmst dich Herrn Doktor Nemitz gegenüber wie –«

»Wie Adlum.«

»Gut: wie Adlum.«

»Glauben Sie, daß mir das noch hilft?«

»Ich werde mit Doktor Nemitz sprechen.

Los, jetzt geh auf den Hof. Es sind nur noch ein paar Minuten.«

»Vielen Dank auch.«

»Was hat er gesagt?« fragte Schanko, der Kurafeiski an der Treppe abpaßte.

»Will mit Fazke reden.«

»Hat er auch von mir was erzählt?«

»Nein.«

»Wenn du pappenbleibst, machst du das Jahr dann noch mal?«

»Auf keinen Fall!«

»Ich auch nicht. Ich hau ab. Kommste mit?«

»Wohin?«

»In die Ostzone.«

»Da komm ich doch grad her, Mensch!«

»Und?«

»Scheiße!« sagte Kurafeiski.

Satemin und Rull stießen zu ihnen.

»Geh doch selbst zu Fazke«, riet Satemin.

»Mensch, mein Bruder in der 4 ist bei ihm gewesen, um sich zu erkundigen, warum er einen Tadel bekommen hat. Fazke hat dem erst mal links und rechts eine ins Gesicht geschlagen und dann heiter gesagt: ›So, was wolltest du fragen?‹«

»Was würdest du in so einem Fall tun?« fragte Satemin.

»Zurückschlagen!«

»Mensch, das ist doch alles Scheiße!« tobte Rull. »Einzeln hauen die jeden von uns in die Pfanne, aber wenn wir teamwork machen –«

»Teamwork!« sagte Satemin. »Ihr?«

Nusbaum kam zu ihnen.

»Kennt ihr den von Adolf und dem russischen Kommissar?« fragte er.

»Nee«, sagte Schanko.

»April fünfundvierzig. Adolf sitzt in der zerbombten Reichskanzlei. Kommt ein russischer Kommissar, hebt die Pistole und sagt: ›Adolf Hittlärr – woina kapputt!‹ Springt Adolf auf und brüllt: ›Genosse Kommissar, Geheimbefehl 2041889 ausgeführt: Deutschland total zerstört! Boden für Kommunismus vorbereitet.‹«

»Nicht schlecht«, sagte Satemin. »Dafür will ich dir auch einen erzählen: Im Himmel wird heimlich die rote Fahne gehißt. Große Razzia. Sagt Josef, der Zimmermann: ›Ich war's. Ich bin der reine Kommunist!‹ Na, KPH natürlich verboten, Josef ausgewiesen. Sagt Josef: ›Maria, nimm das Bambino – und dann wolln wir mal sehn, meine Herrn, wer die Welt erlöst!‹«

»Find ich beide nicht gut«, sagte Rull. »Gut schon, aber Scheiße!«

Crispenhoven ging zum Konferenzzimmer zurück und suchte Groenewold. Er war schon im Unterricht.

»Haben Sie bereits die Ehre gehabt, den neuen Kollegen zu begrüßen – jetzt nach der vierten Stunde?« fragte Godelund.

»Nein.«

»Es scheint, daß er sich überhaupt nur der Schulleitung vorstellen will!«

»Ist er denn schon da?«

»Man spricht davon«, sagte Godelund.

»Er wird noch im Direktorzimmer sein.«

»Eben.«

Godelund ging heftig hinaus.

Crispenhoven war plötzlich zu müde, einen Schlüssel für diese Gespräche zu suchen. Es war ihm in den zwölf Jahren, die er jetzt im Kollegium war, noch nie gelungen, ihn zu finden.

Er nahm ein Blatt Papier und zeichnete die Strukturformel der Benzolgruppe auf.

»Der Himmelskomiker hat heute morgen seine eingeweichten Pflaumen vergessen!« sagte Nonnenroth, als er an Crispenhoven vorbeiging.

– ein Volltreffer im Lotto, und du kehrst diesem Kulturpuff postwendend den Hintern zu. Junge, Junge – diese sogenannten Kollegen: Botokuden mit Abitur! Die hätten in deiner Kompanie sein müssen! Nach drei Tagen hätten die nicht mehr geglaubt, der Nabel der Welt zu sein. Die Kaserne war schon immer das beste Sanatorium für Neurotiker und ein Hauptfeldwebel mit zwölf Enden erfolgreicher als Sigmund Freud persönlich. Die leiden alle daran, daß es zum Studienrat nicht gereicht hat und der

Volksschullehrer nicht Bursche bei ihnen ist. CV, Besoldungsgruppe, Landesbedienstetendarlehen, Schwiegersohn, Volkshochschule, Bad Kitzingen – das ist deren Horizont. Du hättest nach dem großen Tam-Tam bei Neckermanns Jupp Briefmarkenlecker werden sollen, dann wärst du heute weiter als in diesem Naturschutzgebiet für unterentwickelte Europäer. Die sind doch, bis auf die steinalten Kameraden und zwei, drei Abnormitäten, alle aus demselben Grund wie du Pauker geworden: kurze Schicht und langer Feierabend. Und die Pensionsberechtigung in der Tasche. Und erst unsere Garanten der Zukunft! Analphabeten im Vormarsch. Diese höheren Hilfsschüler sind der repräsentative Querschnitt der Gesellschaft von morgen. Der Alte hat noch brav den Henkelmann ausgelöffelt, der Ableger muß ›studieren‹ und das Expreßabitur in Quarta machen. Dann läuft er noch dreimal in die Volkshochschule, sieht seine Deutsch-, Physik- und Religionslehrer wieder, hört je einen Vortrag über Atomphilosophie, Existenzphysik und die christliche Avantgarde in Qumran, manchmal macht ein Studienrat a. D. den ganzen Kram auch alleine, ja und dann heiratet so'n Würstchen dreißigtausend Mark und nach oben, tritt in die CSF ein und rettet auf der nächsten Versammlung das Abendland. Demokratie! Bei uns doch immer festedruff und vorneweg ein starker Otto; und dahinter ein Kometenschweif dekorativer Nullen. Und dabei haben die noch die Brocken von der Reiter-SA im Kleiderschrank hängen. Musterdemokrat: Nemitz! Als du ihn kennenlerntest, hatte er ›Mein Kampf‹ in Schweinsleder mit Goldschnitt in der Tasche und reiste in weltanschaulicher Schulung in der Etappe herum, damit die Landser auch ja noch einmal ›Heil Hitler‹ brüllten, ehe sie den Arsch zukniffen. Warum der plötzlich Genosse Kurafeiski verschaukeln will? Direktive vom Alten. Aber warum? Ist ja auch wurscht –

»Heil, Kameraden! Hier stinkt's wie im Affenstall!«

»Heil, Herr Nonnenroth!«

»Hinsetzen! Schlagt die Biologiebücher auf: Kapitel elf, ›Modifikation‹. Lies – Kurafeiski!«

»Es hat geklopft, Herr Nonnenroth!«

»Herein! Ganze Kompanie: Aufstehn! Augen rechts!«

Der Hausmeister brachte das Mitteilungsbuch.

Nonnenroth las den Umlauf und sagte:

»Ihr habt mehr Glück, als die Polizei erlaubt, ihr Flachlandtiroler: ab zwölf ist Konferenz.«

Jubel, Trubel, Heiterkeit.

»Was ist denn hier los?« brüllte Nonnenroth unvermittelt. »Wer brüllt denn hier wie eine Horde Waldaffen? In der nächsten Biologiestunde werde ich eine Arbeit schreiben lassen! Aber eine mit Haken und Ösen, ihr Tiefseeindianer! Titz, nimm die Hand aus der Tasche! Gott sieht alles.«

Beckmann grinste sachkundig, nahm Nonnenroths Handschlag und eine Zigarette entgegen und marschierte mit durchgedrückten Knien ab.

»Setzen, aber schleunigst! Was willst du, Muhl?«

»Wir haben noch eine Strafarbeit, Herr Nonnenroth!«

»Natürlich, wie immer! Thema?«

»›Kritik an Erwachsenen.‹«

»Bist du wahnsinnig?«

»Nein.«

»Wie kannst du dich unterstehn, du geistig unterbelichteter Pygmäe –«

»Im Fernsehn war eine Diskussion darüber, und wir sollten über das Fernsehn schreiben, Herr Nonnenroth!«

»Im Fernsehn! Da hockst du wohl jeden Abend davor und schnupperst den Duft der großen, weiten Welt, was? Mach, daß du nicht Ostern in die Röhre guckst! Was war da für eine Diskussion?

»Kritik an Erwachsenen.«

»Eine Diskussion?«

»Ja, eine Diskussion – unter Jugendlichen beiderlei Geschlechtes!«

»Diskussion! Wenn ich das Wort schon höre! Zu meiner Pennälerzeit, da wurde nicht diskutiert, da wurde gehorcht!«

Nonnenroth besann sich und sank erschöpft in den Sessel.

»Na, lies schon – Rull! Schanko, Kurafeiski, Huje, Claussen – Hausheft rausbringen!«

Rull tauschte mit Kurafeiski geräuschlose Signale, stand auf, blieb in seiner Bank stehn und las lustlos:

»Kritik an Erwachsenen.

›Nein, dieser Jazz! Als ich so alt war wie du, hätte sich jeder zivilisierte Europäer geschämt, diese Urwaldklassiker anzuhören!‹

›A nee – wie war das denn aber mit dem Charleston, den Papa so schön schräg auf eurem Hochzeitsbild im Familienalbum aufs Parkett legt? Was hat denn Großpapa dazu gesagt?‹

›Als ich so alt war wie du, da hätte sich ein zivilisierter Europäer geschämt, dieses Gehopse aus dem Wilden Westen mitzumachen! Da tanzte man Walzer, einen Wiener Walzer!‹

›Ach nee – was hat denn Urgroßpapa dazu gesagt? . . .‹

›Na ja, aber diese Krawalle! Das gab's bei uns nicht! Es hätte sich doch damals nie und nimmer jemand unterstanden und Stühle zerschlagen! Einen ganzen Saal voll Stühle, städtisches Eigentum! Undenkbar bei uns!‹

›Nee – ihr seid unter Absingung von Chorälen und Nationalhymnen in den Krieg gezogen! Urgroßpapa 1870, Großpapa 1914. Und Papa 1939. Ihr habt die halbe Welt kaputtgeschlagen – wir ziehen es vor, wenn uns der Hafer sticht, ein paar Stuhlbeine auszureißen. Die kann man wenigstens wieder zusammenleimen.‹

›Ja – aber diese Jugendkriminalität, die minderjährigen Bandenchefs –‹

›Sachte, sachte! Sehn wir mal großzügig davon ab, daß Urgroßpapa, Großpapa und Papa mit Hilfe ihrer Generation ziemlich genau so viele christliche Abendländer ins Jenseits befördert haben, wie sie selber waren, im repräsentativen Querschnitt also ein Mord pro Nase; sehen wir von diesen zig Millionen Toten mal ab – die Vergangenheit zu bewältigen habt ihr ja sowieso uns überlassen – und kehren wir zum Alltag zurück: wer dreht denn die Kirmis, die western und die Sexbombardements, die uns verderben? Etwa die halbstarken Sechzehnjährigen? Nee – die ganz starken Sechzigjährigen! Die sorgen schon dafür, daß der Konsumentennachwuchs an die reifere Lebenserfahrung rankommt; und sie an unsere Moneten! Und wenn ihr uns jeden Tag so hübsch appetitlich zeigt, was man alles haben kann im süßen Leben – warum sollen wir's uns denn nicht nehmen?‹

›Ja, aber zu unserer Zeit war der Verkehr zwischen den Geschlechtern noch viel harmloser, ich möchte sagen: reiner!‹

›Aufhören! Aufhören! Sofort aufhören! Die Balken biegen sich schon. Wir haben doch Augen im Kopf und kennen die Bücherschränke von Urgroßpapa, Großpapa und Papa inzwischen ein bißchen. Die Bücherschränke und sogar die Schreibtischschubladen mit Souvenirs aus Paris, ganz hinten unter der Familienchronik. Aufhören! Strapaziert doch eure fadenscheinige Glaubwürdigkeit nicht so sinnlos weiter! Wir haben doch gar nicht angefangen mit Dreck zu werfen, warum wollt ihr euch denn reinwaschen?

Und, ganz unter uns: warum gehen wir denn in die Jazz-Keller, in die Automaten-Bars, auf die parties? Weil wir kein Zuhause haben. Weil wir nicht daheim sind bei uns zu Hause.

Ihr habt doch keine Zeit mehr für uns. Ihr müßt doch money maken und euch dann erholen von diesem anstrengenden Geschäft, um morgen noch mehr money maken zu können! Ja für uns! Damit wir euch erspart bleiben, kauft ihr euch mit viel Geld frei von dem unbequemen job, uns zu erziehen. Und schenkt uns lieber ein Moped, einen Plattenspieler und die zehn Mark für eine party.

Aber Urgroßpapa hatte das EK 1. Auf einem roten Samtkissen in einer Glasvitrine. Urgroßpapa war seinem Sohn ein Vorbild.

Großpapa hatte das EK 1. Auf seinem Schwalbenschwanz. Großpapa war seinem Sohn ein Vorbild.

Papa hatte auch das EK 1. In einem Pralinenkarton unter alten Hüten. Papa ist seinem Sohn kein Vorbild.

Ich glaube, ich werde kein EK 1 bekommen.«

Nonnenroth korrigierte ungerührt noch das letzte Heft durch und sagte:

»Bist du fertig mit dem Geseich? Sei froh, daß ich nicht zugehört habe! Hier, Labus, gib die Hefte zurück! Handschrift wie gesengte Säue. Wo waren wir stehengeblieben – Claussen?«

»Wir wollten im Biologiebuch lesen!«

»Ah ja: ›Modifikation‹. Was verstehen wir unter einer Modifikation, Fahrian?«

»Modifikationen sind Veränderungen im Erscheinungsbild einer Pflanze, eines Tieres oder auch eines Menschen, die durch umweltbedingte Einflüsse entstehen.«

»Na, meinetwegen. Schlagt Kapitel elf auf! Was willst du noch, Petri?«

»Lesen.«

»Ich lese selbst. Ihr stottert ja wie die Hottentotten! In der nächsten Stunde wird das aus dem Effeff gekonnt, kapiert?«

Nonnenroth setzte sich hinter das Pult und begann vorzulesen: »Modifikation.«

– so was gibt's doch gar nicht. Der kann doch nicht sagen: ›Sei froh, daß ich nicht zugehört habe!‹ Der muß mir doch jetzt eine knallen, daß ich Tokio höre! Und dann muß er mit uns zu reden anfangen. Meinetwegen auch zu brüllen. Aber nur sagen: ›Sei froh, daß ich nicht zugehört habe!‹, das kann er doch nicht. Das war gar nicht meine story. Meine hab ich mit Kurafeiski getauscht; der hatte Schiß, weil Nemitz ihn zur Minna machen will. Warum sagt denn Nonnenroth gar nichts? Die sind ja total taub. Da kann man brüllen, wie einer, der ersäuft – es hilft alles nichts! Die schimpfen auf alles, was heute ist; die bekreuzigen sich vor dem was morgen sein kann, aber sie schweigen, sie schweigen wie ein Grab über gestern. Sie waschen sich die Hände, sie drohen, sie lügen, sie schweigen wieder. Ich geb's endgültig auf. Die verstehn überhaupt nicht, was wir wollen. Es ist unglaublich, aber die verstehn es wirklich nicht. Die sind so unheimlich doof, die kannste anjaulen, und die merken immer noch nicht, was wir eigentlich wollen. Lehrer wollen wir! Lehrer, die man alles fragen kann. Und die antworten. Aber dieser Bulumo sitzt da vorne hinterm Pult, lügt Lebenserfahrung, stinkt vor Faulheit, rülpst Macht und liest aus dem Biologiebuch über Modifikation vor. ›Pauker wie der sind mir am zweitliebsten‹, hat Adlum gesagt. ›Bei denen kann ich mich mit dem beschäftigen, was mich wirklich interessiert, und brauch nicht zu befürchten, daß ich alle paar Minuten gestört werde.‹ Aber wenn's nach mir ginge, dann würde die ganze Klasse revoltieren! Offen revoltieren, daß sie seit Jahren jeden Morgen mindestens vier Stunden lang um die Schule beschissen wird. Ich muß mit Groenewold reden. Warum schellt's denn schon? Ist doch erst zwölf. Ach so, die haben Konferenz –

»Hol mir 'ne Cola! Aber presto, presto!« sagte Nonnenroth auf dem Flur.

»Ich wollte Sie noch etwas fragen.«

Rull blieb auf der Treppe stehen und betrachtete die dreißig Pfennig in seiner Hand.

»Ich hab jetzt keine Zeit. Konferenz – hast du doch gehört!«

»Es dauert nicht lange.«

»Presto, presto!« sagte Nonnenroth und ging weiter. »Na, schieß schon los!«

»Haben Sie wirklich nicht gehört, was ich da vorgelesen habe?«

»Bin ich Beethoven, Junge? Natürlich hab ich das gehört!«

»Ja aber – Sie haben doch gar nichts darauf gesagt!«

»Junge, was soll ich denn darauf sagen? Du hast dich bei irgend so einem Radikalinsky vollaufen lassen, und jetzt wirfst du am Rathaus die Fensterscheiben ein und willst die Welt ändern. Hab ich recht oder stimmt's?«

»Die Strafarbeit war gar nicht von mir.«

»Dacht ich mir doch. Hab ich nämlich schon mal gehört!«

»Das hätte irgendwie aber auch von mir stammen können.«

»Na, ist ja auch egal, hast Schwein gehabt! Junge, vor dreißig Jahren, da haben sie uns mit Schiller, Kleist und Hölderlin gefüllt bis zum Kragenknopf. Dann haben wir ›Wohlauf, Kameraden!‹ und ›O heilig Herz der Völker, Vaterland‹ gebölkt und auch geglaubt, das stamme irgendwie von uns! Und siebzehn aus meiner Klasse, die haben noch im Massengrab gebrüllt: ›Deutschland muß leben, und wenn wir sterben müssen!‹«

»Ja aber, jetzt geht es doch um –«

»Weiß ich, weiß ich, Junge! Darfst nicht glauben, wir alten Knaben wären alle mente captus! Aber merk dir eins, Junge: Die Welt wird sich nie ändern. Die war, ist und bleibt: beschissen.«

»Ja aber, so kann man doch nicht leben!« sagte Rull.

»Wie kann man nicht leben?«

»So ohne etwas, an das man glaubt – das einem hilft, für das es sich lohnt«, würgte Rull heraus. »Gerechtigkeit, Humanität, Freiheit – das haben sie uns doch hier sechs Jahre lang angepriesen. Das kann doch nicht alles –«

»Jetzt will ich dir mal was erzählen, Parzival!« sagte Nonnenroth. »Reiß die drei Wochen hier noch herunter und dann vergiß alles, so schnell du kannst, und werde Autohändler, Häusermakler oder stell Kühltruhen auf!«

»Aber das ist –«

»Das ist Materialismus westlicher Provenienz, Junge. Vor dem warnt hier jeder den anderen, damit er inzwischen selbst den Rahm abschöpfen kann. Und dann geht er in den Tempel und betet: Herr, laß nur nicht den roten Materialismus über mich kommen! Erhalt uns den schwarzen! Das Abendland, das Christentum, die Humanität und der liebe, liebe Kapitalismus würden's nicht überleben.«

Rull starrte Nonnenroth an.

»Ja aber –« sagte er noch einmal und betrachtete die eichenfurnierte Tür zum Lehrerzimmer.

»Was zählt im Leben, Junge, das ist die Brieftasche! Die Brieftasche und nur die Brieftasche. Alles andere sind Ablenkungsmanöver.«

»Scheiße!« sagte Rull und drehte sich um.

Nonnenroth lachte wieder und schloß die Tür auf.

»Eine Cola!« rief er. »Aber eiskalt! Presto! Presto!«

Rull trottete langsam weiter.

Auf der Treppe überholte ihn Adlum.

»Gehste heute nachmittag mit ins Hallenbad?«

»Nö. Ich muß mir doch 'nen andern Job suchen«, sagte Rull und trottete weiter.

»Ich habe Herrn Kollegen Wiepenkathen mit der Ausarbeitung einer neuen Schulordnung betraut«, sagte Gnutz und wälzte seine Zigarre zwischen Daumen und Zeigefinger. »Es läßt sich ja leider nicht mehr länger übersehn, daß sich die Disziplin unserer Schule in geradezu erschreckendem Ausmaß gelockert hat! Wir, das heißt das Kollegium und ich, sehen uns daher gezwungen, die Saiten straffer zu ziehen! Ist es Ihnen schon gelungen, eine Kommission für dieses brennende Anliegen zu bilden, Herr Kollege?«

»Herr Hübenthal will wohl mitarbeiten und wahrscheinlich auch Herr Kollege Groenewold!«

»Wahrscheinlich?«

»Wahrscheinlich, ja.«

»Nun gut. Ich hoffe, erwarte und wäre vor allem Ihnen, Kollege Wiepenkathen, zu Dank verpflichtet, wenn Sie mir Ihre Vorschläge bis – sagen wir: innerhalb der nächsten vierzehn Tage unterbreiten würden. Da die große Schulreform zu unser aller tiefem Bedauern, ja, ich darf wohl sagen, zu unserer Erschütterung auf sich warten läßt, wollen wir – ich denke dabei an jeden einzelnen von Ihnen, meine Herren – wollen wir hier zumindest die Schulordnung einer Revision unterziehen und sie neuerlich mit den beiden Prinzipien jeder Pädagogik erfüllen: mit Liebe und Strenge! Liebe und Strenge in lebendiger Kommunikation sind gleichsam die beiden Säulen am Eingang jeder Akademie, im Athen des Platon ebenso wie heute –«

Gnutz stockte unversehens, klopfte ärgerlich seine Zigarre ab, betrachtete verdutzt den sprachlosen Papageien und sagte mit konziliantem Nachdruck:

»Wir haben doch ein Lehrmittelzimmer!«

»Ich brauche den Kameraden von der sprechenden Fakultät augenblicklich jeden Morgen als Präparat in Biologie«, sagte Nonnenroth, »und Kuddewörde braucht ihn als Aktmodell im Zeichnen. Da lohnt es sich gar nicht, den jedesmal rauf in die Rumpelkammer zu schleifen.«

Gnutz winkte großzügig ab.

»Nun gut.

Soviel zur Revision der Schulordnung.

Ad 2: Sie werden zu Beginn unserer Konferenz bemerkt haben – eigentlich möchte ich lieber sagen: unserer Zusammenkunft, aber führen Sie bitte trotzdem das Protokoll, Kollege Matuschat –, daß ich also einige Minuten zu spät kam. Ich bitte, das zu entschuldigen.

Der Grund war keineswegs privater Natur: ich habe mit der Regierung telefoniert. Wie Sie bereits wissen, stehen jeder Schule aus einem Sonderetat zur Förderung des gegenwartsnahen Unterrichts tausend Mark zur sofortigen Verfügung. Ich habe nun – nach persönlicher Kontaktnahme mit dem zuständigen Dezernenten, beiläufig gesagt – erreichen können, daß wir, unsere Schule bildet da eine Ausnahme, nicht tausend, sondern tausendfünfhundert Mark erhalten.«

»Bravo!« sagte Nonnenroth.

»Ich schlage von mir aus vor, für diesen Betrag ein Fernsehgerät zu kaufen.«

»Müssen wir da fünfzehnhundert Mark anlegen, Herr Direktor?« fragte Harrach.

»Mein lieber Kollege: das Beste ist für unsere Jungen gerade gut genug.«

Kuddewörde nickte aus Überzeugung.

»Jetzt aber ad hominem: Meine Herrn, ich habe die freudige Pflicht, Ihnen unseren neuen Kollegen für Englisch und Geschichte, Herrn Realschullehrer Jottgrimm vorzustellen!«

Jottgrimm erhob sich, schloß sein Jackett und verbeugte sich leicht in alle Richtungen des Konferenzzimmers.

»Ich freue mich ehrlich, Herr Direktor, mit Ihnen und Ihrem Kollegium zum Wohl unserer Jugend arbeiten zu dürfen«, sagte er.

Gnutz nickte angetan und ergriff neuerlich das Wort.

»Herr Kollege Jottgrimm hat vorher zwölf Jahre an einer Realschule in Düsseldorf unterrichtet. Er ist also sozusagen schon ein alter Kutscher. Ich glaube, wir brauchen ihm das Knallen nicht mehr beizubringen.

Übrigens, wenn ich das hier einmal einflechten darf: im letzten Weltkrieg war Kollege Jottgrimm U-Boot-Offizier! Er hat, wie er mir vorhin mitteilte, mehrere hunderttausend Bruttoregistertonnen versenkt!«

Jottgrimm sammelte bescheiden stolz ein halbes Dutzend anerkennende Blicke ein.

»Ich habe immer gefunden, zu einem Kollegium, das harmonieren soll, gehört auch eine gewisse Vertrautheit in der privaten Sphäre, ein Kontakt von Mensch zu Mensch«, erklärte Gnutz.

»Vielleicht, Herr Kollege Jottgrimm, sind Sie so liebenswürdig und erzählen uns, zum Einstand gewissermaßen, so einiges aus Ihrer Tätigkeit damals? Ich nehme an, daß so was uns doch alle interessiert, meine Herrn?«

»Oh – das ist schon so lange her«, sagte Jottgrimm rasch und errötete. »Und es gibt ja auch mancherlei Gründe, die Erinnerung an jene Jahre nicht wieder aufzufrischen.«

Die Blicke wechselten zwischen Verständnis und Enttäuschung.

»Nun, wir können natürlich nicht erwarten, daß Sie die gewiß tragische Fülle Ihrer Feindfahrten hier vor uns ausbreiten«, sagte Gnutz. »Es gibt Wunden, an die man nicht rühren soll: das wird hier jeder verstehn. Aber das eine oder andere Erlebnis, vielleicht die ja wirklich abenteuerliche Geschichte Ihrer leider gescheiterten Flucht – also, was mich angeht, ich würde sie gern noch einmal hören. Und ich bin sicher, daß Sie auch im Kollegium dankbare Zuhörer finden.«

»Ja, wenn die Herrn Kollegen wirklich –«

Jottgrimm erkannte mit geübtem Blick eine leichte Majorität der Nicker und begann also:

»Nach der Landung der Alliierten auf der Halbinsel Cotentin, es war am 6. Juni 44, wurde ich mit meiner Besatzung zur Marineinfanterie abgestellt. Am 9. Juni kamen wir in amerikanische Gefangenschaft. Nun lagen im Hafen von Cherbourg noch ein paar U-Boote von uns. Sie wissen vielleicht nicht, meine Herrn, daß wir kurz vor Kriegsende fast so weit waren, daß wir einerseits für die feindlichen Radarschirme unauffindbar operieren konnten, andrerseits jeden Tag auf den Einsatz von Atom-Torpedos hoffen durften.«

»Also doch!«

»Na, wir lagen zunächst einmal ein paar Kilometer hinter der Front drei Tage auf der Erde im Regen. Zu essen gab es so gut wie nichts.«

»Kreuzzug!«

»Nun, eines Nachts, wir froren wie die Hunde, sage ich zu meinen Leuten: Das Camp ist nur schwach bewacht. Die Amerikaner haben alle Mann an die Front geworfen – wir hauen ab.«

»Haben wir auch gemacht«, sagte Hübenthal. »Und als sie uns erwischten, sammelten die Schwarzen unsere Trauringe ein. Bei einem Kameraden mitsamt dem Finger. Hab ich mit eigenen Augen gesehn, meine Herrn. Mit dem Bajonett – so.«

»Und die spielen sich nachher als Richter auf!«

»Na, denken Sie doch an Dresden. Haben Sie Dresden vorm Krieg gekannt?«

»Ja, ich sage also zu meinen Leuten: Wir hauen ab! Organisieren einen Jeep, bis Cherbourg ist verbrannte Erde – wollen sehn, ob wir ein Boot klar bekommen, Kameraden!«

»Davon hab ich doch gelesen, Herr Kollege!« sagte Matzolf.

»Ja, es wurde später allerlei in den Soldatenzeitungen geschrieben darüber. Wir kamen nämlich wirklich bis Cherbourg durch! Sogar auf ein Boot. Dann allerdings –«

»Soweit die Flossen tragen«, sagte Nonnenroth.

»Wann war das, Herr Jottgrimm?« fragte Groenewold.

»Das war am 20. Juni 44, nachts 2 Uhr 45. Mir ist, als sei es heute.«

Groenewold stand auf.

»Entschuldigen Sie bitte, daß ich schon gehe«, murmelte er. »Ich erwarte eine für mich wichtige Nachricht.«

»Ich verrate wohl kein Geheimnis«, sagte Gnutz wohlgelaunt. »Herr Kollege Groenewold will uns Ostern wieder verlassen!«

»Es steht noch nicht fest«, sagte Groenewold und ging zur Garderobe.

Direktor Gnutz lächelte ermunternd den neuen Kollegen an.

Groenewold schlug den Mantelkragen hoch, sah kurz hinüber zu Crispenhoven und Violat und verabschiedete sich.

Im Laufe des Nachmittags –

IV

– ging Rull in das Viertel hinterm Hauptbahnhof.

Die Straßen verloren hier die Wohlstandsmaske. Es gab noch Mietskasernen, Barackenpinten und Trümmer. Aber dazwischen auch einen Kinderspielplatz mit Rollschuhbahn und Minigolf.

Rull blieb stehn, legte die Arme auf die himmelblaue Einfriedung und sah zu. Die Kinder schossen sich mit versilberten Brownings jubelnd und hartnäckig tot. Auf einer Hollywood-Schaukel saß ein Mädchen, um die Zwanzig, streckte sein Gipsbein waagerecht von sich, schrie abwechselnd: »Thomas! Petra! Markus! Gabriele!« und las in einem schmuddeligen Romanheft.

»Können Sie mir sagen, wo hier der Puff ist?« fragte Rull.

Die Spielplatztante musterte ihn spinnewütend und sagte: »Machensedaßseweiterkommensieschwein!«

Rull rammte die Fäuste in die Taschen seines schwarzen Anoraks und trottete an den räudigen Hauswänden entlang weiter die Straße hinauf. Er kam an eine Imbiß-Bude, kaufte sich eine Cola, trank sie sehr langsam aus und steckte sich an der vibrierenden Gaskerze eine Zigarette an. Da sah er, gegenüber am Straßeneck, die erste Hure.

»Um fünf«, sagte Satemin. »Dann sind nicht so viele Leute in der Kirche. Ich mußte noch für die Mathematikarbeit lernen.«

Er stopfte sein Halstuch in die Jacke, bürstete sich über das Haar und nahm den ›Schott‹ vom Vertiko.

»Vergiß nicht, für deine Mutter zu beten, Horsti!«

»Bestimmt nicht, Onkel.«

Der Straßenbauwohnwagen stand hinter der Stadtwaldsiedlung am Ende des halbgepflasterten Wegs im gelben Sand.

Schanko setzte sich auf ein Zementrohr und wartete.

Er hörte, wie der Wacholder in der Drossel gluckerte, sah Licht im Schlüsselloch und wußte, daß Max jetzt bald anfangen mußte zu singen.

Sie stand auf der Treppe einer Bierbar, gähnte und schrubbte sich an der Hauswand den Rücken. Das schulterlange, gelbgefärbte Haar fiel ihr ins Gesicht, als sie sich bückte und ihre Schuhsohle betrachtete; sie schob es mit dem Handrücken zurück, richtete sich auf, griff in ihre kurzen jeans, drehte sich nach der Glastür um und fing an, sich zu kämmen.

Rull bezahlte seine Cola und überquerte die Straße.

Die Hure drehte sich um, sah ihn auf sich zukommen, stieg hochhackig die Treppe hinunter und setzte ihr abgenutztes Lächeln in Betrieb.

»Nein, mich wundert gar nicht, daß du zur Beichte gehst«, sagte Claussen. »Du weißt so gut wie ich, daß es nichts Schrecklicheres gibt, überhaupt nichts Schrecklicheres im Leben, als aus dem Stand der Heiligen Gnade zu treten.«

»Kameraden, wir haben die Welt gesehn,
Paris und den heiligen Ort,
wir haben unsere Seelen in das Meer gekotzt,
bei Jamaika, da schwammen sie fort –«

sang Max mit einem noch gedämpften, grollenden Bariton.

»Eine halbe Pulle«, dachte Schanko. »Mehr hat er noch nicht binnen. Ich kann's noch wagen.«

Er stand auf, legte den Kopf gegen die Wohnwagentür und klopfte.

Rull schleppte sich auf sie zu, er grub die Hände tiefer in die Anoraktasche, ließ den Kopf sacken, sah nur noch die unterste Treppenstufe, auf der jetzt, in schokoladenbraunen Pumps mit Stilettabsätzen, die weißen Beine der Hure standen, ohne Strümpfe, das linke im Knie angewinkelt, schräg vom rechten abgespreizt, die Treppenstufe kam näher auf Rull zu, eine diabasgrüne, ausgetretene Treppenstufe, voller Kippen, Rull sah das schwarze, behaarte Muttermal auf der Wade des nach außen gedrehten Beins, er versuchte schneller zu gehen, ging langsamer, die Zigarette hing kalt zwischen seinen gepreßten Lippen, kalt und bitter, Rull rutschte über den Trichterrand in die Mitte des Strudels, schwer und weich kreiselte der Sog in seinem Körper, er trieb im stumpfen Winkel auf die schwarzbehaarten Beinstümpfe zu, geriet in den scharfen Dunst von Kippen, Parfum, Schweiß und Puder, die Stimme der Hure nistete sich in ihm ein:

»Kommste mit?«

Satemin legte die Hand auf Claussens Gepäckträger und sagte:

»Kannst du mir den Unterschied zwischen Kommunismus und Christentum auf eine kurze Formel bringen?«

»Der Christ denkt: ›Was mein ist, ist auch dein!‹ Der Kommunist: ›Was dein ist, ist auch mein!‹«

»So hättest du 's wohl gern?« sagte Satemin und lachte.

»Die Formel stammt nicht von mir. Ich hab sie von Pater Neuhaus.«

»Und der Kapitalist denkt: ›Was dein ist, ist mein, und was mein ist, geht dich nichts an!‹«, sagte Satemin.

»Stammt das von dir?«

»Natürlich!«

»Der Kapitalist, auf den dein Satz da zutrifft, der existiert heute ja gar nicht mehr!«

»Wo nicht?«

»Hier bei uns.«

»Satz drei ist polemisch«, sagte Satemin. »Wie dein zweiter Satz. Halb Wahrheit, halb Lüge. Falsch aber ist nur ein Satz: der erste.«

»Der erste – warum?«

»Wenn er richtig wäre, Pius – dann hätten Satz zwei und Satz drei nie aufgestellt werden können.«

»Du verstehst den Satz falsch. Er ist ein Gebot, aber –«

»Der Christ, auf den er zutrifft, existiert nicht mehr!«

Claussen schob sein Rad in den Ständer neben der Sankt-Antonius-Kirche.

»Und trotzdem gehst du jetzt zur Beichte«, sagte er.
Satemin sah verblüfft auf.

»Entschuldige!« sagte Claussen und hielt Satemin die Tür auf. Dann tauchten sie die Hände zusammen in das Weihwasserbecken.

Der Gesang brach ab.

Schanko klopfte noch einmal, sprang aber rasch drei Schritte zurück. Die Tür wurde mit einem Fußtritt aufgestoßen. Max stand groß und ruhig auf dem Podest.

»How much is it?«

»Hallo Jimmy!« sagte die Hure, taxierte Rull, rasch und kalt, wippte die letzte Treppenstufe hinunter und hängte sich in seinen Arm.

»Twenty marks for you, darling! Right?«

»Yes.«

»But without extras, you understand?«

»Yes.«

»Come on, baby!«

Rull trabte neben ihr her, wütend, daß er sich schämte; und sich schämte, umzukehren.

»Segnen Sie mich, hochwürdiger Vater. Ich habe gesündigt.«

»Der Herr sei in deinem Herzen und auf deinen Lippen, damit du alle deine Schuld recht beichtest. Im Namen des Vaters und des Sohnes und des Heiligen Geistes. Amen.«

»Stift!« sagte Max und grinste. »Ich hab einen am Arsch.«

»Macht nichts. Ist ja auch schon sechs durch.«

Das lange, knochige Gesicht verschloß sich sofort.

»Schnauze!« sagte Max. »Wenn du frech wirst, knall ich dir eine vorn Latz.«

Er drehte sich um und stakste zurück in den Wagen. Schanko kletterte hinter ihm her.

Rull stand am Fenster neben dem Rauchtischchen und betastete die Schaumgummirosen. Sie waren: rauh, widerstandslos und klebrig. Drei Schaumgummirosen in Rot, Weiß und Gelb mit schwammigen Blättern auf giftgrünen Stengeln, durch die der Zinkdraht stach.

»Hübenthal hat die in der Autovase«, dachte Rull und sah aus dem Fenster.

Auf der Straße stelzte das behinderte Mädchen um die Ecke. An der einen Hand schleppte es einen kleinen, heulenden Jungen hinter sich her, in der anderen hielt es seinen zerfledderten Roman. Ein Bierkutscher wartete, bis sie vorbei waren, und rollte dann zwei kurze, stämmige Fässer in den Keller der Bar. Sein rostbrauner Schurz war tropfnaß.

Rull erinnerte sich in diesem Augenblick genau, wie ein Stück Biereis schmeckt.

»Deinde ego te absolvo a peccatis tuis, in nomine Patris et Filii es Spiritus sancti! Amen.«

»Und warum willst du das grauschwarzgrünblaubraune Ehrenkleid der Nation nicht tragen, Stift?«

»Du bist doch auch abgehauen!«

»Drüben?«

»Ja. Aus politischen Gründen.«

»Sagt man.«

»Wie?«

Max kerbte eine von den Zigarren, die Schanko ihm mitgebracht hatte, an, schob sie zwischen die Lippen, drehte, beleckte sie und setzte seinen Tausendzünder in Gang.

»Könntest mir ruhig auch eine Pinte gönnen«, sagte Schanko.

»Keinen Schluck, solange ich hier noch etwas zu sagen habe.«

»Warum nicht?«

»Ich hab was gegen Schnaps.«

»Aber du –«

»Schnauze!«

Schanko rückte seinen Stuhl etwas zurück und schielte über die Petroleumlampe, aber Max sah unbeteiligt und kalt vor sich hin.

»Prost, Stift!« sagte er.

»Lets go, Jimmy!« sagte die Hure. »Time is money!«

Rull drehte sich langsam um.

Die Hure lag auf der Couch. Die Paradekissen hatte sie sorgfältig auf den Tisch gebaut. Sie betrachtete ihre Fingernägel.

»There – the rubber!« Und Rull betrachtete das Präservativ. Es lag appetitlich und nett in seiner Goldfolie. ›Unter Zurhilfenahme von Preßluftapparaten geprüft!‹ las er. Ein gurgelndes, stammelndes Gelächter brach aus ihm, er schüttelte sich und sagte prustend:

»Give me a cigarette, please!«

Satemin trat ins Seitenschiff.

In der Marienkapelle kniete Claussen. Satemin lehnte sich an einen Pfeiler und sah ihm zu. Vier Geräusche waren im Raum: das Schlurfen der Schritte vorm Beichtstuhl, das Flackern der Votivkerzen, das winzige Klappern der Rosenkranzperlen, das Murmeln des Beters.

»Te Deum laudamus! Te Dominum confitemur –«

Max hob die Flasche, schob das Glas vor die blakende Lampe und ließ es genau bis zum Eichstrich vollaufen.

»Was soll das heißen: sagt man! Ich denke, du warst am 17. Juni dabei?« fragte Schanko.

»War ich, Stift. Prost!«

»Prost!« sagte Schanko mürrisch.

»Aber nicht bei den Märtyrern. Die sind nämlich erst im Westen geboren worden, als sie im Osten als Verbrecher krepiert waren.«

»Wobei denn?«

»Bei den Kumpels vom Straßenbau, die morgens ihre krummen Knochen eine Stunde länger gradmachen wollten.«

»Das letzte Mal hast du die Geschichte ganz anders erzählt!«

»Das nächste Mal erzähl ich sie wieder anders«, sagte Max.

»Und was ist wahr dran?«

»Ich.«

Max kippte seinen Wacholder und versteckte das Glas wie eine Nuß in der Hand.

Rull nahm seine Brille ab, legte den Kopf zwischen ihre schwammigen, weißen Brüste und sagte:

»Das ist schön.«

Die Hure zog ihm die Anorakkapuze übers Gesicht und seufzte: »Allmächtiger Gott! Schon wieder einer, der hier 'ne trockene Amme sucht.«

Satemin stand unbeweglich an der Säule, eine Viertelstunde lang, und beobachtete Claussen, der immer noch betete, konzentriert und ernst. Dann nahm er eine große Wachskerze aus dem Verkaufsregal, zündete sie an und stellte sie zu den andern flakkernden Kerzen vor die Madonna.

Claussen sah auf und lächelte.

Satemin wandte sich ab, trat wieder an den Verkaufsstand, zögerte, steckte sein Markstück zurück in die Hosentasche und ging zum Eingang.

»Du willst also nicht zum Barras?«

»Nee!«

»Und suchst ein Loch im Netz?«

»Ja.«

»Hör zu!« sagte Max. »Da gab's einen, es war noch unter Adolf, der hieß bei den Leuten, die ihn weiterreichten, nur der W. U. –«

»Was heißt'n das?«

»Wehruntauglich. Nie gehört?«

»Nee.«

»Sieh zu, daß du's nicht zu spät hörst. Dieser W. U. also, den konnte sich einer mieten, wenn er Kies genug hatte oder wenn er dem W. U. sympathisch war. Das Geschäft lief dann so: sobald der Kunde, der etwas gegen Helden hatte, gemustert werden sollte, verzog er kurzfristig in eine andere Stadt, lud den W. U. ein und schickte ihn für sich aufs Wehrmeldeamt.

Der W. U. war ein Genie in Krankheit. Kein Heldenklau ist je auf den Gedanken gekommen, den W. U. k.v. zu schreiben, und das wollte damals was heißen. Wenn der W. U. nur wollte, dann hatte er alle Plagen der Weltgeschichte am Balg, sogar Kindbettfieber.

Der W. U. ist siebenunddreißigmal ausgemustert worden, hat siebenunddreißig Männern, die keine Zeit zum Sterben hatten, das Leben gerettet! Macht, wenn man im Schnitt zwei eheliche und zwei uneheliche Kinder rechnet, einhundertachtundvierzig Deutsche diesseits und jenseits des Eisernen Vorhangs, macht, wenn man den Frauenüberschuß in Betracht zieht, zweiundsiebzig heute kampffähige deutsche Landser, macht, wenn man die Bevölkerungszahl einkalkuliert, vierundfünfzig Bundeswehrsoldaten und achtzehn Vopos, macht, wenn als Schlüsselzahl für den Flüchtlingsstrom –«

»Du willst mir doch nicht etwa erzählen, daß dein W.U. nie aufgefallen ist.«

»Es hat ihn einer verpfiffen.«

»Ein enttäuschter Kunde?«

»Idiot! Enttäuschte Kunden gab's beim W.U. nicht. Eine Konkurrenzfirma.«

»Und?«

»Der W.U. wurde eingezogen! Strafkompanie. Unternehmen Himmelfahrt.«

»Und?«

»Der W.U., Stift, das bin ich.«

Schanko stand auf.

»An der Geschichte ist kein Wort wahr!«

»Aber jedes, wenn ich am Don unter den Sonnenblumen läge.«

»Versteh ich nicht.«

»Das hoff ich! Sonst müßte ich auch meinen letzten Schnaps mit dir teilen, Stift.«

Schanko ging zur Tür.

»Hör auf, mich zu verarschen, Max. Mir ist's ernst.«

»Wenn's dir ernst ist, dann sag mir endlich in einem Satz, warum du nicht das braunrotgrünblauschwarzgelbgraukarierte Ehrenkleid der Nation anziehen willst!«

Max stemmte sich hoch, marschierte durch den Wagen und präsentierte die Schnapsflasche:

»Wer dem Tod ins Angesicht schauen kann, der Soldat allein ist der rechte Mann!« brüllte er.

»Ich verweigere aus Gewissensnöten«, sagte Schanko.

Max verschluckte sich, riß die Flasche vom Hals und starrte Schanko entgeistert an.

»Aus was?«

»Aus Gewissensnöten.«

Max ließ sich auf den Schemel zurückfallen und sagte:

»Leck mich am Arsch! Das ist die einzige Krankheit, hinter der sich der W. U. nicht versteckt hat.«

»Aber im Grundgesetz, Artikel –«

»Hör zu, Stift: es gibt nur einen einzigen Grund, mit dem du von mir in Richtung Heimat geschickt würdest, auf der Stelle sogar!«

»Und das wäre?«

»Feigheit.«

»Biste bekloppt?«

»Hör zu, geh hin und sag: Leidensgenosse Heldenklau, ich bin zu feige, an den Krieg auch nur zu denken, geschweige, für ihn zu trainieren. Ich habe nämlich gesehn: Erstens – nein, ihr habt ja nichts gesehen«, brüllte Max. »Weder du noch dein Heldenklau! Nichts!«

Sie griff auf den Rauchtisch und fischte sich die brennende Zigarette.

»Du bist viel zu schade für den job«, brummelte Rull.

Die Hure schob ihn beiseite und fing an, ihre Strümpfe aufzurollen.

»Quatsch mit Soße!« sagte sie. »Du hast dich in der Hausnummer geirrt. Hau jetzt ab!«

»Wenn es in letzter Minute doch noch gelänge, die christlichen Kirchen zu reformieren«, notierte sich Satemin, »wäre der Weg der Kommunisten wahrscheinlich recht leer.«

Er saß auf der Bank am Fluß und sah Claussen aus der Kirchentür kommen und dann langsam die Anlagen durchqueren.

»Hi!« rief Satemin und hob die Hand.

Claussen blinzelte kurzsichtig zu ihm hinüber, änderte seinen Weg und schlenderte auf die Bank zu.

»Setz dich doch einen Augenblick!« sagte Satemin.

»Ich will dir den besten Einwand, den es gegen das Großexperiment im Osten gibt, ausliefern: Ein Zweck, der ungerechter Mittel bedarf, kann kein gerechter Zweck sein.«

»Das ist ein guter Satz!«

»Selbst wenn er die Wahrheit, die von den Jesuiten auf den Kopf gestellt wurde, wieder auf die Beine bringt?«

»Die Jesuiten haben nie behauptet, daß der Zweck die Mittel heilige!« sagte Claussen. »Das ist eine Verleumdung protestantischer Herkunft.«

»Na, über Verleumdungen, da wollen wir zwei nicht streiten, Pius! Da ist die Bilanz zwischen Kommunismus und Christentum wohl ausgeglichen.«

»Es läßt sich drüben leben«, sagte Max. »Wenn du den Kopf behältst. Oben. Aber nicht zu weit oben.«

»Das is nicht viel.«

»Doch!«

Max legte seine Hände vor sich auf den Tisch und verschränkte die Finger. Schließlich wurden Fäuste aus den Händen.

»Hör zu, Stift: einer mußte Schnee schippen, auf 'ner Rollbahn in Polen, mit so'n paar Kumpels, morgens um vier. Die Kumpels marschierten in die Unterkunft zurück, als die Rollbahn leer war, der eine hockte sich hinter den Schneehaufen und wartete, was aus den dreiundzwanzig Polen wurde, die hinter der Baracke standen. Sie hoppelten auf die Rollbahn zu, wunderten sich, daß sie sauber war – ohne sie. ›Gott weiß warum, ich nicht‹, dachte sich der eine hinterm Schneehaufen, sah der Maschine zu, die aus dem Schuppen rollte, eine Me 109, dachte sich aber schon ebensowenig Gutes wie die dreiundzwanzig plötzlich brüllenden Polen, und richtig: keiner hat den Kopf oben behalten!«

»Was waren denn das für Polen?« fragte Schanko.

»Polen.«

»Und die Deutschen in der Me 109?«

»Deutsche.«

»Das meine ich nicht!«

»Sonst war, glaub ich, kein Unterschied zwischen denen.«

Schanko nahm Max' Glas und trank es auf einen Zug aus.

»Prost!« sagte Max.

»Warum haben die sich denn nicht geduckt?« fragte Schanko.

»Wer?«

»Die Polen.«

»Weil sie alle einen Pflock im Arsch hatten, auf dem sie hocken mußten!«

»Schweine.«

»Wer?«

»Diese Nazis.«

»Es ließ sich mit ihnen leben. Wenn man den Kopf behielt. Oben. Nicht zu weit oben.«

»Ist die Geschichte wahr?« fragte Schanko.

»So wahr ich tot bin.«

Die Hure zog ihre Strümpfe an, setzte sich vor den Toilettentisch, griff nach der Haarbürste, legte sie aber wieder hin und warf einen Morgenrock über.

Sie kramte in ihrer Handtasche.

»Hier sind zehn Flöhe zurück«, sagte sie. »Wir wollen uns die Pleite teilen.«

Rull knüllte den Schein in der Faust zusammen.

»Till we meet again!« sagte er und trottete zur Tür.

»Shut up, baby!«

Erst jetzt sah Rull, daß sie älter als seine Mutter war.

»Ich muß jetzt nach Hause!« sagte Claussen. »Deine Argumente –«

»Gegenargumente!«

»– oder Gegenargumente muß ich mir erst durch den Kopf gehen lassen.«

»Ich kann dir noch eine ganze Nato-Abschußbasis voll geistiger Munition gegen den Osten liefern«, sagte Satemin und sah an Claussen vorbei auf ein Paddelboot, das den Fluß hinunter trieb.

»Übrigens, der Satz, der dir so gefallen hat, stammt von Karl Marx.«

»Ein Zweck, der ungerechter Mittel bedarf –«

»– kann kein gerechter Zweck sein! Ja.«

Claussen schüttelte den Kopf und ging langsam durch die Anlagen nach Hause. Satemin blieb noch am Fluß sitzen.

»Aber du bist doch aus Berlin, Max?«

»Bin ich.«

»Und trotzdem –«

»Und trotzdem bin ich mir geteilt lebendig lieber als wiedervereint tot.«

»Ich muß jetzt abhauen«, sagte Schanko.

»Schreib mir 'ne Ansichtskarte von Plötzensee.«

»Mal sehn.«

Schanko kletterte aus dem Wagen und stapfte auf der ungepflasterten Straßenseite der Stadt zu.

Hinter ihm fing Max mit gedämpftem, grollendem Bariton wieder an zu singen.

Rull blieb an der Kreuzung stehen, hängte sich mit in die schwankende Menschentraube, street-corner-society, es waren fast nur Erwachsene, die sich auf dem Trottoir stauten, die Köpfe nach hinten legten, das Gesicht alarmiert.

Das Plakat hing mitten im Blickfeld des Verkehrs, ein großes Plakat, drei mal fünf Meter, in Höhe des zweiten Stocks in einem Holzrahmen über die Hauswand gespannt. Die Leiter des Malers schwappte, das steigerte seine Inspiration, er war mächtig in Fahrt, sein Pinsel sprang automatisch und phantasievoll im Rahmen auf und ab, links spritzte schwarze Farbe auf das Trottoir, rechts spritzte rote Farbe auf das Trottoir: die Gaffer wichen beeindruckt zurück.

»Hingerichtet!« las Rull die rote triefende Signalschrift oben; betrachtete den Blick darunter, den schwarzen Hackklotz mit dem isolierten Kopf, aus dessen Halsstummel ein dicker Blutstrahl schoß; betrachtete den herkulischen Arm des Henkers mit dem Fleischerbeil, »Sind aller Augen« schrieb der Maler in beschwörendem Schwarz, und aller Augen waren es, waren hingerichtet: »Auf Müllers elektrische Babysitter!«

Rull zockelte weiter, Gelächter, Seufzer, Gequassel im Rücken. Rull tauchte in eine Unterführung. Rull krabbelte wieder ans Licht. Rull nahm die Mozartallee. Rull kaufte sich am Kiosk neben der Bedürfnisanstalt ein Päckchen Kaugummi. Rull pfiff.

Die Hegelstraße lief, ein breites, gut asphaltiertes Fließband, unter seinen Schritten in die Gegenrichtung. Groenewold kam nicht vorwärts, vollführte einen Bühnenmarsch, die Kulissen rechts blieben die gleichen: Wilhelminisches Empire, nackte Germania, Gott mit uns, anno neunzehnhundertdreizehn. Die Kulissen links blieben die gleichen: Schlaraffiaklassik, Aluminiumfassaden, Glas und Beton, Gott ohne uns, anno neunzehnhundertdreiundsechzig. Rechts Gründerzeit, links Gründerzeit, eine Straße von Bomben reinlich in zwei Epochen geschieden, zwischen denen der Verkehrsstrudel fluktuierte. Groenewold blieb an der Haltestelle stehen, lehnte sich gegen die Hauswand, spürte den unheimlichen Schmelzpunkt der Wirklichkeit, Raum und Zeit verloren ihre Solidität, waren aufgehoben wie auf einer Bühne: unwirklich, illusionär und definitiv.

Der Omnibus rollte heran, hielt. Groenewold stieg als letzter ein, blieb an der Ausgangstür stehen.

»Vor fünfundzwanzig Jahren«, dachte er und betrachtete das schwere, blaufleischige Gesicht des Fahrers, »was würdest du vor fünfundzwanzig Jahren getan haben, wenn Vater hier im Omnibus vor dir gestanden hätte, mit dem gelben Stern? Was hast du getan, damals?«

Groenewold ließ die rechte Hand in die Brusttasche gleiten und spürte das glatte, verläßliche Papier des Visums an den Fingerkuppen.

Er schob sich noch näher zur Tür, sein Blickwinkel veränderte sich, und im Rückspiegel schwamm das Gesicht eines Mädchens, jung, sauber, von unbestimmtem Lächeln überflogen.

›Und du, was wirst du tun, jetzt, wenn über dir im Lautsprecher plötzlich eine gewaltige Stimme verkündet, daß in diesem Leben, in diesem Land, in dieser Stadt, in diesem Omnibus kein Platz ist für Juden oder für Neger oder für Christen oder für Kommunisten? Was kannst du tun?‹

Das Radio brachte Nachrichten. Der Fahrer war nicht zufrieden mit dem, was sich in der Welt tat, und schaltete den Selektor ein:

human memory is short ... drei katholische Priester fuhren mit der Rettungsmannschaft in den Schacht ein ... Radargeräte für Blinde ... bien des Françaises et des Algériens s'irritent ... wie notwendig es war, daß der Bundeskanzler den Verteidigungsminister aus seinem Urlaub nach Bonn ... Schlager Nr. 1 ist in Thailand zur Zeit ... Das Gesunde, das Natürliche, das Reine ... London von der Callas enttäuscht ... es ist eben noch kein Talleyrand vom Himmel gefallen ... L'homme est la seule créature parlante ... Gott aber ist treu, meine Brüder ... in der Zeit des Barock wurde durch die Arbeit der Galilei, Kepler, Descartes,

Huygens, Guericke, Leibniz und Newton ... wenn auf dem Holzkohlenrost nun der ganze Lammrücken bräunt ... Sie hören jetzt das Concerto grosso in F-Dur ... der Einzelhandel hält seine Forderung nach einer wettbewerbsneutralen ... I tacchi sono troppo alti ... ein Kubikmeter Wasser kostet fünfunddreißig bis fünfzig Pfennig je ... human memory is short ...

Der Omnibus hielt. Groenewold stieg aus. Da sah er Rull und das Mädchen.

Das Mädchen stand an einer Kastanie, gebückt, stocherte mit einem Zweig an seinem Fahrrad herum, die Kette war abgesprungen, hatte sich festgeklemmt, das Stöckchen zersplitterte, das Mädchen geriet in Verlegenheit.

Rull stellte das Rad auf Sattel und Lenker, kniete sich auf die Erde, spannte die Kette wieder auf ihr Zahnrad, versteckte seine öligen Hände abgespreizt auf dem Rücken.

Das Mädchen atmete auf, lächelte, stellte sich in den Rahmen, trat aufs linke Pedal, raffte den Rock zurück, »Danke auch!« sagte das Mädchen, stemmte sich auf den Sattel, fuhr in die Stadt zurück.

Rull schob die verdreckten Hände in die jeans, nahm sein Kaugummi wieder in Betrieb, pfiff trotzdem, trabte schlingernd, die linke Schulter hochgezogen, die Allee hinunter.

Erst als Groenewold den Schlüssel in seiner Haustür umdrehte und Rull auftauchen sah, kehrte er mit einem sanften, schwingenden Schmerz zu sich zurück; die Wahrheit des ständig Unheimlichen blieb aber wie ein Aschenregen auf seinen Gedanken liegen.

»Komm!« sagte er.

»Hab ich Ihnen mitgebracht«, sagte Rull, stellte den fiasco auf den Tisch und legte die Schallplatte daneben.

Groenewold saß auf der Couch, noch im Mantel. Er hatte nicht zugehört.

»Hab ich heute verdient«, sagte Rull und brach in sein wieherndes Gelächter aus.

Groenewold betrachtete die Szene, ohne sie wahrzunehmen.

»In der Küchenschublade ist ein Korkenzieher«, sagte er schließlich. »Gläser stehn im Schrank.«

Er hörte, wie Rull die Flasche entkorkte, zog seinen Mantel aus, wollte zur Garderobe gehn, setzte sich aber sofort wieder und legte den Mantel über einen Sessel.

Rull kam aus der Küche zurück, stellte Flasche und Gläser auf den Couchtisch und fragte:

»Darf ich die Platte auflegen?«

»Ja, bitte.«

»›Go down Moses . . .‹«, sang Louis Armstrong.

Groenewold trank sein Glas rasch aus, füllte es nach und trank es wieder aus.

»Ist Ihnen nicht gut?« fragte Rull.

»Nein.«

Rull ging vor der Bücherwand auf und ab.

»Sagen Sie mal was Gutes über die Bundesrepublik!«

»Was?« fragte Groenewold gedankenlos.

»Über die Bundesrepublik! Oder gibt's da nichts Gutes zu sagen?«

Groenewold nahm den Tonarm hoch.

»Auf der anderen Seite ist –«

»Nein, laß, ich möchte das noch einmal hören.«

›Go down, Moses, go down in Egyptland . . .‹

»Doch!« sagte Groenewold. »Vieles. Viel Gutes.«

»Was?«

Groenewold nahm die Brille ab, preßte die Lider zusammen und rieb seine Schläfen.

Rull ließ sich in einen anderen Sessel fallen, Groenewold gegenüber, betrachtete ihn, steckte die Arme durch die Lehnen und sagte:

»Darf ich Ihnen 'ne story vorlesen?«

»Eine von dir?«

»Ja.«

»Gut, lies!«

Rull zog zwei verkrumpelte Blätter aus seinem Pullover, legte sie auf die Tischplatte, fuhr mit der Faust darüber, drehte sie um, fand den Anfang nicht, schob sie quer und fing endlich an zu lesen, leise, hart und trocken:

»Ich war neu in der Klasse und hatte bei Studienrat Schwarz noch keine Stunde.

Als er in die Klasse kam, war es laut. Er betrachtete mich und sagte: ›Du bist neu, nicht wahr? Ich seh schon, du taugst nicht mal für die Wurst! Du dummer Bäckerbursche.‹

Ich antwortete, er kenne mich doch gar nicht. Es wäre gemein, zu sagen, ich tauge nicht einmal für die Wurst, und er solle mir mal sagen, warum ich ein dummer Bäckerbursche sei.

›Was, du wirst auch noch frech!‹ schrie mich Studienrat Schwarz an. ›Komm mal raus!‹

Draußen trafen sich unsere Augen. Seine waren grün und zuckten. Dann klatschten Ohrfeigen in mein Gesicht. Sie waren unsicher und nicht gezielt. Ich heulte nicht.

Die Schläge wurden heftiger, ich stolperte und fiel zu Boden. Studienrat Schwarz kniete auf mir und hämmerte gegen meinen Rücken.

Ich heulte noch immer nicht, denn es waren keine festen Schläge. Ich versuchte seinem Gesicht zu begegnen, aber es gelang nicht.

Er tat mir leid, weil er ein Mann war, der mit der Faust auf den Tisch haut, aber nicht dem Tisch weh tut, sondern seine Hand verletzt.

Studienrat Schwarz schlug sehr lange auf mich ein. Ich weiß nicht, ob es eine Viertelstunde oder ein paar Minuten oder bloß Sekunden waren.

Plötzlich grinste er mich an und belehrte mich, es wäre verboten, Schüler zu schlagen. Ich solle nur versuchen, ihn anzuzeigen.

Ich setzte mich auf die Flurtreppe und heulte.

Studienrat Schwarz wollte gerade wieder in die Klasse gehn, da sah er, daß ich heulte. Er kam zurück und guckte mich an.

Ich bemerkte jetzt, daß er viel kleiner war als ich. Sein Gesicht war verschwitzt und fleischig. Aus den grünen, zuckenden Augen lief Wasser. Er sagte, ich brauche für sein Fach vier Wochen lang keine Hausaufgaben zu machen.

Später erzählte mir ein Klassenkamerad, daß Studienrat Schwarz zu allen Neuen ›Du taugst nicht einmal für die Wurst!‹ und ›Du dummer Bäckerbursche!‹ sagt.

Nur hatte ihm bis jetzt noch keiner darauf geantwortet.«

»Nicht schlecht«, sagte Groenewold.

»Wirklich? Finden Sie das wirklich?«

»Ja. Aber –«

»Aber?«

»Ein bißchen unwahrscheinlich.«

»Unwahrscheinlich?«

»Ja.«

Rull packte die story wieder in seinen Pullover und brütete vor sich hin.

»Hast du das erlebt?« fragte Groenewold.

»Beinah jeder in der Klasse. Beinah jeder auf der Schule.«

»Bei ein und demselben Lehrer?«

»Bei fast allen!«

»Entschuldige: das glaube ich nicht.«

»Warum nicht?«

»Diese Zeiten sind doch vorbei. Ich kann mir nicht denken –«

»Gestern ist Huje genauso zusammengestampft worden. Heute Kurafeiski.«

»Geschlagen?«

»Nein. Darauf kommt es nicht an, das ist nicht das Schlimmste. Aber daß in der Schule jeder Erfolglose von jedem Erfolgreichen fertiggemacht werden kann, das ist doch – das ist eine säuische Ungerechtigkeit, Herr Groenewold!«

»Hast du zufällig eine Zigarette?« fragte Groenewold.

»Ja – hier.«

»Danke.«

Rull ging an die Garderobe und holte seine Pfeife.

»Darf ich?«

»Ja.«

»Diese Penne ist doch nur noch 'ne große Goldhamsterzucht!« sagte Rull. »Alles, was die uns beibringen wollen, ist darauf zugeschnitten, daß wir uns gut in das Heer der Erfolgreichen eingliedern, daß wir prima Ingenieure werden, prima Kanzlerwähler, prima money-maker! Wer das am schnellsten begreift und mitmacht, Herr Groenewold, der ist ein guter, beliebter Schüler. Und der wird ein guter, beliebter Staatsbürger! Er ist tüchtig, er meistert das Leben! Die Fähigkeit, erfolgreich zu sein – die wird auf der Schule gedrillt, sonst nichts! Und wenn so'n armer Hund wie Huje oder Nusbaum die nicht hat, dann wird doch nicht gefragt: hat der andre Qualitäten, ist das ein Kumpel, auf den man sich verlassen kann oder ein anständiger Malocher? Nö, dann wird er, früher oder später, fertiggemacht, und zum Schrott geworfen.«

»In einem, in einem wenigstens, bist du sehr ungerecht, Rull: du nimmst unbesehen an, daß die Schule diesen Konflikt nicht sieht. Das stimmt doch nicht!

Natürlich muß jeder Lehrer seinen Stoff an den Mann bringen, auf seinem Sachgebiet den Schüler so gut wie möglich informieren, aber dann fängt –«

»Ja aber, wenn die wenigstens das könnten, Herr Groenewold! Sie stellen sich ja gar nicht vor, wie wenig die meisten Pauker auf dem Kasten haben! Und dann haben sie seit dreißig Jahren auch noch nix mehr in den Kasten reingesteckt.«

Groenewold schüttelte den Kopf und hob abwehrend die Hände, aber er mußte lachen und erwiderte nichts.

»Das Schlimmste aber ist, wenn sie einen dann auch noch zusammenstampfen! Wie neulich Mitzkat.

Da hatten wir einen Hausaufsatz auf: ›Draußen vor der Tür‹. Ich hab ihm dabei geholfen. Und er war Fünf. Ist Mitzkat zu Nemitz gegangen und hat ihn gefragt: ›Herr Doktor Nemitz, entschuldigen Sie bitte: weshalb ist mein Aufsatz mangelhaft?‹ Und da hat Doktor Nemitz gesagt: ›Setzt dich hin!‹ und hat die ADZ weitergelesen. ›Ja, Herr Doktor, aber ich wüßte doch gern, warum ich den Aufsatz mangelhaft habe!‹ Da hat ihn Nemitz eingetragen und rausgeschmissen!

Ich finde das so gemein, Herr Groenewold! Der Aufsatz war ja sicher mangelhaft, aber er mußte Mitzkat doch sagen, warum der mangelhaft war. Sonst geht einer doch kaputt. Und ich war da sein einziger Freund. Ich wußte, wie gern Mitzkat gerade den Aufsatz geschrieben hatte, und wie schwer das für ihn war, daß der dann mangelhaft war.«

Groenewold stand auf und öffnete das Fenster.

»Sicher bin ich jetzt unverschämt respektlos«, sagte Rull.

»Nein.«

»Schmeißen Sie mich raus, Herr Groenewold, aber ich muß Ihnen das mal sagen. Außer Ihnen, Herrn Crispenhoven und Herrn Violat hört uns doch keiner an. Die hören doch alle nur sich selbst. Das ist schrecklich, können Sie das verstehn?«

»Ja!«

»Und dann vier Wochen vor diesem Zeugnis, unserer sogenannten ›mittleren Reife‹, da kommen die plötzlich an und wollen uns aufklären. Da kommen zwei Pastöre, ein schwarzer und ein blauer, da kommt der Kreisjugendpfleger, da kommt der Obermedizinalrat mit dem Biologielehrer und erzählen uns rasch noch die große Neuigkeit, wie die Alten uns hergestellt haben. Und damit wir nicht soviel Spaß dran finden, kriegen wir die Vagina in Großaufnahme gezeigt. Von unten, und mit Syphilisgeschwüren. Das ist Aufklärung, Herr Groenewold! Und daß man da nicht ran soll und immer schön an den lieben Gott glaubt, das ist dann obendrein auch noch so ungefähr alles an Religion, was wir hier mitbekommen!

Glauben Sie, in unserer Klasse wäre, außer Claussen, der fanatisch dafür, und Satemin, der fanatisch dagegen ist, und vielleicht noch Adlum, einer, der wüßte, was Christentum ist? Wir möchten ja was glauben, wir wissen nur nicht, wie man's anfängt. Wir haben doch in Religion fast nur Gesangbuchlieder mit zwölf Strophen gelernt und Bibelsprüche und ein bißchen Kirchengeschichte, die einen evangelisch, die andern katholisch herum.«

»Eine christliche Tugend, vielleicht die größte, hast du allerdings nicht«, sagte Groenewold und füllte sein Glas. »Nachsicht! Nachsicht mit deinen Lehrern. Wir haben es bitter nötig, alle, Rull.«

»Ja, aber denken Sie sich doch einmal an unsere Stelle, Herr Groenewold. Wir wissen doch in Wirklichkeit gar nichts. Wir gehn doch wie die ersten Menschen ins Leben. Mit uns können sie machen, was sie wollen. Politisch zum Beispiel: Wir haben doch, bis Sie kamen, überhaupt keine Ahnung gehabt, woher der Wind weht! Wir sind doch gerade gut genug für's Stimmvieh! Oder für rote, schwarze oder braune Kolonnen. Und genauso ist das in Kunstgeschichte, da ist der eine Pauker noch immer bei Hans Thoma, und der nächste, den wir kriegen, für den gibt's nur noch Mathieu, weil er den in Paris mal gesehn hat. Und in Physik –«

»Genug«, sagte Groenewold. »Fang nicht an, Amok zu laufen, Rull! Damit erreichst du nichts. Und was dir nie gleichgültig sein darf: du vermengst einen berechtigten Protest gegen vieles, was auf der Schule nicht in Ordnung ist, mit deiner eigenen Ungerechtigkeit, mit schiefen Argumenten, mit mehr gebollerten als gedeckten Trümpfen.«

»Herr Groenewold, Sie wissen nicht, wie schrecklich es ist, daß wir so allein sind!« sagte Rull und striegelte seine Haare.

»Doch Rull. Ich glaube, daß ich dich einigermaßen verstehe. Wir wollen auch mit den anderen einmal darüber sprechen, in der Arbeitsgemeinschaft und in der Klasse. Und ich werde versuchen, auf der nächsten Konferenz einiges vorzubringen, Kritik, aber auch Vorschläge. Einiges ist zu ändern, daran glaube ich immer noch.

Nur, wir werden auf einen Satz stoßen, auf einen unglaublich zähen Satz, der abgedroschen – und wahr ist: sie wollen alle euer Bestes. Eltern, Lehrer, alle, die euch erziehen. Es ist von allen gut gemeint. Mit dem Wort beginnen die mittelmäßigen Tragödien.«

Rull klopfte seine Pfeife aus und sagte:

»Mir kommt das immer vor wie im Krankenhaus. Haben Sie da schon mal im großen Saal gelegen?«

»Ja.«

»Da sind die jungen Stifte, die gar nichts zu sagen haben, und da sind die Erwachsenen, die schon lange da sind. Die laufen herum und machen Wind. Und die Stifte merken erst langsam, daß die ja auch gar nichts zu sagen haben, daß es auch Kranke sind; höchstens noch Kalfakter nebenbei. Zu sagen haben sie jedenfalls nichts. Die pochen nur auf Erfahrung.

Ja, und dann sind ein, zwei Ärzte auf der Station, die helfen, so gut sie können, die geben, was sie haben, nur haben sie nicht allzuviel; es sind noch keine richtigen Ärzte, nur Assistenzärzte. Assistenten des Oberarztes. Der kann helfen, hilft auch, der hat was zu geben, gibt auch; aber nur Spritzen oder so. Es fehlt was, der hat schon zu lange nicht mehr in dem großen Saal gelegen, der ist schon zu weit auf dem Weg zum Chefarzt, verstehen Sie? Der versteckt sich hinter Wissen, Intelligenz, Ironie. Es fehlt etwas, uns fehlt etwas, gerade auch bei so einem.«

Groenewold beobachtete Rull in diesem Augenblick genau, mit bitterer Aufmerksamkeit.

»Was?« fragte er.

»Herr Groenewold, das ist doch eine Zumutung«, sagte Rull, »daß ich jetzt hier sitze und –«

»Nein! Du wolltest mir noch sagen, was bei diesem Arzt fehlt.«

»Ja, Mensch, Herr Groenewold, wenn ich nur sagen könnte, was ich denke! Ich kann nicht formulieren.«

»Doch.«

»Ja also, dieser Oberarzt, der sagt nie, was er eigentlich denkt. Der sagt immer nur, was er weiß, das andere denken; irgendwelche berühmten Hechte. Jedenfalls nicht er, immer andere. Das eigene fehlt, der eigene Standpunkt, verstehen Sie? Das ist wie bei einem Kunstfälscher, der alle Stile beherrscht, aber seinen eigenen Stil nicht gefunden hat.«

»Unverbindlich«, sagte Groenewold.

»Genau. Es ist unverbindlich.«

Rull kauerte sich im Sessel zusammen.

»Glaube nicht, Rull, ein Lehrer sei immer ungebrochen obenauf, hätte immer ein Rezept zur Hand«, sagte Groenewold. »Nimm mir nicht übel, daß ich jetzt noch nicht weiß, was ich dir antworten soll. Der Tag war etwas anstrengend.«

»Meiner war auch nicht schön«, sagte Rull. »Bitte, sagen Sie noch etwas Gutes!«

Groenewold wandte sich ab und griff nach dem fiasco.

»So viel Gutes, wie du hören solltest, weiß ich nicht«, sagte er.

Rull stand auf, stellte sich vor die Bücherwand und nahm ein Kästchen vom Regal. Eine flache, schwarze Kassette, in der unter einem gläsernen Deckel ein EK I lag. Rull betrachtete es aufmerksam, und dann brach er in sein wieherndes, rollendes Gelächter aus.

»Laß das!« sagte Groenewold scharf.

»Entschuldigen Sie!«

Groenewold antwortete nicht. Rull stellte das Kästchen zurück und ließ sich in den Sessel fallen.

»Sagen Sie noch etwas über die Bundesrepublik. Etwas Gutes! Warum man hier leben soll«, sagte er unsicher.

»Versuche einmal, zu formulieren, was du dagegen hast!«

»Ich finde, das, was ich über die Schule gesagt habe, das ist ja nicht nur auf einer Schule so, die Einzelheiten natürlich, aber nicht das, worum es eigentlich geht. Und ich finde, die Schule ist typisch – auch für die Bundesrepublik!«

Groenewold sagte:

»Das ist ein bißchen ungefähr.«

»Mensch, Herr Groenewold: hier wird doch auch jeder fertiggemacht, von der Gesellschaft fertiggemacht und kaltgestellt, wenn er keinen Erfolg hat! Am Erfolg, nur am Erfolg messen die doch ab, was einer wert ist, wieviel einer gilt. Und den Erfolg messen sie am Portemonnaie. Haste Geld, also warste erfolgreich, also biste was wert.«

Groenewold lachte.

»Ja, nehmen Sie doch den Wackel-Weber: zwanzig Jahre ist der in der Stadt herumgelaufen wie ein falscher Fünfziger! Das war nur so'n besserer Trottel. Der wurde bei jeder Gelegenheit durch den Kakao gezogen und zum Hänneschen gemacht. Der war überhaupt nur dafür da, damit die anderen die Überzeugung haben konnten, normal zu sein!«

Groenewold ging zur Vitrine, schüttete sich ein Glas Sprudel ein und schluckte eine Tablette.

»Schrei nicht so«, sagte er.

Rull stutzte und schwieg ein paar Sekunden.

»Ja, und jetzt, jetzt hat er im Lotto gewonnen und baut. Schon ist er ein angesehener Mann – nur weil er baut und einen Mercedes hat!«

»Vielleicht doch nicht nur, weil er baut und ein Auto hat, Rull.«

»Nein, einen Mercedes! Es muß ein Mercedes sein. Wenn er nur einen VW hätte, wäre er nur halb so angesehen.«

»Vielleicht doch auch, weil er sein Geld nicht zum Fenster hinauswirft, Rull! Man hat hierzulande einen gesunden Sinn für Solidität.«

»Ach, Sie verstehn mich nicht, Herr Groenewold! Prestige – darum geht's. ›Man muß den Schein wahren!‹, ein Lieblingswort von Herrn Godelund. Wie ich das hasse. Seit sieben Jahren höre ich hier –«

»Seit sechs, Rull.«

»Nö, sieben! Ich bin doch mal pappengeblieben.«

»Warum?«

»Wegen Doofheit. Seit sieben Jahren höre ich jede Woche dreimal: ›Man muß den Schein wahren.‹ Ja, man merkt's auch: Scheinmoral. Scheinhumanität. Scheinchristentum. Scheinkultur. Das einzige, was hier nicht Schein ist, das sind die Scheine, Herr Groenewold! Die Scheine, die den Erfolg auszahlen, die gelten. Das ist hier die einzige Währung von Mensch zu Mensch, die echt ist.«

»Glaubst du, das sei in irgendeinem andern Land anders?« fragte Groenewold.

»Mensch, Herr Groenewold, vor zwei Jahren war ich in den Sommerferien in Griechenland, mitten drin. Voriges Jahr bin ich nach Irland getrampt – da war's nicht so. So'n armer Hund von Kötter, der war auch was, der gehörte mit dazu, bei 'nem Fest oder so. Dem gab man was mit vom Leben, kein schmieriges Mitleid, verstehn Sie, der gehörte ganz selbstverständlich mit dazu, auch wenn er keinen Erfolg, kein Prestige auf den Tisch zu legen hatte.«

»Da warst du bei zwei armen Völkern –«

»Dann wär'n wir besser auch mal so arm.«

»Weißt du, was wir dann werden wollten, Rull? So schnell wie möglich und gehetzt von Ehrgeiz und Neid: erfolgreich und renommiert wie die Deutschen in der Bundesrepublik, wie wir hier!«

Rull starrte Groenewold verdrossen an, schüttete sich noch ein halbes Glas Wein ein, trank aus und sagte:

»Ja, dann will ich mal abhauen.«

Groenewold drückte ihn zurück in den Sessel.

»Was paßt dir nicht an meiner Antwort, Rull?«

Rull sprang auf.

»Darf ich noch mal ›Go down, Moses!‹ spielen?«

Groenewold nickte.

Rull legte die Platte wieder auf, kroch in seinem Sessel zusammen und kaute an der Pfeifenspitze.

»Sie weichen jetzt auch aus«, brummte er.

»Du warst noch nicht fertig.«

›Go down, Moses, go down in Egyptland!
Tell ole Pharaoh: Let my people go ...‹

»Haben Sie ein Stück Papier?« fragte Rull.

»Hier!«

Rull kritzelte, während die Platte lief, das Blatt wütend mit Stichworten voll.

Nachher sagte er:

»Hier gleicht doch das ganze Leben einem Besäufnis: es wird sich an Arbeit besoffen!

Hier ist es so schwer zu verlieren. Die Niederlage und die Geschlagenen liebt man nicht.

Dann finde ich so schlecht, daß man sich nicht bemüht, dem andern zu helfen, den Schwächeren zu schützen. Wo man besser ist, nützt man es aus.

Bei jeder Handlung fragt man sich: Was wird dabei verdient? Und das ganze Selbstbewußtsein resultiert meistens daraus, daß man sagen kann: Was ist der andere für ein Scheißkerl. Man freut sich, daß man besser ist! Man sieht keine Sache, für die sich's gemeinsam lohnt.

Heute ist der Mensch, der einzelne – nach meiner Meinung, Herr Groenewold, ist der nix mehr. Der ist allein verloren! Das Team entscheidet. Daß man irgendwie versucht, gute Teamarbeit zu leisten. Ein so'n Team ist der Kommunismus. Das ist doch wenigstens was!«

»Was?« fragt Groenewold.

»Ja, vielleicht ist das schlecht, wie die das jetzt drüben im Osten machen. Aber am Sozialismus, am sozialistischen Team – da ist doch was dran, Herr Groenewold!«

»Ja – aber ich versteh noch nicht ganz, Rull, warum du dein Team gerade im Osten suchst.«

»Herr Groenewold: hier muß ich für 'ne Firma arbeiten. Damit die 'ne neue Firma aufbaut!«

»Und drüben?«

»Da könnt ich zum Beispiel Straßen bauen. Meinetwegen für'n – ach Scheiße, das ist banal!«

»Sag's nur.«

»Ich hab mir mal so'n Heft über Straßenbau bestellt, aus dem Osten. Da steht: ›Wir bauen Straßen für den Frieden!‹«

»Und du glaubst, das stimmt?«

»Ich weiß es nicht. Das ist ja das Schreckliche, Herr Groenewold: nix stimmt. Hier nicht und da nicht.«

»Rull, trotzdem kannst du doch nicht, nur weil es dann vielleicht für dich einfacher und weniger schrecklich wäre, auch nur eine Sekunde glauben: die pflastern für den Frieden, und die hier pflastern für den Krieg. Oder auch umgekehrt. Das ist doch einfach nicht wahr, Rull!«

»Ja, aber es ist so schwer, daß man nicht für etwas sein kann, daß man sich nur gegen etwas entscheiden kann! Man ist nicht für die Bundesrepublik, weil man die Bundesrepublik liebt, sondern weil man gegen die DDR ist.«

»Halbe Wahrheit«, sagte Groenewold.

Rull hörte nicht mehr zu.

»Ich hab mal 'n Buch gelesen über die Bundesrepublik«, sagte er. »›Das Land ohne Träume‹. Das stimmt nicht! Die träumen doch alle, ein und denselben Traum: malochen – bauen – Mercedes – Costa brava. Daraus müssen die doch irgendwann einmal erwachen!«

»Mir fällt ein«, sagte Groenewold, »ich kenne, außer Deutschland, die Schweiz und die Vereinigten Staaten ziemlich gut: wenn ich nicht wüßte, daß du von der BRD redest, könnte so ziemlich alles, was du gesagt hast, auch den anderen Ländern gegolten haben.«

»Am schlechtesten fand ich die Bundesrepublik in Irland! Da hab ich so einiges gemerkt: daß man hier noch nicht mal die Zeit hat zum Schlafen, daß man hier, wenn man schläft, immer fürchten muß, man hätte die Zeit vergammelt! Jede Stunde, in der man nichts produziert hat, ist hier Verlust. Irgendwie muß man sich immer anstrengen, auf dem laufenden zu bleiben – hier kann man doch nie von gestern sein. Hier kann man nichts machen nur so aus Spaß, alles hängt letzten Endes doch wieder vom Erfolg ab. Wenn man keinen Erfolg hat, ist man verratzt.«

»Ende?« fragte Groenewold.

Rull starrte ihn mürrisch an.

»Und man hat hier kein Zuhause«, sagte er. »Im ganz banalen Sinn und im ganz harten Sinn. Irgendwie ist alles zerbrochen. In der Schule, daheim, in der Kirche –«

»Und Freiheit, Humanität, Christentum, Demokratie?« fragte Groenewold.

»Freiheit! Die Freiheit ist wohl da, aber nur im Schaufenster. Man kann nicht ran, man kann sie nicht verwirklichen, wenn man kein Geld, keine Macht hat.

Deswegen mein ich ja, die Penne ist so typisch! In der Penne herrscht ja auch Freiheit, und doch wird man jeden Tag gezwungen, die Meinung der Pauker zu haben, sonst ist man verloren. Die meisten Pauker bemühen sich doch gar nicht, die Meinung des Einzelnen, des Schülers auch nur zu verstehn, Herr Groenewold! Geschweige denn, gerade weil sie über ihm stehen, die Meinung des Einzelnen zu fördern. Nein, man wird vergewaltigt!«

»Zur Freiheit?«

»Nein, überhaupt, Herr Groenewold! Das war der erste Eindruck, den ich als Kind drüben in Schlesien und Sachsen und Thüringen gehabt habe: man wird vergewaltigt. Das ist so geblieben; das kommt in allen Nuancen wieder. Das ist ein Moment, das den Menschen heute ausmacht: man wird vergewaltigt. Hier und drüben.«

Groenewold schwieg.

»Jetzt sagen Sie doch einen guten Satz über die Bundesrepublik«, wiederholte Rull hartnäckig.

»Sie erlaubt dir, alle deine Fragen zu stellen, und schreibt mir keine Antwort vor«, sagte Groenewold.

Rull sprang auf.

»Davon kann man aber doch nicht leben, Herr Groenewold!«

»Davon nicht, Rull – aber darin. Die Bundesrepublik Deutschland ist kein Weltanschauungsstaat, zum Glück ist sie das nicht oder wenigstens noch nicht.«

»Find ich kein Glück!«

»Warum nicht?«

»Gut, das hier ist ein Staat, der einem die Antwort nicht vorschreibt. Aber er gibt auch keine! Keine, an die man sich halten kann.«

Groenewold ging an den Ölofen, sah, daß er leer gebrannt war, und holte sich eine Wolldecke.

»Rull, ich habe einen Staat kennengelernt, der Antworten gab! Antworten, von denen die Leute lebten – zu Millionen lebten sie davon. Die wunderbare Speisung der zwölf Jahre – bezahlt mit fünfundfünfzig Millionen Toten, die Krüppel und Verdorbenen ungerechnet. Und mit wieviel Generationen ohne Antworten wie deiner – und meiner, Rull?«

Rull antwortete nicht, ging zur Flurgarderobe und holte seinen Anorak.

»Du hast doch sicher ein paar Lehrer, die du magst, zum Beispiel deinen Klassenlehrer?« fragte Groenewold.

»Ja. Es gibt Vorbilder.«

»Gut. Jetzt sag mir mal: wie ist der, dein vorbildlicher Lehrer?«

Rull überlegte und sagte dann stockend:

»Der ist nie nachtragend. Kann auch Dämlichkeit verstehen. Hat immer Zeit. Ist immer bereit, etwas zu erklären, ohne gleich ironisch zu kommen. Hat ein gründliches Wissen, was sein Fach anbetrifft

Ist vorbereitet. Vor allem ist er ausgeschlafen, ausgeglichen, hat keine Launen. Der hat noch nie einen Schüler zusammengestampft. Er ist bescheiden. Hat Fairness, auch uns gegenüber. Und dem kann man alles erzählen.«

Groenewold stand auf, fuhr Rull übers Haar und sagte:

»Jetzt mußt du gehn.«

»Verstehen Sie mich bitte nicht falsch«, sagte Rull. »Aber Sie und Herr Crispenhoven und Herr Violat sind doch die einzigen, die uns wirklich was geben. Nicht nur Mathematik, Chemie, Geschichte und Französisch – nein, auch so was wie Hilfe. Die andern Pauker verstecken sich immer hinter dem bißchen Wissen und ihrem bißchen Lebenserfahrung, aber man merkt bald, daß es nur eine Masche ist. In Wirklichkeit sind die vor zwanzig oder dreißig Jahren steckengeblieben; und das ist so fürchterlich, wenn man das einmal gemerkt hat! Deswegen brauchen wir die zwei, drei doch doppelt.«

Rull malte mit einem Weintropfen auf die Tischplatte.

Sie gingen in den Flur, und Rull zog seinen schwarzen Anorak über.

»Ist heute morgen im Lehrerzimmer nicht über mich gesprochen worden?« fragte er.

»Nein.«

»Wirklich nicht, Herr Groenewold?«

»Nicht, daß ich wüßte, Rull. Warum?«

»Erinnern Sie sich an die Thesen, die ich Ihnen gestern gezeigt habe?«

»Ja.«

»Die habe ich heute morgen in der Penne angepinnt!«

»Wo?«

»Eine an die Tür vom Chef. Eine ans Lehrerzimmer. Eine an unsere Klasse. Und zwei habe ich an die Tafel geschrieben.«

»Oha! Das war sicher ohne Falsch wie die Tauben, Rull, aber ob es klug war wie die Schlangen, das weiß ich denn doch nicht.«

»Haben Sie etwas davon gehört?«

»Nein.«

»Wirklich nicht, Herr Groenewold?«

»Nein.«

Groenewold drückte auf der Treppe das Licht an.

»Muß ich mich jetzt melden?« fragte Rull.

Groenewold zögerte mit einer Antwort.

»›Die Freiheit besteht darin, alles tun zu können, was anderen nicht schadet!‹« sagte Rull. »Erklärung der Menschenrechte, Artikel vier. Haben wir bei Ihnen gelernt.«

»Sauber. Du ziehst ziemlich harte Konsequenzen aus dem, was man euch beizubringen versucht.«

»Wenn ein andrer verdächtigt wird, melde ich mich natürlich sofort«, sagte Rull.

»Wenn du dich mit dir darauf geeinigt hast, dann bleib jetzt dabei. Über diesen Punkt müssen wir uns aber noch einmal unterhalten.«

Sie verabschiedeten sich in der Haustür.

»Der Kerl kann gut werden«, sagte Groenewold. »Hoffentlich sind die vielen blauen Flecken, die er beim Anecken bekommen wird, nicht umsonst. Nicht für ihn und nicht für die Ecken.«

Rull war schon auf dem andern Trottoir, als Groenewold hinter ihm herrief:

»Warte noch einen Augenblick!«

Er ging hinüber, ging mit Rull bis zur nächsten Laterne und sagte dann:

»Ich bin dir die Antwort schuldig geblieben.«

»Sie haben zugehört.«

»Es ist, glaube ich, vieles richtig, was du gesagt hast. Und vieles ist noch verworren, schief oder an die falsche Adresse gerichtet. Das betrifft gar nicht nur unsere Schule oder die BRD, sondern die Welt, in der wir leben, und die noch immer jedem Mühe gemacht hat, der sie ernst nahm.

Ich habe, glaube ich, so ziemlich verstanden, was dich drückt, Rull.

Ich verstehe aber im gleichen Augenblick auch, allerdings nur mit Resignation, einer Resignation, gegen die ich mich immer noch auflehne, das Versagen vieler Lehrer heute. Unsere Müdigkeit, unsere Feigheit, den Mangel an Liebe, Wissen und Kraft.

Es ist nicht nur persönliche Schuld, Rull, glaub mir das! Oder nur die Schuld dieses Staates, der sicher nicht unvollkommener ist als jede menschliche Gemeinschaft. Was du im Grunde suchst, und die halbe Welt mit dir, ist die große Autorität, die den Menschen die Freiheit wieder abnimmt, um derentwillen sie ein paar hundert Jahre lang alle Autorität bis in den Tod bekämpften. Ein gut Teil der Menschheit ist ja schon so weit.

Aber diese Gier nach Autorität ist eine Schwäche, glaub mir das, Rull. Eine erschütternde, begreifliche, und in deinem Alter auch mehr als verzeihliche Schwäche, aber eine Schwäche!

Als ich vor vierundzwanzig Jahren, in deinem Alter, über die Grenze ging und die Mörder hinter mir ließ, da wußte ich es, was das ist: Freiheit. Es war: keine Angst. Dieses Erlebnis hat sich noch nicht ganz verflüchtigt, Rull! Und wenn es auch nicht die einzige Erfahrung geblieben ist, die ich mit der Freiheit gemacht habe, sondern nur die beste, so habe ich mich doch damals entschieden, die Freiheit mehr zu lieben als die Autorität, die sie uns abnimmt. Deshalb bin ich auch vor einem Jahr hierher und nicht in die DDR gegangen, Rull. Und wenn ich heute auch noch besser als vorher weiß, wie schwer, wie unmenschlich schwer es manchmal ist, allein mit der Freiheit hier zu leben, ich würde sie dir nicht abnehmen, selbst wenn ich eine der Ideologien zu verkündigen hätte, die so viele von uns schon von der Freiheit befreit haben.

Hier bei uns steht jedem Einzelnen jeden Tag in jeder einzelnen Situation das leere Glück der Freiheit zur Verfügung: seine winzige Chance zu wahren. Wollen wir das nicht, trotz allem, ein bißchen lieben?«

Sie verabschiedeten sich.

Rull ging, drehte sich aber nach ein paar Schritten noch einmal um und fragte:

»Wenn Sie nicht hier lebten – wo in Europa möchten Sie sonst starten?«

»In Europa?«

»Ja, das andere ist zu weit.«

»In Frankreich«, sagte Groenewold. »Noch immer in Frankreich.«

»Und wo im Osten?«

»In Polen«, sagte Groenewold zögernd.

»Warum?«

»Ich glaube, da hat ein Deutscher am meisten gutzumachen. Außer in Deutschland.«

Die Bedürfnisanstalt stand der Schule schräg gegenüber, ein Pavillon aus gelben Klinkern, modern und hygienisch. Jetzt, bei Anbruch der Nacht, quoll diskretes Licht einladend und gemütlich aus den Fenstern unter der flachen Decke. Die Wasserspülung rieselte sanft über die Kacheln.

Schanko stand in der Tür und schielte hinaus auf die Straße. Die Straße lag verlassen. Schanko schlich lautlos einmal um den Pavillon und stellte sich an die Quermauer, die dem düsteren Stück des Schulwegs zugekehrt lag: die amerikanischen Soldaten mit ihren Mädchen waren noch nicht soweit. Auch hinter der Schattenlinie war die Nacht leer.

Schanko kehrte in das Pissoir zurück, drehte die Berieselungsanlage ab, nahm die Schultasche aus einer der Kabinen und trat wieder unter die Tür. Drei, vier Minuten horchte er hinaus, dann trabte er rasch zur Straßenfront, die auf die erloschene Schule sah, öffnete seine Mappe, zog einen Pinsel aus dem Dufflecoat, tauchte ihn in den verdeckten Farbtopf und malte links auf die nackte, gelbe Klinkerwand mit sechs Strichen, in Hundehöhe, ein mittelmäßiges, rotes, triefendes Hakenkreuz.

Schanko setzte die Schultasche mit dem Farbtopf vorsichtig auf die Erde, steckte den Pinsel hinein und schlich noch einmal um die vier Ecken.

Er hörte den harten Schritt erst, und gleichzeitig die Stimme, als er sich an der finsteren Querwand entlangdrückte:

»Stoi!«

Die Stimme traf ihn wie ein Knüppel ins Kreuz. Er drehte sich nicht um und überlegte nicht. Schanko lief mit kurzen, stampfenden Schritten auf die Schattenlinie zu und tauchte draußen am dunklen Ende der Straße unter.

»Ja«, sagte Groenewold, hielt die Muschel dicht vor den Mund und sah durch die Glaswand des Telefonhäuschens hinaus auf die Straße, über die ein blauer Fernlaster aus der Stadt rollte, »ja, Crispenhoven, es gibt keine Ungewißheit mehr: ich habe das Visum.«

Satemin lehnte am toten Portal der Schule und lauschte hinter Schankos Flucht her. Er lachte mit geschlossenen Lippen, kicherte, daß es ihn rüttelte und die langen Kardinalglasscheiben leise zu klirren anfingen.

Er wartete, bis die stampfenden Schritte im Dunkeln verschollen waren; dann löste er sich aus dem Schatten des Portals, überquerte die Straße, packte die Schultasche, betrachtete das mittelmäßige, triefende Hakenkreuz, wollte gehen – stockte.

Und dann nahm er den Pinsel und schrieb mit stacheligen, aber kerzengeraden Plakatbuchstaben daneben: PENNE NICHT, PENNE!

Er stellte den Farbtopf zwischen die Querwände der Schultasche, drückte den Deckel so an, daß der Pinsel eingeklemmt war, und schlenderte langsam auf die Laternenkette zu, in die Stadt zurück.

»Ich komme erst jetzt dazu, entschuldigen Sie, Violat! Aber der Tag war – na, hart, würden die Jungen sagen.«

Groenewold legte den Kopf gegen die weiße, perforierte Zellenwand, aber als er merkte, daß die Stimme im Hörer ihm in seiner Müdigkeit wegschwamm, richtete er sich sofort wieder auf.

»Natürlich werden wir noch einmal darüber sprechen! Nein, ich überstürze nichts. Bis morgen früh denn – schlafen Sie gut... Danke.«

Rull zockelte, den Kopf eingezogen und die Hände tief in den Anoraktaschen, die Straße hinunter und pfiff ›Go down, Moses!‹. Er kam an die Kreuzung, wo der Schulweg abzweigte, ein blauer Laster stoppte an der Verkehrsampel. Der Fahrer winkte Rull heran und fragte ihn nach dem Zubringer zur Autobahn.

Rull sah hinter dem schweren, rumpelnden Zug her, verglich seine Uhr mit der Normalzeit der Post und nahm den Umweg an der Schule vorbei.

Das lange, gerasterte Relief der Fensterfront lag steril und unwirklich in der Dunkelheit. Auch in der Hausmeisterwohnung brannte kein Licht.

Plötzlich trat durch einen gezackten Wolkenspalt ein eisweißes Mondstück heraus und tauchte Straße und Schule in sein starres, kaltes Licht. Die Fensterfront blitzte scharf auf.

Rull drehte sich um und ging auf das Pissoir zu. Die nackte Klinkerwand lag wie eine Plakattafel vor ihm.

Trotzdem sah er erst kurz vor dem Eingang den roten Fries.

Rull blieb stehen, ging in die Hocke, saß auf seinen Mokassins, und dann fing er wiehernd an zu lachen, kippte auf den Hintern, brüllte, daß es rund um die leeren Ecken rollte, wippte hoch, postierte sich mitten vor die bemalte Wand und bepißte sie in hohen, gotischen Bögen.

Hinter ihm, auf dem düsteren Wegstück, fing jemand an zu schimpfen. Rull knöpfte sich die Hose zu und ging, noch immer voll von wieherndem Gelächter, darauf zu: Beckmann schüttelte seine dürren Fäuste gegen einen amerikanischen Soldaten und sein Mädchen und schrie:

»Ihr Säufergel, Ihr aljierte!«

Der Amerikaner zuckte die Achseln und betrachtete sein Koppel, das über der Hecke hing. Das Mädchen sah verdattert drein. Schließlich griff sie in ihre Handtasche und steckte Beckmann eine angebrochene Packung Zigaretten zu.

Rull klopfte ihm beruhigend auf die Schulter, und der Hausmeister torkelte babbelnd weiter zur Schule.

»Let's go!« sagte Rull lachend zu dem G.I. »Make the best of it!«

Und zockelte in die Stadt.

V

Das Parallelogramm, frostgrau zwischen Basaltmauern eingekeilt, erwartet den Alarm.

Vor den Plakatwänden der langen Häuserzeile zum Bahnhof rumpelt ein Bummelzug durch den kalten Feuerdunst der Morgensonne.

Ein halbwüchsiger, pfeffergrauer Hund wälzt sich unverdrossen zwischen den Papierkörben.

Schwerfällig, satt, mächtig erfüllen die Glocken den Himmel: Münster, Herz Jesu, Luther-Kirche, Maria im Sumpf.

Und plötzlich springt Licht durch die gläserne Rasterwand der Schule. Hundertfältig gefächert zerschneidet es den Hof in schwarzgoldene Rauten.

Auf allen Stockwerken krähen die Klingeln: Viertel vor acht.

»Das arische Sonnenzeichen auf der Pissoirmauer!« kollerte Mitzkat.

»Was halten Sie davon, Herr Wiepenkathen, ist das Nazismus?«

Wiepenkathen blinzelte noch einen Augenblick die rote Grafik an, drehte sich dann abrupt um und schlug Mitzkat klatschend ins Gesicht. Einmal rechts und einmal links.

»Schert euch weg! Sofort auf den Schulhof, ihr Rüpel!«

Seine Stimme zerbarst im Diskant.

»Muhl, du holst sofort den Hausmeister!«

»Kommt schon, Herr Wiepenkathen.«

Beckmann paddelte mit beiden Armen gegen den Strom der Schüler. Sie schoben nur widerwillig und maulend ab.

»'n Morsche, Herr Wiebekade! Ich war grad in de Heizung, da –«

Beckmann streckte dem Direktorstellvertreter seine Rechte hin, betrachtete sie aufmerksam und verlegen, als sie in der Luft allein stehenblieb, und versteckte sie dann langsam in der Hosentasche.

Wiepenkathen trat einen Schritt zurück, legte den Kopf schief und kräuselte die scharf rasierten Lippen.

»Sie stinken schon wieder nach Alkohol!« sagte er angeekelt.

Beckmann machte runde Augen.

»Ausgeschlosse, Herr Wiebekade! Ausgeschlosse. Mir is de ganze Daach kein Drobbe dorch die Gurschel gelaafe. Dess heißt es aanzich Fläschche Bier vielleicht –«

»Es ist nicht meine Absicht, Herr Beckmann, mich jetzt hier mit Ihrem – sich und unserer Jugend gegenüber unverantwortlichen – Alkoholismus auseinanderzusetzen!« sagte Wiepenkathen. »Ich werde zu gegebener Zeit mit dem Herrn Direktor reden, verlassen Sie sich darauf! Kurzum: Sie bleiben jetzt hier am Hauptportal stehn und verhindern, daß sich weitere Horden vor dieser Schandmauer versammeln. Ich habe Aufsicht. Verstanden?«

»Jo, jo«, sagte Beckmann kleinlaut und klaubte sich eine Kippe hinterm rechten Ohr weg. »Ich weiß iwrigens aach, wer's war.«

Wiepenkathen fuhr zusammen.

»Was sagten Sie da?« fragte er, diesmal ganz nah bei Beckmann.

»Ich? Ich habb nur gesacht: Ich weiß aach schon, wer die Ladrineparole da an die Wand gegritzeld had.«

»Herr Beckmann«, sagte Wiepenkathen beklommen, »wohl doch niemand von uns?«

»Im Geschetum, Herr Wiebekade, im Geschetum, dess heißt –«

»Was, Beckmann?«

Beckmann betrachtete den Direktorstellvertreter aufmerksam und erinnerungsvoll.

»Dariwwer mecht ich doch liewer zur gegewene Zeit mid dem Herrn Direkder rede«, sagte er langsam, »unn der kemmt erscht zu de zwaade Stunn.«

Wiepenkathen blinzelte wütend auf den Hausmeister herab, wandte sich brüsk und schritt beschleunigt zurück zum Schulhof.

Der Papagei hockte, schwarzrotbraun und eulanisiert, auf dem Konferenztisch. Die Würde, mit der seine toten Augen jetzt die Welt übersahen, ließ keinen Zweifel daran aufkommen, daß ihm einst bedeutendes Geschwätz zur Verfügung gestanden hatte.

»Es ist eine Blamage für die ganze Schule!« sagte Wiepenkathen, noch in der Tür, zu den Rücken seiner drei Kollegen, die hinter den geschlossenen Fenstern standen und hinuntersahen auf die Wand der Bedürfnisanstalt.

»Ich fühle mich nicht betroffen«, sagte Gammelby. »Narrenhände beschmieren Tisch und Wände.«

Godelund wiegte abwägend den Kopf.

»Zunächst bedarf es doch wohl der Klärung, ob die beiden Sudeleien in einem Zusammenhang stehen. Was mich betrifft, ich kann da keine Verbindung erkennen.«

»Dummer Jungenstreich!« resümierte Nonnenroth seine Eindrücke. »Nur keine jüdische Aufregung. Am gescheitesten ist, wir kehren die ganze Schose unter den Teppich.«

»Und wie stellen Sie sich das vor?«

»Der Hausmeister soll sich 'ne Klobürste nehmen und den ganzen Kokolores abschrubben. Gibt das strahlendste Weiß seines Lebens. Damit hat sich der Fall.«

»Na, ich weiß denn doch nicht, Herr Kollege Nonnenroth, ob diese Methode richtig ist, pädagogisch gesehn.«

»Meiner Meinung nach ist es allein Sache der Schulleitung, hier eine Entscheidung zu fällen«, sagte Wiepenkathen offiziell.

»Ist der Chef denn schon da?«

»Der Herr Direktor kommt erst zur zweiten Stunde.«

»Kinder, jetzt macht doch nicht aus 'nem Furz in der Badewanne einen Donnerschlag im Bundestag. Mal deutsch miteinander geredet«, sagte Nonnenroth, »wer weiß denn überhaupt, ob der Kinstler da einer von unseren Ganoven war?«

Wiepenkathen distanzierte sich, mit erkältetem Blick.

»Der Hausmeister ist im Bild«, sagte er lakonisch.

»Wer?«

»Der Hausmeister: Herr Beckmann.«

»Einen Moment bitte!«

Godelund kam näher.

»Ich verstehe nicht. Wieso ist ausgerechnet der Hausmeister –«

»Er hat den Schmutzfinken erwischt.«

»Wann?«

»Wohl gestern abend.«

»Mensch, abends sieht der doch alles doppelt!« bölkte Nonnenroth. »Da müßte er schon zwei Schmutzfinken erwischt haben, ehe ich ihm einen abnehme.«

»Und wer war es?« fragte Godelund unbeirrt.

»Das will er nur dem Herrn Direktor anvertrauen. Jedenfalls hat er sich mir gegenüber so ausgedrückt.«

»Ein starkes Stück.«

»Prolet bleibt Prolet«, erklärte Nonnenroth. »Und wenn er auf dem Lokus 'ne Fernsehtruhe stehn hat.«

»Der Mann ist für diesen Posten, nach meiner unmaßgeblichen Meinung, schlechterdings nicht geeignet.«

»Sagen Sie lieber: untragbar, Kollege Godelund. Wir wissen schließlich doch alle, was hier gespielt wird.«

»Was denn?« fragte Nonnenroth.

»Na, irgend jemand muß die Hand über ihm halten, sonst wäre der Kerl schon längst gemaßregelt worden.«

»Irgend jemand, Herr Kollege, irgend jemand? Daß ich nicht lache!« sagte Wiepenkathen. »Stecken wir doch nicht den Kopf in den Sand. Die Spatzen pfeifen es in der Stadt nachgerade von den Dächern.«

»Ei der Daus! Was denn?« fragte Nonnenroth.

Die Tür wurde aufgesperrt, und Krün drang kurzatmig ein.

»Ich dachte schon, ich käme zu spät«, keuchte er.

»Hier kommste nie zu spät, Kamerad«, sagte Nonnenroth.

Godelund sah auf die Uhr über dem Bild des Bundespräsidenten und packte resolut seine Mappe.

»Was hältst du von der Affäre? Ich weiß ja von gar nichts!«

»Affäre Pissoir!«

»Ich hab noch nichts gehört. Was ist denn los?«

»Typisch Genosse Krün«, sagte Nonnenroth. »Hat vergessen, daß er im Luftschutzgepäck noch das Führerbild hat, hört nicht auf seine Frau, wenn er mit ihr pennt, und kommt zu seiner Beerdigung in Badehosen.«

»Werfen Sie einen Blick hinaus, hier bitte!« sagte Wiepenkathen mit einer tragischen Armbewegung.

Krün eilte zum Fenster.

»Ist ja toll! Weiß man schon, wer es war?«

»Jedenfalls einer von unseren Nobelpreisaspiranten aus der 6b.«

»Aus der 6b – Kurafeiski etwa?«

Wiepenkathen zuckte resigniert die Achseln.

»Was mich anbelangt«, sagte Godelund, »ich gehe jetzt in meinen Unterricht.«

Sie blickten hinter ihm her, als er mit rhythmisch wehenden Armen durch die Tür ging und sie hinter sich offenstehen ließ. Nonnenroth grinste. Dann nahmen sie verstohlen ihre Bücher und folgten Godelund nach.

»Ungepflegte Scherze«, sagte Farwick.

»Und du, Petri?«

»Die letzten Heuler.«

»So doof find ich das gar nicht«, sagte Rull. »Mensch, merkt ihr denn nicht, woher der Witz pfeift? Nicht daß da einer 'n Hakenkreuz hingepinselt hat, das ist an sich blöd, aber daß er's ans Pissoir, an die öffentliche Bedürfnisanstalt geschmiert hat –«

»Ha-ha-ha«, meckerte Muhl und gähnte herzhaft. »So jagt ein toller Scherz den andern.«

»Symbollik!«

»Mensch, kapiert ihr das denn nicht?«

»No, Sir!«

»Wirklich nicht?«

»Bedaure, Sir!«

»Gehn wir doch einmal andersrum an die Sache ran«, sagte Satemin. »Nehmen wir einmal menschenfreundlich an, daß der Autor tatsächlich etwas beabsichtigt hat mit seiner Aktion auf der Lokuswand: Provokation etwa oder Diffamierung oder Protest! Wer in der Klasse wäre imstande, aus einem dieser Beweggründe ein Hakenkreuz an die Wand zu schmieren?«

Titz hob beide Hände. Auch Kurafeiski und Huje meldeten sich.

»Du nicht, Schanko?« fragte Satemin.

»Natürlich nicht.«

»Warum nicht?«

»Warum?«

»Die Hypothese hieß: um zu provozieren, zu diffamieren, zu protestieren.«

»Auch dann nicht.«

Satemin betrachtete Schanko noch einen Augenblick, nickte dann und fragte:

»Und du, Titz – warum?«

»Begeisterter Faschist!«

»Huje?«

»Alter-Kämpfer-Nachwuchs!«

»Kurafeiski?«

»Aus Spaß an der Freud.«

Mitzkat meldete sich nach.

»Du auch?«

»Mit drei Promille vielleicht. Aber nur nach Wodka!«

»Muhl?«

»Um rechtzeitig in den Besitz des Paragraphen 51 zu kommen.«

Satemin wartete, bis das Gelächter sich legte.

»Und wer von uns könnte, unter welchen Umständen auch immer: ›Penne nicht, Penne!‹ an die Wand schreiben?«

»Ohne Hammelsprung macht Demokratie keinen Spaß«, sagte Nusbaum.

»Wer?«

Diesmal meldeten sich alle bis auf Adlum, Claussen und Farwick.

»Ihr, mit Sicherheit nie –«

»Naßforscher Putsch«, sagte Farwick müd.

»Ich kann darin nur 'ne saublöde Sudelei sehn«, sagte Claussen.

»Der Zweck heiligt also nicht die Mittel?«

»Nein.«

»Nota bene!«

»Kinder, euer Spielchen kommt mir reichlich infantil vor, entschuldigt«, brummte Adlum vor sich hin.

»Ohne Hammelsprung macht Demokratie keinen Spaß«, erinnerte Nusbaum. »Wenn ihr mal auf Vadder hören wolltet.«

»Sense!«

»Weitermachen!«

Satemin fragte:

»Nehmen wir zuletzt noch die Kombination: Hakenkreuz plus

›Penne nicht, Penne‹! Wer bekennt sich zu dieser Möglichkeit einer Provokation oder einer Diffamierung, eines Protestes?«

Er meldete sich selbst. Außer ihm hob nur noch Rull die Hand.

»Warum?« fragte Schanko.

Satemin schlug sein Chemiebuch auf.

»Das Hakenkreuz markiert die Epoche, seit der, spätestens übrigens, die Majorität der Pauker Bonanox geschluckt hat«, sagte er und begann zu arbeiten.

»Bist du auch dieser Meinung, Jochen?«

Rull schob die Ärmel seines ausgedehnten Pullovers hoch und stülpte die Lippen auf.

»Ich finde vor allem, daß man, daß wir etwas gegen diese Speckjägerei und gegen die Schlafkrankheit tun müssen. Nicht nur mekkern und hier klugscheißen, nö, wirklich etwas tun!«

»Was zum Beispiel?« fragte Adlum.

»Ja, protestieren zum Beispiel, daß die uns hier doof sterben lassen.«

»Wer?«

»Ja, Fazke, Buffo, Null, Moses, Medusa, Rübezahl – zuviele eben.«

»Ausgesprochen humane Typen«, sagte Adlum.

»Bequem!« brüllte Rull. »Aber das ist doch Scheiße!«

»Was hast du nur immer gegen Bequemlichkeit?« fragte Adlum. »Du tobst hier wie so'n Bollermann herum. Ich versteh dich nicht! Ich hab dir schon einmal gesagt: Bei diesen milden Idioten brauch ich nicht aufzupassen, es ist von vornherein klar, daß sie nichts zu verkaufen haben – ich kann mich also, ohne Furcht und Zittern, auf Wichtigeres konzentrieren.«

»Auf was denn?«

»Na, Lesen, Briefeschreiben, Nachdenken –«

»Auch ein Standpunkt«, sagte Rull verzweifelt.

»Zur Nachahmung wärmstens empfohlen: schont die Nerven und sichert die Eins in Führung. Gar keine Führung ist immer Eins.«

»Warum gehst du dann überhaupt auf die Penne, bei deinen Prinzipien?« fragte Claussen, ein wenig irritiert.

»Schulen sind wie die Masern«, antwortete Adlum geduldig. »Da sie, bis auf einige Auserwählte, doch alle kriegen, ist es gesünder, sie im zarten Kindesalter hinter sich zu bringen. Für Erwachsene wird die Geschichte zu ernsthaft.«

»Die Penne ist doch das intellektülle Trainingscamp!« quietschte Muhl.

»Nee, wie 'ne Hochzeitsnacht: du hast nischt davon, aber es muß sein, damit du was davon hast«, proklamierte Titz.

»Pfui!«

»Sittenstrolch!«

»Ein Besuch im Wachsfigurenkabinett!«

»Tombola! Jedes zweite Los eine Niete!«

»Das gilt nicht nur für Pauker«, sagte Adlum.

»Eine Wallfahrt nach Lourdes! Viel Plunder, wenig Wunder«, schrie Mitzkat.

Petri kam vom Flur hereingewitscht.

»Ruhe! Beim Gongschlag ist es achtuhrfünfundzwanzig. Paukerinvasion in Kürze zu befürchten.«

Huje stellte sich trotzdem ans Fenster.

»Kinders, Fahne hat 'nen Klappsessel und 'ne Pulle Bier geholt«, verkündete er. »Stecktse immer in die Hosentasche.«

Die Majorität stürmte zur Fensterwand.

Beckmann begann eben Zeitung zu lesen.

»Der richtige job für Fahne«, sagte Mitzkat. »Pissoirkastellan: Eintritt eine Pulle.«

»Warum hat der denn den Schmodd nicht längst abgewischt?« fragte Farwick.

»Wahrscheinlich höhere Gewalt.«

»Ja, aber die können doch auch nicht alles, was stinkt, so einfach untern Tisch fallen lassen«, sagte Rull.

»Warum nicht? Was ich nicht weiß, macht mich nicht heiß.«

»Denkste«, sagte Satemin.

»Achtung! Der Chef kratzt die Kurve«, schrie Petri plötzlich.

Sie drängten alle auf ihre Plätze.

»Ja, was treiben Sie denn hier?«

Beckmann fuhr aus seiner Lektüre hoch, schlug kurz die Hacken zusammen und wedelte mit seiner Zeitung.

»Ich bewache, ich bewache sozusaache die Schweinerei hier, Herr Direkder! Auf Anordnung vom Herrn Wiebekade.«

Gnutz faltete die Hände auf der Krücke seines Spazierstocks, würdigte die Toilettenwand einer wütenden Betrachtung und knirschte anhaltend mit den Zähnen.

»Das ist ja, das ist ja eine ganz ungeheuerliche Sudelei!« preßte er heraus.

Beckmann sah ihm gespannt zu.

Gnutz fuhr herum und strebte dem Schulportal zu.

»Ei Momend, ei Momend«, babbelte Beckmann und heftete sich seinem Direktor an die Fersen. »Ich weiß nämlich, wer's war. Dess heißt –«

»Was sagten Sie da, Beckmann?«

Gnutz stand jetzt vor dem Portal, drei Stufen höher als Beckmann, und beobachtete ihn mit angewiderter Neugier.

»Dess war nämlich so«, sagte Beckmann und steckte die Zeitung in die Tasche, um die Hände zum Reden frei zu bekommen. »Gestern abend, so gesche halb elf, da kam ich hier den Schulweg entlang –«

»Nüchtern, Herr Beckmann?«

»Na ja, ich hatt so'n ganz Glaane gelöd', Herr Direkder!«

»Aha!«

»Awwer werglich nur enn minimale, Herr Direkder! Vier, fünf Biercher und etwa die gleiche hämopadische Dosis Steinhäscher. So de Dobbelkobbschlugg ewwe –«

»Weiter, Beckmann!«

»Ja, unn wie ich uff das düstere Stigg da komm, dacht ich mir's doch schon: da sinn da wider zwei festewech dabei!«

»Wobei?«

»Am Rammele, Herr Direkder, nehme se mirs nedd iwwel. Nadierlich widder so'n Ammi mit seiner Schiggs. Dess heißt, ganz soweit warn die wohl noch nedd – awwer alles wies druff hin. Na, korz unn glei: ich habb mei Ammi am Podeppe gepaggd, die Kerle sinn ja pomadich, saach ich Ihne, die braucht meer bloß mal –«

»Weiter, Beckmann!«

»Na also, wie ich dem grad die Lefidde les, da seh ich, wie sich hier, also da am Pissoir, wie sich da einer ze schaffe macht. Ich schwanke noch zwische meim Ammi und der Gestald, die mir gleich verdächtig war, da kimmt der schon auf mich zu und secht: ›'n Awend, Herr Beckmann!‹«

»Wer, Beckmann?«

»Na, die verdächtige Gestalt vom Pissoir.«

»Und, wer war das, Beckmann?«

»Aus der 6b, der Rull war's.«

Gnutz stieß seinen Spazierstock auf und atmete zischend aus.

»Ist das sicher, Beckmann? Absolut sicher?«

»So sicher wie dess Amen in de Kirsch, Herr Direkder! Da könnd ich Gift druff nehme. Irrdum ausgeschlosse: der Rotzbub hadd doch zum Schluß noch iwwer die Eelfarb gepinkelt! Sehn Se, hier is ess erunnergedröbbeld.«

Gnutz beugte sich vor.

»Rull«, flüsterte er. »Wer hätte das gedacht?«

Gnutz richtete sich wieder auf und kämpfte mit seiner inneren Erregung.

»Da kemmt Kollesche Groenewold«, versuchte Beckmann seinen Direktor zu zerstreuen. »Der hadd aach erscht die zweide Stunn.«

Groenewold kam, von der Hegelstraße her, auf sie zu.

»Guten Morgen!«

»Morgen, Herr Kollege, Morgen! Was sagen Sie nun?«

Gnutz streckte seine Hand in Richtung Bedürfnisanstalt aus.

»Sie sind ja in einer makraben Weise von dieser Infamie betroffen, Herr Kollege!«

Groenewold musterte kurz die Wand, drehte sich um und sagte:

»Man müßte die Details kennen, um so eine Geschichte beurteilen zu können.«

»Die Details? Ja, genügt Ihnen diese niederträchtige Sudelei denn nicht?«

»Nein.«

»Es war einer von unsern Vöscheln!« babbelte Beckmann in die Atempause. »Einer aus der 6b. Ich habb's persönlich unn mit eischene Auche geseh!«

»Halt!« schnitt ihm Gnutz das Wort ab. »Sie werden verstehn, das hat nichts mit Ihnen persönlich zu tun, Kollege Groenewold, aber ich möchte den Fall zunächst allein untersuchen! Schließlich trage ich die Verantwortung für die Schule.«

»Bitte!« sagte Groenewold und hielt seinem Direktor die Tür auf.

»Aber Sie können sicher sein, ich werde der Sache auf den

Grund gehn!« sagte Gnutz auf der Treppe. »Und ich werde diesmal durchgreifen, rigoros und exemplarisch! An meiner Schule herrscht Ordnung, und wer sich nicht fügt – der ist reif! Guten Morgen, Herr Kollege.«

Gnutz warf die Tür zum Direktorzimmer hinter sich ins Schloß.

Groenewold hörte schon zum zweiten Male, daß jemand an die Tür des Lehrerzimmers klopfte, aber er blieb noch immer am Fenster stehen und kämpfte gegen die unaufhaltsame Entmutigung an, die ihn jeden Morgen aufs neue überfiel. Erst als es zum dritten Male klopfte, ging er zur Tür und öffnete.

Es war Rull.

»Morgen, Herr Groenewold. Soll ich mich jetzt nicht doch melden?«

Groenewold umklammerte den Türgriff.

»Hast du das gemacht?« fragte er und deutete mit dem Daumen über die Schulter.

»Das – nö!«

Groenewold ließ die Tür los und packte Rull am Arm.

»Wirklich nicht, Rull?«

»Wirklich nicht.«

»Hat der Hausmeister dich nicht da gesehn, gestern abend?«

»Als Fahne mich gesehn hat, war das schon, Herr Groenewold. Wirklich! Ich bin da nur vorbeigegangen, auf dem Heimweg von Ihnen.«

Groenewold atmete auf, lachte und schlug Rull auf die Schulter.

»Na, Gott sei Dank!«

»Soll ich mich nicht doch melden, wegen gestern morgen –«

»Ja, melde dich, Rull! Sofort. Komm, ich geh mit dir zum Chef.«

Er schloß die Tür, zögerte und sagte:

»Nein, ich glaube, es ist doch gescheiter, wenn du allein zu ihm gehst.«

»Okay!«

Rull stieß die Hände in die Hosentaschen und schlurfte los.

»'n Morgen Herr Direktor. Ich wollte –«

Weiter kam Rull vorerst nicht. Gnutz schlug ihm in kurzen,

harten Rhythmen links und rechts ins Gesicht. Rulls Brille flog in die Ecke. Der Bügel zerbrach. Rull hob die Brille auf und versuchte, sie auf der Nasenwurzel zusammenzudrücken.

»Ich wollte Ihnen sagen, das stammt von mir, was gestern –«

»Du Prolet!« fauchte Gnutz und schlug Rull erneut die Brille herunter. Diesmal zerbrach ein Glas. »Du niederträchtiger, dreckiger Prolet!«

Er schloß die Tür zum Elternsprechzimmer auf und stieß Rull hinein.

»Hier bleibst du, bis ich dich mir vorknöpfe, du Halunke!« brüllte Gnutz. »Deine Tage hier sind gezählt, darauf kannst du dich verlassen! Ich werde dich moralisch zu Kleinholz machen, du Schweinehund.«

Rull setzte sich in einen Sessel.

»Steh auf!« schrie Gnutz. »Ein Lump wie du verdient nicht, in einem anständigen Sessel zu sitzen!«

Gnutz rannte zur Tür, drehte sich um und fragte drohend:

»Wer noch? Wer war noch an diesem Unflat beteiligt?«

Rull setzte seine Brille zusammen. Es ging nicht.

»Ich war allein«, sagte er.

»Wer noch? Los, gesteh schon! Etwa Freund Kurafeiski?«

»Nein. Ich allein, Herr Direktor! Ich gebe Ihnen mein Ehrenwort.«

»Ehrenwort!«

Gnutz trat angewidert zurück.

»Ein Lump wie du hat kein Ehrenwort mehr!«

Er riß die Tür zu und schloß sie zweimal ab.

»Fräulein Chrobock!« schrie er durchs Treppenhaus.

»Ja, Herr Direktor?«

Fräulein Chrobock wehte aufgescheucht aus dem Vorzimmer.

»Holen Sie mir sofort Herrn Wiepenkathen, Herrn Doktor Nemitz und Herrn Crispenhoven!«

»Doktor Nemitz telefoniert gerade mit jemand, hatte eine Panne. Herr Crispenhoven kommt erst zur dritten Stunde, Herr Direktor.«

»Dann geht es auch ohne ihn. Die Klasse 6b kann nach Hause gehn. Die Lehrkräfte brauche ich noch hier. Sagen Sie Herrn Wiepenkathen, er möge dafür sorgen, daß alles ordnungsgemäß läuft.«

»Jawohl, Herr Direktor.«

Gnutz kam außer Atem im ersten Stock an und verschwand sofort in seinem Zimmer.

»Mensch, feiern wir den 17. Juni jetzt schon im März?«

»Wetten, daß so was 'nen kleinen Mann freut?«

»Wer geht mit zu Theo, 'nen gepflegten Frühschoppen heben?«

»Biste mit'm Klammerbeutel gepudert? Ich fahr ins Hallenbad!«

»Junge, und ich hatte kein Stück Englisch.«

»So'n Stundenplan täglich, und ich bleib hier lebenslänglich.«

»Konnte ich auch noch 'ne Runde ratzen!«

»Kameraden, die Idee der Ideen: die Weiber haben jetzt Turnen!«

»Wer? Fünf oder Sechs?«

»Sechs! Auf'm Jahnplatz!«

»Horridoh!«

»Kinder, hoffentlich machen die 75-m-Lauf! Dann läßt Lollo die großen Glocken läuten!«

»Oder Bodengymnastik!«

»Cha-Cha denkt, er wär der Jahnplatz.«

»Auf sie mit Gebrüll!«

»Mensch, die Sport-Oma kriegt glatt 'nen Schlaganfall, wenn wir anrücken!«

»Wißt ihr, warum Rull runtergegangen ist?« fragte Adlum.

»Fazke holen.«

»Glaub ich nicht, dann wär er doch zurückgekommen.«

Adlum, Satemin, Claussen, Farwick und Schanko blieben allein auf dem Schulhof zurück.

»Ob die Konferenz etwas mit dem Gepinsel drüben zu tun hat?« fragte Claussen.

»Enorme Logik«, sagte Satemin.

Farwick schüttelte den Kopf.

»Kann mir aber nicht denken, daß Rull das gestaltet hat.«

»Wenn der Seelenbulle rot sieht, ist ihm so ziemlich alles zuzutrauen«, sagte Adlum.

»Ja, aber warum soll er denn ausgerechnet –«

»Man sollte Dichter nicht zu Klassensprechern machen«, sagte Adlum. »Das hat schon immer zu Komplikationen geführt.«

Sie sahen, daß Beckmann mit Schrubber und Eimer aus dem Keller stieg.

»Vielleicht weiß Fahne mehr?«

Sie gingen hinter Farwick über den Hof, um die Schule herum und auf die Bedürfnisanstalt zu.

Der Hausmeister stellte den Eimer vor die gelbe Klinkerwand, tunkte den Schrubber ein und fing an, die rote Ölfarbe abzubürsten. Es ging langsam.

»Fergelei!« schimpfte er. »Wenn dess kaa Glinker wärn, kennt ich noch Ostern hier Gloofraa spille.«

Schanko gab ihm eine Zigarette.

»Der kann sei Brogge eipagge unn abhaue«, knurrte Beckmann. »Der Chef spuggt Gifd und Gall. Kochd wie'n Hoinkkessel.«

»Wer kann seine Brocken packen?« fragte Schanko.

»Na, der Bajaß aus eurer Glass, der Rull!«

»War der's denn wirklich?« fragte Satemin.

»Awwer glar! Ich habb enn doch in flaschranti erwischt, gesche halber elf gestern awwend.«

»Das glaube ich Ihnen nicht, Herr Beckmann«, sagte Satemin.

Beckmann stieß den Schrubber in den Eimer, daß die Lauge hochspritzte.

»Maanste, ich hädd Buddermilchblinse uff de Pubille? Hier uff dem Flegg haww ich enn erwischd! Zum gude Schluß hadd die Bottsau aach noch druffgeschifft uff sei Gesuddel. Der soll mal vo Gligg saache, wenn er so billich devo kommt und nedd noch in die Weldpolidigg geräd. Da geht er erscht dorchs Radio unn dann neu Monad ins Kittche! Hawwe mer all schon gehabbd.«

»Den Farbtopf und den Pinsel, haben Sie den auch gesehn?« fragte Satemin.

»Die hadd er schon widder in seiner Mabb gehabbd, in 'ner griene Schulmabb mit ohne Henkel!

Jetzt verdriggt euch awwer, eh euch der Ald siehd!«

Sie schlenderten langsam weiter bis zur Straßenecke.

»Ihr könnt mit in mein Atelier gehn«, sagte Farwick. »Ich hab den Katalog von der Picasso-Ausstellung und 'n paar neue Scheiben.«

»Viertel vor neun«, sagte Claussen. »Ich komme mit.«

Adlum zögerte.

»Eigentlich sollte einer auf Jochen warten.«

»Schanko und ich bleiben hier«, sagte Satemin.

»Na gut. Wenn was los ist, könnt ihr ja bei Dali Bescheid sagen.«

»Und jetzt?« fragte Satemin, als sie allein waren.

»Was: und jetzt?«

Satemin musterte Schanko langsam von oben bis unten.

»Du kannst dir heute abend den Farbtopf und den Pinsel bei mir abholen«, sagte er gleichgültig.

Schanko blinzelte ihn an.

»Ach so«, sagte er dann gedehnt. »Du warst das? Hab ich mir doch gleich gedacht.«

»Gehst du jetzt zum Chef?« fragte Satemin.

Schanko drehte sich halb ab.

»Das überlasse ich dir, Genosse.«

»Noch nicht.«

Schanko griente.

»Na siehste. Vergiß mal überhaupt nicht, wieviel ich weiß! Und übrigens, das ›Penne nicht, Penne!‹, das hab ich nicht hingepinnt.«

Satemin ballte die Faust, holte aus, aber er nahm den Schlag zurück und steckte die Hand in die Tasche.

»Verkrümel dich, du Idiot«, sagte er leise. »Aber möglichst schnell!«

Er kehrte um, ging über den Schulhof auf die Mauer zu, zog sich hoch, setzte sich auf die Krone und nahm sein Notizbuch heraus.

»Meine Herren«, hob Gnutz an und nickte nach links und rechts, »Sie wissen, um was es geht?«

Die beiden Herrn nickten zurück.

»Nun gut. Zuvörderst muß ich Sie, lieber Kollege Wiepenkathen, noch über einen Vorfall orientieren, der sich bereits gestern morgen, übrigens vor Ihrem Dienstantritt, hier abgespielt hat. Herr Doktor Nemitz ist im Bild. Ich werde zu gegebener Zeit auch das Kollegium informieren! Sie sind beide schon alte Kutscher und werden verstehn, daß ich, selbstverständlich unter voller Respektierung des Prinzips einer kollegialen Schulleitung, manches in diesen vier Wänden wieder unter der Hand aufs rechte Gleis bringe, was nie an die Öffentlichkeit dringt. Es würde dort nur Staub aufwirbeln.«

Die beiden Kollegen nickten ungeteilte Zustimmung, und Gnutz schloß seine Schreibtischschublade auf.

»Gestern morgen, vor dem Unterricht, wurden diese obskuren Wische ans Schwarze Brett, an die Tür des Konferenzzimmers und an die Klassentür der 6b geheftet, mit Reißbrettstiften«, sagte Gnutz und reichte die konfiszierten Zettel Wiepenkathen zur Ansicht. »Glücklicherweise gelang es mir, auf den Hinweis des Hausmeisters hin, diesem Unfug ein Ende zu bereiten, bevor er noch seine Wirkung tun konnte.«

»Es gab da doch auch noch zwei Texte an der Tafel«, sagte Dr. Nemitz.

»Ah ja – hier!«

Wiepenkathen las die Zitate durch, begann von neuem, und las sie auch noch ein drittes Mal.

»Ohne Kenntnis des Zusammenhangs ist es natürlich schwer, sich ein Urteil zu bilden, Herr Direktor!«

Gnutz gab das zu:

»Nun gut, ich verstehe! Über den Zusammenhang kann Sie aber Herr Doktor Nemitz vielleicht noch besser orientieren als ich selbst.«

Dr. Nemitz legte den Kopf in den Nacken, wirbelte die Daumen umeinander und sagte geläufig:

»Die Zitate entstammen Texten, Kollege Wiepenkathen, die ich mit der 6b erarbeitet habe. Teils im Deutschunterricht, teils in der Literarischen Arbeitsgemeinschaft. Während nun die Majorität der Klasse durchaus die geistige Reife mitbringt, die gerade für diese exemplarischen Werke der modernen Literatur vonnöten ist, und sich, ich darf wohl sagen: mit existentiellem Interesse an der gemeinsamen Dechiffrierung beteiligt, gibt es natürlich, wie überall, auch in meinem Unterricht das unumgängliche Fußvolk der Unbedarften, zu dem ich mich wie eine Spinne am Faden in jeder Stunde herablassen muß, ohne daß damit, wie figura zeigt, ein Erfolg, der auch nur einigermaßen in einem gesunden Verhältnis zu meinen Bemühungen stünde, garantiert werden könnte. In diesem imbezillen Häufchen sind nun einige Sätze unverdaut wiedergekäut worden. Warum? – werden Sie vielleicht fragen. Nun ›Gegèn Dummheit kämpfen Götter selbst vergebens!‹ sagt der sonst doch wahrhaft menschheitsgläubige Schiller.«

Wiepenkathen gab die Zettel zurück, und Gnutz ordnete sie auf seiner Schreibunterlage zu einem Kreuz.

»Haben Sie schon einen Anhaltspunkt, wer für diese Aktion in Betracht käme?« fragt Wiepenkathen.

»Ich habe!« sagte Gnutz mit Nachdruck.

Dr. Nemitz zog die Augenbrauen zusammen.

»Seit genau dreizehn Minuten!« sagte Gnutz. »Länger bin ich noch nicht hier. Ich war vor dem Unterricht schon im Interesse der Schule auf dem Ordnungsamt. Nun gut, seit diesen dreizehn Minuten kenne ich nicht nur den Rowdy von gestern morgen, ich habe auch den Burschen am Wickel, der in der Nacht diese üblen, noch gar nicht abzuschätzenden Sudeleien auf die Wand der Bedürfnisanstalt geschmutzferkelt hat! Einer Bedürfnisanstalt, die übrigens gegen meinen dezidierten Willen genau vis-à-vis der Schule errichtet wurde! Ich hab ihn also. Und zwar in einer Person!«

»Das ist mehr, als man hoffen konnte«, sagte Dr. Nemitz.

Gnutz schwieg.

»Und wer –?« fragte Wiepenkathen.

Gnutz hob seine Handteller wie zwei Waageschalen.

»Sie kennen die Klasse beide besser als ich, meine Herren! Ich habe ja keinen Unterricht in der 6b. Wer käme nach Ihrer Ansicht denn für diesen in der Geschichte unserer Schule wohl einmaligen Fall in Frage?«

»Ich bin nur mit Stenografie in der 6b«, sagte Wiepenkathen.

Dr. Nemitz blickte ins Weite und trommelte nachdenklich auf der Schreibtischplatte.

»Kurafeiski«, sagte er dann entschlossen und sah Gnutz fest an.

»Nach allem, was ich im Lehrerzimmer so gehört habe«, schaltete sich Wiepenkathen wieder ein, »würde ich doch auch wohl sagen: Kurafeiski. Der Bengel ist gefährlich! Der Hetzer bei jeder Unruhe. Die anderen, Titz, Michallek, Nusbaum und Konsorten halte ich nur für seine Mitläufer.«

Gnutz schob die Karten vorsichtig in eine neue Ordnung. Er baute jetzt eine Pyramide.

»Sehen Sie, meine Herrn«, sagte er jovial, »ich will Ihnen keinen

Vorwurf machen, Irren ist menschlich, auch ich kann irren; aber ich bin ein paar Jahre länger in den Sielen als Sie! Schreiben Sie sich's auf die Manschetten, bildlich gesprochen: schimpfen Sie nie jemand Dachscheißer, auf gut deutsch, wenn Sie ihn nicht selbst dabei erwischt haben!

Wie leicht kann man dabei einem jungen Menschen Unrecht tun, meine Herrn, und Gerechtigkeit ist doch noch immer das Rückgrat unseres Berufs, nicht wahr?«

Gnutz hörte auf, die Zettel zu geometrischen Figuren zu ordnen, lehnte sich zurück und sagte:

»Es war Rull.«

Dr. Nemitz blies den Rauch seiner Zigarette in makellosen Spiralen an die Decke.

»Das hätte ich nicht vermutet«, sagte er ehrlich. »Sie etwa, Kollege Wiepenkathen?«

»Nein. Ich bin erschüttert.«

»Ich auch, meine Herrn«, pflichtete Gnutz bei. »Ich auch. Das können Sie mir glauben.«

»Hat er schon gestanden?« fragte Nemitz.

»Voll geständig. Ich halte ihn im Elternsprechzimmer in Gewahrsam.«

»Ist es sicher, daß er diesen horrenden Unfug allein begangen hat?« fragte Wiepenkathen. »Ich meine, es läge doch durchaus im Bereich der Möglichkeit, daß er noch Helfershelfer in der Klasse hat, Komplizen.«

»Nein!« sagte Gnutz entschieden. »Er hat sich diese dicke Suppe allein eingebrockt. Sich – und nicht zuletzt uns: mir, dem Kollegium, der ganzen Schule.«

»Und die Motive?« fragte Wiepenkathen.

Gnutz erhob sich.

»Ich wollte Ihnen natürlich nicht vorgreifen, meine Herrn. Ich habe bis jetzt lediglich das Geständnis entgegengenommen – wohlgemerkt, zehn Minuten nachdem ich in Erfahrung gebracht hatte, wer hinter dieser ganzen Schweinerei steckt. Alles weitere wollen wir nun in einem gemeinsamen Verhör klären.«

»Sollte man nicht den Klassenlehrer hinzuziehen?«

»Oder eine Konferenz einberufen«, sagte Dr. Nemitz.

Gnutz setzte sich straff hinter seinen Schreibtisch.

»Herr Crispenhoven beginnt erst in der dritten Stunde. Und inwieweit dieser Fall noch Stoff einer Konferenz sein wird, das bestimmt die Schulleitung!«

Gnutz betätigte die Sprechanlage zum Vorzimmer und sagte:

»Fräulein Chrobock, holen Sie mal diesen Burschen, diesen Rull, herauf. Und stellen Sie bitte das Tonbandgerät ein – oder was meinen Sie, meine Herrn?«

Dr. Nemitz überhörte die Frage.

»Ich würde einem Stenogramm den Vorzug geben«, sagte Wiepenkathen.

»Nun gut. Also kein Tonband, Fräulein Chrobock. Halten Sie sich zur Stenogrammaufnahme bereit! Nein – erst sollen Sie diesen Rull heraufholen.«

»Setzen Sie sich bitte mit Ihrem Stenogrammblock hierher«, sagte Gnutz zu Fräulein Chrobock.

Und dann zu Rull:

»Du bleibst stehen! Da, neben dem Fenster. So. Nimm diese lächerliche Brille ab!«

»Dann kann ich nichts mehr sehn.«

»Das brauchst du auch nicht! Wir haben genug gesehn.«

Rull sammelte die zerbrochene Brille ein und steckte sie in die Hosentasche.

Gnutz setzte sich hinter seinen Schreibtisch, schob die fünf Karten in eine neue Ordnung, nahm einen Bogen Papier aus der Schublade, DIN A 4, schraubte seinen Füller auf, kontrollierte den Tintentank, legte den Füller auf den leeren Papierbogen, diagonal, kreuzte die Arme über dem Jackett und sagte väterlich:

»Sag mal, schämst du dich nicht bis in den Erdboden hinein?«

»Nein«, sagte Rull.

Dr. Nemitz und Wiepenkathen rückten ihre Stühle ein wenig zur Seite. Der Halbkreis um Rull war jetzt akkurat.

»Erschütternd!« sagte Wiepenkathen.

Gnutz kontrollierte wieder den Tank seines Füllers, sah eindringlich nach, ob seine Finger sauber geblieben waren, und fragte dann:

»Du gibst es also zu?«

»Ja«, sagte Rull, mehr überrascht als zerknirscht.

»Soll ich mitstenografieren?« fragte Fräulein Chrobock dazwischen.

Gnutz sah ärgerlich auf.

»Fräulein Chrobock – zu welchem Zweck habe ich Sie sonst wohl hierher gesetzt? Muß ich Ihnen denn alles dreimal sagen? Schreiben Sie: ›Zu Beginn des Verhörs –‹, Verhörs? Vielleicht nicht ganz das passende Wort hier. Was meinen Sie, Herr Kollege Nemitz? Sie sind ja Fachmann für Deutsch!«

»Der Einvernahme – nein: der Vernehmung!« entschied Dr. Nemitz.

»Vernehmung? Hm, nun gut. Also: ›Zu Beginn der Vernehmung gestand der Schüler Jochen Rull, 6b, daß er, und zwar er allein, Sudeleien übelster Sorte –‹ das kann man doch wohl sagen, Kollege Nemitz – wenn Sie einen treffenderen Ausdruck zur Hand haben, unterbrechen Sie mich bitte!«

Dr. Nemitz nickte.

»Also: ›Sudeleien übelster Sorte‹ und zwar am Dienstag –«

»– ausgeführt habe«, ergänzte Wiepenkathen.

»Ich würde vorschlagen: ›angebracht habe‹ – und anschließend zu den Details und Daten kommen«, sagte Dr. Nemitz.

»Also: ›angebracht habe‹.«

»Das stimmt nicht ganz«, sagte Rull.

Wiepenkathen richtete sich kerzengerade auf.

»Willst du auch noch frech werden?« fragte er bitter.

Rull antwortete diesmal nicht.

»Erregen Sie sich nicht, Herr Kollege«, mahnte Gnutz human. »Ich gebe zu: man könnte es! Aber wegen eines solchen Burschen? Dafür sollte uns unsere Gesundheit zu schade sein. Der wird schon noch Wasser in die Ohren kriegen, wenn er sieht, was er sich da eingebrockt hat!

Nun gut. Zunächst aber etwas ganz anderes: Fräulein Chrobock! Nein, schreiben Sie jetzt bitte nicht mit! Nicht mit! O Gott von Bentheim, Tecklenburg und Breda – mit Ihnen muß man aber auch Geduld haben wie mit einem lahmen Esel!

Also, damit wir endlich klarsehn, Fräulein Chrobock: Sie schreiben nur knapp meine Fragen und dann wörtlich die Antworten dieses Burschen da mit. Sonst nichts!«

»Warum nicht?« fragte Rull.

Gnutz schlug mit beiden Händen jäh und flach auf die Schreibtischplatte. Es klatschte.

»Rull!« sagte der Direktor, »bis jetzt habe ich wie der eigene Vater mit dir geredet, aber wenn du zu all den Schweinereien, die du angerichtest hast, hier auch noch Schwierigkeiten machen willst, dann kannst du mich von einer anderen Seite kennenlernen!«

Und dann fortissimo:

»Hast du verstanden?«

»Ja«, sagte Rull. »Aber ich hab's gar nicht so gemeint.«

»Wie gemeint?« fragte Dr. Nemitz.

»Nicht unverschämt oder so. Nur wenn das hier ein Protokoll sein soll, dann muß doch auch aufgeschrieben werden, was Sie oder der Direktor –«

»Was hier geschrieben wird oder nicht geschrieben wird, das bestimmen wir!« sagte Gnutz, durchschnitt dabei mit der ausgestreckten Hand waagerecht die Luft und akzentuierte sein Machtwort durch einen erneuten Schlag auf den Tisch.

»Verstanden?«

»Ja«, sagte Rull.

Dr. Nemitz schüttelte betreten den Kopf und nahm die nächste Zigarette aus dem Etui. Rull wühlte in seiner Hosentasche, ließ ein Benzinfeuerzeug aufflackern und hielt es seinem Deutschlehrer hin.

»Bitte«, sagte er.

»Laß diese Albernheiten!« unterbrach Gnutz scharf, gerade als sich Dr. Nemitz zögernd bedienen wollte. Er wiegte sich zurück, zog die Schreibtischschublade auf, entnahm ihr eine Streichholzschachtel, rüttelte sie vorsorglich, riß ein Streichholz an und reichte es seinem Kollegen.

»Danke«, sagte Dr. Nemitz. »Sehr freundlich.«

Rull ließ sein Feuerzeug wieder zuklappen und vergrub es in der Hosentasche.

»Nun gut«, sagte Gnutz, »du sollst hier nicht den Eindruck haben, mag gewesen sein, was will, als ob wir ohne Verständnis über dich zu Gericht säßen, Rull! Vielleicht denkst du: diese Pauker verstehn mich ja doch nicht – da täuschst du dich, mein Junge. Oder du meinst: die sind viel zu alt, um mit uns zu fühlen – ganz irrig, Rull! Ganz irrig.

Du denkst doch so, Rull. Na, gib's schon zu! Uns hier kannst du doch nichts vormachen.«

»Ja, aber –«

»Na, siehst du! Ich kenn euch Burschen doch. Besser, als ihr selbst euch kennt. Und auch die Kollegen hier kennen euch. Die sehn euch vorne rein und hinten wieder raus!«

Rull fing plötzlich an zu lachen.

»Ja, was ist denn jetzt los«, brüllte Gnutz. »Wohl übergeschnappt, was?«

Rull kramte sein Taschentuch heraus und putzte sich die Augen.

»Also, damit du siehst, daß wir mit allem, aber auch mit allem pädagogischem Verständnis an euch herangehen, wollen wir ein Experiment machen, einen Test sozusagen.

Hier sitzt Fräulein Chrobock.«

Rull betrachtete die Chrobock sachlich und sagte:

»Ja.«

»Fräulein Chrobock, wie alt sind Sie?«

»Zwanzig, Herr Direktor.«

»Gut. Und du, Rull?«

»Achtzehn.«

»Achtzehn? – in der 6b?«

»Wir haben noch ein paar ältere.«

»Ja, aber achtzehn – wieso bist du schon achtzehn?«

»In der 2 pappengeblieben«, sagte Rull.

»Aha!«

Gnutz machte sich eine Notiz.

»Nun gut. Auf jeden Fall: Fräulein Chrobock ist kaum älter als du. Zwei Jahre. Sie gehört also zu deiner Generation, Rull! Der beat generation, wie ihr euch ja wohl lieber genannt hört als twens oder Halbstarke –«

»Nein«, sagte Rull.

»Nicht? Schon wieder was Neues? Man hat Mühe, da mitzukommen: Existentialisten, skeptische Generation, Halbstarke, zornige junge Männer, teenager, Beatniks etceterapepe. Zu unserer Zeit war das etwas einfacher, da hieß das nur: Die Generation, die bald die Verantwortung übernehmen wird! Aber seit die Psychoanalyse des Herrn Freud grassiert –«

»Unberaten«, sagte Rull. »Ich glaube, das ist das richtige Wort.«

»Unberaten? Unberatene Generation? Sieh an! Was meinen Sie dazu, meine Herrn?«

Wiepenkathen verzog das Gesicht.

»Es wird sich wohl immer wieder ein Schlagwort finden lassen, mit dessen Hilfe man die einfache Tatsache verbrämt, daß die Jugend von Generation zu Generation mehr versagt.«

Dr. Nemitz wiegte nachdenklich seinen Kopf.

»Also!« knüpfte Gnutz bei sich selber an, »ich frage Sie, Fräulein Chrobock, einen Menschen dieser jungen Generation, die sich so problematisch dünkt – ich frage Sie, und bitte antworten Sie ganz frei, ganz offen: Was ist Ihr Urteil, nein, sagen wir vorsichtshalber gar nicht Urteil, was ist Ihre Ansicht, Fräulein Chrobock, über diese Ihnen bekannten Vorfälle?«

»So was wäre an unserer Schule nicht vorgekommen!« sagte Fräulein Chrobock ehrlich.

Gnutz sah schweigend in die Runde.

»Find ich ziemlich peinlich«, sagte Rull.

»Peinlich?« fragte Gnutz.

»Das ist doch unfair«, sagte Rull.

Wiepenkathen wollte auffahren, aber Gnutz schenkte ihm eine dämpfende Handbewegung.

»Unfair, so. Und was findest du unfair, wenn ich mir die Anfrage erlauben darf? Etwa die offene Meinung deiner Generationsgenossin Fräulein Chrobock?«

»Nein. Die kann ja nichts anderes sagen. Aber die ganze Frage ist doch –«

Rull schwieg.

»Das kann ich mir denken, daß dir meine Frage peinlich war, du übler Lümmel, du! Hochnotpeinlich sozusagen, was? Und die Antwort, eine ungezwungene, spontane Antwort, ich stelle das ausdrücklich hier fest – die muß dir allerdings peinlich sein, du ganz übler Bursche, du!«

»So hab ich das nicht gemeint«, brummelte Rull.

»Ihr habt es nie so gemeint!« brauste Wiepenkathen auf. »Hinterher, wenn's euch an den Kragen geht, habt ihr es immer anders gemeint! Aber vorher, da seid ihr am Hetzen, da wollt ihr uns das Leben zur Hölle machen, da wird Unruhe gestiftet, gewühlt, Ungehorsam propagiert – und wenn man endlich einen von euch

Halunken am Kanthaken hat, dann windet er sich feige: ›So hab ich das nicht gemeint!‹ Tückisch und feige. Das ist das Erbärmliche an euch.«

»Regen Sie sich doch um Himmels willen jetzt nicht auf, Kollege Wiepenkathen!« sagte Gnutz besorgt. »Denken Sie an Ihr Herz. Es lohnt nicht, glauben Sie mir: es lohnt nicht. Ich bin noch einige Jahre länger am Göpel als Sie!«

»So ist das nicht«, sagte Rull und wand sich jetzt wirklich, die linke Schulter hochgezogen bis zum Kopf, »Sie verstehn das falsch –«

»Na bitte!« sagte Wiepenkathen mit grimmiger Genugtuung. »Quod erat demonstrandum. ›Sie verstehn das falsch.‹ Alle verstehn euch falsch: eure Eltern, eure Lehrer, eure Vorgesetzten, alle.

Nein, mein Freundchen, falsch, falsch seid ihr. Falsch und feige. So liegen die Dinge. Und uns, die wir dreißig, vierzig Jahre unsere Nerven geopfert haben, damit aus dir und deinesgleichen etwas wird, uns bringt ihr zum Dank dafür auch noch in Mißkredit.«

Wiepenkathen lehnte sich zurück, griff sich an die Gurgel und starrte erbittert geradeaus.

Dr. Nemitz blies seine Rauchspirale jetzt gegen die Fensterscheiben.

»Gehen wir wieder in medias res«, beschloß Gnutz knapp. »Was in aller Welt ist nur in dich gefahren, Rull, daß du diesen ganz unglaublichen Mist da verzapft hast? Bist du denn von allen guten Göttern verlassen?

Weißt du überhaupt, was du gemacht hast?«

»Ich glaub schon«, sagte Rull.

»Ja, aber warum denn in Dreiteufels Namen!« brüllte Gnutz urplötzlich. »Weißt du selbst nicht, was?«

Rull brockelte seine Brille heraus, betrachtete die auseinandergebrochenen Stücke und steckte sie wieder weg.

»Doch, aber da müßte man schon allerhand sagen. Ich weiß nicht, ob das fair ist.«

»Du kannst hier sagen, was du willst, Rull! Vorausgesetzt, daß es der Wahrheit entspricht und in der gebührenden Form geschieht«, sagte Gnutz und sah seine Kollegen entschieden an. »Auch der Schüler hat ein Recht, sich zu verteidigen! So habe ich es jedenfalls noch immer gehalten.«

Rull sah, daß alle ihn anstarrten, und steckte die Hände in die Hosentaschen.

Wiepenkathen ging hoch, aber Gnutz winkte ihn augenzwinkernd zurück.

»Ja, wir hatten in den letzten Jahren einfach so das Gefühl: hier lernt man nichts«, brummte Rull verlegen.

»Ach!« sagte Gnutz.

»Das ist doch –« fügte Wiepenkathen erschüttert hinzu.

Dr. Nemitz rümpfte die Brauen.

»Ja, diese Pauker bringen uns nichts Gescheites bei, das ist alles Wischi-waschi.«

»Was ist das?«

»Wischi-waschi. Das ist ein Ausdruck aus dem Englischen, glaub ich, und heißt soviel wie –«

»Danke für die Belehrung, Rull!« unterbrach Gnutz barsch. »Ehe du dich aber weiter mit dieser unglaublichen Anmaßung über deine Lehrkräfte verbreitest – sind Sie mitgekommen, Fräulein Chrobock? Na gut. Also Rull: Wer ist Wir?«

Gnutz stockte, sah schief zu Dr. Nemitz hinüber und fragte:

»Oder sagt man in diesem Fall: Wer sind Wir, Herr Kollege? Ich muß sagen, diese Dreistigkeit bringt mich –«

»Wer ist Wir!« sagte Dr. Nemitz rasch und stutzte dann erst.

»Nun gut. Also: Wer ist Wir, Rull? ›Wir hatten –‹, wie lautete diese bodenlose Auslassung noch, Fräulein Chrobock?«

»Einen Moment bitte!«

»Bitte!«

»›Ja also, wir hatten in den letzten Jahren einfach so das Gefühl: hier lernt man nichts. Diese Pauker –‹«

»Genug!

Ich frage dich noch einmal, Rull: Wer ist Wir? Kannst du uns darauf vielleicht jetzt eine Antwort geben?«

»Ja, unsere Klasse –«

»Die ganze Klasse? Die ganze 6b?«

»Ja, vielleicht nicht alle, aber zehn, zwölf Mann bestimmt.«

»Habe ich's nicht immer gesagt«, ächzte Wiepenkathen und schlug sich mit der Faust in die hohle Hand. »In dieser 6b steckt der Wurm!«

»Einen Augenblick, Kollege Wiepenkathen!

Rull, wer von diesen zehn, zwölf Mann, wie du dich auszudrücken beliebst, hat dir bei deinen Schmierereien geholfen?«

»Mir hat keiner geholfen.«

»Du weißt, Lügen ist zwecklos bei mir, Rull!«

»Wirklich keiner.«

»Nun gut.

Wer von diesen zehn, zwölf Mann weiß, was du da angezettelt hast, Rull?«

»Keiner.«

Gnutz sprang auf.

»Ja, und da wagst du unverschämter Zigeuner zu behaupten, zehn, zwölf Jungen deiner Klasse, das sind in Prozent ausgedrückt –«

»Fünfzig Prozent«, sagte Wiepenkathen. »Eher mehr!«

»Also, über fünfzig Prozent der Klasse 6b teilten deine idiotischen und durch nichts gerechtfertigten Ansichten!«

Gnutz geriet in Wut.

»Ja«, sagte Rull. »Die zehn, zwölf Mann dachten so ungefähr alle das gleiche: wir versauern hier.«

Wiepenkathen starrte seinen Direktor an und sagte mühsam:

»Würden Sie mir bitte eine Zigarette leihen, Kollege Nemitz? Ich rauche sonst morgens nicht – mein Magen, aber das hier setzt allem, was ich an dreiunddreißig Jahren an der Schule gehört und gesehen habe, die Krone auf.«

Dr. Nemitz legte sein Etui geöffnet vor Wiepenkathen auf den Schreibtisch.

»Darf ich noch einmal die Streichhölzer haben, Herr Direktor?«

Rull griff in die Hosentasche, zog aber die Hand langsam wieder heraus.

»Bitte!« sagte Gnutz. »Behalten Sie die Schachtel ruhig.

Haben Sie, Fräulein Chrobock?«

»›Die zehn, zwölf Mann dachten so ungefähr alle das gleiche: wir versauern hier.‹«

»Weiter, Rull! In einer Demokratie herrscht ja Redefreiheit – das denkst du doch, was?«

»Ja.«

Gnutz lächelte rasch hintereinander auf drei, vier ganz verschiedene Arten.

»Wenn wirklich zehn, zwölf Mann aus der 6b deiner Meinung waren, Rull – warum haben die denn nicht mitgemacht?« fragte er.

»Ich wollte die da nicht mit 'reinziehen.«

»Aha! Du wußtest also von vornherein, daß die Geschichte nicht astrein war. Sonst hättest du deine Gesinnungsfreunde ja ruhig ›'reinziehen‹ können!«

»Nein, ich hoffte ja, daß die Geschichte ganz anders ausginge! Aber es steckten natürlich auch troubles drin. Und ich wollte nicht, daß andere darunter zu leiden hätten«, sagte Rull. »Ich bin Klassensprecher.«

»Den Bock zum Gärtner gemacht«, stellte Wiepenkathen fest.

»Hat dich deine Klasse zum Sprecher gewählt«, fragte Gnutz, »oder hat dich Herr Crispenhoven dazu bestimmt?«

»Die Klasse hat mich gewählt, und Herr Crispenhoven hat mich bestätigt.«

Wiepenkathen sah Nemitz an. Der wiegte den Kopf.

»Warum hat die Klasse wohl gerade dich gewählt, Rull?« fragte Gnutz.

»Das weiß ich auch nicht. Aber die Mehrheit war der gleichen Meinung, deshalb haben sie –«

»Rull! Diese anmaßende Hypothese hören wir uns nun schon zum drittenmal an«, sagte Gnutz mit erhobener Stimme. »Und ich darf wohl, ohne den Kollegen vorzugreifen, sagen: Das nehmen wir dir nicht ab!

Du willst dich jetzt hinter der breiten Masse verschanzen. Ein alter Trick, Freundchen. Aber damit kommst du bei mir nicht durch. Da mußt du dir schon einen Dümmeren aussuchen!

Wer sind denn diese zehn, zwölf Komplizen, Rull?«

»Darüber möchte ich nichts sagen.«

»Aha!

Na, dieser Punkt ist auch, zunächst wenigstens, ohne Interesse. Was ich jetzt erst einmal von dir wissen möchte, ist: Was verstehst du eigentlich unter ›versauern‹? Na, Beatnik-Deutsch, was?«

»Nein. Unter versauern – ja, können Sie das denn nicht kapieren, Herr Direktor? Die Stimmung in der Klasse war: denen ist doch im Grund egal, was aus uns wird, es interessiert sich keiner im Ernst für uns. Ja: wir versauern hier!

Wir wußten nicht mehr wohin. Wir gingen jeden Tag zur

Schule, aber es kam nicht viel dabei heraus. Ja – es kam nicht viel dabei heraus. Das war's.«

Rull schob an seinem Pullover die Ärmel hoch und schnaufte ein paarmal.

Dr. Nemitz drückte seine Zigarette aus und sah Rull zum erstenmal an diesem Tag an.

Wiepenkathen stöhnte wieder:

»Das ist doch –«

»Nur weiter«, sagte Gnutz. »Ihr habt also nach eurer aufschlußreichen Meinung nichts gelernt hier, an dieser Schule?«

»Nein, Herr Direktor, so ist das nicht, so meinten wir das nicht! Ich –«

»Bitte, wenn ich dich zitieren darf! Du hast vor drei Minuten hier unseren erstaunten Ohren zu wissen gegeben, und das inzwischen mit anderen Worten nachdrücklich wiederholt – wie lautete der letzte Satz wörtlich, Fräulein Chrobock?«

»›Es kam nicht viel dabei heraus.‹«

»Bitte – willst du dich jetzt selber Lügen strafen, Rull?«

Rull sagte:

»Darf ich mich setzen?«

Wiepenkathen zuckte zusammen.

»Was meinen die Kollegen?« fragte Gnutz.

»Ja, aber – das kommt doch wohl überhaupt nicht in Frage«, sagte Wiepenkathen entsetzt.

»Weiter, Rull!«

Rull zog wieder die linke Schulter zum Kopf.

»Ich weiß nicht, wie ich Ihnen das erklären soll«, murmelte er. »Ich hab mich vorhin schlecht ausgedrückt: Wir haben viel gelernt hier, in Mathe, Geschichte, Franz; auch Deutsch, Englisch und so. In allen Fächern fast. Aber außer bei Herrn Crispenhoven, Herrn Groenewold und Herrn Violat war das alles.«

Gnutz streckte beide Hände fest nach vorn und legte sie auf den Schreibtisch, links und rechts von dem weißen Bogen DIN A 4.

»Das verstehe ich nicht«, sagte er ohne jede Ironie.

Rull blinzelte ihn verlegen an und drehte sich nach Dr. Nemitz um. Der blies seine Rauchspiralen wieder gegen die Decke.

»Willst du uns das vielleicht einmal in logisches Deutsch übersetzen, Rull«, sagte Gnutz. »›Wir haben viel gelernt, fast in allen

Fächern. Aber außer bei Herrn Crispenhoven, Herrn Groenewold und Herrn Violat war das alles.‹«

Rull sah immer noch zu Dr. Nemitz hinüber, der sich jetzt vornüberbeugte und seine Zigarette vorsichtig zwischen Daumen und Zeigefinger balancierte.

»Wir haben den ›Schott‹ auswendig gelernt, aber kein Christentum«, sagte Rull schließlich.

»So! Du sprichst also jetzt von Herrn Vikar Weinstock?«

»Nein. Ich bin evangelisch.«

»Also, Rull: du hast doch eben, im Augenblick, gesagt – wie hieß der Satz, Fräulein Chrobock?«

»›Wir haben den ‚Schott' auswendig gelernt, aber kein Christentum.‹«

»Und jetzt bist du evangelisch! Das ist doch ungereimtes Zeug, Rull! Willst du uns hier auch noch für dumm verkaufen?«

»Ich wollte nichts über Herrn Godelund sagen!« stieß Rull wütend durch die Zähne. »Er ist vielleicht der Lehrer, der von allen am besten vorbereitet ist. Da habe ich ›Schott‹ gesagt, statt Kleiner Katechismus und so. Außerdem, uns ging's ja nicht nur um Religion; nicht um Religion allein. Oder vielleicht doch. Aber überhaupt –«

»Überhaupt?« fragte Gnutz und sah wieder um sich.

»Ja, wir haben hier auf der Penne wirklich viel gelernt, Herr Direktor! Ich meine eine Menge, eine Menge brauchbare Sachen, für 'nen Job oder so. Aber nichts, womit man leben kann, verstehn Sie? Nichts, was hilft, wofür es lohnt –«

Rull hörte auf und starrte verschlossen durch die Fenster.

»Du sprichst ein großes Wort gelassen aus«, sagte Gnutz und schmunzelte seine Kollegen an. »Ich könnte auch zitieren: ›Herr, dunkel war der Rede Sinn‹, Rull! Aber lassen wir das jetzt mal beiseite. Was mich interessiert, ist: Wieso bist du auf die Kateridee gekommen, hier ausgerechnet diese Sudeleien anzuschmieren?«

Rull ging in die Hocke und setzte sich auf seine Schuhe.

»Laß den Blödsinn!« sagte Gnutz.

Rull richtete sich wieder auf.

»Ich hatte mir gedacht: wollen mal gucken, was die darauf sagen? Darauf müssen die doch was sagen!«

»Die?«

»Unsere Lehrer. Einige wenigstens. Einige von denen, die es vor allem anging. Mit denen, mit einigen muß man doch reden können. Die müssen doch jetzt fragen: ›Was wollt ihr eigentlich? Was ist mit euch los?‹«

»Darf ich mich erkundigen, wen du mit diesen ›einigen, die es vor allem angeht‹ meinst, Rull?«

Rull schwieg.

»Bitte!«

»Ich finde es nicht fair, Herr Direktor, wenn ich jetzt etwas über jemand sage, der gar nicht hier ist, der sich nicht verteidigen kann.«

Gnutz lächelte vielfältig.

»Dann sprich dich in aller Ruhe über jemand aus, der hier ist!« sagte er leutselig.

Wiepenkathen richtete sich neuerlich auf.

»Das geht denn wohl doch nicht!« sagte er.

Der Direktor überhörte es.

Rull betrachtete ihn dabei, strich sich kurz über die Haare und murmelte:

»Ja, zum Beispiel Doktor Nemitz.«

Wiepenkathen drehte sich entgeistert zu seinem Kollegen um.

»Ich bitte darum!« sagte Dr. Nemitz amüsiert.

»Ja, bei Doktor Nemitz ging das meistens so zu«, sagte Rull. »Er kommt rein, die ADZ unterm Arm, im andern ein Packen Hefte zum Korrigieren und 'ne Joghurt-Flasche.

›Wünsche allseits einen schönen Morgen, Jungens! Setzt euch.‹ Er setzt sich auch.

Dann nehmen wir unsere Lektüre raus, den ›Prozeß‹ oder was gerade dran ist und lesen. Lesen im Schnitt zehn Seiten. Wenn die zehn Seiten gelesen sind, sagt Doktor Nemitz:

›Noch mal lesen!‹«

»Noch mal lesen?« fragte Gnutz und sah dabei Dr. Nemitz an.

Dr. Nemitz lächelte, schwieg betont weiter und deutete mit einer graziösen Geste auf Rull.

»Damit wir besser kapieren«, sagte Rull.

»Und Herr Doktor Nemitz las nicht mit?« fragte Gnutz, leicht baff.

Dr. Nemitz runzelte die Stirn. Sein Lächeln wurde fadenscheiniger.

»Nein. Er las was anderes. Die ADZ. Oder korrigierte Hefte. Oder er trank Joghurt.«

»Weiter, Rull!« sagte Gnutz ärgerlich.

»Ja, und wenn dann die Stunde rum war, sagte er: ›Wir haben in dieser Stunde gelesen: Franz Kafka, ‚Der Prozeß', Seite sowieso bis Seite sowieso. Fertigt darüber einen Aufsatz an.‹«

»Eine Inhaltsangabe – nehme ich an?«

»Ja, eine Inhaltsangabe. Oder ein Stundenprotokoll. Das wurde in der nächsten Stunde vorgelesen. Und dann ging alles von vorne los.«

»Würdest du den soeben geschilderten Verlauf einer Deutschstunde als typisch für meinen Unterricht ansehn?« fragte Dr. Nemitz beiläufig.

»Zur Hälfte«, sagte Rull.

»Und die andere Hälfte?«

»Ja, da kamen Sie 'rein und hielten einen Vortrag! Der war sicher sehr gebildet, aber kein Schwein verstand etwas davon.«

»Kein Schwein!« sagte Dr. Nemitz belustigt.

»Ja, da flogen uns die Fremdwörter und der ganze Kulturslogan um die Ohren, daß uns Hören und Sehen verging, und nachher wußten wir noch weniger als vorher!

Wir hörten vor lauter Vokabeln die Sprache nicht mehr.«

Rull hatte zuletzt wieder nur noch gebrummelt. Jetzt schwieg er und sah zum Fenster hinaus.

Gnutz legte das Papierblatt, das sich verschoben hatte, in einen rechten Winkel zur Schreibunterlage und schwieg ebenfalls.

»Ich habe in meinem Essay ›Schola meditationis‹ sowohl auf die Bedeutung der stillen Lektüre als auch auf den unterschwelligen Einfluß der didaktischen Evokation ausreichend hingewiesen«, sagte Dr. Nemitz flüchtig. »Der Artikel hat in Fachkreisen einige Beachtung gefunden.«

Gnutz hörte auf, Papier zu schieben.

»Deine –, nun sagen wir: deine Aktion richtete sich also in erster Linie gegen Herrn Doktor Nemitz?« fragte er stracks.

»Nein!« sagte Rull entschieden. »Ich habe das nur so als Beispiel gebracht, weil Doktor Nemitz gerade hier saß. Das richtete sich aber genauso gegen –, ja, gegen diese ganze laue Tour, durch die wir hier versauern.«

Wiepenkathen hatte sich gefaßt.

»Jetzt wäre ich tatsächlich gespannt, was die Herrn Revoluzzer denn an meinem Unterricht auszusetzen hatten«, sagte er. »Was da bis jetzt vorgebracht wurde, nun, dazu kann ich nur sagen: der Schuh paßt mir nicht.«

»Nein, in Steno war das auch anders«, sagte Rull. »Herr Wiepenkathen war immer gut vorbereitet und so; aber wenn einer nicht mitkam, dann mußte er an die Tafel und dann wurde ihm nicht erklärt, was er nicht verstanden hatte, dann wurde er fertiggemacht wie mit'm Rammhammer! Dann war er nur noch ein Kanake oder ein Rübenschwein, ein Vollidiot, ein geistiger Pygmäe, ein Wasserkopp –«

»Herr Direktor!« schrie Wiepenkathen zitternd, »ich stelle hier fest, und zwar dienstlich, daß diese Charakterisierung meines Unterrichts eine verleumderische Hetze übelster Art ist! Sollte ich im Unterricht jemals die Geduld verloren haben, wofür jeder Mensch, der von der Schule eine Ahnung hat, Verständnis aufbringen wird, dann nur deshalb, weil diese 6b mit Typen wie Rull und Konsorten das Unverschämteste und das Unbegabteste ist, was mir in dreiunddreißig Jahren an der Schulfront über den Weg gelaufen ist! Ich könnte, anstatt vor dieser Horde zu unterrichten, genausogut den Mond anbellen oder einen Ochsen ins Horn petzen.«

»Aber regen Sie sich doch nicht auf, Herr Kollege«, sagte Gnutz gutgelaunt. »Ich finde es höchst anregend, was der Kollege Rull hier so zum besten gibt! Harun-al-Raschid wußte die Kritik von unten zu schätzen, und, was mir persönlich wichtig erscheint, nachher auszuwerten, nicht wahr, Kollege Nemitz?«

Dr. Nemitz schwang versonnen ein Bein über das andere, griff in die Rocktasche, nahm drei Glasröhrchen heraus und schluckte eine orangefarbene Tablette.

»Ich bedaure außerordentlich«, sagte Gnutz, »daß es mir nicht vergönnt war, selbst vor dieser famosen Elite der 6b zu unterrichten. Eure Mängelrügen und Gegenvorschläge hätten mich wirklich ernsthaft interessiert, Rull! Oder wurde etwa, von keiner Sachkenntnis getrübt, auch mein Unterricht schon in diese reformatio einbezogen?«

»Wir haben ja nie bei Ihnen gehabt«, brummelte Rull. »Ich fand nur so schlecht, daß Sie so ungerecht in Ihren Strafen waren.«

»Ungerecht?«

»Ja. Sie kamen über den Flur, wenn es in einer Klasse laut wurde, weil der Lehrer noch nicht da war, rissen die Tür auf, grapschten sich den armen Hund, der gerade vorne saß, auch wenn er gar nicht mitgebrüllt hatte, trugen ihn ein, und dann bekam die ganze Klasse noch 'ne sinnlose Strafarbeit aufgebrummt.«

»Sinnlos!« sagte Gnutz und lächelte etwas mühsam.

»Ja, finde ich wenigstens. Irgendwo fünf Kapitel aus dem Erdkundebuch abschreiben oder so. Und wenn wir sie dann abgaben, zehn Seiten waren das meistens, dann rissen Sie die Blätter vor unseren Augen in Fetzen. Find ich sinnlos.«

»Interessant!« sagte Gnutz und musterte süßsauer seine Kollegen.

Dr. Nemitz gelang es bereits wieder, sein flüchtiges Lächeln dauerhaft aufzusetzen, während Wiepenkathen weiter verbittert schwieg.

»Mein lieber Rull«, sagte Gnutz in rasch anschwellendem Ton, »ich habe mir jetzt genau siebenunddreißig Minuten lang diese hanebüchene Dummheit und Anmaßung, deren du dich hier erfrechst, mitangehört! Es soll mir niemand nachsagen können, an meiner Schule werde die Würde des Schülers nicht geachtet, nein! Vielleicht bin ich sogar über das bestimmt wohlwollende Maß meiner Kollegen hinausgegangen: Ich hoffe, daß sie mir nachträglich dennoch beipflichten werden.

Jetzt aber hör mal zu, Freundchen: der ganze grüne Unsinn, den du hier in einem Ton vorgebracht hast, den du nicht auf unserer Schule, den du in einem Barackenmilieu gelernt haben mußt, auf das wir gern verzichten würden: dein ganzes hornochsiges Gewäsch entschuldigt, ja, erklärt nicht im geringsten deine idiotischen Sudeleien! Die hier in der Schule nicht und die drüben an der Wand der Bedürfnisanstalt nicht! Verstanden?«

»Ja, aber das da drüben war ich doch gar nicht!«

»Wie bitte? Noch einmal!«

»Das da drüben, das stammt nicht von mir, Herr Direktor.«

Die drei Lehrkräfte sahen sich, sichtlich vor den Kopf geschlagen, an. Gnutz faßte sich zuerst.

»Das ist der Gipfel!« sagte er mit gebrochenem Donner. »Hast du mir nicht vor einer Stunde schon gestanden, daß du, und zwar du allein, diesen groben Unfug auf dem Kerbholz hast?«

»Nein«, sagte Rull. »Ich habe nur gesagt: ›Das gestern stammte von mir!‹ Die Anschläge meinte ich. Da haben Sie mir 'n paar gescheuert. Und weiter kam ich nicht.«

»Fräulein Chrobock!«

»Ja, Herr Direktor?«

»Rekapitulieren Sie sofort die Aussagen dieses Rull!«

»Während des Protokolls hat er die Schmierereien gegenüber nicht eingestanden«, sagte Dr. Nemitz.

Gnutz betrachtete ihn verletzt.

»Nun gut«, sagte er. »Du behauptest jetzt also unverfroren, diese Ferkeleien da drüben rührten nicht von dir her, Rull?«

»Nein, das war ich nicht, Herr Direktor, bestimmt nicht! Ich würde das doch sagen. Als ich gestern abend da vorbeikam –«

Es klopfte.

»Herein!« sagte Gnutz schnarrend.

»Ah, Herr Kollege Crispenhoven! Gut, daß Sie kommen. Wir haben auf Sie gewartet.«

»Ich habe erst die dritte Stunde«, sagte Crispenhoven.

»Ich weiß, ich weiß. Das sollte auch kein Vorwurf sein! Bitte tun Sie mir persönlich einen Gefallen: ehe ich Sie bitten darf, sich mit uns um diesen wirklich einmaligen Fall einer Verschwörung in Ihrer Klasse zu bemühen – bitte rufen Sie mir doch vorher den Hausmeister herauf! Fräulein Chrobock ist im Moment unabkömmlich.«

»Der Hausmeister ist auf dem Flur und putzt die Fenster«, sagte Crispenhoven.

»Um so besser. Sagen Sie ihm bitte Bescheid? Würden Sie noch einen Stuhl aus dem Vorzimmer holen, Fräulein Chrobock!«

Gnutz ging zum Waschbecken, zapfte ein Glas Wasser, trank und befeuchtete mit dem Rest seine Pulsadern.

»Aha. Setzen Sie sich bitte, Kollege Crispenhoven! Herr Beckmann, um es kurz zu machen: darf ich Sie bitten, Ihre Aussagen von heute morgen zu wiederholen. Was haben Sie gestern abend, gegen halb elf, vor der öffentlichen Bedürfnisanstalt beobachtet: knapp und präzis?«

Beckmann stand neben Rull am Fenster, hielt seine verbeulte

Schlägermütze in den Händen und sagte, die Absätze fest zusammen:

»Als ich gestern awwend, gesche halb elf, aus Richtung Berliner Straße auf meine Wohnung in der Schule zuging, da sah ich schon von weidem, daß sich der Schüler Rull, 6b, an der Wand der Bedirfnisanstald zu schaffe machde.«

»Sind Sie ganz sicher, daß es Rull war, Herr Beckmann?« fragte Crispenhoven.

»Irrdum ausgeschlosse, Herr Crisbehofe – ich habb ja sogar mit em geschwätzt.«

»Na, Rull!« sagte Gnutz schneidend.

»Ja, das stimmt so ungefähr. Nur hab ich das nicht angepinselt.«

»Sondern?«

»Das war schon, als ich da vorbeikam. Ich hab da nur –«

»Was?«

»Ich bin da nur ausgetreten.«

»Herr Beckmann!«

»Ledzders had er auch gedah, Herr Direkder! Awwer vorher muß er die Parole da angemalt hawwe, die Eelfarb war doch noch daufrisch, als ich dran vorbeikam. Unn außerdem had er e Agdemabbe bei sich gehabbd.«

»Rull!«

»Ich hab das nicht gemacht, Herr Direktor. Das war schon, wirklich!«

»Haben Sie mitangesehn, daß Rull an der Wand herumgepinselt hat, Herr Beckmann?« fragte Crispenhoven.

»Nei, dess habb ich nedd! Alls ich ankam, muß er wohl gerad ferdich worde sei. Awwer die Eelfarb war noch ganz frisch, wenn ichs Ihne saache! Ich kenn mich da e bißche aus.«

»Haben Sie gesehn, daß er Pinsel und Ölfarbe in seiner Tasche hatte?« fragte Crispenhoven.

»Nei, da habb ich nedd so druffgeachd. Da wußd ich ja aach noch gar nix von dem Geschmier.«

»Rull, als du vorbeikamst, war die Wand schon bemalt?«

»Ja, bestimmt, Herr Crispenhoven.«

»Weißt du, wer das gemacht hat?«

»Nein.«

Crispenhoven sah seinen Direktor an, seufzte und rutschte auf seinem Stuhl zusammen.

»Sag mal, Rull«, fragte Gnutz, »woher kamst du denn gestern abend gegen halb elf? Das ist doch immerhin für einen Schüler eine etwas ungewöhnliche Zeit.«

Rull pendelte mit dem Oberkörper.

»Das möchte ich nicht sagen.«

Gnutz staunte.

»Das ist aber merkwürdig, Rull! Warum willst du uns das denn nicht sagen? Du warst doch bis jetzt nicht gerade wählerisch in deiner Aussage.«

»Ich glaube, das gehört nicht zur Sache.«

»Sieh an!«

Gnutz schüttelte seinen Füller und machte sich eine weitere Notiz.

»Haben Sie, Fräulein Chrobock?«

»Ja.«

»Ich finde, der Worte sind genug gewechselt«, sagte da Wiepenkathen voll Energie. »Für mein Empfinden schon viel zu viele.«

Gnutz musterte Rull eine Zeitlang angewidert.

»Sie können gehn, Herr Beckmann«, sagte er dann entschlossen. »Und diesen Burschen da sperren Sie wieder ins Elternsprechzimmer! Halten Sie sich aber bereit – falls wir Sie noch einmal benötigen.«

»Wird erledichd«, sagte Beckmann und machte kehrt.

»Morgen«, sagte Rull und ging vor dem Hausmeister durch die Tür.

»Morgen«, murmelte Crispenhoven.

»Sie können auch gehn, Fräulein Chrobock. Schreiben Sie bitte das Protokoll sofort in die Maschine.«

»Jawohl, Herr Direktor!«

»Schließen Sie bitte die Tür hinter sich!«

Dr. Nemitz schaute Fräulein Chrobock bei dieser Betätigung interessiert zu.

Gnutz wartete stillschweigend mehrere Sekunden. Dann richtete er sich auf, zog die Brille ab, legte sie zwischen seine beiden Handteller auf den Schreibtisch und sagte:

»Meine Herrn! Wahrscheinlich hat der eine oder andere von

Ihnen meine Gutmütigkeit und Geduld bereits falsch ausgelegt. Nun gut. Um es kurz zu machen: ich, in meiner Eigenschaft als Leiter dieser Schule, werde gegen den Schüler Jochen Rull, Klasse 6b, die sofortige Verweisung beantragen.«

»Ich glaube nicht, daß der Junge lügt«, sagte Crispenhoven dazwischen. »Ich bin zwar nicht ganz auf dem laufenden im Moment, aber ich glaube nicht, daß Rull lügt. Das ist ein Junge –«

»Herr Crispenhoven«, sagte Gnutz. »was dieser Rull für ein Junge ist, darüber sind wir inzwischen allerdings wohl wirklich besser im Bild als Sie! Wir haben uns, ich darf da wohl auch im Namen von Doktor Nemitz und Herrn Kollegen Wiepenkathen sprechen, wir haben uns eine geschlagene Stunde mit diesem Rabauken hier herumgeärgert: das ist ein ganz verschlagener Prolet! Verlassen Sie sich auf mich, spätestens in fünf Jahren haben wir in Sachen Rull eine Anfrage der Kripo hier liegen. Na, mich betrifft das dann ja nicht mehr. Solange ich aber noch hier an diesem Tisch sitze, herrscht Ordnung. Ich habe das schon einmal gesagt, und nicht zum Spaß.

Meine Herrn: ich wiederhole meinen Antrag als Schulleiter: sofortige Verweisung! Wir machen uns ja lächerlich, wenn wir uns von diesen impertinenten Kanaillen auf der Nase herumtanzen lassen. Ich spreche da nicht zuletzt in Ihrem Interesse.«

»Für eine Verweisung brauchen wir einen Konferenzbeschluß«, sagte Wiepenkathen ernst.

Gnutz wedelte wütend mit den Händen.

»Ich würde mich als Schulleiter stark genug machen, diesen Fall Rull auch allein zu entscheiden, glauben Sie mir das, Herr Kollege! Aber gut: es soll niemand den Eindruck haben, daß ich hier die Prinzipien der kollegialen Schulleitung nicht respektiere! Also Herr Wiepenkathen, ich beauftrage Sie hiermit dienstlich, die Konferenz für – na sagen wir –, für zehn Uhr fünfzehn einzuberufen.«

»Eine Klassenkonferenz oder eine Systemkonferenz, Herr Direktor?«

»Eine Systemkonferenz. Wenn schon, denn schon.«

»Müssen wir das nicht drei Tage vorher –«

»In diesem katastrophalen Fall nicht«, sagte Gnutz resolut.

Crispenhoven wollte noch etwas erwidern, aber Gnutz öffnete

schon die Tür seines Amtszimmers, ging als erster hinaus und las über Fräulein Chrobocks Schulter hinweg in der Maschine den Anfang des Protokolls.

»Guten Morgen«, sagte Dr. Nemitz.

»Morgen!«

Satemin saß auf der Basaltmauer und sah seinen Direktor mit Dr. Nemitz und Wiepenkathen hinter den hohen Flurfenstern zum Konferenzzimmer gehen. Er sprang auf den Hof, schlängelte sich an der Mauer entlang, stieg hinab in die Kellertoilette, rannte die leere Haupttreppe hinauf und klopfte an der Tür zum Vorzimmer der Schulleitung.

»Ja?« fragte Fräulein Chrobock.

Satemin öffnete.

»Wir schreiben morgen eine Mathematikarbeit, und ich muß dafür sorgen, daß die Hefte in Ordnung sind, Fräulein Chrobock. Jetzt hat aber der Rull den Schlüssel zum Klassenschrank in der Tasche!«

Fräulein Chrobock stand von ihrem Schreibmaschinentischchen auf, nahm einen Schlüssel vom Haken und ging wortlos und mißmutig vor Satemin her zum Elternsprechzimmer.

Sie schloß auf und sagte:

»Der Schlüssel zu eurem Klassenschrank wird gebraucht, Rull.«

Rull saß auf der Erde und schrieb.

»Hab ich nicht«, knurrte er.

»Doch!« sagte Satemin überzeugend und tauchte neben Fräulein Chrobock auf.

»Doch. Und wenn die Geschichte nicht in Ordnung kommt, sind Dean und Lumumba im Eimer! Verdient hätten das die Säcke schon, aber sieh 'mal, was sich machen läßt.«

Rull griff in die Hosentasche, fummelte einen dicken Bund heraus und klemmte einen Schlüssel ab.

»Okay«, sagte er. »Wiedersehn macht Freude.«

»Stand up and fight, Little Luther«, sagte Satemin.

Er drehte sich um, und Fräulein Chrobock schloß hinter ihm das Elternsprechzimmer wieder ab.

»Schönen Dank«, sagte Satemin. »Guten Morgen.«

»Morgen«, murmelte Fräulein Chrobock, ging zurück zu ihrem

Schreibmaschinentischchen, gähnte, zog den Rock zurück und entzifferte mißmutig ihr Stenogramm.

»Meine Herrn Kollegen! Ich eröffne hiermit eine Disziplinarkonferenz. Einziger Punkt der Tagesordnung ist der Fall Jochen Rull, 6b.

Ich sage Ihnen wohl kaum etwas Neues, rekapituliere aber trotzdem –«

Gnutz setzte sich, rückte sein Notizpapier und die Zitate in die rechte Ordnung und fuhr fort:

»Der Schüler Jochen Rull, 6b, hat gestern morgen vor Unterrichtsbeginn an das Schwarze Brett, an die Türen des Konferenzzimmers und des Direktorzimmers und an die Tür zur 6b sowie an die beiden Wandtafeln dieser Klasse fünf Anschläge befestigt, deren Texte Ihnen in Abschrift vorliegen. Diese Anschläge konnten von mir, in Zusammenarbeit mit dem Hausmeister, entfernt werden, ehe sie Staub aufwirbelten.

Derselbe Rull hat, mit einer an Sicherheit grenzenden Wahrscheinlichkeit, gestern abend gegen zweiundzwanziguhrdreißig an die der Schule zugekehrten Wand der öffentlichen Bedürfnisanstalt mit roter Ölfarbe ein Hakenkreuz und den Satz: ›Penne nicht, Penne!‹ geschmiert.

Ich habe diese Sudelei, die von mir, den Kollegen Wiepenkathen und Groenewold und dem Hausmeister in Augenschein genommen wurde, von Herrn Beckmann entfernen lassen, um keinerlei öffentliches Ärgernis zu erregen. Übrigens nicht, ohne vorher die ganze Geschichte fotografiert zu haben! Man weiß nie –

Der Schüler Rull hat inzwischen ein vollständiges Geständnis abgelegt, insoweit, daß er, und zwar er allein, gestern morgen die Anschläge plakatiert habe. Die Täterschaft in Sachen Sudelei an der Straßenwand der öffentlichen Bedürfnisanstalt bestreitet Rull zwar noch, doch macht die Aussage des Hausmeisters, der den Burschen unmittelbar nach der Tat vor der frischen Ölfarbe erwischte, Rulls Leugnen ganz und gar unglaubwürdig.

Überdies hat sich der Schüler dabei in Widersprüche verwickelt! So weigert er sich zum Beispiel, zu erklären, wieso er gestern abend gegen zweiundzwanziguhrdreißig ausgerechnet zur öffentlichen Bedürfnisanstalt kam. Und so weiter!

Ich habe in meiner Eigenschaft als Schulleiter den Burschen, in Anwesenheit und mit dankenswerter Unterstützung der Kollegen Wiepenkathen und Dr. Nemitz, vernommen. Meine Sekretärin hat die Aussagen des Schülers Rull mitstenografiert. Sie liegen Ihnen in Maschinenschrift vor.

Der Eindruck, den wir von dem Fall gewonnen haben, ist eindeutig folgender: Die Einstellung Rulls zur Schule ist erschreckend. Vollkommen negativ!

Rull hat sich von der Schule und ihren Lehrkräften ein geradezu grotesk verzerrtes Bild gemacht, das ihn psychologisch, etwa mit Kroh gesprochen, in einer verspäteten Trotzperiode fixiert und von dort aus zu einer Art Amoklauf gegen die Welt, wie sie ist, in diesem Fall gegen die Autorität und Ordnung der Schule treibt! Dabei schreckt Rull nicht vor den Mitteln der Verleumdung und Aufhetzung zurück, er unterhöhlt die Moral seiner Klasse, deren Sprecher er auch noch ist, und last not least: er gefährdet das Ansehen, den Ruf unserer Schule und ihrer Lehrkräfte. Das heißt das Ansehen und den Ruf von Ihnen, meine Herrn, und mir in aller Öffentlichkeit auf eine geradezu politische und skandalöse Weise! Und dabei war sich Rull während dieser Wühl- und Hetzkampagne jederzeit durchaus bewußt, was er damit anrichtete.

In Anbetracht der außerordentlichen Schwere dieses Falles, habe ich mich entschlossen, den Schüler Jochen Rull sofort der Schule zu verweisen, ehe er in der moralisch ohnehin labilen 6b auch noch andere Schüler infiziert und auf die Barrikaden bringt.

Ich nähme mir als Schulleiter durchaus das Recht, diese Entscheidung allein zu fällen, möchte mich aber im Sinn einer kollegialen Schulleitung, wie ich sie immer hier gehandhabt habe, dabei Ihrer Zustimmung versichern.

Meine Herrn, Sie geben sich und mich und, was uns doch allen am meisten am Herzen liegt, unsere Schule der Lächerlichkeit preis, wenn Sie jetzt die Solidarität nicht zu wahren wissen, wenn Sie jetzt nicht wissen, was Sie zu tun und wo Sie zu stehn haben.«

Gnutz entkrampfte seine Fäuste, seine Hände streckten sich und lagen dann dürr und korrekt links und rechts neben den sauber geordneten Papieren.

»Wünscht einer der Herren das Wort?« fragte Gnutz gelockert.

»Herr Kollege Groenewold, bitte!«

»Ich bitte zunächst darum, Herr Direktor, den Jungen hier vor der Konferenz noch einmal anzuhören.«

Gnutz ballte neuerlich seine Hände und sah befremdet um sich.

»Sollte das ein Antrag sein, Herr Kollege?«

»Ein Wunsch«, sagte Groenewold.

»Bedaure!« sagte Gnutz, hob seine leeren Hände und lächelte. »Ich kann wirklich nicht ganz einsehen, wozu wir uns –«

»Dann muß ich meinen Wunsch zum Antrag erheben«, sagte Groenewold.

Gnutz schüttelte den Kopf.

»Ich verstehe Sie nicht, Herr Kollege«, sagte er konsterniert. »Gerade Sie hätten doch, ich darf wohl sagen aus besonders gelagerten menschlichen Gründen, vor allem Anlaß, von dieser infamen Aggression betroffen zu sein.«

»Ich möchte ebenso respektvoll wie nachdrücklich auf meinem Antrag bestehn, Herr Direktor.«

»Soll das heißen, daß Sie dem vorliegenden Protokoll keinen Glauben schenken, Herr Kollege Groenewold?« fragte Gnutz grollend.

»Nein, Herr Direktor. Ich bin im Gegenteil davon überzeugt, daß der Junge wortwörtlich diese Aussagen gemacht hat. Aber abgesehen davon, daß dieses ›Protokoll‹ ja gar kein Protokoll ist – die Methode der Fragestellung zum Beispiel bleibt wenigstens mir undurchsichtig –, ganz abgesehen davon aber glaube ich, daß die Antworten des Jungen mißverstanden und falsch interpretiert wurden, unabsichtlich natürlich.«

»Das ist doch die Höhe«, sagte Wiepenkathen, rückte seinen Stuhl zurück und sackte in sich zusammen.

»Nun gut«, sagte Gnutz und fing plötzlich an, mit den Zähnen zu mahlen. »Wir kommen zur Abstimmung, meine Herrn. Was ich davon halte, wissen Sie!«

»Ich darf das Kollegium noch darauf aufmerksam machen«, sagte Groenewold, »daß nach der Schulordnung diese Konferenz drei Tage vorher hätte einberufen werden müssen.«

»Über den Termin einer Konferenz entscheidet hierzulande einzig und allein die Schulleitung, verehrter Kollege Groenewold«, sagte Gnutz und ließ seine rechte Hand auf das Konzeptpapier fallen.

»Es war lediglich ein formaler Einwand, den ich zu protokollieren bitte.«

»Wir können diesen Gesichtspunkt nicht ohne weiteres unter den Tisch fallen lassen«, mahnte Godelund.

Gnutz stemmte sich aufwärts.

»Wir kommen zur Abstimmung. Der Herr Kollege Groenewold stellt den Antrag, den Schüler Jochen Rull, 6b, noch einmal hier vor der Konferenz zu vernehmen, obwohl Rull heute morgen bereits von der Schulleitung in Anwesenheit der Kollegen Wiepenkathen und Dr. Nemitz eindringlich vernommen wurde und ein Teilgeständnis abgelegt hat.

Ich bitte um das Handzeichen: wer schließt sich dem Gegenantrag der Schulleitung, den Jungen nicht noch einmal einzuvernehmen, an?«

»Es muß zuerst über den weitergehenden Antrag abgestimmt werden«, sagte Godelund.

»Meine Herrn! Ich kann in Ihrem mehr als unkollegialen Verhalten nur den Versuch sehen, der Schulleitung in den Rücken zu fallen«, sagte Gnutz gepreßt und trommelte mit beiden Fäusten auf den Konferenztisch. »Ich werde mich dessen bei Gelegenheit zu erinnern wissen, verlassen Sie sich darauf!

Wer von Ihnen unterstützt den Antrag Groenewold? Das Handzeichen bitte!

Vier.

Wer schließt sich meinem Gegenantrag an?

Eins, zwei, drei? Drei! Das ist ein Skandal!

Wer enthält sich der Stimme?

Elf.

Herr Jottgrimm, Sie führen das Protokoll?«

»Jawohl, Herr Direktor!«

»Ich wünsche, daß dieses beschämende Abstimmungsergebnis, das ich als einen persönlichen Affront auffasse, genau und namentlich festgehalten wird, verstanden?«

»Jawohl, Herr Direktor!«

»Herr Kollege Nonnenroth, Sie sitzen an der Tür: bitte holen Sie also diesen Rull aus dem Elternsprechzimmer herauf! Schlüssel haben Sie, ja? Gut.«

Gnutz setzte sich.

»Meine Herrn, ich bin erschüttert. Ich habe jeden einzelnen von Ihnen immer mit äußerstem Wohlwollen behandelt und über manchem die Hand gehalten, ohne daß er es ahnte. Auch mein Entgegenkommen hat Grenzen. Sie können mich in Zukunft von einer anderen Seite kennenlernen. Das war ein starkes Stück, meine Herrn. Die neuerliche Vernehmung des Schülers Rull ist für mich ohne jedes Interesse. Ich übertrage sie dem Herrn Kollegen Groenewold!«

»Danke, Herr Direktor!«

Gnutz lehnte sich zurück und blätterte in seinem Terminkalender.

»Rull, du bist das größte Rindvieh des Jahrhunderts«, sagte Nonnenroth auf dem Flur. »Junge, ich bin ja an sich völlig auf deiner Seite, aber die Form ist doch entscheidend!

Wenn du mit der Wahrheit wie mit 'm Straßenhobel über diese krumme, beschissene Welt fährst, Mensch, dann kommst du doch nicht durch im Leben! Du sitzt ja jetzt schon bis über'm Kragenknopf in der Tinte. Ich kann keinen Zores mit dem Alten brauchen, sonst würde ich ja was für dich tun! Aber so – du verstehst mich doch?«

»Ja«, sagte Rull.

Rull kam hinter Nonnenroth ins Konferenzzimmer, blieb an der Tür stehen, witterte kurzsichtig hinüber nach dem Hufeisentisch, an dem seine Lehrer saßen, und sagte:

»Guten Morgen!«

Das Echo war spärlich.

»Darf sich der Schüler setzen?« fragte Groenewold seinen Direktor.

»Nein!«

Groenewold sah Rull an.

»Warum bist du gestern abend nicht sofort nach Hause gegangen?« fragte er.

Rull stopfte den Papierwust, der aus seinen Hosentaschen quoll, zurück und sagte:

»Ich wollte gern mal sehen, wie die Penne bei Nacht aussieht.«

Gnutz wechselte einen Blick mit Dr. Nemitz und runzelte die Stirn. Wiepenkathen schüttelte seinen hängenden Kopf.

»Hast du auf dem Weg zur Schule jemand getroffen, mit einem gesprochen, Rull?«

»Mit Herrn Beckmann.«

»Und vorher?«

»Vorher hab ich niemand getroffen.«

»Bist du vorher noch irgendwo eingekehrt?«

»Nein.«

»Und als du zur Toilette kamst, Rull – war da die Wand wirklich schon bemalt?«

»Ja.«

»Hast du noch irgend etwas gesehn, was einen Hinweis darauf geben könnte, wer da kurz vorher am Werk war?«

»Nein, ich habe nichts gesehn.«

Groenewold wandte sich an seinen Direktor:

»Der Junge war gestern abend bis zweiundzwanzig Uhr bei mir«, sagte er.

Wiepenkathen fuhr hoch. Dr. Nemitz lächelte fein in das verblüffte Gesicht seines Direktors.

»Der Hausmeister sagt aus, daß er Rull schon vor zweiundzwanziguhrdreißig an der bereits bemalten Wand gesehn hat. Der Weg von meiner Wohnung bis zur Schule erfordert fünfundzwanzig Minuten, wenn man scharf zugeht. In der Schultasche, die Rull bei sich hatte, befand sich, das bitte ich mir zu glauben, kein Farbtopf und kein Pinsel.

Ohne hier weiter Detektiv spielen zu wollen, darf ich vielleicht den Schluß ziehen, daß der Junge mit einer an Sicherheit grenzenden Wahrscheinlichkeit die Schmiererei an der Toilettenwand nicht vorgenommen hat.«

»Das ist durchaus nicht erwiesen!« sagte Gnutz, im Augenblick etwas unsicher, und machte sich eine Notiz.

»Ich war es wirklich nicht, Herr Direktor!«

Gnutz sah nicht von seinem Konzept auf, sondern wies mit einer knappen Handbewegung auf Groenewold.

»Ad zwei: Anschlag der Zitate! Ich habe deine Aussagen von heute früh vor mir liegen, Rull.

Bevor wir uns aber noch einmal damit auseinandersetzen, möchte ich gern etwas anderes wissen: gab es einen aktuellen Grund, einen Anstoß, daß du gerade gestern diese Zettel angeschlagen hast?«

»Einen besonderen Anlaß gab es gestern nicht. Ich hatte das schon die ganze Zeit vor. Und es wurde jeden Tag nötiger.«

»Doktor Martinus Rull«, platzte Nonnenroth dazwischen.

Gnutz musterte ihn befremdet.

»Und diese Zitate, Rull«, sagte Groenewold. »Warum hast du gerade diese Textstellen ausgewählt?«

»Ja, ich dachte: Wir sagen denen mal das, was wir bei ihnen gelesen, gelernt haben; was sie aber selber nicht ernst, nicht beim Wort nehmen!«

»Denen?« fragte Hübenthal.

»Unseren Lehrern.«

»Du meinst hier doch offensichtlich Herrn Doktor Nemitz?« fragte Hübenthal.

»Nein, so war das im Grunde genommen ja bei fast allen!«

»Ich verzichte auf einen Kommentar«, sagte Dr. Nemitz.

Gnutz nickte ihm zu.

»Das ist auch durchaus nicht nötig, Herr Kollege!«

»Diese Texte kamen also in der Schule vor?« fragte Groenewold.

»Die kamen alle in der Schule vor! Ich hatte noch so eine These in der Tasche: ›Das Absurde vernichtet den Menschen nicht, es fordert ihn heraus.‹

Ja, und das Absurde, das ist für uns die Schule.«

»Das ist doch –« sagte Wiepenkathen, setzte den Satz aber diesmal nicht fort, sondern begnügte sich mit einem Kopfschütteln, das nie mehr zu enden schien.

»Rull, was wolltest du mit deiner Aktion denn erreichen – ganz konkret?« fragte Groenewold.

»Ich hatte mir gedacht, jetzt müssen die doch mal mit uns darüber reden. Es war ja nichts anderes, als was wir bei Ihnen gelernt hatten. Ja, und ich hoffte, daß wir dann mal endlich 'ne Chance hätten, zu sagen, was wir wollten.«

»Über was wolltet ihr da reden?« fragte Godelund ehrlich interessiert.

»Ja, über die Schule ohne Seele etwa.«

»Na, Rull«, sagte Harrach, »habt ihr nicht auch gedacht: wir wollen den Paukern mal eins auswischen! Wollen mal sehn, wie weit man heute gehn kann. Wollen die mal tüchtig provozieren. Na, war's nicht so?«

»Nein. Wir wollten denen überhaupt nichts. Ich hab doch nichts Unrechtes gemacht, Herr Harrach. Und provozieren – ja, zu 'nem Gespräch wollte ich provozieren! Damit vielleicht wieder etwas herauskommt in der Penne, ein Sinn. Ich meine ein wirklicher Sinn, wovon man ein Stück leben kann, womit man weiterkommt.«

»Haben Sie noch eine Frage, Herr Direktor?«

»Ich habe bereits heute früh gefragt und gehört, was ich wollte, Kollege Groenewold.«

»Das Kollegium?«

»Ja, ich hätte da noch eine Frage«, sagte Jottgrimm. »Habt ihr es jemals auf eine anständige Art und Weise versucht, mit euren Lehrern, nun, nennen wir das: ins Gespräch zu kommen?«

»Das haben wir immer wieder versucht«, sagte Rull. »Schon seit Jahren. Und manchmal hatten wir auch einen kleinen Erfolg.

In der 5 haben wir zum Beispiel eine Arbeitsgemeinschaft über ›Christentum und Kommunismus‹ auf die Beine gebracht. Zweimal, dann verlief das ganze wieder im Sand.«

»Warum?« fragte Jottgrimm.

»Ja, der Geschichtslehrer, den wir damals hatten, der kam nicht mehr. Er sagte, es käme sowieso nichts dabei heraus, da wollte er lieber Nachhilfestunden geben, das brächte wenigstens Pfennige auf die hohe Kante.«

»Ich halte es auch heute noch für völlig irrsinnig, mit fünfzehn-, sechzehnjährigen Bengels über Christentum und Kommunismus zu reden«, rief Matzolf. »Davon verstehn ja kaum wir etwas, geschweige denn diese Rotznasen.«

»Das ist auch meine Meinung«, sagte Hübenthal. »Die sollen mal erst das große Einmaleins lernen.«

»Und sonst?« fragte Jottgrimm. »Rull, was gab es sonst noch für Sondierungsgespräche?«

»Ja, dann hatten wir in der 6 noch 'ne Zeitlang wöchentlich einmal ein Treffen im ›Alten Posthorn‹. Kontaktabend nannte sich das. Da kamen auch zwei, drei Lehrer hin und sagten, sie freuten sich, daß wir so flotte Schüler wären und mal 'n bißchen Widerstand leisteten in dem Saftladen. Und jetzt wollten wir mal anständig einen heben.«

»Gibt es noch Fragen?«

Als keiner der Kollegen sich meldete, sagte Groenewold:

»Ich danke Ihnen.«

Gnutz hörte erst jetzt mit seinen Notizen auf.

»Du kannst nach Hause gehn, Rull«, sagte er bündig. »Der Konferenzbeschluß geht deinen Eltern schriftlich zu. Besuche bei mir oder einer der Lehrkräfte sind völlig zwecklos. Im übrigen schlage ich eine Pause von zehn Minuten vor. Einverstanden?«

Die Stühle schlurrten zurück. Godelund öffnete alle Fenster.

»Hier!« sagte Nonnenroth und nahm eine leere Cola-Flasche aus seinem Fach. »Bruder Rull, hol mir jetzt erst mal eine kalte Pulle vom Hausmeister. Aber presto, presto!«

»Junge, warum hast du nicht mal vorher mit einem von uns gesprochen?« fragte Crispenhoven und stocherte in seiner Pfeife.

Er stand mit Groenewold und Violat auf dem Treppenpodest über dem Erdgeschoß, und Rull stand vor ihnen, hatte die Cola-Flasche in der Hand und stülpte die Lippen vor.

»Wir wußten doch alle, daß Sie es schon schwer genug haben im Kollegium«, murmelte er.

»Unsinn. Jetzt werden wir es schwer genug haben – dich nämlich aus dem Brunnen zu holen, in den du koppheister gesprungen bist!«

Crispenhoven ließ sein Streichholz tief abbrennen, faßte es am Zündkopf, drehte es um und verbrannte sich dann doch noch die Finger.

»Ja, aber die können mich doch nicht vier Wochen vorm Abschluß deswegen schassen! Ich hab doch überhaupt nichts Unrechtes getan.«

»Die können schon«, sagte Groenewold.

Rull blinzelte und zog die linke Schulter hoch.

»Das glaub ich einfach nicht. Das kann doch gar nicht stimmen! Wir wollten denen doch nichts. Wir wollten doch nur miteinander reden. Verstehn die das denn wirklich nicht?«

»Du erwartest zuviel von deinen Lehrern«, sagte Groenewold. »Und nicht nur von den Lehrern!«

Rull rollte die Cola-Flasche zwischen den Handtellern.

»Können Sie denn nicht was für mich sagen?« fragte er. »Was Gutes.«

»Nicht nur etwas«, sagte Groenewold. »Aber ich fürchte, je

mehr wir für dich eintreten, desto weniger wird es nützen. Es geht ja gar nicht mehr nur um dich.«

Rull starrte Groenewold an und ließ die Schultern hängen.

»Ja dann, ja dann –«, murmelte er.

»Jetzt bringst du erst mal Herrn Nonnenroth die Cola«, sagte Crispenhoven. »Dann gehst du in die Stadt und läßt deine Brille in Ordnung bringen. Wo hast du die denn wieder zerdeppert?«

»Hat mir der Chef runtergescheuert.«

»So?«

»Ist nicht schlimm.«

»Na, jedenfalls laß sie dir in Ordnung bringen. Und zu Hause würde ich, an deiner Stelle, noch nichts sagen, sondern essen und mich dann in die Klappe legen.

Nachher, am Nachmittag, kannst du zu Herrn Groenewold oder mir kommen.

Zu Ihnen sicher auch, Violat?«

»Jederzeit!«

»Ja dann, schönen Dank auch«, sagte Rull, stockte und schlurfte die Treppe hinauf.

»Ich muß Sie bewundern, Herr Direktor«, sagte Jottgrimm. »Ich hätte dieses ganze Affentheater nicht mitmachen können an Ihrer Stelle. Das ist doch eine unerhörte Brüskierung der Schulleitung und des Kollegiums. Wir verlieren ja das Gesicht, wenn wir uns das bieten lassen.«

»Mein lieber Kollege Jottgrimm, wenn Sie so lange im Schuldienst sind wie ich und vielleicht einmal selbst eine Schule leiten, wie unser Kollege Matzolf ab Ostern – ich darf das wohl bei dieser Gelegenheit verraten –, dann werden Sie begreifen lernen, daß es auf diesem Posten, wie in jeder leitenden Stellung, darauf ankommt, die andern reden zu lassen und selber zu handeln. Rasch und kompromißlos! Dabei zeigt es sich ja dann doch, wer am längeren Hebel sitzt.

Meine Konzilianz, ich weiß, daß sie manchem Kollegen oft unverständlich ist, aber könnte sie nicht auch ein Stück Diplomatie und Menschenführung sein?«

Gnutz lächelte.

»Ja, aber trotzdem, dieser Rotzlöffel will uns doch alle nach

Strich und Faden vergackeiern!« polterte Nonnenroth. »Nee, nicht mit Willi Nonnenroth! Ohne den eisernen Besen haben wir Scheiße in allen Ecken. Das ist jedenfalls meine Devise. Diesen Fraternisierungszores mach ich nicht mit. Nächstens müssen wir uns noch bedanken, daß wir diese Kinder des Fußvolks der Völkerwanderung überhaupt bebildhauern dürfen.«

»Das Tollste ist aber doch, meine Herrn, daß dieser impertinente Bengel auch noch einen Schutzpatron findet – mitten unter uns!« sagte Hübenthal.

»Das nennt sich Kollegialität!«

»Advocatus diaboli!«

»Ich kann, offengestanden, Herrn Groenewold nicht verstehn«, sagte Gammelby.

»Ach, das ist doch eine alte Kiste: man macht sich lieb Kind bei den Schülern und –«

»Krumme Nase, krumme Gedanken«, sagte Nonnenroth deutlich.

»Nun, ganz so weit würde ich nicht gehn«, bremste Gnutz. »Wiewohl auch ich sagen muß, daß die Rolle, die der Kollege Groenewold hier spielt, mir mehr als befremdlich ist.«

»Seit der hier an der Schule ist, haben wir die Puppen am Tanzen«, sagte Hübenthal.

»Nun gut. Ich freue mich, daß sich die Fronten allmählich klären. Ich hoffe nur, das Kollegium weiß auch nachher, hinter wem es zu stehn hat. Wer nicht für mich ist, der ist gegen mich, meine Herrn!«

»Worauf Sie sich verlassen können!« sagte Nonnenroth.

»Meine Herrn, ein Schulleiter muß wissen, auf wen er bauen kann, und wer den Falschen gegen ihn im Sack hat. Und da kann ich nur sagen: auch der Kollege Godelund hat mich geradezu erschütternd enttäuscht. Ich hätte diese Felonie nicht erwartet.«

»Ob da nicht auch konfessionelle Ressentiments eine Rolle spielen, unbewußt vielleicht?« fragte Hübenthal. »Dieser Rull ist doch evangelisch, oder?«

Gnutz wischte diesen Einwand mit einer Handbewegung beiseite.

»Man kann sagen, was man will«, fiel plötzlich Matuschat ein, »in der Ostzone käme so eine Meuterei nicht vor. Die haben Zucht in ihrem Laden. Mein Schwager ist Lehrer in Bautzen, ich kann mir da also schon ein Urteil erlauben.«

»Sie mögen ja recht haben, Herr Kollege«, sagte Hübenthal. »Aber ich sehe die ganze Angelegenheit noch aus einer anderen Perspektive: unsere Jungs müssen ja meschugge werden bei diesen Stoffplänen. Immer rinn in die Köppe, immer vollgestopft mit allem möglichen Krimskrams. Nur damit man sagen kann, unsere Jugend ist up to date. Ja, nur daß alles wie Kraut und Rüben bei ihnen durcheinandergeht. Nein, was ich schon auf der letzten Versammlung der GWE gesagt habe, erweist wieder einmal seine Richtigkeit: multum non multa! Wir müssen den Mut zur Lücke haben.«

»Sie wissen, ich bin da anderer Meinung«, schränkte Dr. Nemitz ein. »Sie unterschätzen die Rezeptionskraft des jugendlichen Gehirns. Und gerade die moderne Kunst, wenn ich einmal von meinem Fach ausgehen darf, bietet Möglichkeiten zur Entelechie, an denen wir heute nun einmal nicht vorbeigehen dürfen.«

»Blockunterricht«, sagte Rickling. »Blockunterricht ist das einzig Richtige. Sonst kommen wir nie aus dem Schlamassel heraus.«

»Wem sagen Sie das!«

»Das sind Fragen der Methode«, summierte Gnutz. »Wichtig – ohne allen Zweifel. Aber die Hauptsache war, ist und bleibt doch: aus den Bengels, die uns hier anvertraut sind, müssen anständige Menschen werden.«

»Selbstverständlich.«

»Und anständige Deutsche«, sagte Rickling. »Das wollen wir auch nicht ganz vergessen.«

»Anständige Deutsche und anständige Christen«, ergänzte Jottgrimm.

»Meine Herrn, ich glaube, wir müssen weitermachen, damit wir so schnell wie möglich mit dieser leidigen Sache zu Rande kommen«, sagte der Direktor. »Unsere Schule hat schließlich auch noch andere Aufgaben, als sich vier, fünf Stunden lang mit einem bockbeinigen Querschläger herumzuschlagen.«

Nonnenroth setzte sich rasch zur Toilette ab.

»Tempus peto!« plärrte er. »Getrennt marschieren, vereint schlafen!«

Godelund stand im Schulhoftor und schälte einen Apfel.

Als Rull aus dem Fahrradschuppen kam, sagte der Religionslehrer:

»Ich müßte gegen mein Gewissen handeln, wenn ich gutheißen würde, was Sie da unternommen haben, Rull. Sie sollten einmal ein bißchen netter zu Ihren Lehrern sein. Ich glaube, das ist der Rat, den ich Ihnen heute geben muß.«

»Entschuldigen Sie bitte«, murmelte Rull, kletterte auf sein Rad und fuhr in die Stadt.

»Reden müssen Sie schon«, sagte Crispenhoven. »Ich bekomme in der Konferenz nie den Mund auf.«

»Reden – ja, aber was soll ich denn ansprechen, Crispenhoven?«

»Appellieren Sie an das bißchen Gerechtigkeit, das wir hier doch wenigstens verwirklichen wollen«, sagte Violat.

»Violat, ich glaube gar nicht einmal, daß die Kollegen auf der anderen Seite sich nicht um Gerechtigkeit mühen, daß es ihnen am guten Willen fehlt. Was da fehlt, ist ganz etwas anderes, etwas, das diesem Volk in einem schon tragischen Ausmaß überhaupt fehlt: Humor und Wohlwollen. Wenn es uns gelingt, ihrem Herzen einen Stoß zu geben, einen kleinen Stoß nur, daß es nicht mehr ganz so stramm in seinem Beutel hängt, ganz so korrekt und pedantisch, dann könnte sich diese Geschichte hier in einem sehr menschlichen und aussichtsreichen Humor auflösen und würde nicht, was ich befürchte, zu einem verklemmten Trauerspiel aus Dummheit, Drill und Diktatur werden.«

Sie sahen Satemin über die Hintertreppe auf sich zukommen.

»Was willst du denn noch hier?« fragte Crispenhoven.

Satemin war außer Atem.

»Ich kann mir's denken«, sagte Groenewold.

»Soll ich mich melden?« fragte Satemin und schluckte. »Das da drüben hab ich angeschrieben. Das Hakenkreuz war schon.«

»War schon?«

»Ja.«

»Das wurde aber Zeit, Junge«, sagte Crispenhoven. »Los, ab, sofort zum Chef!«

Groenewold hielt Satemin am Ärmel fest.

»Nein«, sagte er. »Jedenfalls nicht jetzt. Rull würde das nach

Lage der Dinge wahrscheinlich nichts helfen, und dir wäre nur das gleiche Los bestimmt. Wir wissen ja für alle Fälle Bescheid. Kümmere dich ein bißchen um Rull!«

Satemin drehte sich zögernd um.

»Kann ich mich auf dich verlassen?« fragte Groenewold.

»Ja«, sagte Satemin. »Ich habe heute eine Menge dazugelernt.«

Sie sahen hinter ihm her, als er die Treppe hinunterrannte.

»Wahrscheinlich haben Sie recht«, sagte Violat.

Crispenhoven schüttelte den Kopf und schwieg.

Gnutz klopfte mit seinem Siegelring auf das Resopal des Konferenztisches. Die Debatten versickerten rasch.

»Meine Herrn Kollegen«, sagte er und schob die fünf Karten ineinander, »ich glaube, wir haben jetzt alle das Gefühl, in diesem trüben Fall Rull nichts, aber auch gar nichts unversucht gelassen zu haben, was zur Klärung und zum Verständnis beitragen könnte. Das ist ein gutes Gefühl, ein Gefühl der Objektivität und der Gerechtigkeit. Objektivität und Gerechtigkeit aber sind die Voraussetzung, hier in der Schule wie überall immer, für ein sauberes Urteil – ob wir nun eine Klassenarbeit bewerten oder über den Lebensweg eines Jungen entscheiden. Zu letzterem sind wir nun heute hier leider gezwungen, und ich weiß, wie schwer jedem einzelnen von Ihnen eine so weittragende Entscheidung fällt. Viel schwerer, als es sich Burschen wie dieser Rull auch nur träumen lassen. Ich darf aber wiederholen: Wir haben ein Äußerstes getan, um uns, objektiv und gerecht, ein Bild von diesem Fall zu machen. Jetzt müssen die beiden Grundkräfte jedes Erziehers walten: Liebe und Strenge, damit unsere Erkenntnis in die Tat umgesetzt werden kann. Selbstverständlich möchte ich, bevor wir zu einem Beschluß kommen, noch einmal Ihre Meinung hören.

Was mich betrifft – ich spreche jetzt nicht als Schulleiter, sondern als Ihr Kollege –: Ich sehe mich zu meinem tiefen Bedauern gezwungen, auf meinem Antrag, den Schüler Jochen Rull, Klasse 6b, sofort der Schule zu verweisen, zu beharren. Die neuerliche Einvernahme des Rull, für die sich freundlicherweise Herr Kollege Groenewold zur Verfügung stellte, hat meines Erachtens keinen neuen Gesichtspunkt, vor allem keinen entlastenden Gesichtspunkt erbracht. Ich will dem Kollegen Groenewold gern zugeben, es ist nicht hundertprozentig erwiesen, daß Rull auch die Sudeleien an der Straßenwand der öffentlichen Bedürfnisanstalt auf dem Kerbholz hat – wenn ich persönlich auch, in Parenthese gesagt, im Gegensatz zu dem Kollegen Groenewold keineswegs davon überzeugt bin, daß Rull sie nicht auf dem Kerbholz hat. Aber gut, klammern wir das ruhig einmal aus – was ändert sich im Grund genommen dadurch? Es ändert sich nichts, außer freilich: die Optik.

Wir wollen das auf gar keinen Fall unterschätzen. Wir können uns wahrscheinlich überhaupt nicht vorstellen, meine Herren, was für Schwierigkeiten und Scherereien uns bevorstünden, wenn in der Öffentlichkeit bekannt würde, daß tatsächlich einer unserer Schüler dieses Hakenkreuz angemalt hat. Die Presse, der Schul- und Kulturausschuß, die Regierung – mein Gott, mir sträuben sich die Haare, wenn ich nur daran denke. Nun gut, hoffen wir alle, daß uns dieser Ärger und diese Blamage erspart bleiben – fest steht dann doch nach wie vor, daß der Schüler Rull versucht hat, seine Lehrer, oder wenigstens einige Mitglieder unseres Lehrkörpers, zu diffamieren, in den Schmutz zu ziehen und herabzusetzen in den Augen seiner Mitschüler. Und, was noch schwerer wiegt, daß er versucht hat, seine Mitschüler gegen das Kollegium aufzuwiegeln – mögen seine Aktionen auch noch so literarisch verbrämt gewesen sein.

Meine Herrn, auf ein solches uns und der Schule gegenüber geradezu infames Verhalten gibt es nur eine Antwort: Verweisung, aber sofort!«

Gnutz lehnte sich zurück in seinen Sessel und zündete sich eine Zigarre an.

»Bitte, Herr Kollege Groenewold!«

»Ich habe zunächst nur eine formale Frage, Herr Direktor. Wenn ich Sie richtig verstanden habe, dann halten Sie Ihren Antrag auf Verweisung auch aufrecht für den Fall, daß der Junge an den Wandmalereien drüben nicht beteiligt war?«

»Jawohl, Sie haben richtig verstanden, Herr Kollege!«

»Danke, mehr wollte ich zunächst nicht wissen.«

»Herr Kollege Wiepenkathen«, sagte Gnutz.

»Herr Direktor, Kollegen, ich habe seit nunmehr fast drei Stunden verfolgt, wieviel Aufhebens, wieviel Getöse man heutzutage um einen Schüler macht, der nichts andres ist als ein gemeingefährlicher Heckenschütze. Und der nichts andres getan hat, als an dieser Schule eine planmäßige, verleumderische Hetze gegen uns anzustiften.

Als ich, es sind jetzt über dreißig Jahre her, noch ins Seminar ging, da lief das schillernde, verführerische Wort vom ›Jahrhundert des Kindes‹ um. Damals habe ich gar nicht so recht begriffen, was damit eigentlich gemeint war. Heute weiß ich es. Hier Seine Majestät das Kind, der Schüler – und da als Kulturlakaien und, wenn die Entwicklung so weitergeht, bald als Hofnarren: die Lehrer.

Meine Herrn, zu meiner Zeit beförderte der Direktor einen Schüler, der so viel auf dem Gewissen hatte wie dieser Rull, mit einer fulminanten Ohrfeige vor die Tür, ehe er auch nur den Mund aufmachen konnte – und kein Mensch weinte ihm eine Träne nach. Ich weiß, daß einige unter Ihnen das jetzt im stillen preußische Methoden oder Bakelpädagogik nennen – meine Herrn, an unseren Schulen herrschte Disziplin, und heute tanzt uns Seine Majestät der Schüler auf der Nase herum. Und woran liegt das? Seit beinah fünfzig Jahren wird in Deutschland jede Autorität systematisch untergraben.

Wir Alten haben es doch am eigenen Leib miterlebt, meine Herrn. Erst wurde die Autorität der Monarchie unterwühlt – von links. Dann die Autorität der Weimarer Republik – von links und rechts. Nach fünfundvierzig wurde die Autorität, jede Autorität des Dritten Reiches in den Kot getreten – schließlich war das aber doch einmal die nach demokratischen Spielregeln frei gewählte Regierung unseres deutschen Volkes, meine Herrn. Und heute – kann Krethi und Plethi die Regierung unserer Bundesrepublik ungestraft anpöbeln. Und was dann noch an Autorität übriggeblieben ist, das zerfetzen die Politiker westlich und östlich des Eisernen Vorhangs jeden Tag selbst in der Luft. Von den Wahlkampagnen wollen wir gar nicht sprechen.

Das, meine Herrn, ist der historische und politische Hintergrund, vor dem sich die Tragödie des Disziplinverfalls unserer Jugend abspielt. Denn wie im großen Rahmen der Politik, so auch in dem bescheideneren Rahmen der Schulen: wir, die Lehrpersonen, sind doch seit eben diesen vier, fünf Jahrzehnten in geradezu teuflischer Weise ununterbrochen einer Diffamierung und Diskreditierung ausgesetzt! Einerlei, ob sie nun von der oder jener Partei, von der oder jener Kirche, von der Elternschaft ausgeht. Ja, das ist vielleicht das Traurigste an diesem ganzen Desaster: die Eltern können heute nicht nur ihre Kinder nicht mehr erziehen, sie versuchen auch noch, hinter und vor den Kulissen, uns, die Pädagogen, daran zu hindern, unsere Pflicht zu tun und durchzugreifen. Greift einer von uns aber trotzdem durch, dann hat er die Elternschaft, die Presse und, was das Bedauerlichste ist, seine eigene vorgesetzte Dienststelle gegen sich. Ich habe genug Nackenschläge deswegen bekommen, meine Herrn.«

»Wer seine Pflicht tut, ist immer der Dumme«, sagte Knetsch.

»Was Ihre Ausführungen soziologisch bedeuten, Kollege Wiepenkathen, das ist gar nicht zu ermessen«, sagte Hübenthal.

»Eben.«

»Meine Herrn«, sagte Jottgrimm, »ich bin durchaus der Meinung des Kollegen – entschuldigen Sie, die Namen sind mir noch nicht alle geläufig!«

»Wiepenkathen.«

»Herr Wiepenkathen ist mein Stellvertreter«, sagte Gnutz.

»Ich bin Ihrer Meinung, Herr Kollege: in der Schule muß der allgemeinen Tendenz, die alten menschlichen Werte – ich möchte hier nur Pflicht, Gehorsam, Anstand, Autorität, Ordnung nennen, kurz: in der Schule muß ein Wall gezogen werden gegen die fürchterliche Aufweichung jeder Moral und Pädagogik. Das liegt im Interesse der Schule, das liegt im Interesse unseres Volkes. Ich fürchte, es ist allerhöchste Zeit. Nicht fünf vor zwölf, nein, Schlag zwölf, sozusagen. ›Wer sein Kind liebt, straft es beizeiten‹, hat ein großer deutscher Pädagoge gesagt. Verstehn Sie mich nicht falsch, meine Herrn: was ich fordere, ist eine liebevolle aber gesunde Härte. Und die verlangt indiskutabel: ein Partisan wie Rull muß abgeschossen werden!«

»Wie bitte?« fragte Groenewold.

»Bildlich gesprochen«, sagte Jottgrimm. »Ein Partisan wie Rull ist einfach nicht tragbar für eine Schule. Was haben wir von aller Humanitätsduselei, wenn wir uns ins eigene Fleisch schneiden.«

»Liegt ja letzten Endes auch gar nicht im Sinn der Schüler«, sagte Matuschat.

Gnutz unterbrach die Unterhaltung.

»Der Klassenlehrer!«

»Ich glaube, Sie sehen den Jungen falsch, Herr Wiepenkathen«, sagte Crispenhoven und rutschte auf seinem Stuhl hin und her.

»Ich sehe ihn richtig, verlassen Sie sich drauf, Kollege Crispenhoven. Ein alter Hase wie ich läßt sich durch dieses pseudoidealistische Kauderwelsch aus einem Achtel Literatur und sieben Achteln Unverschämtheit, das hier einigen Herrn Eindruck gemacht zu haben scheint, keinen Sand mehr in die Augen streuen.«

»Sehr richtig.«

»Schaumschlägerei.«

»Ich bitte um Ruhe, meine Herrn«, rief Gnutz. »Der Klassenlehrer hatte sich zuerst gemeldet.«

»Ich kenne den Jungen jetzt vier Jahre«, sagte Crispenhoven. »So lange habe ich die Klasse als Ordinarius. Und in Mathematik und Chemie. Der Rull ist nicht hinterhältig. Er ist manchmal ein großes Kalb, ja: der Elefant im Porzellanladen. Der kann einem schon auf die Nerven gehn. Auch mir. Aber im Grund ist der Junge gutmütig und ehrlich.«

»Na, davon habe ich noch nichts gemerkt!« rief Hübenthal.

»Ich will Ihnen ein Beispiel sagen«, sagte Crispenhoven. »Auf dem letzten Ausflug war ich ja mit der Klasse in Holland. Herr Violat war mit, der kann Ihnen bestätigen, was ich jetzt sage. In Amsterdam, an der Bootslände, hat sich Mitzkat den Fuß gebrochen und mußte in einer Klinik zurückbleiben. Noch ehe ich selber daran dachte, kommt Rull zu mir und sagt: ›Herr Crispenhoven, wir können den Mitzkat doch hier nicht allein lassen. Ich bleibe bei ihm.‹«

»Augendienerei«, sagte Wiepenkathen.

Violat schaltete sich ein.

»Den Eindruck hatte ich nicht. Dafür ist Rull nicht der Typ. Der ist geraderaus, direkt, eher plump als raffiniert.«

»Der ist gerissener, als Sie denken«, sagte Matuschat.

»Hinterfotzig!« rief Nonnenroth.

Crispenhoven versuchte, seine Pfeife wieder anzurauchen.

»Ich gebe zu«, sagte er dabei, »dieser Thesenanschlag gestern gehörte sich nicht.«

Dr. Nemitz kicherte plötzlich.

»Er hat sich daneben benommen, und er muß seine Strafe haben«, sagte Crispenhoven. »Aber ich meine doch, wir sollten nicht gleich die härteste Strafe verhängen. Bedenken Sie, was das für den Jungen bedeutet: vier Wochen vor dem Abschluß eine Verweisung. Ich schlage vor, daß seinen Eltern die Androhung einer Verweisung bei einem neuen Verstoß gegen die Schulordnung mitgeteilt wird.«

»Meine Herrn, Sie haben den Vorschlag des Klassenlehrers gehört«, sagte Gnutz. »Noch eine Wortmeldung? Kollege Rickling.«

»Ich muß noch einmal an das anknüpfen, was Herr Wiepenkathen vorhin gesagt hat: ein Schüler, der sich derartig aufsässig und renitent gebärdet, ist für die Schule nicht tragbar. Wo kommen wir denn hin, wenn hier jeder Schüler seine Meinung über unseren Unterricht hat – und sie auch noch ausdrücken will? Das sind die Schattenseiten der Demokratie, meine Herrn, und nicht die einzigen. Jeder Lausbub leistet sich eine eigene Meinung und will uns ins Steuer greifen.

Und noch eins, da muß ich Herrn Crispenhoven energisch widersprechen: der Junge ist nicht gutmütig, das ist kein Tolpatsch, der weiß genau, was er will, das ist ein ganz Gewichster. Dieser Rull ist mir schon vor vier Jahren aufgefallen, als ich in der Klasse 3 Erdkunde gab. China war dran, und ich hörte ihn über Hongkong ab. Ich wollte es, genauer gesagt. Wissen Sie, was der Lümmel mir geantwortet hat: ›Das kenne ich nur dem Namen nach. Da gewesen bin ich noch nicht.‹ Ich habe ihn natürlich auf der Stelle eingetragen.«

»Das ist doch –« sagte Wiepenkathen.

»Typisch.«

»Damals schon, der Kerl war gerade dreizehn oder vierzehn Jahre alt, steckte in dem die Bosheit«, sagte Rickling.

»Nein, meine Herrn, so was können wir hier nicht brauchen. Da gibt's nur eine Konsequenz: runter von der weiterführenden Schule. Soll Maurer werden, da kann er sich am Speisvogel austoben.«

»Arbeiten wollen doch die Proleten nicht mehr«, sagte Knetsch. »Nur stänkern!«

Gnutz registrierte die Stimmung.

»Herr Violat hat sich als nächster gemeldet.«

»Ich meine, wir sollten die Angelegenheit einmal von einer ganz anderen Seite sehen, von der Psychologie her. Der Junge ist noch drüben in Schlesien geboren, fünfundvierzig, unter den Polen. Sein Vater war in Gefangenschaft. Als er, Spätheimkehrer, in den Westen kam, da war der Junge schon fünf Jahre alt. Der Vater – ich kenne die Familienverhältnisse etwas genauer – war und blieb ihm fremd. Wer in der Psychologie etwas Bescheid weiß, kann sich leicht ein Bild davon machen, wie dadurch die seelische Struktur des Jungen verschoben wurde.«

»Darauf habe ich schon lange gewartet«, sagte Nonnenroth. »Jetzt muß auch noch die Psychologie ran, um die letzten Klarheiten zu beseitigen. Machen wir uns doch nichts vor, Kollege Violat: früher gab's in so einem Fall klare Verhältnisse, wie beim Erbsenlesen: die Guten ins Töpfchen und die Schlechten ins Kröpfchen. Heute wird alles psychologisch zerklamüsert. Hier kann der größte Schweinehund aufkreuzen und uns an den Koffer pinkeln, und dann kommt ein Kamerad von der Innenarchitektur und erklärt, daß eigentlich gar nicht das liebe Schweinehündchen sein Bein gehoben hat, sondern der alte Herr Ödipus. Hören Sie auf! Dieser Unterleibsprophet aus Bemmen und Mähren wäre mal besser Zwirnshändler geworden, statt die Persilscheine für Sexualverbrecher und Pyromanen zu erfinden.«

»Recht hast du«, sagte Gammelby nachdenklich. »Nächstens kriegt jeder Lehrer einen Psychotherapeuten mit in die Klasse.«

»Ich bitte um Ruhe«, sagte Gnutz energisch. »Herr Violat, bitte.«

Violat schlug seine Finger ineinander, ließ sie zwischen den Knien hängen und sah zu Boden.

»Der Junge ist, unbewußt natürlich, noch in der Mutterwelt fixiert, im Emotionalen, in der Phantasie, in der anima. Diese Anima-Welt wurde zunächst von seiner leiblichen Mutter dargestellt. Jetzt, am Pubertätsrand, wird sie durch die Kunst abgelöst.«

»Ach was, der hat sich mit moderner Literatur vollaufen lassen, und jetzt kotzt er uns den ganzen Salat vor die Sandalen!« belferte Nonnenroth.

»Was dem Jungen fehlt, wie heute so vielen«, sagte Violat, »ist eine Anerkennung des Vaterbildes. Vereinfacht gesprochen: er liebt die Mutter und haßt den Vater. Nicht so sehr seinen eigenen, leiblichen Vater als die Vaterwelt, die Welt der Autorität, der Ordnung, der Legitimität.«

»Kinder, macht euch doch keinen Flecken ins Hemd«, sagte Nonnenroth und rang die Hände. »Früher nannte man das schlicht und ergreifend Flegeljahre, und dafür gab's ein wunderbares Mittel: einen Arsch voll Prügel je nach Bedarf!«

»Ich muß doch bitten«, sagte Gnutz und unterdrückte mühsam ein Lächeln.

Violat sprach weiter, ohne aufzusehen.

»Wenn wir uns nun entschließen, den Jungen zu relegieren, dann erleidet sein seelisches Wachstum einen Knick, der ihn, unter Umständen für immer, in die psychische Anarchie abkippen läßt und zum Neurotiker macht.«

»Jeder zehnte Deutsche soll heute Neurotiker sein«, sagte Knetsch. »Haben Sie das gelesen?«

»Nein, aber jeder vierte Ami.«

»In Rußland unbekannt!« rief Rickling.

»Sagen Sie das nicht«, monierte Dr. Nemitz. »Wenn ich so an Dostojewskij denke – jedenfalls aber doch wohl in China.«

»Die werden in unserem dekadenten Europa zuletzt die Neuröschen pflücken«, sagte Nonnenroth.

»Aber meine Herrn! Wer hier das Wort hat, bestimme doch noch immer ich. Herr Violat, bitte.«

»Der Junge befindet sich aber mitten in einem Gesundungsprozeß, so unwahrscheinlich das jetzt auch klingen mag. Wie weit er schon vorwärtsgekommen, mit anderen Worten, gesundet ist, konnte ich neulich, als er nachmittags einmal bei mir war, an dem Bild, das er von seinem ›idealen Lehrer‹ entwarf, sehen. Es war zweifellos sein Klassenlehrer, den er da meinte und auf den sich nun, zum erstenmal mit voller Anerkennung, sein Ja zum animus, seine seelische Zustimmung zur Vaterwelt konzentrierte.

Ich meine daher, wir sollten den Jungen erst einmal psychologisch verstehn! Das heißt nicht, daß wir nun alles billigen, was er so aus seinen angestauten Komplexen hochschleudert. Aber wir sollten ihn erst einmal verstehn. Und dann vor allem: wir sollten ihm weiterhelfen.«

Nonnenroth verschluckte sich.

»Dieser Aufgabe werden wir aber nur gerecht, wenn wir dem Jungen eine Chance geben, seine Kräfteanarchie in Balance zu bringen; und dafür besteht wieder nur eine Aussicht, wenn wir ihn nicht relegieren. Ich schließe mich deshalb dem Vorschlag seines Klassenlehrers an.«

Violat stand plötzlich auf, holte sich den Toilettenschlüssel und ging hinaus.

»Ein zweifellos interessanter Aspekt«, sagte Gnutz. »Möchte noch jemand Stellung nehmen zum Fall Rull?«

»Kommen wir doch endlich zur Abstimmung«, räsonierte Rickling. »Es geht auf zwölf.«

»Herr Kollege, das soll uns nicht hindern, die äußerste Sorgfalt walten zu lassen«, sagte Gnutz. »In einer Situation wie dieser, wo es um das Wohl und Wehe eines jungen Menschen geht, darf uns keine Stunde zu lang und zu kostbar sein. Herr Doktor Nemitz hat sich zu Wort gemeldet.«

»Ich kann mich des Eindrucks nicht erwehren, daß hier die psychologischen Berge kreißen und eine disziplinarische Maus gebären«, sagte Nemitz und griff nach einer Zigarette. »Sicherlich ist alles, was hier zum – mir sträubt sich immer noch die Zunge, zu sagen: Fall Rull, ich ziehe vor, von der ›Rullschen Demonstration‹ zu sprechen, nun wie auch immer – alles, was hier vorgebracht wurde, ist gewiß rührend bemüht und geradezu überbordend vor Verständnis. Und ich möchte auch gar nicht, obwohl nicht zuletzt ich der Stachel bin, wider den dieser junge Catilina löckt, ich möchte keineswegs jetzt die naheliegende Frage stellen: Tun wir des Guten nicht zuviel? Nein, wir können gar nicht zuviel tun, denn wir haben das edelste Material unter den Händen, das diese Erde trägt: junge Menschen.

Aber – und diese Frage möchte ich durchaus nicht rhetorisch, sondern ganz offen an Sie richten: Billigen wir diesem Frondeur in unserer Diskussion nicht ein Niveau zu, das er, von des Gedankens Blässe keineswegs angekränkelt, gar nicht hat? Projizieren wir nicht unsere eigenen, sehr ernsten Probleme auf eine grobe Sackleinwand?

Für mich ist dieser Jochen Rull das klassische Beispiel eines Proleten. Nicht unbegabt, von beneidenswerter Vitalität, fehlt es ihm an jeglichem Organ für differenziertere Zusammenhänge. Er mißhört die Zwischentöne, die jede Kultur umspielen wie die Atmosphäre die Sujets, ist dabei aber empfindlich genug, peu-à-peu seine Inferiorität zu spüren und putscht dann – aus Ressentiments – gegen alles, was für uns hier in der Schule, wie in jeder Schule des Abendlands, Werte sind, aus denen wir leben und für die viele unserer Besten auch zu sterben bereit waren!

Der Herr Kollege Wiepenkathen hat einige dieser Elementarwerte ja schon evoziert: Ordnung, Gerechtigkeit, Pflicht. Ich möchte den Katalog hier wenigstens noch um Geschmack, Stil und Charme erweitern. Alles Phänomene, die einem groben Klotz wie Rull abgehn und ewig abgehn werden!«

Dr. Nemitz lehnte sich zurück, wippte auf den Hinterbeinen seines Stuhls und sah nach oben.

»Meine Herrn Kollegen, dieser infantile Weltverbesserer hat uns alle, ich schließe mich da gar nicht aus, hat uns alle geblufft – weil er sich wie die berühmte Axt im Walde benimmt, weil er rüde die Spielregeln ignoriert, nach denen die pädagogische Provinz, und nicht nur sie, funktioniert. Wir sind nahe daran, meine Herrn, einem der rührendsten Defekte des zivilisierten Menschen zum Opfer zu fallen: seinem faible für das Primitive! Ja, ich stehe nicht an, hier eine gewisse Analogie zu sehen zu der ambivalenten Sympathie vieler Intellektuellen für den Kommunismus. Meine Herrn, gestatten Sie mir das groteske Bild: Wir ziehen uns mit unserer bis zur Selbstaufgabe getriebenen Noblesse ein trojanisches Pferd groß! Eines weiteren Votums kann ich mich wohl entschlagen.«

Dr. Nemitz legte seinen Kopf zurück und lächelte elegisch die Decke an.

»Herr Kollege Kuddewörde«, sagte Gnutz.

»Kann ich jetzt gehn, Herr Direktor? Ich muß noch zur Klinik.«

»Bitte bleiben Sie doch bis zur Abstimmung, Herr Kollege. Ich möchte nicht, daß durch einen puren Zufall ein Ergebnis zustande kommt, das unsere Überzeugung nicht getreu widerspiegelt.«

»Ich habe Herrn Nonnenroth ermächtigt, für mich zu stimmen.«

Gnutz zögerte, sagte dann aber rasch:

»Nun gut. Das ist etwas anderes. Dann können Sie selbstverständlich jetzt gehn. Grüßen Sie bitte Ihre Frau Gemahlin, Herr Kollege. Wünsche gute Besserung.«

Nonnenroth sah auf die Wanduhr und verdrehte die Augen.

»Die Zukunft hat schon begonnen«, sagte er.

»Noch eine Meldung? Herr Kollege Groenewold, bitte.«

»Na, aber dann: Fasse dich kurz«, sagte Nonnenroth. »Wir machen uns ja rammdösig, und das alles wegen irgend so einem hergelaufenen Salonbolschewiken.«

Groenewold wartete einen Augenblick.

»Ich möchte dem Kollegium als erstes vorschlagen, dem Schüler Jochen Rull wegen seiner Verdienste um die Wiederbelebung des spiritus loci zusammen mit dem Abschlußzeugnis eine Buch-Prämie zu verleihen.«

Dr. Nemitz hörte auf, die Decke zu besichtigen, tippte eine Zigarette auf und wandte sich Groenewold engagiert zu.

»Der Junge wollte, daß zwischen Lehrern und Schülern wieder ein Gespräch in Gang kommt: wir haben heute damit begonnen, wenn auch, wie es nach den langen Monologen nicht anders zu erwarten war, auf unserer Seite noch recht schwerhörig. Rull wollte die Verabreichung toten Wissens überwunden sehn durch lebendige und beständige Diskussion. Er war in Sorge um die Schule, um ihre Wirklichkeitsnähe, ihre Vitalität und Jugend, um ihren Sinn im Leben und für das Leben. Er hat protestiert gegen unsere Bequemlichkeit, gegen Routine, Dünkel und Rechthaberei, gegen Vorurteile, Heuchelei und Diktatur. Ich könnte mir denken, daß die Schule den Spitznamen Penne nicht nur wegen schlafender Schüler trägt.«

»Sagen Sie mal, ist das Ihr Ernst?« fragte Gnutz fassungslos. »Solche Scherze sind hier doch wohl fehl am Platz.«

»Völlig aus den Fugen«, stöhnte Wiepenkathen.

Nonnenroth massierte aufgeregt seine Ohrläppchen.

»Rabulistik!«

»Ganz und gar von Gott verlassen!«

»Ich bitte um Ruhe, meine Herrn!« rief Gnutz scharf. »Sind Sie am Ende Ihrer launigen Ausführungen, Herr Kollege Groenewold?«

»Nein, ich bin noch nicht am Ende. Es war hier oft und mit schäumender Überzeugung die Rede von einem Amoklauf, den der Junge gegen sogenannte unverbrüchliche Werte und Prinzipien unternommen habe; und es wurden dabei Begriffe wie Gehorsam,

Pflicht, Disziplin, Zucht, Autorität, Respekt, Ordnung, Anstand beschworen. Große, ehrwürdige, bewegende Begriffe – ich staune nur, mit welcher Selbstverständlichkeit, mit welch ungebrochener Sicherheit diese alten Worte ins Feld geführt werden. So als sei die Geschichte seit Thomas von Aquin oder seit Kant nicht in ein wildes und wüstes Gefälle geraten, sondern heil und in Ordnung stehengeblieben. Die Französische Revolution fand nicht statt, Marx war eine Kathederblüte, Darwin ein Schwindler, Nietzsche ein medizinisches Ereignis am Rande, das Dritte Reich ist eine Legende, die Atombombe fiel nie auf Hiroshima, und die Weltkriege wurden ›hinten, weit in der Türkei‹, geschlagen.

Ich bin zwar schon früher zu der Einsicht gekommen, daß der schwere Kern der Menschheit nicht von der Gegenwart bewegt wird; so deutlich wie heute ist mir diese Erkenntnis allerdings noch nicht geworden. Leider kann ich aber den Optimismus nicht teilen, daß die entsetzliche Fahrt unserer Geschichte von diesem schweren Kern gebremst wird . . .

An unserer Schule, und ich fürchte: nicht nur an ihr, gedeiht ein ebenso rührender wie gefährlicher Kult der Restauration. Seit Menschengedenken wird an der Schule herumreformiert, was dabei herauskommt aber, sind in den meisten Fällen neue Stoffverteilungspläne, museumsreife Programme und utopische Postulate. Die Krise der Schule ist doch nicht nur eine Krise des Systems, sondern in erster Linie eine Krise des Menschen. Des Lehrers als eines Menschen, der in unserer Zeit Gültiges vermitteln soll und selbst nichts Gültiges mehr weiß, nichts Gültiges mehr hat. Und wer nicht von diesen furchtbaren Zweifeln heimgesucht wird, wem sein Amt, das schwere und große Amt des Lehrers, nicht längst fragwürdig wurde – er ist persönlich vielleicht glücklich zu schätzen, doch ich fürchte, sein Unterricht und seine Erziehung gehören zu jenem Kult der Anachronismen, zu unserem makabren Maskenball, wo jeder tut, als ob wir im Windschatten der Geschichte lebten und nicht mitten in einer der härtesten Katastrophen, von denen wir Kenntnis haben, in einer Epoche, in des Wortes tragischer Bedeutung.

Ich fürchte, daß unsere Schule moralisch heute gerade den Anforderungen des neunzehnten Jahrhunderts genügt, bestimmt aber nicht den Anforderungen unserer Zeit. Wir begeben uns hier an die groteske Aufgabe, Bürger zu erziehen, von denen wir hoffen, daß sie die Revolutionen von gestern verhindern werden! Dabei habe ich einen uneingeschränkten Respekt vor der Sisyphusarbeit, die jeden Tag an jeder Schule von neuem begonnen wird; und ich kenne auch die Schwierigkeiten eines Lehrers, wenn er da vor seiner Klasse steht – Schwierigkeiten, die die Kraft eines einzelnen oft übersteigen ...

Ich habe selbstverständlich kein Rezept gegen die Tragödie, in der wir leben. Wenn die zwölfte Stunde überhaupt noch gemeistert werden kann, dann nicht mehr von der Generation vor uns und wohl auch nicht mehr von meiner eigenen Generation – sie ist verbraucht worden zwischen Verbrechen und Dummheit –: vielleicht aber doch von der Generation dieser Rulls, denn sie bringt einige Qualitäten mit, Tugenden, um das schöne alte Wort noch einmal aufzuwerten, die uns weitgehend fehlen oder abhanden gekommen sind und die doch einige unserer letzten wirklich lebendigen, tragfähigen Kräfte bilden: Aufrichtigkeit, Fairneß, Offenheit, Zivilcourage.

Diese Rulls sind offen und fair und geradeheraus, sie lassen sich nicht so leicht wie wir von der großen Tara musealer Schlagwörter imponieren: sie halten kritisch Ausschau nach dem Netto der Dinge; sie sind nicht jener Vermuffung unterworfen, die jedes Gespräch zu einer Argumentation entarten läßt: sie haben noch keine Vorurteile wie wir alle.

Ich glaube, die Generation Rulls ist nicht aus dem Zeug gemacht, aus dem Helden oder Heilige wachsen. Aber sie eignet sich – was für ein Novum in diesem Volk –, sie eignet sich auch nicht besonders gut zum Befehlsempfänger, zum Leisetreter und Strammsteher.

Ich glaube, aus diesem Schlag können ehrliche, gute Handwerker des Lebens werden, wenn es uns gelingt, uns, den Pädagogen: ihr Phlegma zu überwinden, ihre Leere aufzufüllen und – ihr Mißtrauen wachzuhalten.

Entschuldigen Sie bitte, daß ich Sie zehn Minuten beansprucht habe. Was ich sagen wollte, nicht erst seit heute, ließ sich nicht kürzer fassen. Und ich wollte es Ihnen sagen, bevor ich hier weggehe.

Sie werden mich nun vielleicht fragen: na und – wo bleibt das

Positive? Schielen Sie nicht nach Antworten. Mir sind die meisten Antworten verdächtig geworden. Es ist schon ein großer Schritt vorwärts, wenn die Fragen richtig gestellt werden. So wie sie dieser Junge uns gestellt hat. Erinnern Sie sich bitte daran.

Es scheint nicht überflüssig zu sein, zu erklären, daß mein Vorschlag, Jochen Rull eine Prämie zu seinem Abschlußzeugnis zu geben, ernst gemeint war. Genauso ernst wie meine Entschlossenheit, mich einer Relegation Rulls mit aller Energie zu widersetzen.«

»Sela!« sagte Nonnenroth. »Ein Psalm Davids in schwerer Anfechtung.«

»Sie wünsche ich mir als Anwalt, Kollege Groenewold – dann kann ich in aller Ruhe silberne Löffel klauen«, meinte Krün.

Hübenthal klopfte seine kalte Pfeife aus.

»Wissen Sie, was das ist? Pädagogischer Masochismus.«

»Kriecht den Schülern in'n Arsch, und ihr habt eine Chance, zu überleben«, plärrte Nonnenroth und lachte, daß ihm die Augen tränten.

»Da mußt du dich aber beeilen, Willi. Sitzen schon andere drin.«

»Es gibt also auch eine Fahnenflucht an der Schulfront«, sagte Wiepenkathen.

»Meine Herrn!« rief Gnutz und klopfte wieder mit seinem Siegelring auf den Konferenztisch. »Meine Herrn! In einer demokratisch geleiteten Schule hat jeder das Recht, seine Meinung zu äußern, auch wenn sie der Majorität oder dem Schulleiter nicht paßt. Ich habe mir daher das, nun, ich möchte sagen: das Plädoyer des Kollegen Groenewold angehört, ohne ihn zu unterbrechen – was mir nicht ganz leicht geworden ist.

Jetzt aber möchte ich doch mit aller Entschiedenheit konstatieren: die Dinge sehen, wie Sie es tun, Herr Kollege, das heißt, die Schule auf den Kopf stellen und die Anarchie zur Ordnung erklären! Man kann mit seinem pädagogischen Eros auch zu weit gehen, lieber Kollege Groenewold. Ich bin sicher, wenn Sie erst einmal zehn Jahre hier bei uns gearbeitet hätten, dann würden auch Sie diesen Stil der camaraderie zwischen Lehrer und Schüler, auf den Ihre Ideen doch schließlich hinauslaufen, als völlig weltfremd und irreal durchschauen. Sie übersehen bei Ihrer Kollaboration ganz und gar, daß ein Schüler nebenbei auch erzogen werden will, Herr Kollege Groenewold! Wir sind hier keine Hochschule für Amokläufer und Anarchisten. Wir sind mitverantwortlich dafür, daß sich die Jungen später als ganze Männer in die Welt und ihre Verhältnisse einordnen können. Das müssen sie lernen, das müssen sie hier trainieren. Sonst erziehen wir sie nicht zu nützlichen Gliedern unserer Gesellschaft, sondern zu unglücklichen Kloben und Querulanten – wie Rull! Erinnern Sie sich des Hölderlin-Wortes: ›O den Menschenkenner! Er stellt sich kindisch mit Kindern, aber der Baum und das Kind suchet, was über ihm ist.‹ Nun, Sie haben ja andere Pläne für die Zukunft, Herr Kollege, und vielleicht ist diese Konferenz auch so etwas wie ein Abschied für uns. Ich habe mich jedenfalls über Ihren Eifer und Ihren engen Kontakt zur Jugend aufrichtig gefreut. Wer diese Leidenschaft in unserem Beruf nicht mitbringt, meine Herrn, dem nützt freilich später auch die Erfahrung nichts, die sich im Laufe der Jahre von selbst einstellt.

Damit aber wollen wir die Akten über diesen unerquicklichen Fall Rull schließen. Wir beide, Herr Kollege Groenewold, können uns ja nächstens bei einem Glas Bier noch einmal von Mann zu Mann weiterunterhalten. Wenn jetzt keine Wortmeldung mehr vorliegt, kommen wir zur Abstimmung. Halt, der Kollege Crispenhoven wollte noch etwas sagen.«

»Lieber Gott, laß Abend werden, möglichst schon beim Frühstück«, sagte Nonnenroth.

»Herr Direktor, ist der Junge nicht ausreichend bestraft, wenn wir ihm auf dem Abschlußzeugnis in Führung ›tadelnswert‹ geben und jetzt einen gesalzenen Brief an die Eltern schreiben? Wir können ja zur Auflage machen, daß der Rull jeden Nachmittag zwei Stunden bei mir erscheinen muß. Ich will das gern übernehmen.«

»Herr Crispenhoven«, sagte Wiepenkathen, »mit dieser milden Therapie erreichen Sie bei dieser hartgesottenen Generation gar nichts. Sie können niemand moralisch am Portepee fassen, der weder eine Moral noch ein Portepee hat.«

»Und auf unsere Abgangszeugnisse pfeift die Industrie sowieso«, rief Matzolf dazwischen.

»Es ist ein Skandal«, sagte Gnutz. »Da plagen wir uns sechs, sieben Jahre mit diesen Jungen, und was machen die Lehrlingswerkstätten: eine Eignungsprüfung, meine Herrn. Und zwar durchaus nicht nur in technischer oder psychologischer Hinsicht, nein, die Herrn Ingenieure prüfen in Deutsch und Geschichte, in Mathematik und –«

»Dabei sind das selber lauter Schmalspurakademiker!«

»Ist doch eine glatte Diskreditierung der Schule, meine Herrn.«

Gnutz wandte sich wieder Crispenhoven zu.

»Herr Kollege, wollen Sie Ihren Vorschlag wirklich zum Antrag erheben?« fragte er besorgt.

»Ja, das möchte ich doch, Herr Direktor.«

»Nun gut. Es liegen dann zwei Anträge vor –«

»Drei.«

»Na, ich denke, Herr Kollege Groenewold hat seinen Antrag, der ja doch sicherlich mehr nur eine schätzenswerte Anregung war, im stillen längst zurückgezogen.«

»Nein«, sagte Groenewold.

Gnutz senkte den Blick.

»Möchte noch jemand Stellung nehmen? Herr Kollege Godelund.«

Godelund hatte einen Notizblock vor sich.

»Ich habe mich bisher zurückgehalten, weil ich in der Klasse 6b nur evangelischen Religionsunterricht erteile. Vielleicht ist es aber gerade darum an mir, in letzter Minute noch einen Vermittlungsvorschlag zu machen. Ich stimme dem Klassenlehrer zu, wenn er, sinngemäß sagt: der Junge ist kein Strolch – wenn ich ihn auch keinesfalls in der treuherzigen Don-Quichotte-Rolle sehen kann wie Herr Kollege Groenewold. Der hat schon seinen Teufel im Leib. Deswegen befürworte auch ich, sine ira et studio, daß er streng bestraft wird. Aber, so frage ich mich, ist das nur durch eine Verweisung möglich? Sehen Sie, der Junge wollte über den zweiten Bildungsweg Lehrer werden –«

»Was?« fragte Wiepenkathen.

»Ich bin zufällig informiert: Rull will Lehrer werden.«

»Das ist doch nicht zu glauben!«

»Wo denn? In der Ostzone?« fragte Dr. Nemitz.

»Nein, als Entwicklungshilfe im Kongo«, sagte Nonnenroth.

»Kein Wunder, wenn unser Stand, soziologisch gesehn, von Jahr zu Jahr mehr absackt.«

»Na, ich möchte dem meine Kinder jedenfalls nicht anvertrauen«, sagte Hübenthal.

»Wie dem nun auch sei«, fuhr Godelund fort, »wenn wir Rull jetzt der Schule verweisen, kann er, laut Bestimmung, nicht auf eine andere Schule überwechseln, er kommt also zu keinem Abschluß mehr, und seine Berufspläne sind schon jetzt zum Scheitern verurteilt. Um diese doch sehr einschneidende Härte zu vermeiden, schlage ich vor, den Weg über die Entlassung zu nehmen. Dann brauchen wir uns nicht mehr mit ihm herumzuärgern, der Junge muß unsere Schule dann ja auch räumen – aber er kann doch auf einer anderen Schule, wenn auch sicherlich unter Verlust eines Jahres, zum Abschluß kommen.«

»Das ist ein Kompromißvorschlag, der sich hören läßt«, sagte Harrach.

Gnutz zog die Augenbrauen hoch und sah Wiepenkathen an. Der schüttelte nur noch den Kopf.

»Wenn nicht einmal mehr auf den einfachsten Anstand gedrungen wird hier, dann möchte ich lieber heute als morgen pensioniert werden, auch ohne Endgehalt«, sagte er.

»Herr Groenewold.«

»Tempus peto«, sagte Nonnenroth und erhob sich.

»Der Kollege Wiepenkathen hat eben das Wort Anstand beschworen. Nachdem alle Versuche, Verständnis für den Jungen, für seine und unsere Situation zu erwecken, fehlgeschlagen sind, bitte ich die Konferenz, mir noch einmal zwei, nur zwei Minuten einzuräumen«, sagte Groenewold, stand auf und schaltete den Plattenspieler ein, der hinter ihm auf dem Lehrmittelschrank stand.

»Allmächtiger Strohsack«, rief Nonnenroth in der Tür und blieb stehn, »wird jetzt der Sarg hochkant gestellt und weitergeschwoft?«

Groenewold holte eine Platte aus seinem Fach und legte sie auf.

»Anstand«, sagte er, »von allen hier zitierten Werten doch wohl der einfachste, selbstverständlichste, auf den wir uns guten und klaren Gewissens einigen können? Wie sagte der Kollege Wiepenkathen: ›Wenn nicht einmal mehr auf den primitivsten Anstand gedrungen wird –‹. Und alle wissen sofort, was damit gemeint ist. Und Rull hat dagegen verstoßen – gegen dieses Minimum unserer Erziehung. Also muß er auch die Folgen tragen. Das ist doch wohl klar –«

Groenewold hob den Tonarm.

»Aber was ist das denn eigentlich, meine Herrn – Ihr pädagogisches Minimum? Ihr selbstverständlicher Anstand? Nicht einmal das ist doch eindeutig geblieben!«

»Wenn Sie nicht wissen, was Anstand ist«, sagte Hübenthal, »dann sollten Sie's bald mal lernen!«

Groenewold legte den Tonarm auf.

Eine Stimme wie ihrer aller Stimme sagte:

»Dies durchgehalten zu haben, und dabei – abgesehen von Ausnahmen menschlicher Schwächen –: anständig geblieben zu sein, das hat uns hart gemacht! Dies ist ein niemals geschriebenes und niemals zu schreibendes Ruhmesblatt unserer Geschichte ...«

Groenewold stellte den Apparat ab und ging auf seinen Platz.

»War das die Stimme des Herrn im brennenden Dornbusch?« fragte Nonnenroth.

Groenewold setzte sich.

»Es war ein Satz aus der Ansprache, die Heinrich Himmler an die Henker hielt, als sie die ›Endlösung‹ der Judenfrage an fast sechs Millionen Menschen vollzogen.«

»Fünf Komma acht, nach neuester Schätzung«, korrigierte Jottgrimm.

»Sagen Sie das noch einmal.«

»Fünf Komma acht Millionen.«

»Wollten Sie noch weitere Ausführungen machen, Kollege Groenewold?« fragte Gnutz.

»Nein«, sagte Groenewold.

Gnutz erhob sich.

»Meine Herrn Kollegen, da keine weiteren Wortmeldungen vorliegen, kommen wir jetzt zur Abstimmung.

Der Antrag Nummer eins stammt von mir und ist Ihnen bekannt. Sind alle stimmberechtigten Herrn anwesend, Protokollführer?«

»Ja, bis auf den Vikar –«

»Hält eine Totenmesse!«

»Ach, der Junge ist doch evangelisch«, sagte Matuschat.

»Herr Nonnenroth –«

»Hier! Ein Mann und ein Vogel vom Feindflug zurück«, rief Nonnenroth und ging zum Waschbecken.

»Ja, und Herr Kuddewörde?«

»Für ihn sind doch Sie stimmberechtigt, Herr Nonnenroth?«

»Jawohl – ostelbische Tradition.«

»Nun gut.

Wir kommen also jetzt zur Abstimmung: Wer von Ihnen meinen Antrag, den Schüler Jochen Rull, Klasse 6b, wegen Aufwiegelung gegen den Lehrkörper, moralischer Gefährdung der Klasse und Diffamierung unserer Schule – den genauen Wortlaut der Mitteilung werde ich mit Herrn Kollegen Doktor Nemitz noch festlegen –, wer also dafür ist, daß dieser Rull der Schule verwiesen wird, den bitte ich um das Handzeichen! – Eins, zwei, drei, vier, fünf, sechs, sieben, acht, neun! Neun.

Ich zähle neun Stimmen, bitte helfen Sie mir doch bei der Kontrolle, meine Herrn! Stimmt es – neun?«

»Und Ihre eigene Stimme, Herr Direktor«, sagte Groenewold.

»Nein, ich möchte mich der Stimme enthalten, Herr Kollege«, sagte Gnutz. »Die Gegenprobe: Wer stimmt gegen meinen Antrag? Eins, zwei, drei Stimmen! Wer enthält sich? Eins, zwei, drei, vier, fünf! Meine Herren, damit sind gleichzeitig die Anträge Groenewold, Crispenhoven, Godelund hinfällig geworden. Der Fall Rull ist erledigt. Ich danke Ihnen, meine Herrn, und wünsche allseits noch einen schönen Tag. Guten Morgen!«

»Sagen Sie, meine Herrn, was war denn nur mit dem Kollegen Groenewold heute los?« fragte Gnutz auf dem Flur. »Ich muß gestehn, mein Verständnis war da zeitweilig etwas überfordert.«

»Völlig vergaloppiert«, sagte Hübenthal.

Dr. Nemitz grinste.

»Ich würde eher sagen: dekouvriert.«

»Ich glaube, meine Herrn, er hat allen Ernstes erwartet, daß wir uns mit diesem Strolch an einen Tisch setzen und ein Symposion über Pädagogik veranstalten.«

»Meine Herrn, das verstehn wir wohl alle nicht so recht«, sagte Dr. Nemitz. »Die Ghetto-Mentalität dieser Emigranten hat ihre eigenen Gesetze.«

Gnutz lachte herzlich.

»Nun, auf jeden Fall bin ich froh, daß die Majorität zuletzt doch wußte, wo sie zu stehn hatte. Und daß ihr gesundes Empfinden schließlich doch die Oberhand behielt.«

Nonnenroth beugte sich vor und dämpfte seine Stimme.

»Unter uns gesagt, die Idee ist mir vorhin durch den Kopf geschossen, als Sie von pädagogischem Eros sprachen, Herr Direktor: ist der Groenewold vielleicht Homo? Ich will ja nichts gesagt haben, aber jeder Mensch, der seine fünf Sinne noch beieinander hat –«

»Dahinten kommt er.«

»Mit Violat und Crispenhoven.«

»Das zweite Triumvirat nach den Iden des März!« sagte Nonnenroth laut.

Groenewold blieb einen Augenblick stehen.

»Ich wollte Sie noch davon in Kenntnis setzen, Herr Direktor«, sagte er, »daß ich gegen diesen Antrag auf Verweisung Beschwerde einlegen werde.«

»Konferenzbeschluß ist Konferenzbeschluß«, sagte Hübenthal.

»Das ist doch –« sagte Wiepenkathen.

Gnutz lächelte.

»Nun, wie Sie meinen, Herr Kollege – aber auf dem Dienstweg, also über mich, wenn ich bitten darf.«

»Selbstverständlich.«

»Guten Morgen!«

»Nein, nicht das Fehlen der simpelsten psychologischen Kenntnisse, nicht einmal diese entsetzliche Armut an Güte bringt so etwas zustande, Violat, sondern die Dummheit, die ganze hundsgemeine aber totalitäre Dummheit«, sagte Groenewold. »Wissen Sie, eine gewachsene Dummheit kann ein Segen sein, besonders für den Besitzer, aber diese Dummheit da oben, das ist keine Eigenschaft, das ist ein Laster! Das Laster, der selbstgerechten, mediokren Diktatoren. Und wenn in jeder Schule auch nur einer von dieser Sorte sitzt – dann wird Dummheit zur Landplage, einer lebensgefährlichen.«

»Was wollen Sie machen?« sagte Violat. »Das ist seit eh und je so gewesen.«

Es war ein sonniger Märztag, sie gingen zusammen durch die Berliner Straße, und die Kinder malten Himmel und Hölle auf die Trottoirplatten.

»Das ist kein Grund weniger, sondern ein Grund mehr, sich dagegen zu wehren«, sagte Groenewold.

»Wollen Sie wirklich einen Konferenzbeschluß anfechten?« fragte Crispenhoven.

»Aber natürlich werde ich das!«

»Dann werden Sie den Amtsschimmel ausschlagen sehn«, sagte Violat. »Man merkt, daß Sie noch nicht lange hier sind, Groenewold. Die anonyme Despotie der Behörde wird auch Ihrer Zivilcourage den Nerv ziehn.«

»Haben Sie gehört, was Wiepenkathen gesagt hat: ›Konferenzbeschluß ist Konferenzbeschluß!‹ Den hebt Ihnen kein Kultusminister auf. Ich hab's jedenfalls noch nicht erlebt.«

»Mein lieber Crispenhoven, in diesem Verfahren habe ich so viele formale Fehler entdeckt, daß ich mir um die Wiederaufnahme die geringste Sorge mache.«

»Und dann?« fragte Violat. »Was wollen Sie dadurch erreichen, Groenewold? Können Sie damit die Welt ändern – darauf läuft es doch hinaus.«

»Nein, ich bin kein Narr, Violat. Aber was ich versuchen muß – ob ich etwas davon erreiche, steht auf einem anderen Blatt, aber versuchen muß ich es: das Minimum an Gerechtigkeit, Glück, Eigenart, Freiheit für mich und die paar Menschen, die mir anvertraut sind, zu verteidigen. Das brauche ich, Violat, um als ein Mensch leben zu können, dessen Leben noch ein bißchen Würde hat.«

Groenewold sah zur Seite und sagte:

»Bitte, versuchen Sie zu verstehn, warum gerade ich es brauche – nach allem, was geschehen ist.«

»Ich habe Sie bis zu dieser Geschichte für einen Erzironiker gehalten«, sagte Violat und schüttelte den Kopf.

»Ach, wissen Sie, so etwas ist für unsereinen nur der Ersatz für das dicke Fell, das andere von Natur aus haben.«

»Wenn es Ihnen recht ist, komme ich heute abend auf eine Stunde zu Ihnen«, sagte Crispenhoven an der Kreuzung.

»Ja, kommen Sie, bitte«, murmelte Groenewold und verabschiedete sich.

Beckmann stieß im Konferenzzimmer die Fenster auf, rückte die Stühle zurecht, steckte die Kippen in seine Blechdose und leerte die Aschenbecher aus.

Dann nahm er den ausgestopften Papagei unter den Arm, pfiff Micky, der sich auf dem Flur herumtrieb, und klomm hinauf zur Naturaliensammlung.

Vor der 6b blieb er stehn und murmelte:

»Heud hawwe die Läusbuwe sicher widder vergesse, ihre Zooloschie ze fiddern!«

Er ging in die Klasse und blieb vor dem Terrarium stehn. Micky setzte sich bei Fuß und wedelte.

Hinter dem schmutzigen Glas wuselten die Goldhamster, erstarrten auf ihren verkümmerten Hinterbeinen und glotzten hinaus. Ihre Augen glommen ratlos und hungrig.

Groenewold stolperte fast über den Jungen.

Satemin saß auf der Terrazzotreppe vor der Korridortür, die Ellenbogen auf die jeans gestemmt, den Kopf zwischen den Fäusten.

Er sprang erst auf, als Groenewold vor ihm stand.

»Ich habe einen Brief für Sie«, murmelte er. »Er war schon weg.«

»Wer war schon weg?« fragte Groenewold und sperrte die Tür zu seiner Wohnung auf.

Satemin antwortete nicht und ging hinter ihm her.

»Nimm bitte Platz!«

Groenewold riß den Umschlag auf, las, drehte den Zettel um, las ihn noch einmal.

»Nein!« sagte er. »Nein!«

Und dann:

»Das darf nicht wahr sein!«

Satemin stellte sich vor die Bücherregale und drehte ihm den Rücken zu.

»Weißt du, was er geschrieben hat?«

»Nein, aber ich kann's mir denken.«

Groenewold setzte sich auf den grünen Hocker vor seinem Schreibtisch. Als er den Umschlag auf die Löschpapierunterlage schob, sah er, daß neben ihm das Visum lag.

Er las Rulls Mitteilung noch einmal, diesmal laut:

»›In Polen! Ich glaube, da hat ein Deutscher am meisten gutzumachen.‹«

»Es gibt Stellen, an die man sich wenden kann«, sagte Groenewold. »In Berlin gibt es die polnische Militärmission. Ich werde mir sofort die Adresse besorgen. Er ist erst achtzehn. Es gibt einen stillschweigenden Austausch.«

Groenewold nahm den Zettel und ging im Zimmer auf und ab.

»Hast du nicht mit ihm gesprochen?« fragte er Satemin.

»Nein, er war schon weg. – Wir, das heißt, ein paar Freunde, wir hatten ja immer einen Schlüssel zu seiner Bude. War gar nicht schlecht. Da war man mal 'ne Stunde zu Haus. Auch wenn er nicht da war. Ja, und als ich von der Penne aus hinkam, war er noch nicht zurück. Ich bin nach Haus gegangen, und als ich, nach 'ner Viertelstunde höchstens, wieder hinkam, war er schon weg.«

»Mein Gott, warum ist er denn nicht hierher gekommen?«

»Hätten Sie ihn aufgehalten?« fragte Satemin.

»Ja, natürlich hätte ich ihn aufgehalten!«

Groenewold schlug mit der Faust durch die Luft.

»Das hat er gewußt«, sagte Satemin, »und deshalb ist er nicht mehr vorbeigekommen.«

Er ließ sich in den Sessel fallen, rammte die Hände in die Hosentaschen und zog die Schultern hoch.

»Die lassen den noch nicht mal durch«, murmelte Groenewold. »Und drüben kann er nicht leben. Da kriegt ein Mensch wie Rull keine Luft, verstehst du –?«

Groenewold ging zum Schreibtisch, schloß die Schublade auf, nahm das Visum und heftete es sorgfältig in einen Aktenordner.

Hinter ihm sprang Satemin plötzlich auf.

»Aber wo kann man denn überhaupt leben?« schrie er. »Wo lohnt es sich noch, jung zu sein? Und zu hoffen, daß es einmal so etwas gibt, wirklich gibt, wie Freiheit, Frieden, Gerechtigkeit?«

Groenewold schloß die Schreibtischschublade ab.

»Sagen Sie doch etwas, Herr Groenewold!«

»Hier.«

Satemin sah ihn zornig an.

»Und warum?«

»Satemin: weil es hier vielleicht doch einen Sinn hat, sich zu empören! Gegen das Unrecht, die Lüge, den Zwang. Und für die Gerechtigkeit, die Wahrheit, die Freiheit.«

»Hier, ausgerechnet hier!«

Satemin ging zum Fenster und rieb mit dem Handballen über die Scheibe.

»Rull wird zurückkommen«, sagte Groenewold. »Wir wollen auf ihn warten.«

Satemin erwiderte nichts.

Thomas Valentin

Hölle für Kinder
Roman, 212 Seiten, broschiert
„Das ist exzellent erzählt, da ist die Quatschsprache unserer tüchtigen Gegenwart literarisch so perfekt verpackt wie noch nie, das ist ein Roman, der trifft und jedermann betrifft."
Welt am Sonntag

Die Fahndung
Roman, 193 Seiten, gebunden
„Ein wichtiges Buch, angefüllt mit Gestalten und Dialogen, die fest im Gedächtnis haften, eine Analyse, die nicht zerfasert, sondern zu Deutung und Klärung überleitet."
Kölnische Rundschau

Die Unberatenen
Roman, 304 Seiten, gebunden
„‚Die Unberatenen': Eine Schülertragödie, eine Lehreranklage, ein um Klärung bemühter, um Verständnis werbender Bericht von der Schulfront. Valentin kennt sich dort aus. Sein Dialogroman liest sich über weite Strecken wie ein heimlich unter der Schulbank hergestelltes Tonbandprotokoll."
Frankfurter Allgemeine Zeitung

Natura morta. Stilleben mit Schlangen
Roman, 291 Seiten, gebunden
„Ein ausgezeichnetes Buch, das ausgezeichnet zu werden verdient."
Frankfurter Allgemeine Zeitung

Nachtzüge
Erzählungen, 240 Seiten, gebunden

Der Fisch im roten Halstuch
Erzählungen, 222 Seiten, gebunden

Jugend einer Studienrätin
35 Erzählungen; Gedichte; Fernsehspiel
320 Seiten, gebunden
„In diesem Band zeigt Valentin die ganze Skala seines Talentes!"
Radio Bremen